U0524207

壹卷
YE BOOK

让思想流动起来

"经典与解释"论丛

刘小枫 主编

凯撒的精神

莎士比亚罗马剧绎读

彭磊 著

四川人民出版社

* 本书获教育部人文社会科学研究青年项目资助（17YJC752024）

献给三位缪斯

目录

§ 引言 / 001
§ 上篇 《科利奥兰纳斯》绎读 / 011
 一、科利奥里之战 / 011
 二、科利奥兰纳斯的爱与恨 / 055
 三、荣誉与权谋 / 076
 四、科利奥兰纳斯的悖论 / 097
 五、自然与人伦 / 115

§ 中篇 《裘力斯·凯撒》绎读 / 134
 一、僭主抑或王者 / 134
 二、凯撒之谜 / 170
 三、爱凯撒抑或爱罗马 / 189

四、道德与政治 / 214

五、共和之殇 / 238

§ **下篇　《安东尼与克莉奥佩特拉》绎读 / 255**

一、战神的变形 / 255

二、荣誉与爱欲 / 278

三、阿克兴海战 / 306

四、亚历山大之战 / 331

五、新的秩序 / 357

§ **参考文献 / 372**

§ **附录 / 388**

何谓莎士比亚的政治

——论当代莎士比亚政治批评的四种范式 / 388

§ **后记 / 414**

引言

依据一种相当传统的说法，莎士比亚是一位"自然诗人"，他的戏剧是"自然之镜"。我们可以把这一观点理解为是说，莎士比亚呈现的是人的自然，也就是纷纭复杂的人的性情。阅读莎士比亚最直接的感受是，他的每一部戏剧都没有重复之感，他笔下的每一个人物各各相异，他的语言富有难以穷尽的变化，甚至让我们觉得这些戏剧不应是一个人写的，而应该出自多位风格迥异的戏剧家之手。称莎士比亚为"自然诗人"，某种意义上便是说他作为自然的静观者，不是发明或臆想出某些人性观念，而是如实地呈现人性的多样和含混：高贵与卑劣，美德与邪恶，智慧与愚蠢，等等。有说不尽的自然，所以有说不尽的莎士比亚。在莎士比亚这里，我们也许可以发现对于人性最为深刻和最为广博的描绘。

>在所有近代可能还有古代的诗人中，他有着最博大、最宽广的灵魂。自然的所有影像依然呈现给他，他幸运地画下它们，毫不费力。对于他描绘的任何东西，你不只看到，而且也感受到。那些指责他缺少学养的人，给予了他更大的赞扬：他的学养是自然天成的；他不需要博览群书来阅读自然；他向里探望，发现自然就在那儿。[1]

如果我们阅读莎士比亚是为了学习辨识不同的人的性情，从而丰富我们对人世的理解和加深对自我的认识，我们就要随着莎士比亚一起思考，在字里行间推敲他如何描绘和理解人性，我们就要紧紧把握住人物的心理、性格、悲欢、欲求，让这些人物在我们心中活起来。倘若没有共情，仅仅在戏剧中寻找某种理论范式或历史语境，莎士比亚将始终与我们的生命隔膜。

但必须要强调的是，莎士比亚呈现的绝非抽象的人性，而总是在某种情境下具体的、鲜活的人。布鲁图斯不同于哈姆雷特，裘力斯·凯撒不同于亨利五世，人物

---

[1] John Dryden, *An Essay of Dramatick Poesie*(1668), in *The Works of John Dryden*, Vol. XVII, Berkeley and Los Angeles: University of California Press, 1971, p.55.另见哈兹里特，《莎士比亚戏剧中的人物》，顾钧译，上海：华东师范大学出版社，2009，页1-11。

之间的差异部分源于时代的差异——往大了说，源于古今之间的差异。如果我们阅读莎士比亚的罗马剧，我们会获得关于人性的何种认识？

就戏剧场景而论，莎士比亚戏剧或设置在基督教时代，或设置在异教时代。所有英国史剧以及绝大多数悲剧和喜剧设置于基督教时代，设置在异教时代的戏剧相对较少，共计13部，它们或以基督降生前的古不列颠为背景，比如《李尔王》《辛白林》；或以希腊为背景，如《错误的喜剧》《仲夏夜之梦》《特洛伊罗斯与克瑞西达》《雅典的泰门》《泰尔亲王佩力克里斯》（与George Wilkins合写）《冬天的故事》《两贵亲》（与John Fletcher合写）；或以罗马为背景，如《泰特斯·安德洛尼克斯》《裘力斯·凯撒》《科利奥兰纳斯》《安东尼与克莉奥佩特拉》。①

以希腊为背景的戏剧基本是喜剧和传奇剧，故事虽发生在希腊各地，但"希腊"更像是一个模糊又遥远

---

① 从时间上说，《泰尔亲王佩力克里斯》设置在希腊化晚期，《泰特斯·安德洛尼克斯》设置在罗马帝国晚期，两剧展现的是基督降生后的异教世界，并对基督教有明确的指涉。参见Maurice Hunt, "A New Taxonomy of Shakespeare's Pagan Plays", *Religion & Literature*, Vol. 43(1), 2011, pp. 29-53; Robert S. Miola, "An Alien People Clutching Their Gods? Shakespeare's Ancient Religions", *Shakespeare Survey*, Vol.54, 2001, pp.31-45.

的异域场景，缺乏某种统一的希腊特性，反而更近乎基督教世界的一个变种。以罗马为背景的戏剧皆为悲剧，此外，《裘力斯·凯撒》《科利奥兰纳斯》《安东尼与克莉奥佩特拉》皆取材于古典作家普鲁塔克的《对照列传》（*Parallel Lives*），它们根植于罗马历史，在主题和情节上相互勾连，被认为是"三联剧"：《科利奥兰纳斯》设置在公元前5世纪初的罗马，以贵族与平民的冲突为背景，讲述了护民官的设立以及科利奥兰纳斯与共和制的冲突；《裘力斯·凯撒》讲述公元前44年的凯撒遇刺及其后爆发的内战，展现了罗马共和的衰败；《安东尼与克莉奥佩特拉》续写凯撒遇刺后安东尼与屋大维·凯撒的内战，终于公元前30年安东尼与克莉奥佩特拉的自杀，随着屋大维·凯撒的胜利，罗马走向帝国。

三部罗马剧共同刻画了罗马政治的变迁和罗马英雄的悲剧。虽然莎士比亚的同时代人和后来人不乏以罗马历史为题材进行创作者，[①] 但莎士比亚的罗马剧最为"正宗"："他的罗马剧展现出本质上的罗马，他试图

---

① Warren Chernaik, *The Myth of Rome in Shakespeare and his Contemporaries*, Cambridge: Cambridge University Press, 2011.

再现那些使罗马人成为罗马人的难以捉摸的品质"。①因此,在莎士比亚具有异教背景的戏剧中,这三部罗马剧最能体现"异教性",或说体现出迥异于基督教世界的古典价值。

罗马因何吸引莎士比亚?对莎士比亚而言,罗马首先是一个政治典范:

> 莎士比亚笔下的罗马拥有一种无与伦比的光辉壮丽和雄伟庄严。罗马人是曾经存在的最伟大的政治民族,与伊丽莎白时代的英国人截然不同。……大略来讲,罗马人缺乏英国人拥有的两件事物——唯一的统治者和唯一的神。罗马人不是君主主义者和基督徒,而是共和主义者和异教徒,这对单个的罗马人产生了相应的影响。他们仅仅关注此世,他们的动机几乎完全是政治的或欲爱的。也有人信仰神,但这些神只与政治成败相关,没有指示在政治社会提供的生命维度之外还有一个全新的超验维度。英雄们心安理得地对荣誉充满热望,任何其他

---

① Allan Bloom, *Shakespeare's Politics*, New York and London: Basic Books, 1964, p.77.中译参见《莎士比亚的政治》,潘望译,南京:江苏人民出版社,2009,页70。

诱惑或神话都不能转移他们对荣誉的关注。他们是一群非凡的强者，没有人会接受他人的掌控，每个人都磨砺锋芒，只欲一较高下。①

莎士比亚的三部罗马剧都设置在共和时代，集中刻画了共和初期和晚期的政治纷争。布鲁图斯刺杀凯撒，他声称"不是我不爱凯撒，而是我更爱罗马"，"为了罗马的利益杀死了我最好的朋友"，可谓是共和精神最凝练的表达。罗马人时刻意识到自己是共同体的一员，他们对罗马共同福祉的关心胜过了任何私人感情，为此他们投身现世的政治生活，以荣誉作为至高价值。他们积极捍卫罗马的自由，因为，倘若罗马遭受外敌或一人奴役，他们将被剥夺政治权力，无法参与到政治生活之中。

莎士比亚笔下的罗马是一个充满男子气和竞争的政治世界，其主角是科利奥兰纳斯、裘力斯·凯撒、布鲁图斯、卡修斯、安东尼这样的政治英雄，他们有着超乎常人的德性，其主导性的激情是对政治荣誉的渴求。安东尼曾说"荣誉于我至为神圣"，"若我失去荣誉，就失去了自己"。诸神与政治并没有明确关联，诸神仅仅

---

① Allan Bloom, *Shakespeare's Politics*, p.78.

是一种背景性的存在，并不具有介入人世的力量。剧中对诸神的呼告大多是一种庄严的口头称谓，并不具有特殊的神圣意蕴。如卡修斯所说，"一个罗马人应该有生命的火花"，不应对诸神心怀恐惧。

但莎士比亚绝非仅仅意在复活一个逝去的罗马世界，他当然是以罗马来讲自己的故事。罗马剧不仅仅是"罗马的"，而关乎永恒的政治哲学问题。我们在剧中看到科利奥兰纳斯激烈批驳共和制和民主制，裘力斯·凯撒面对着如何使共和制转向君主制的棘手难题，布鲁图斯体现着哲学与政治的紧张，安东尼陷入荣誉与爱欲的冲突……所有这些都会引领我们思考：何种政制最好？共和制有何缺陷？荣誉是否至高的价值？荣誉是否需要与权谋结合？私人性的爱欲是否有意义？理解这些问题有助于我们更深层地把握人物的性情。反过来，辨识人物的性情也会使政治哲学思考具体可感，毕竟认识人与人的差异是政治哲学的应有之义。

"凯撒的精神"这一语词取自《裘力斯·凯撒》，本书试图借之体现罗马剧所蕴含的多重政治哲学问题。其一，罗马剧政治品性鲜明，从《裘力斯·凯撒》来看，凯撒代表着一种不受羁缚的政治激情、一种统治的热望，而这种激情在其他罗马人身上均有体现，虽然莎士比亚对这位凯撒着墨并不多，但在某种意义上，罗马剧中的其他人物大都从某些侧面烘托着凯撒。其二，凯撒被剧中人称作美德的化身，一个无可指摘的完人，倘若这一说法成立，凯撒是否应当称王就表征着一个古老的追问：最有美德的人是否最应当统治，统治者应当具有何种美德？推而言之，仅凭科利奥兰纳斯式的勇敢是否足够？屋大维·凯撒缔造了"普天之下的和平"，他是否匹配其至尊地位？其三，凯撒是共和制的破坏者，他与罗马的冲突代表着卓越的政治人物与城邦之间的冲突，某种意义上指示着政治生活的局限。莎士比亚专注于讲述政治领域的故事，却往往暗示一种超政治维度的存在。他本人有某种超政治的视域，故而对政治生活有如此透彻的理解。

带着上述政治哲学问题，本书试图探触罗马剧的每个细节，与剧中每个人物共呼吸，使戏剧不再只停留在文字上，而是在我们眼前活起来。在写法上，本书选择文本绎读的方式，逐幕逐场解说，以"说戏"带出"戏味"。论文式的解析固然会显得主题鲜明，但为了论述的集中，多半会错失丰富的戏剧细节和无限延展的戏剧意义。在写作初始，我也曾试图围绕某些主题对三部罗马剧做一融贯的解释，但随着文本阅读的深入，我渐渐发现三部罗马剧虽然有关联，但并非完全是一个整体，它们只在部分意义上是"三联剧"。每部剧都有其特殊的关切，片面强调三部剧之间的关联，有可能会忽视每部剧各自的特异性。因此本书并未对三部罗马剧给出一个一以贯之的解读，而是在一个大框架下挖掘每部剧的意义和关联。罗马剧不仅向莎士比亚时代的英国观众敞开，也向当下的我们敞开，假如我们虚心求教，定会从中学到有益于我们于尘世安身立命的教诲。

上篇 《科利奥兰纳斯》绎读

一、科利奥里之战

"他的骄傲与勇猛不分上下"（1.1.30）[1]

第一场

戏剧以罗马平民的一场叛乱开始，构建起整部剧的政治语境：平民与贵族的冲突。

---

[1] 文中夹注数字依次为戏剧的幕、场、行，皆依据New Cambridge Shakespeare系列（引用该版本的相关笺释时写作Cambridge，引用Arden版的相关相关笺释时写作Arden），中译文兼采众家之长，间出己意。详参文末"参考文献"部分。

为首的城民甲请求喧哗的众人:"听我说"[1],"你们都下了决心,宁愿死也不愿挨饿吗?"(You are all resolved rather to die than to famish?)民众的叛乱出于饥饿。在普鲁塔克笔下,平民的反叛并不是由于饥荒,而是起因于元老院偏袒富人以高利贷盘剥平民,平民无法在罗马生存,于是集体撤离罗马,此即罗马史上的第一次平民脱离运动(普鲁塔克,《科利奥兰纳斯传》5-6)。[2]莎士比亚则把饥荒(dearth,1.1.53、58,1.2.10)作为动乱的直接动因,只间接提到高利贷(usury,1.1.67),平民的诉求在于"按自己的价买粮"(we'll have corn at our own price)。[3]

叛乱直接缘于天灾而非人祸(米尼涅斯其后称之为

---

[1] hear me speak是典型的民众集会演说的开场,民众只有安静下来(Peace!),演说者才能开始演说。科利奥兰纳斯在市场上向民众作自我辩护、奥菲狄乌斯杀死科利奥兰纳斯后向元老们辩护,都回到了戏剧开头的这句话(3.3.44,5.6.134,另见5.6.113)。见Barbara L. Parker, *Plato's Republic and Shakespeare's Roman Plays*, Newark: University of Delaware Press, 2004, pp.59, 64, 67.

[2] 中译请参见普鲁塔克,《希腊罗马名人传》(三卷),席代岳译,长春:吉林出版集团,2009。为行文方便,文中与普鲁塔克传记的对勘仅注出篇名和章节号,不注出具体页码。

[3] 《科利奥兰纳斯》通常被认为写于1607—1608年间,莎士比亚的这一改动被认为反映了1607年英格兰中部地区农民因为粮食和土地问题发生的暴动。参见E. C. Pettet, "*Coriolanus and the Midlands Insurrection*", *Shakespeare Survey*, Vol.3, 1950, pp.34-42.

"神明的旨意"），但人祸加重了天灾：民众所要求的无非是吃饱饭，他们作乱的诉求是正当的，理应得到贵族的回应，但贵族们罔顾民众的死活。城民甲继续声称卡厄斯·马歇斯（Caius Martius）是人民的最大公敌，杀了他，人民就能按自己的价买粮了（参考普鲁塔克，《科利奥兰纳斯传》16）。矛头直指主人公马歇斯，并点出马歇斯代表着最强硬的贵族立场，最为仇视平民。实际上，面对这场平民的叛乱，绝大多数贵族妥协退让，最终同意免费分发粮食，而马歇斯坚决反对，他认为平民对城邦毫无贡献，不配得到免费的粮食，即便得到施舍也不会感激贵族的好意（3.1.121-131）。

但是，对于如何看待马歇斯，队伍中产生了一场小小的争论。群体性的"民众"在《科利奥兰纳斯》中是非常重要的角色，但他们并非千人一面，而是始终浮现出观念和个性的差异。[①] 这场争论就是一例。城民乙想要表达不同意见，他的一句good citizens［好城民］激起了城民甲的连番诉苦："我们都是苦百姓，贵族才是好城民"（we are poor citizens, the patricians good）。贵族

---

① "这群平民不是《裘力斯·凯撒》中缺乏个性特征的大众（faceless multitude），民众代表和每个市民在这部剧中都有明确的个性（the plebeians have faces）。"见赫勒，《脱节的时代》，吴亚蓉译，北京：华夏出版社，2020，页418-419。

的"好"仅仅是"富足"之意,而这一"富足"建立在平民的苦难之上:"我们那副骨瘦如柴的苦相,我们那副受苦受难的模样,是一张用来衬托他们财富的清单;他们的收获来自于我们的苦难"(the leanness that afflicts us, the object of our misery, is as an inventory to particularise their abundance; our sufferance is a gain to them,1.1.15-17)。贵族原本应该是美德意义上的"好公民",如今却只知追求财富和享乐,"好"变成了"富"。

城民乙并不否认贵族们的堕落,也不反对向贵族复仇,但他试图为马歇斯辩护,提醒人们想想马歇斯为国家立下的汗马功劳,换言之,所有罗马人都应该感激而非仇视马歇斯。城民甲却说,马歇斯的骄傲抵消了他的功劳(he pays himself with being proud),这些功劳只是马歇斯个人赖以骄傲的资本,而不是为了罗马。"众人"[1]回过神来,指责城民甲故意说马歇斯坏话。由此可见,民众对马歇斯的态度非常矛盾,一方面忌恨马歇斯的高傲,另一方面感激马歇斯的战功。民众始终摇摆于这两种情感之间,时而对马歇斯咬牙切齿,骂他是"乱咬群众的恶狗"(a very dog to the commonalty,

---

[1] 对开本把这里的发言者写作All,但剑桥版的编者Lee Bliss认为这里说话的只能是城民乙,因为前面只有城民乙为马歇斯辩护。

1.1.21）；时而又意识到，"忘恩负义是一种极大的罪恶，忘恩负义的群众是一个可怕的妖魔"（ingratitude is monstrous, and for the multitude to be ingrateful, were to make a monster of the multitude，2.3.8-9）。

城民甲继续说，马歇斯所谓的功劳不是为了祖国，而是为了取悦他的母亲，同时使他自己骄傲，换言之，是出于纯粹的自私。"他的骄傲与勇猛不分上下"（he is [proud], even to the altitude of his virtue），他有多勇猛就有多骄傲。剧中的virtue特指"勇猛"，这一用法非常符合早期罗马的时代状况，如普鲁塔克所说，"那个时代的罗马推崇在军事方面建立的功勋，拉丁文的virtue即'德行'这个字就是很好的证据，它的意思是'大无畏的勇气'"（《科利奥兰纳斯传》1）。勇猛代表马歇斯在战场上对待敌人的美德，骄傲代表马歇斯对待同胞的恶德——我们将看到，他不仅对民众高傲，对其他贵族也同样高傲。如何理解他的骄傲，是此剧的核心问题之一。民众把马歇斯称作"乱咬群众的狗"，让我们想到柏拉图笔下的城邦卫士。城邦卫士承担护卫城邦的职责，专事战争，因而必须让他们时刻意气奋发、好勇斗狠。可这样的话，他们就难免彼此相争，或与本邦公民发生冲突，因此还必须让他们学会温和和节制。城邦卫士必须兼具勇敢与节制两种美德，对自己人温和，对陌生人凶狠，就如同"狗"（柏拉图，《王制》374a-5e）。两种美德对应苏格拉底讨论的两种教育：体育与音乐。以体育强健其体魄，以音乐化育其心灵，音乐的主体是诗，所以苏格拉底对诗进行审查，以诗培养卫士的勇敢和节制，最终获得对美好事物的爱欲（柏拉图，《王制》403c）。对照来看，马歇斯拥有城邦卫士所需要的勇敢，却又有危害城邦的潜在危险性。这缘于他天性的局限和所受教育的欠缺。[1]

城民乙继续为马歇斯辩护说：骄傲是马歇斯无能为力的天性（what he cannot help in his nature），不算是一种罪过（vice）（4.7.10-12奥菲狄乌斯亦称，科利奥兰纳斯骄傲的天性无法改变，他只好接受）。似乎在城民乙看来，自然的就是正当的，无需改变也无法改变，即便这种自然与习俗相冲突。依照亚里士多德的说法，德性有适度、过度和不及之分，适度方为美德，过度和

---

[1] Michael Platt指出，剧中的罗马没有诗和音乐，只有杀伐之音（战鼓声、号角声），至多限于奏花腔（如1.9、2.1、5.4诸场），唯一一次"喇叭奏长花腔"（a long flourish）还被马歇斯苛责为"亵渎乐器"（1.9.41）。剧末结束在鼓手沉痛的节奏中，奏丧葬进行曲。见Michael Platt, *Rome and Romans according to Shakespeare*, Lanham and London: University Press of America, 1983, pp.52-67.

不及则为恶德，比如勇敢、鲁莽与怯懦之间的关系。①因此，所谓"天性"依其是否合度而必定有好坏之分。综观全剧，马歇斯的骄傲无疑是过度的"罪过"，应该加以修正，但这就涉及天性是否可以改变的问题。在这一点上，莎士比亚暗示改变天性很难，但并非完全不可能，马歇斯在剧中近乎走向了这一转变。城民乙还道出了马歇斯跟其他贵族的区别在于，他并不贪心，蔑视身体的享受，荣誉而非物质才是他看重之物。城民甲不甘示弱，说马歇斯有数不清的缺点，但他已经无从列举了。

当民众冲向元老院时，米尼涅斯（Menenius）上场了。米尼涅斯的角色虽然出自李维和普鲁塔克笔下（仅见于普鲁塔克，《科利奥兰纳斯传》6；李维，《自建城以来》2.32②），但莎士比亚赋予他更为重要的戏剧角色和更为丰富的戏剧形象，贯穿全剧始终。他被平民认为"向来爱百姓"，"是个老实人"。他一上场就力图建立阶级感情，把这群平民称作"同胞们"，"诸位师

---

① 亚里士多德，《尼各马可伦理学》，廖申白译，北京：商务印书馆，2008，页53-55。
② 参见李维，《自建城以来》，王焕生译，北京：中国政法大学出版社，2009。

傅，我的好朋友们，我的好邻居们"，"朋友们"。米尼涅斯无疑是在向民众献媚，实际上，他和马歇斯一样"骄傲"，一样仇视"野兽般的平民"（2.1.77），但他知道如何表现出同情。他作出一副倾听民众疾苦的样子，好像并不是来阻拦和说服他们。

米尼涅斯把饥荒归之于天神的意旨，并不是贵族造成的，而且贵族非常关切平民的疾苦，"如慈父那样关爱你们"，因此，应该向神屈膝跪求，而不是举手反抗贵族。米尼涅斯的辩护并没起作用，而是立即遭到城民乙的反驳。因为，平民的暴动实则缘于城邦正义问题：社会财富分配不均，贵族的仓库里堆满谷粒，却不分给穷人；城邦的法律袒护富人，束缚和限制穷人。

迫于难以反驳的事实，米尼涅斯决定讲一个"有趣的故事"（a pretty tale），"也许你们已经听过，但因为它恰合我的目的，所以我要把它的意思再引申一下（scale't a little more）"。米尼涅斯所讲的"肚子的故事"（fable of the belly）可以追溯到伊索寓言，[①] 罗马史家李维（《自建城以来》2.32.8-11）、普鲁塔克（《科利奥兰纳斯传》6）中都曾记述过这一故事。至中古12

[①] D. G. Hale, *The Body Politic: A Political Metaphor in Renaissance England*, The Hague: Mouton, 1971, pp.26-28.

世纪，英国学人索尔兹伯里的约翰（John of Salisbury）所著《治国者》（*Policraticus*，1159年）被誉为"拉丁中世纪第一部系统的政治理论著作"，[1] 书中提出了著名的"政治体"理论，即以人体各器官来比喻国家的构成。约翰强调臣民要无条件服从统治者："要忍受统治者的缺陷，因为他们承载着公共的安全，也因为他们像身体中的肠胃分发养料一样分配公共安全。"为了论证这一主题，他讲述了自己曾与教皇阿德里安四世（Adrian IV）的谈话。教皇询问约翰世人对他和罗马教会的看法，约翰则坦承世人指责罗马教会和教皇贪婪腐败，只知聚敛财富，枉顾正义。面对严厉的指责，教皇以一则故事作为辩护：身体各器官不满于肚子的懒散和贪婪，就集体罢工，试图用饥饿来摧毁这个"公共的敌人"，结果它们自己也承受了饥饿的痛苦，它们最终认识到肚子是向全身分发养料的，肚子的贪婪原来不是为自己而是为了它们。教皇指出，身体中的肚子和国家中的君主发挥着同样的职能，他们聚敛是为了将养料分发给其他成员。[2] 由此可见，这一故事带有为统治者辩护

---

[1] John of Salisbury, *Policraticus*, ed. and trans.by Cary J. Nederman, Cambridge University Press, 1990, p.xv.

[2] John of Salisbury, *Policraticus*, pp.131-136.

的意味，但也可以视为是对统治者的警戒：要做一个服务于公共福祉的"肚子"。

至伊莉莎白时代及詹姆士一世初期，这一故事非常流行，尤其在政治著作中广受征引。锡德尼（Sir Philip Sidney）的《为诗一辩》（*An Apologie for Poetrie*，1595年）用"肚子的故事"来说明诗的创造的神奇效果，他称米尼涅斯为卓越的演说家，"像一个普通而熟悉的诗人那样"（like a homely and familiar poet）讲述了这一"众所周知的"故事，达成了平民与元老们的和解，这说明"诗比其他任何技艺能更有效地吸引心灵"。[1]

政治作家们正是看重了这一故事本身的魅力，他们几乎都站在"肚子"这方，利用这一故事来攻击反叛，强调服从统治者，维护官方意识形态。艾弗瑞尔（William Averell，1556-1605）的短论《势不两立者的奇妙战斗》（*A Mervailous Combat of Contrarieties*，1588）采用对话形式，"舌头"指控"肚子"贪婪和"后背"骄傲，煽动身体其他器官反叛，"肚子"和"后背"为自己辩护，说服其他器官重新团结起来，并

---

[1] E.S. Shuckburgh ed., *An Apologie for Poetrie by Sir Philip Sidney*, Cambridge: Cambridge University Press, 1891, pp.27-28；锡德尼，《为诗辩护》，钱学熙译，北京：人民文学出版社，1998，页30-31。

斥责"舌头"是叛徒，艾弗瑞尔由此劝诫英国人忠于伊丽莎白女王，团结起来应对西班牙和天主教的外敌，带有浓厚的爱国主义色彩。①

史学家、地志学者卡姆登（William Camden，1551-1623）的《不列颠志遗编》（*Remaines of a Greater Worke Concerning Britaine*，1605）在"睿智之辞"（wise speech）的类目下引述了《治国者》中阿德里安四世所讲的故事，并说这一故事与"罗马历史上米尼涅斯所讲的并无不同"，寓意君主们通过税赋来聚敛财富不是为了自己，而是为了整个国家。②

弗赛特（Edward Forset，1553-1630）的《自然之体与政治之体比较》（*A Comparative Discourse of the Bodies Natural and Politique*，1606）旨在用政治身体的比喻来伸张君主的绝对权威，将君主比作统治身体的灵

---

① William Averell, *A Mervailous Combat of Contrarieties*, London, 1588 (Ann Arbor: Text Creation Partnership, 2011, http://name.umdl.umich.edu/A23383.0001.001).
② William Camden, *Remains Concerning Britain*, London: John Russell Smith, Soho Square, 1870, pp.273-274. 卡姆登1586年先以拉丁文编撰了《不列颠志》（*Britannia*），记述了不列颠的历史和地理，1587、1590、1594、1600、1607年陆续再版，屡经扩充，1610年译为英文。后来他将收集却未使用的材料收入《不列颠志遗编》，这部书以英文写成，主要汇集了各类词源学、碑铭、格言和故事等。

魂，政治身体的各部分都要努力使君主满足和幸福。[1]在写给读者的前言中，弗赛特同时引用米尼涅斯的故事和保罗书信中的身体比喻来说明要绝对服从统治者和上帝。弗赛特的政治寓意更为显豁：肚子是身体的统治者，看上去无所事事，只是侵夺身体其他器官劳作的成果，但其他器官经过反叛发现，肚子往全身分发养料，反叛只会造成它们自身的毁灭，而服从对它们自身更有利。与此相应，弗赛特把反叛称作"最致命和最令人憎恶的"罪行。[2]

通过梳理"肚子的故事"的文本史，可以看到莎士比亚写作《科利奥兰纳斯》文本语境和思想语境。但与这些作品截然不同的是，莎士比亚并未以这一故事宣扬盲目服从统治者，而是表达了这一故事的反讽意味，或说展现了这一故事的失效。

米尼涅斯在此讲的故事与所有此前的版本并无大的差异，但因为戏剧化的呈现而增添了修辞色彩。从前

---

[1] J. W. Allen, *English Political Thought, 1603-1644*, Archon Books, 1967, pp.76-84; Andrew Gurr, "*Coriolanus* and the Body Politic", *Shakespeare Survey*, Vol.28, 1975, pp.65-66.

[2] Edward Forset, *A Comparative Discourse of the Bodies Natural and Politique*, London,1606, p.51 (Ann Arbor: Text Creation Partnership, 2011, http://name.umdl.umich.edu/A01075.0001.001); D. G. Hale, *The Body Politic: A Political Metaphor in Renaissance England*, pp.94-95.

身体的各个器官一起造肚子的反，指责肚子终日无所事事，只知把食物往里面装，不像其他器官一样各司其职、分工合作，一道满足全身的需要和喜好。米尼涅斯评点说，这些器官心怀不满、嫉妒肚子的收入，"正如你们因为元老们跟你们地位不同，所以恶意诽谤他们一样"。米尼涅斯提示了造反的民众与造反的器官之间的类比关系：民众是因嫉妒元老们的粮食和财富而恶意诽谤元老。"庄重的肚子深谋远虑"，向冒失的器官们澄清了自己为整个身体所承担的工作。肚子是整个身体的仓库和工场，不仅向身体的各器官供应养料，而且把精华带给别人，把糟粕留给自己。肚子为整个身体做出了巨大贡献，而且不求回报。米尼涅斯最终将故事寓意延伸到罗马政治：罗马的元老们是这样一个好肚子，而你们就是那一群作乱的器官。元老们为了大众的福祉（weal o'th'common）谋划、操劳，民众获得的公共福利（public benefit）全都来自元老们，而不是自己挣来的。

米尼涅斯揭示出一个"好肚子"应该是怎样的。但元老们真的像米尼涅斯说的那样无私和仁爱吗？事实是，平民造反是因为元老们不愿分享他们储藏的食物，不考虑大众的福祉，元老们实际是一个只顾自身饱足的"坏肚子"，拒绝把养料输送到全身，平民因"饥饿"

造反完全正当。此外，在"肚子的故事"中，"肚子"与其他器官之间并无高低贵贱，而是分工合作的关系，共同维系整个身体的需要，只不过"肚子"居于"身体的中央"，而其他器官位于四周。这一故事掩盖了政治身体内部的权力关系，纯属对贵族的偏袒和对平民的欺骗，实际上，贵族掌握着权力，并利用权力来压迫平民。[①]"肚子的故事"被呈现为一个古旧的、失效的政治体寓言，并不适用于当前的政治情景。米尼涅斯代表贵族讲述这一故事，恰恰构成对他所属的贵族的反讽。

当米尼涅斯正准备讲到肚子的辩驳时，造反的城民乙抢过话头，以诗体的形式描述了身体各器官和肚子的关系：

> 那戴王冠的头（the kingly-crowned head），那警觉的眼，那足智多谋的心（the counsellor heart），那作为卫士的胳臂，那作为坐骑的腿，那作为号手的舌，以及在我们这个织体里负责防卫和其他零星职司的器官。（1.1.98-102）

[①] D. G. Hale, "*Coriolanus*: The Death of a Political Metaphor", *Shakespeare Quarterly*, Vol.22(3), 1971, p.200.

这个平民将身体比作一个富有秩序、组织严密的"织体"（fabric），各个器官都有相应的地位和职责，头是身体至高的统治者，心负责出谋划策，眼、胳臂、腿、舌共同负责防卫。至于"贪吃的肚子"（cormorant belly），这个平民轻蔑地称之为"一个藏污纳垢之所"（the sink o'th'body）。肚子负责吃和排泄，在身体里地位低下，应该听命于其他器官，因此，如果这些器官提出抗议，肚子只会哑口无言（1.1.106-107）。与这一描绘相应，米尼涅斯说肚子沿着血液的河流把养料输送到"心的宫廷和脑的宝座"（to the court, the heart, to th' seat o'th'brain，1.1.119），同样强调心和脑是身体最尊贵的部分。

相比于"肚子"与其他器官的简单区分，城民乙所描述的"政治身体"提供了更为细致的类比，而且点出身体的统治者在于头脑和心，它们施行类似于"王"的统治。这一"政治身体"并不见于普鲁塔克或其他古典作家笔下，其源头出自使徒保罗的《哥林多前书》第12章，并且经历了复杂的嬗变。基督教把教会视作基督的身体，把基督视为教会的头，随着中世纪晚期国家观念的出现，理论家们借用这一神学色彩的譬喻，将国家比喻为人的身体，从而抵抗作为"身体"的教会。[①] 索尔兹伯里的约翰在《治国者》中系统地阐述说，国家是一个由神的恩宠赋予生命的身体，教会是灵魂，身体的各个器官对应国家的某个阶层：头对应君主；心对应年老而智慧的元老，他们知晓善恶，能够劝谏君主；耳、眼、口对应各级行省长官；手分为武装的手和非武装的手，分别对应战士和官吏；腰腹对应随侍君主的人；胃肠对应财务官和司库；脚对应农夫，他们支撑起整个身体。[②]

以君主作为国家身体的头，这一比喻在英格兰的政治传统中至关重要。[③] 中世纪晚期的英格兰通过强大的王权消除了封建诸侯间的割据，实现了对社会各阶层的整合，从而打造出一个完整的政治身体。[④] 15世纪时的福蒂斯丘（Sir John Fortescue）将英格兰的政

[①] 康托洛维茨，《国王的两个身体》，徐震宇译，上海：华东师范大学出版社，2018，页306-332。
[②] John of Salisbury, *Policraticus*, p.67.
[③] 康托洛维茨，《国王的两个身体》，页338-347。
[④] 沃格林，《政治观念史稿卷三：中世纪晚期》，段保良译，上海：华东师范大学出版社，2019，页141、147-154。沃格林把意思含混的"宪政"解释为"政治身体的连属化"，并说"在政治身体之彻底连属化和明示之同意的意义上，英格兰政治体早已达到一种高度的宪政性"（页155）。

制概括为"君主的和政治的统治"（dominium regale et politicum），以区别于法国代表的绝对主义的"君主统治"：人民通过立一个君主而成为一个政治身体，君主是号令这一身体的头，人民的职责在于拥护君主，君主的职责在于保卫人民。① 1533年，亨利八世在反抗罗马教会的《禁止上诉法案》（*Act of Appeals*）的序言中声称："英格兰是一个帝国……由一个至高的头即国王统治，他享有帝国王冠所具有的尊荣和王家等次；一个政治身体，由所有种类和等级的人民构成，分为属灵界和世俗界，与他联结在一起"；1543年，亨利八世又就英国议会说到，"［在议会中］朕是头，你们是肢体，朕和你们联合并交织构成一个政治身体"（*Address to Parliament*, Act 24, 1543）。② 1588年，尚为苏格兰国王的詹姆斯六世在其论著《自由君主的真正法律》（*The True Law of Free Monarchies*）中声称，"国王对其臣民的职司类似于头对身体及身体各成员的职司：理智位居头部，从头部产生关爱和先见，这先见既指引身体，又阻止任何将危及身体或身体某一部分的恶。头关心

---

① 福蒂斯丘，《论英格兰的法律与政制》，袁瑜琤译，北京：北京大学出版社，2008，页51。另参沃格林，《政治观念史稿卷三：中世纪晚期》，页169-179。
② 转引自康托洛维茨，《国王的两个身体》，页344，有改动。

身体，国王也关心人民"。① 等詹姆斯成为英格兰的君主，他又用相同的比喻来宣扬苏格兰和英格兰的联合："整个身体赖由头联结起来……我是头，[全岛]是我的身体……我作为头，不应有一个分裂的、畸形的身体。"②

因此，"戴王冠的头"影射君主与政治身体的关系，在历史语境中更具体地指向英格兰的君主制。众多论者指出，莎士比亚引入这一版本的政治身体寓言，是在回应詹姆斯一世时的某些政治议题。③ 但从文本本身考虑，《科利奥兰纳斯》设置在罗马共和初期，此时的罗马刚刚走出王政时代，将最后一位王"高傲者塔尔昆"（Tarquinius Superbus）逐出罗马还是不久前的事：剧中提到"驱逐塔尔昆家族"（the expulsion of the Tarquins, 5.4.39），还提到科利奥兰纳斯十六岁时

---

① 詹姆斯，《国王詹姆斯政治著作选》，北京：中国政法大学出版社，2003，页76。

② The Kings Majesty's Speech, delivered by Him in the Upper House of the Parliament (1604).

③ W. G. Zeeveld, "*Coriolanus* and Jacobean Politics", *Modern Language Review,* Vol.57 (3),1962, pp. 321-334; Andrew Gurr, "*Coriolanus* and the Body Politic"; Alex Garganigo, "*Coriolanus*, the Union Controversy, and Access to the Royal Person", *Studies in English Literature*, Vol. 42(2), 2002, pp. 335-359; A. Hadfield, *Shakespeare and Renaissance Politics*, London: Arden Shakespeare, 2004, pp. 173-181.

参加了迎击塔尔昆的战役，并曾与塔尔昆对阵（2.2.81-89，2.1.125）。[①] 此外，剧中只两次偶然提到"王"（1.3.7，2.3.226），但都指涉罗马的历史，而无关当下的罗马。在一个无"王"的罗马，"戴王冠的头"这一比喻看上去不合时宜。

莎士比亚在无"王"的罗马引入"王"的意象，从而引使我们思考：任何一个政治身体，不论是君主制的英格兰还是共和制的罗马，必然都要有"头"，没有"头"也就不会有一个统一的政治身体，而只有紊乱无章的肢体。此时的罗马驱逐了王，但贵族元老们成了统治者，他们应该是"头"，却堕落成了"坏肚子"。元老们作为掌权者，仅仅做一个"好肚子"还不够，他们还要发挥心和头脑的功能。换言之，不能只供给其他器官养料，还必须从精神上引领整个身体，毕竟前一职能只是满足身体最基本的需要，后一职能则能达成各器官的和谐，形成一个真正统一的"政治身体"。心和头脑代表智慧，负责思虑和谋划，而如今的罗马缺少心和头脑，这是一个欠缺智慧的城邦。莎士比亚似乎在对罗马共和的描画中指向了智慧的王者的统治。科利奥兰纳斯会是那个智慧者吗？如果他不是，剧中哪个人物体现着

[①] D. G. Hale, "*Coriolanus*: The Death of a Political Metaphor", p.198.

智慧？

米尼涅斯的故事如此违背现实，因而并没有奏效。这个故事与其说明了他的智慧，不如说讽刺了他的愚蠢。他表现得同情民众，却是一个彻头彻尾袒护贵族利益的贵族。在普鲁塔克笔下，米尼涅斯非常亲近民众，李维甚至说他是平民出身，他去世后受到平民的爱戴，丧葬费用由平民提供（《自建城以来》2.32.8）。因此，米尼涅斯在这里并没有化解平民的怨气，反倒说明贵族如何是一个"坏肚子"。通过呈现渊源悠久的两个版本的政治身体寓言，莎士比亚既与古典以至同时代的思想传统实现了互动，又表达了他独特的政治思考。

米尼涅斯骂城民乙是"这群人中间的大脚趾"，"这场最聪明的（实际最愚蠢）叛乱里最低贱（lowest）、最卑微（basest）、最穷困的（poorest）一个"，领导这场叛乱只为了获取自己的利益。米尼涅斯诋毁城民乙，试图离间他与叛乱民众的关系，指责他不配领导这场叛乱。米尼涅斯最后宣告，"罗马就要和她的群鼠开战"（Rome and her rats are at the point of battle）。贵族们把自己等同于罗马，平民只是偷盗罗马粮食的老鼠，或是生在罗马的野蛮人（3.1.240-243），或是"衣衫褴褛的奴仆"（woollen vassals，3.2.10-11）。全剧"罗马"88次出现，只有6次出自护民官之口，平民则从未说到"罗马"。① 罗马分裂为平民与贵族截然对立的两方，而贵族只盯着自己的阶级利益，无法看到整个城邦的利益。剧中后续还有大量有关身体的语词，并充斥着自然身体与政治身体的类比，但近乎所有这些类比都指向一个分裂的而不是完整和谐的身体。因此，剧中只有各种器官、肢体的比喻，却没有一个统一的政治身体意象。"在《科利奥兰纳斯》中，碎片和残段是特有的意象，文辞意义和象征意义上的分裂是特有的过程。文辞意义上的分裂决定了情节：贵族反对平民，罗马人反对伏尔斯人，英雄反对暴民。政治身体受到肢解，一派反对另一派。"②

米尼涅斯并未吓退民众。马歇斯一上场，便不分青红皂白地向平民倾泻自己的怒火，马歇斯的威戾与米尼涅斯外表的温和形成鲜明对照。马歇斯的长篇谩骂深刻揭示了民众的本性：像兔子一样怯懦，像鹅一样蠢笨（参见1.4.35-36马歇斯咒骂士兵，"套着人类躯壳的蠢鹅的灵魂"［you souls of geese that bear the shapes of

---

① Gail Kern Paster, "'To starve with feeding': the City in *Coriolanus*", *Shakespeare Studies*, Vol.11, 1978, p.127.
② Phyllis Rackin, "*Coriolanus*: Shakespeare's Anatomy of *Virtus*", in *Modern Language Studies*, Vol.13(2), 1983, p.68.

men］），① 比冰上的炭火、阳光中的雹点更不可靠，而且不知好歹，"你们的喜好就像病人的口味，只爱吃那些加重他的病症的食物"（your affections are a sick man's appetite, who desires most that which would increase his evil，1.1.160-162）。

在马歇斯看来，民众最大的劣根性在于反复无常、游移无定（uncertainty，3.3.132），不足以信任：

> 谁要是信赖着你们的欢心，就等于用铅造的鳍游泳，用灯心草去斩伐橡树。你们每一分钟都要变换一个心，你们会称颂你们刚刚所痛恨的人，唾骂你们刚才所赞美的人。（1.1.162-167）

剧中所刻画的民众正是这样一种反复无常的形象，他们一会儿把马歇斯奉为神，一会儿把他看成叛国者。而且不止罗马民众如此，在最后一幕，马歇斯在伏尔斯民众的欢呼声中回到科利奥里，可转瞬间民众就成了高喊"撕碎他的身体"的暴徒。

---

① 《科利奥兰纳斯》的戏剧特征之一就是大量使用动物意象，见 Maurice Charney, *Shakespeare's Roman Plays: The Function of Imagery in the Drama*, Cambridge: Harvard University Press, 1961, pp. 163-168.

民众不能作为城邦的依靠？可一位现代政治哲人就要求君主信赖或依靠民众的欢心。马基雅维利《君主论》第九章讨论"市民的君主国"，论说依靠贵族的支持获得君权比凭着平民的支持获得君权更难以保持其地位，因为君主难以指挥和管理贵族，而平民则容易顺服；满足贵族的欲望难，满足平民的欲望容易，因为人民的目的比贵族的目的公正，平民只希望不受压迫，而贵族则希望压迫；贵族的眼光更深远更敏锐，因而更具野心，所以君主应当小心防范贵族，必要时可以消灭贵族。君主应当与平民结合，马基雅维利也意识到自己的这个说法有些破天荒，所以他补充说："对于我的这条见解，谁都不要拿一句陈腐的谚语'以人民为基础，譬如筑室于泥沙'来进行反驳。"[①] 莎士比亚展现的岂不就是这条"陈腐的谚语"？

漫骂之后，马歇斯才向米尼涅斯询问"他们"的目的，他显然不屑于直接与平民说话。米尼涅斯的回答表明，他之前早就清楚这次暴乱的目的：平民要求照他们自己开的价买粮食。马歇斯意欲用剑杀戮这些叛众，米尼涅斯赶紧劝阻，说这些平民差不多完全被说服

---

① 马基雅维利，《君主论·李维史论》，潘汉典、薛军译，长春：吉林出版集团，2011，页39。

了，因为他们非常怯懦，可以说服之，不必采取暴力。马歇斯说到，城里还有另一拨闹事的人，他们的申述得到了接受，他们的请愿得到了准许，也即设立护民官（Tribune）。

护民官代表平民对抗贵族，标志着平民获得政治权力，能够与贵族分庭抗礼。古典哲人波利比乌（《历史》VI.10-18）与西塞罗（《论共和国》1.45.69）、[①] 现代哲人马基雅维利（《论李维》1.2）等人都认为罗马共和是混合政制：元老院保留了贵族制，执政官保留了君主制，护民官则对应民主制，三种政制各得其所或说相得益彰，共和国的国体得以稳固。在这三种混合元素中，护民官的设立最晚，从而标志着罗马共和的初步奠定。但是，对于彻底改变罗马政制的这一事件，马歇斯和米尼涅斯都称之为"奇怪的"，"可以致贵族于死命，令最有权的人为之失色"（to break the heart of generosity, and make bold power look pale）。《科利奥兰纳斯》开场对民众和护民官的描写颇为负面，带有浓厚的反民主色彩。马歇斯对民众的高傲看法很容易感染我们，从而让我们警醒民众的权力可能会遭到滥用。

[①] 西塞罗，《论共和国》，王焕生译，上海：世纪出版集团，2006，页119-120。

伏尔斯人起兵的消息传来，诸元老与两个护民官一同登场，罗马政制正式改变。马歇斯事先已知晓伏尔斯人起兵，这很可能暗示他在伏尔斯人那里布有眼线。[①]他曾说过，"荣誉和权谋在战争中像密友一样形影不离"（Honour and policy, like unsevered friends, i' th' war do grow together，3.2.43-44），他在面对战争时不忌使用权谋。与元老们的忧心忡忡相对照，战争的来临让马歇斯倍感兴奋，为此可以vent our musty superfluity，这句话包含"卖掉多余的陈腐谷物""处理多余的人口"两层含义，[②]暗示马歇斯认为作乱的平民类似于陈腐的谷物或身体里的废料，可以通过战争清洗掉他们。

说到伏尔斯人，马歇斯惦念的是他们的"首领"奥菲狄乌斯（Tullus Aufidius）。普鲁塔克是在科利奥兰纳斯被放逐之后前往安廷姆（Antium）时才提到奥菲狄乌斯，说他极其仇视科利奥兰纳斯（《科利奥兰纳斯传》22）。莎士比亚在戏剧开端就引入奥菲狄乌斯，将他设置成马歇斯的对照，正如伏尔斯人是罗马人的对照一样。

[①] 伏尔斯人亦在罗马安插了内奸（1.2.4-17），第四幕第三场就是罗马人尼凯诺（Nicanor）向伏尔斯人传报消息的戏。
[②] 参Arden本注，朱生豪译为"发泄剩余下来的朽腐的精力"，邵雪萍译为"打发多余的杂碎"。

"骄傲的"马歇斯这样说奥菲狄乌斯:"我很嫉妒他的高贵,倘然我不是我,我就只希望我是他(were I any thing but what I am, I would wish me only he)。"换言之,奥菲狄乌斯是他唯一瞧得起,唯一与他对等(equal)的人。不过,剧情的进展表明,奥菲狄乌斯并不像马歇斯想的那样"高贵",他最终为了胜过马歇斯而抛弃了荣誉,马歇斯最终死于奥菲狄乌斯之手。

马歇斯又说:

> 要是世界分成两方,厮杀搏斗,他又是和我一方,那我就是为了和他交战,也会背叛自己人。能猎杀他这头狮子,会让我非常骄傲。(1.1.217-220)

马歇斯透露,为城邦作战(与伏尔斯人交战)与和奥菲狄乌斯交战并不是一回事,与后者作战带来的满足感要远远大于为城邦作战带来的满足感。对他来说,两个伟大个体的竞争要高于罗马与伏尔斯之间的竞争。[①] 马歇斯显示出一种超越城邦的冲动,他的勇武、他的高

---

① Jan H. Blits, *Spirit, Soul, and City: Shakespeare's Coriolanus*, Lanham: Lexington Books, 2006, p.28.

贵虽是城邦所需，却可能反过来危害城邦：日后他投靠伏尔斯人围攻罗马，玄机不已埋在这句谶语中了吗？马歇斯勇猛超群，但城邦给予的荣誉并不能真正让马歇斯这类人满足，德性过于卓越之人如何在城邦中得到安顿是一个亘古难题。

考密涅斯（Cominius）、拉歇斯（Lartius）都是勇武而高贵的罗马人，都对马歇斯表示崇敬。拉歇斯请马歇斯先行，使他位列执政官和主帅考密涅斯之后。这三位将领为城邦而战，珍视荣誉，鲜少考虑个人的地位和名声，并不会彼此嫉妒。他们体现出真正的贵族精神。与此相对的是两个留场的护民官。在罗马共和的公共世界里，两个护民官在众人退场后有五次留场，[①] 由此给人这样的印象：他们总在私底下谋划什么，没人知道他们真实的心意。此外，莎士比亚还在第二幕第三场增添了他们煽动平民收回投票结果的戏。

护民官是阴谋家和蛊惑家的合体，是民众中名副其实的"狐狸"（参见4.2.20）。他们在剧中首先说到马歇斯的骄傲，亦即马歇斯方才对身为护民官的他们的种种不屑。西西涅斯（Sicinius）认为马歇斯的自大

---

① 分别见第一幕第一场、第二幕第一场、第二幕第二场、第二幕第三场、第四幕第六场。

（insolence）将使他不甘接受考密涅斯的号令。布鲁图斯（Brutus）则认为马歇斯是故意位列主将之下，因为要保持固有的荣誉，或者获得更大的荣誉，最好的办法是甘居第二（a place below the first），万一打了败仗，"荒唐的舆论"（giddy censure）就会为马歇斯没有担任主将抱不平，打了胜仗，"偏袒马歇斯的舆论（opinion）"又会把主将的功劳归在他头上。护民官不仅精通权术，还熟知并善于操控"舆论"，他们的荣誉观与马歇斯等人大相径庭。马歇斯最终获得了至高的荣誉，但绝不像这两位所说的那样是通过玩弄权谋，而是凭借自己的勇敢，实至名归。考密涅斯也并没有嫉妒马歇斯的胜利，反而公正无私地奖赏马歇斯，并提议授予他执政官之衔。

第二场

伏尔斯人（Volsces）是罗马人早期的宿敌，双方频繁交战，后来被罗马人征服和吞并。剧中的伏尔斯人同样施行共和制，有元老院，多人执政（参见5.6.93：you lords and heads o'th'state），不清楚他们有没有执政官，但显然没有护民官，也没有平民与贵族的冲突，这是他们与罗马人的最大区别。

奥菲狄乌斯在科利奥里（Corioles）与元老们商议对

罗马的军事行动。伏尔斯人准备对罗马出兵，却提前走漏了消息。奥菲狄乌斯同时收到线报，说罗马已经征召一支军队，但不确定行军动向，似乎是要向科利奥里开来。一位元老认为罗马军队不过是准备迎战而已，绝不会前来干犯。奥菲狄乌斯则提醒元老重新考虑计划。另一位元老提出折中方案，由奥菲狄乌斯帅军进犯罗马，他们自己守卫科利奥里，如果罗马果真围城，奥菲狄乌斯就带兵回转解围。这一方案考虑到了罗马干犯的可能，但这位元老也说，"我想您会发现他们不是冲着我们备战的"。奥菲狄乌斯则非常确定罗马人是要进犯科利奥里，"他们的部分兵马已经开拔，正径直朝这儿扑来"。但他不再辩驳，接受了元老们的命令。奥菲狄乌斯对元老们虽然不满，但他并不强硬。

实际情况是，罗马人兵分两路，一路由考密涅斯率领阻击奥菲狄乌斯，另一路由马歇斯和拉歇斯率领进逼科利奥里，最后两路会师。罗马人在这次战争中表现得更具谋略。莎士比亚对科利奥里之战的描绘与普鲁塔克不同。普鲁塔克记叙说，科利奥里是伏尔斯人的战略要地，考密涅斯率罗马军队主动围攻科利奥里，伏尔斯人从各处赶来驰援科利奥里，计划在城外与罗马人开战，并从两面夹击敌军，考密涅斯遂将全军分为两部，他率部迎战即将到来的伏尔斯人，拉歇斯则指挥余部继续围攻科利奥里（《科利奥兰纳斯传》8）。莎士比亚的改写强调了伏尔斯人更加好战和更具侵略性。剧中的两场战争均为伏尔斯人主动侵略罗马人。

第三场

这是本剧唯一一场没有男性、只有女性的戏，马歇斯的母亲伏伦妮娅（Volumnia）、妻子维吉利娅（Virgilia）以及尊贵的凡勒利娅（Valeria）三个女人悉数登场。维吉利娅始终是个悲戚戚的泪人儿，凡勒利娅欢快且开朗，两人都清晰地保留着女人的性属，伏伦妮娅却有着截然不同的品质。

在第一幕第一场，在马歇斯登场前，我们便已预闻他与母亲非同寻常的亲密关系。城民甲指控马歇斯为罗马征战是为了"取悦于他的母亲"（1.1.29），此话虽是诬言，但却揭示了一个贯穿全剧的事实：马歇斯是个未能脱离母亲怀抱的英雄。普鲁塔克原本对伏伦妮娅着墨不多，只记述了伏伦妮娅劝服马歇斯从罗马退兵的原委和说辞（《科利奥兰纳斯传》33-37），而莎士比亚对这个女性角色进行再创造，增添了许多戏份，赋予她更鲜活的人物性格。从第一幕到第五幕，伏伦妮娅皆有出场，与马歇斯的出征、凯旋、与平民的纷争、被流放、反攻罗马如影相随。此外，莎士比亚将伏伦妮娅劝服马歇斯退兵的情节扩展为一场戏（第五幕第三场），而且还创作了另一场惊心动魄的戏：在马歇斯触怒护民官操控的平民之后，面对剑拔弩张的情势，伏伦妮娅传授马歇斯关于荣誉与权谋的教诲，以图将他推向执政官的高位（第三幕第二场）。可以说，伏伦妮娅的戏剧地位绝不亚于马歇斯，她犹如一面镜子，鉴照出马歇斯灵魂的缺陷并昭示如何疗治这一缺陷。

本场戏设置在马歇斯家中，其时马歇斯已经受命前往征讨伏尔斯人。婆媳俩在一起做针线活，妻子低眉不语，牵挂着丈夫的安危，笃定在丈夫回来之前不出家门，母亲则兴奋难耐地期待着儿子将立下的新功。母亲劝慰儿媳说："倘然我的儿子是我的丈夫，我宁愿他出外去争取荣誉（honor），不愿他贪恋着闺房中的儿女私情（love）。"（1.3.2-4）接着，她追忆了儿子的成长经历。当马歇斯只是一个身体娇嫩的孩子时，她并没有放纵儿子享受游戏，而是将儿子拴在身边，教育儿子在战场上获得荣誉："荣誉对于这样一个人多么重要（how honour would become such a person）……于是放他出去追寻危险，从危险中博取他的声名。"最后，母亲让年弱的儿子参加一场残酷的战争，对阵被驱逐的罗马王政时代的最后一个王塔尔昆（Tarquin），儿子带着荣誉归来，于是乎完成了从男-孩儿（man-child）到男人

（man）的转变（1.3.5-14）。

伏伦妮娅不是一个普通的母亲，她是英雄的母亲，自身就有英雄的品质。她不会怜惜儿子的流血和负伤，因为受伤越多获得的荣誉越多（2.1.99、123-125）；她甚至也不会为儿子战死悲恸，因为"他的不朽的声名（good report）就是我的儿子"，她宁愿有十一个儿子为国家战死，也不愿一个儿子毫无作为（1.3.16-20）。伏伦妮娅出神地想象着马歇斯与伏尔斯人的战斗，她仿佛看到儿子"用披甲的手揩去他额角上的血，奋勇前进，好像一个割稻的农夫，倘使不把所有的稻一起割下，主人就要把他解雇一样"（1.3.29-32）。她无意中告诉我们，儿子像是她的"雇工"，为她在战场上收获荣誉，而且还要为她收获所有的荣誉。

在罗马的铁血世界里，伏伦妮娅身为女人，无法跻身战场和政治，但她充满男性的抱负，对荣誉充满渴求，儿子就成了她进入政治世界的另一个身体。[①] 儿子

[①] 伏伦妮娅的"男人性"在莎士比亚的罗马剧中绝无仅有。相对接近伏伦妮娅的，是《裘力斯·凯撒》中的鲍西娅（Portia）：她曾借父亲加图（Cato）和丈夫布鲁图斯（Brutus）的名义宣称，自己强过自己的性别（stronger than my sex）。但鲍西亚最终表明自己仅仅是个女人：她无法承受布鲁图斯的秘密和离去，最终吞火自杀。参见布里茨，《〈裘力斯·恺撒〉中的男子气与友谊》，载彭磊选编，《莎士比亚戏剧与政治哲学》，马涛红译，北京：华夏出版社，2010，页277、285-287。

在战场上赢得荣誉,她则在儿子获得的荣誉中得到满足,因为她宣称儿子是她的造物:"你是我的战士,是我把你铸造。"(Thou art my warrior, I holp to frame thee,5.3.62-63)伏伦妮娅是个守寡的妇人,但剧中从来没提到她的亡夫,或许可以将此理解为:她既是母亲又是父亲,犹如阿里斯托芬笔下男女合体的圆球人(柏拉图,《会饮》189e-190c),[①] 否则一个女人何以会如此具有男性品质?[②]

维吉利娅丝毫不愿见到丈夫负伤流血,她渴望的并不是丈夫带来的荣誉,而只是丈夫的平安归来。并非每一个罗马女性都如伏伦妮娅一样崇尚荣誉。来访的凡勒利娅问起马歇斯的儿子,伏伦妮娅称赞孙儿"宁愿看刀剑听鼓声,不愿见教书先生"(He had rather see the swords and hear a drum than look upon his schoolmaster)。伏伦妮娅教育孙儿和教育儿子的方式一样,只注重培养战场上的品德,而忽略了其他教养。马歇斯在战场上历练成为男人,但因为"不谙温文尔雅的语言"(ill schooled in bolted language,3.1.326-327)败给了护民官

---

① 参见《柏拉图四书》,刘小枫译,北京:生活·读书·新知三联书店,2015,页201-202。
② Coppélia Kahn, *Roman Shakespeare: Warriors, Wounds and Women*, London and New York: Routeledge, 1997, pp.148-149.

的阴谋，没能跻升为罗马共和的执政官。

马歇斯的悲剧部分缘于其天性，部分缘于其教育的缺陷。由于缺乏整全的教育，马歇斯的美德非常单一，他无法节制自己的怒火，更缺乏权变的智慧。他固然能在战场上博得最大的荣誉，获得"科利奥兰纳斯"的荣名，但他的性格难以"从戎马生活转向官宦生活"（not moving from th'casque to th'cushion，4.7.42-43），注定要在罗马共和的内乱中悲剧收场。他需要一次再教育：执政官不仅需要勇敢，还需要修辞和智慧。

第四–五场

马歇斯和拉歇斯兵临科利奥里。开战前有个小插曲：马歇斯主动跟拉歇斯打赌考米涅斯处已经开战，结果赌输了。虽说愿赌服输，但马歇斯还要把自己输掉的马买回来，显得颇为孩子气。拉歇斯被普鲁塔克称为"当时最骁勇善战的罗马人之一"（《科利奥兰纳斯传》8），剧中也称他为"一个非常勇敢的罗马人"（a most valiant Roman，1.2.14）。但拉歇斯在剧中的行动并不完全清楚。在科利奥里城下交战时，马歇斯呼喊"勇敢的泰特斯"（1.4.26），但50行的S.D.说拉歇斯重上，似乎激战时拉歇斯已下场，或者在寻找梯子。拉歇斯在战事结束后被派回科利奥里，叫科利奥里派代表去罗马议和（1.9.74-75），并负责守备科利奥里。元老们后来将其召回（2.2.32），他又出现在第三幕第一场，回到罗马报告伏尔斯人再度起兵的消息，之后再未出现。在护民官与马歇斯的争执中，他也没插口一句话。

伏尔斯人不惧罗马人，从城门冲出迎击。众罗马人败退，马歇斯怒斥他们是"罗马的耻辱"，并声称要对他们开战。马歇斯紧追伏尔斯人至城门，独自攻进城中，城门突然锁闭。众人以为马歇斯必定牺牲，结果马歇斯又从城中杀出，拉歇斯帅其他士兵杀入城中，取得了胜利。在普鲁塔克笔下，马歇斯原本以寡敌众，率少数勇敢的士兵击败科利奥里全城的敌人（《科利奥兰纳斯传》8），但莎士比亚强调马歇斯孤身一人杀入城中，被士兵讥为蛮干（foolhardiness，1.4.47）。这一修改奠立了他在全剧中的形象："一个人与整个城邦作战"（He is himself alone, to answer all the city，1.4.55-56），而他日后出走罗马时曾自称为"一条孤独的龙"（a lonely dragon，4.1.32）。科利奥里的胜利是马歇斯一人的胜利。

《科利奥兰纳斯》中alone一词出现的次数远高于其他莎剧（共十四次，见Cambridge, p.52）。马歇斯奚落奥菲狄乌斯说，"过去三小时以内，我独自在你们科利奥里城内奋战"（1.8.7-8）；传令官向罗马人民宣布,"马歇斯只身一人在科利奥里城内奋战"(2.1.135-136);考米涅斯在元老院称赞他时说,"他只身一人闯进杀机四伏的城门"(2.2.104-105)。最后一幕,马歇斯再次在科利奥里孤身应对所有伏尔斯人,应对整个城邦,他提到"我曾经在科利奥里城内单拳独掌,把你们伏尔斯人打得落花流水"(5.6.118-119)。alone既表明马歇斯的神勇异常,也意味着他的孤独和他的疏离人群。正如普鲁塔克所说:

> 他放纵自己灵魂中富于血气和好斗的那一部分,认为其中有着某种伟大和高贵;至于庄重和温和,政治家最为需要的德性,他并没有藉由理性和教养获得;他不知道,一个人若投身政事,就应该首先避免刚愎自负——如柏拉图所说,"刚愎自负伴随着孤独"——还应该与各等人打交道,并乐于忍受某些人的大肆讥笑。(《科利奥兰纳斯传》15)[1]

---

[1] 引文据希腊语原文有较大改动,参考 *Plutarch's Lives,* Vol. IV, trans. by Bernadotte Perrin, Loeb Classical Library, Cambridge: Havard University Press, 1959, pp.152-153.

第六场

在马歇斯奋勇向前时，考米涅斯却在另一条战线退却了。他抚慰士兵说，"你们打得不错。我们没有失去罗马人的精神，既不愚蠢地作无谓抵抗，退却时也没有懦怯丢丑"。与马歇斯的"蛮干"相比，考米涅斯温和得多，他懂得避敌锋芒，也会激励抚慰士兵。考密涅斯年事已高（4.1.45），冷静、刚毅、虔敬、贤德，尽管身为统帅，他愿意把战争的全部功劳归之于马歇斯（2.1.112），并推举科利奥兰纳斯为执政。马歇斯被放逐时，他愿意陪其远走，显示出与马歇斯的深厚情谊。

马歇斯原本带了一些有勇气（spirit）的士兵驰援考密涅斯（1.5.13），但最后只有他满身鲜血地上场。他迫不及待地要与奥菲狄乌斯对战，质问考密涅斯"敌人呢？你们占上风啦？如果还没有，干吗停下来？"（1.6.47-48）。他请求去迎战奥菲狄乌斯，但他不可能再单枪匹马前去。考密涅斯让他挑一队最得力的人马前去，于是马歇斯面向士卒发表了一番演说：

> 我想选的，就是最想跟我走的人。这儿要是有谁——怀疑这点就是罪过——喜欢我身上涂的这种油彩，要是有谁畏惧恶名甚于生命危险，认为苟且偷生不如英勇就义、城邦安危重于个人存亡，就让

他，让许许多多这么想的人，挥起剑来表明决心，跟随马歇斯前去。（1.6.67-75）

这是一篇极富激励性的演说，马歇斯在这里不再咒骂士兵们的怯懦，而是采取积极的"正向引导"。士兵还是那些出身平民的士兵，但马歇斯的演说鼓舞了他们所有人，他们全都高呼挥剑，并将马歇斯扛起来。马歇斯惊呼："只有我吗？你们把我当成剑"（O' me alone? Make you a sword of me? 1.6.76）。马歇斯成了普通士兵共同的剑，这是他唯一一次凝聚起众人，也是罗马在战争中凝为目标一致的统一体。这是他在剧中"最幸福的时刻"。[1]马歇斯是一个英勇的战士，但也不乏成为一个杰出统帅的潜质。[2] 他在战场上的演说表明，他并不全然是一个莽夫，他的演说才能倘使用于罗马内部，也许可以消除分裂，将罗马凝聚成一个整体。

---

[1] Michael Goldman, "Characterizing Coriolanus", *Shakespeare Survey*, Vol.34, 1981, p.80.
[2] 对参苏格拉底论将领的才具："一个将领还必须能够备办战争中的需用，能够为士兵提供粮秣，能够多谋、强干、专注、坚忍和机警，友好而又凶暴，坦诚而又狡诈，能护卫又能盗窃，能挥霍又能攫夺，慷慨又贪婪，谨慎又有攻击性；还有许多其他出自天性和知识的[品质]，一位良将也必须拥有。"（色诺芬，《回忆苏格拉底》3.1.6，彭磊译，未刊稿）

第九场

战事结束，考密涅斯和拉歇斯交口称颂马歇斯的功绩，但马歇斯打断他们：

> 好啦，请别说了。我母亲虽有夸奖亲骨肉的特权，她一夸我我就很别扭。我做的事跟你们一样，只是尽力而为；动机也一样，都是为了自己的国家。凡是把坚定信念付诸实践的人，功劳都比我高。（1.9.13-19）

马歇斯并没有自恃劳苦功高而居功自傲，反倒显得非常谦虚，但谦虚中又透露着一种豪气：最后一句话暗示他自己的"坚定信念"（good will）并没有完全施展，他本可以取得更大的功绩（见Cambridge, p.141）。不是说"他的骄傲和勇猛不分上下"吗？他的谦虚是真诚还是做作？在普鲁塔克笔下，马歇斯并没有拒绝考密涅斯的赞美（《科利奥兰纳斯传》10），莎士比亚做出了修改，从而赋予了马歇斯看似矛盾的两个性格特征："骄傲"和"过谦"。

考密涅斯坚持要向罗马汇报马歇斯的功绩，"罗马应当知道自己健儿的价值"。"为了让人认识真正的你，而不是奖掖你的辛劳"（in sign of what you are, not to reward what you have done），考密涅斯宣布将十分之一的战利品赠予马歇斯。但马歇斯拒绝这份殊荣，称之为对自己剑的"贿赂"，他要和其他士兵享受同等待遇。当所有将士为之动容欢呼时，马歇斯却说：

> 愿你们亵渎的这些乐器再也发不出声响！当战地上的鼓角变成谄媚的工具，宫廷和城市就会充斥着口是心非的阿谀奉承吧！……你们这样对我大吹大捧，好像我喜欢让自己这点本事用掺着谎言的赞美大加渲染似的。（1.9.41-52）

考米涅斯感叹，马歇斯太不近人情："过于谦虚"（too modest are you），"对自己的令名太苛酷，不感激我们的由衷称颂倒在其次"（more cruel to your good report than grateful to us that give you truly）。我们是真心实意、发自肺腑的称颂你，绝对没有一丝"谄媚"和"谎言"，你蔑视我们对你至诚的称颂，但你不要损害自己美好的名声，否则你就是在伤害自己。马歇斯把实至名归的赞美和奖赏视作谄媚和贿赂，表现得像是没有理智的"疯子"。

马歇斯不愿别人讲述自己的功绩，不愿听到任何人对自己的赞美，不管是自己的母亲，还是贵族同僚。

他不寻求任何形式的"承认"。在他看来,他所有的价值都体现于自己的行动,他人的赞美要么是谄媚,要么毫无意义。第二幕第二场,考密涅斯在元老院准备陈说他的战功,他却起身退场,辩解称"时常是打击让我停留,空话使我逃避"(yet oft, when blows have made me stay, I fled from words,2.2.65-66)。米尼涅斯称他"宁愿用他全身的力量去追求荣誉,也不愿侧耳听一听他人的赞词"(He had rather venture all his limbs for honour than one on's ears to hear it,2.2.74-75)。

马歇斯拒绝与十分之一战利品的赏赐,接受了考密涅斯的骏马以及"科利奥兰纳斯"(Coriolanus)的荣名,这足以说明他不是爱财而是爱荣誉之人。他的"谦虚"源于他的骄傲,如果别人褒扬他,会使人以为,他的英勇是为了得到他人的褒扬,如此他的价值就依赖于他人的意见或承认,而不是完全自足的了。他以行动博取荣誉,但不希望荣誉是对他的功劳的偿报,荣誉是他应得的。[1]作为政治人,他既依赖城邦,又超越城邦,城邦给予的荣誉无法令他满足,但又没有其他替代品。通过科利奥兰纳斯,莎士比亚展现了政治荣誉的限度以

---

[1] Paul A. Cantor, *Shakespeare's Rome: Republic and Empire*, Ithaca and London: Cornell University Press, 1976, pp.95-96.

及某种超政治的人格存在。①

在授勋仪式结束后,发生了一个小插曲。科利奥里城里的一个穷汉曾经招待过科利奥兰纳斯,如今这个穷汉成了俘虏。科利奥兰纳斯请求释放这位"可怜的东道主",但又忘了他的名字,又说自己疲倦,懒得记忆。这个插曲出自普鲁塔克,但普鲁塔克说的是一个"有钱的老朋友",而且也没有说科利奥兰纳斯忘记对方的名字(《科利奥兰纳斯传》10)。莎士比亚有意让我们看到科利奥兰纳斯如何回报一个地位低的人的恩惠。他曾不得不接受一个穷汉的恩惠,理应回报这一恩惠,但他甚至不愿记住对方的名字。他不愿意仰赖他人,尤其是地位比他低的人。②

---

① 科利奥兰纳斯的骄傲常被视作亚里士多德所说的"大度"(megalopsuchia):大度之人自认不凡,而且确实不凡,往往被认为目空一切;他完全肯定自身的价值,认为自己所得的所有荣誉都是应得的,甚至还不及其应得的,普通的荣誉、财富、权力都不会让他满足;他乐于给人好处,羞于受人好处,因为给人好处使他优越于人(亚里士多德,《尼各马可伦理学》,页107-113)。参见阿尔维斯,《科利奥兰纳斯与大度之人》,李小均译,载刘小枫选编,《古典诗文绎读西学卷·现代编》,北京:华夏出版社,2009,页244-260。对阿尔维斯观点的反驳,参见Carson Holloway, "Shakespeare's Coriolanus and Aristotle's Great-Souled Man", *The Review of Politics*, Vol. 69(3), 2007, pp. 353-374.
② Paul A. Cantor, *Shakespeare's Rome*, p.216 n.17.

第十场

在与科利奥兰纳斯的决斗中,奥菲狄乌斯落败。科利奥里已被罗马攻占,自己败于科利奥兰纳斯五次(后又当着科利奥兰纳斯的面改口说十二次,见4.5.119),奥菲狄乌斯深陷颓丧,自认无法凭勇武(valour)战胜科利奥兰纳斯。但他想到可以凭阴谋诡计:

> 我对他的敌视已使我不能再顾全我的荣誉;因为若不能堂堂正正地以剑对剑,用同等的力量取胜他,凭着愤怒和阴谋(or wrath or craft),也要设法叫他落在我的手里。(1.10.12-16)

奥菲狄乌斯下定决心,抛弃荣誉,从公平的武力对决转变为阴谋算计,而这绝非传统的英雄美德。这不禁让我们想到,马基雅维利曾经教导君主同时效法狮子和狐狸:狮子让人惊骇,但不能避免落入陷阱;狡猾的狐狸无法抵御豺狼,但可以远离陷阱。这教导君主既要勇武,又要善耍阴谋,如拿破仑所说:"我有时是狐狸,有时是狮子,进行统治的全部秘密在于,要知道什么时候应当作狐狸，什么时候应当作狮子。"[1] 科利奥兰纳斯最开始说到奥菲狄乌斯时，把他比喻成一只狮子（1.1.218-219）。奥菲狄乌斯曾是狮子，他与马歇斯对决时，曾呵斥前来驰援的伏尔斯人，不耻于以多当一；但现在他决心变为狐狸，变为狮子和狐狸的复合体。

但科利奥兰纳斯始终只是狮子。当下属说科利奥兰纳斯是魔鬼（devil）时，奥菲狄乌斯说他缺乏魔鬼的"狡猾"：

> 他比魔鬼还大胆，虽然没有魔鬼狡猾（subtle）。我的胆气（valour）一见他就会自己飞了出来，真是闻风丧胆。不论在他睡觉、害病或是解除武装的时候，不论在圣殿或元老院里，不论在祭司的祷告或在献祭的时辰，所有这一切阻止复仇的障碍，都不能运用它们陈腐的特权和惯例，禁止我向马歇斯发泄我的仇恨。不管我在何处找到他，即便在我家里，在我兄弟保护之下，我也要违反好客的礼仪，在他的胸膛里洗我凶暴的手。（1.10.17-27）

---

[1] 塔尔列，《拿破仑传》，任田升、陈国雄译，北京：商务印书馆，2019，页77。

总而言之，不择时间、地点、手段杀死马歇斯，不管圣殿里不许流血（凯撒就在圣殿遭受刺杀），不管任何祷告或献祭的神圣时刻，不管任何礼仪。奥菲狄乌斯后来在安廷姆接纳了科利奥兰纳斯这个客人，却最后在科利奥里唆使党徒杀死了科利奥兰纳斯，无疑违反了好客的礼仪。悲哉，在狐狸面前，一头令人胆寒的雄狮倒下了！

二、科利奥兰纳斯的爱与恨

"我宁愿照我自己的意思做他们的仆人，
也不愿以他们的方式和他们一起统治"（2.1.177–178）

第一场

开头是米尼涅斯与两个护民官在拌嘴（剧中只有米尼涅斯与护民官多次同时入场和交谈，见第四幕第六场，第五幕第一、四场）。赫勒（Agens Heller）认为，这一部分与政治无关，在情节上是多余的，直到伏伦妮娅和维吉利娅上场带来科利奥兰纳斯凯旋的消息，第二幕才正式开始。[①] 这一看法恰恰提醒我们思索，开头的

---

① 赫勒，《脱节的时代》，页423。

戏谑之言有何戏剧意义。

护民官询问米尼涅斯所说的消息是好是坏，米尼涅斯回答说："与民众祈求的不符，因为他们不爱马歇斯。"科利奥兰纳斯的凯旋对罗马是好消息，对民众却是坏消息。其实，很难说平民是爱还是恨科利奥兰纳斯，毕竟凯旋仪式上民众们像欢迎神一样迎接科利奥兰纳斯，民众的爱憎实际漂浮不定（mutable，3.1.67）。①

护民官说"野兽也生来知道谁是朋友"（Nature teaches beasts to know their friends，这是全剧nature第三次出现）。野兽知道亲近谁，民众当然也知道，但这句话也可能暗示民众连野兽也不如。护民官把民众与野兽类比，奠定了剧中民众的意象。米尼涅斯称护民官为"野兽般平民的牧人"（the herdsmen of the beastly plebeians，2.1.77），科利奥兰纳斯称流放他的民众是"多头怪兽"（the beast with many heads，4.1.1-2），还将民众比之为九头水蛇（Hydra，3.1.94）。

围绕"野兽"的意象，米尼涅斯把民众比作狼，把马歇斯比作羊。护民官并没有否认民众是狼，只是说

---

① 比较《安东尼与克莉奥佩特拉》中屋大维·凯撒所言："民众（the common body）就像漂浮在水上的芦苇，起伏不定，如仆人般随波逐流，直到在涌动的水流中湮灭腐烂（1.4.44-47）。"

马歇斯是一头叫起来像熊的羊,讥讽他对平民的愤怒咆哮(关于马歇斯雷霆般的嗓音,见1.4.66-70,1.6.29-31),同时又暗嘲他只有熊的叫声而没有熊的力量,终将被狼吞噬。米尼涅斯则改口说马歇斯是头活得像羔羊的熊,暗示他对平民太温柔。[①]

米尼涅斯问护民官,马歇斯身上有哪些缺陷不是你俩身上大量存在的。布鲁图斯说,大家的缺点他都有,一样也不少。但西西涅斯补充说"特别是骄傲",布鲁图斯又说马歇斯的大吹大擂盖过其他人。米尼涅斯引出我们"上等人"对两位护民官的评价,话题指向骄傲。他先说到护民官的"生气":"一点鸡毛蒜皮的事,也能让你们大动肝火。"护民官说并非只有他们俩认为马歇斯骄傲(we do it not alone),米尼涅斯引申说,护民官自己非常无能,但有很多帮手。他们同样是骄傲的,因为他们缺乏自我认识。他们如果能自我审视一下,就会发现他们是"全罗马最无能、最骄傲、最凶狠、最暴躁的官儿,也就是一对儿最大的傻瓜"。

但护民官并没有因此而气急败坏、情绪失控,他们在剧中很少愤怒,而是冷静地谋划。[②] 他们只反击说人

[①] Jan H. Blits, *Spirit, Soul, and City*, p.71.
[②] Jan H. Blits, *Spirit, Soul, and City*, p.72.

们都清楚米尼涅斯是个什么东西,他的名声也好不到哪儿去。但米尼涅斯自己说到人们对他的"认识":一个不像贵族的贵族,鲁莽、率真、心直口快,由此平民们才会称他"向来爱百姓",但米尼涅斯否认护民官了解自己:"要是你们从我的脸上就能看出这一点,你们就算是对我了解得够清楚了吗?即使你们对我算是了解清楚,你们那昏聩的眼光又能从我的品性中看出什么缺点来呢?"护民官再次自称很了解米尼涅斯,米尼涅斯称"你们既不了解我,也不了解你们自己,你们什么都不了解",因而是"一对活宝"。米尼涅斯有点像苏格拉底那样提醒护民官认清自己的无知,但他拒绝聆听护民官对他的看法,他自认为完全了解自己——贵族和平民执守于各自的阵营,都看不到自己的缺点。[①]

护民官说出了人们对米尼涅斯的评价:"与其说您是元老院不可或缺的人物,不如说您是宴席上插科打诨的好手"(you are well understood to be a perfecter giber for the table than a necessary bencher in the Capitol)。护民官绝不像米尼涅斯说的那样可笑,他们既不愚蠢,也不无知。他们洞悉民众的心理,也善于挑拨民众与贵族间的关系;他们追求自己在城邦中的权力,绝不满足于

---

① Paul A. Cantor, *Shakespeare's Rome*, pp.107-109.

审理"三便士的官司"。米尼涅斯对他们喜剧性的讽刺显然低估了他们的能力和野心。倒是护民官对米尼涅斯的评价更加切中肯綮。米尼涅斯看上去并不像贵族,他自称嗜烈酒,喜说笑,"更喜欢长夜之宴,而不愿日出而作"(converses more with the buttock of the night than with the forehead of the morning,2.1.41-42),似乎沉湎于肉体享乐,享有贵族的闲暇和奢靡。他在剧中对吃食有着浓厚的兴趣,其形象更近乎一个"粗俗的感官主义者"(crude sensualist)。[①] 但他并不了解平民,因为他低估了平民中少数具有政治野心的人。罗马需要重新审视民众的力量,这也许映射出莎士比亚时代民众力量的崛起。

伏伦妮娅等人上场后,米尼涅斯与她们讨论起马歇斯。他首先询问马歇斯有没有受伤,心疼地说,"只要没受重伤,我也感谢天神"。米尼涅斯与科利奥兰纳斯以父子相称,他爱科利奥兰纳斯,但他只是科利奥兰纳斯的崇拜者而不是教育者(参见5.3.10-11:"他比父亲更爱我,不,他奉我为神明");他看重的是酒食而非美德(4.2.51,5.1.51-59,5.2.36);他有口才(good

---

[①] Phyllis Rackin, "*Coriolanus*: Shakespeare's Anatomy of *Virtus*", pp.70-71.

tongue，5.1.37），但这口才只是插科打诨而非政治修辞术。伏伦妮娅称米尼涅斯为"尊贵的"，科利奥兰纳斯却从未这样称呼。科利奥兰纳斯明显对米尼涅斯不够恭敬，并没真把他当成父亲，以致于米尼涅斯不敢相信科利奥兰纳斯给他写了一封信，确认无误后又陷入狂喜（2.1.90-96）。但科利奥兰纳斯需要米尼涅斯的爱，缺乏关爱的他从米尼涅斯这里得到慰藉，他能在米尼涅斯面前感到放松。

伏伦妮娅则感谢天神让儿子负伤，没有一丝对儿子的爱怜，她只关心儿子有没有收获荣誉。伏伦妮娅也许认为，伤越重越好，以便留下"很大的伤疤"（2.1.123）。她清点着马歇斯从第一次出征到如今所负的伤，伤疤象征着胜利和荣誉。米尼涅斯说马歇斯有更多可以骄傲的理由，而伏伦妮娅高兴的是，"等他参加竞选，就能向民众展示很大的伤疤了"。伏伦妮娅想当然地认为，儿子一定会公开展示伤疤，并且愿意成为执政。竞选执政需要向民众展示伤疤，这并非设立护民官之后的新制度，而是罗马共和由来已久的习俗，共和制要求执政官的任命需要得到民众的同意。这一习俗体现着古典的共和精神：展示自己为国家立下的战功，也就是展示自己珍视国家的利益胜过自己的生命，这样的人理应受到整个国家的尊崇（3.3.117-122）。

头戴橡叶冠的科利奥兰纳斯回到罗马。他先向母亲下跪，把自己的胜利归之于母亲的祷告。然后他安慰哭泣的妻子，但泪流满面的妻子并没有回话（与伏伦妮娅的滔滔不绝形成鲜明对比）——剧中科利奥兰纳斯与妻子始终没有单独在一起过，两人的相见完全是在公共的舞台上（第二幕第一场、第五幕第三场）。在米尼涅斯对他致以问候之后，他才对米尼涅斯说了一句听上去很不恭的话：你还没死吗？

科利奥兰纳斯随即前去拜访贵族，接受他们的授勋。在儿子离开前，伏伦妮娅迫不及待地表达了自己的愿望：

> 我活到今天，看到我的愿望——实现，我憧憬的事也成了真。现在只差一样了，我相信我们罗马一定会把它授给你。（2.1.172-176）

这里的用词表明，伏伦妮娅要借儿子实现的是"我的"政治抱负，她期待儿子顺理成章地成为执政官。但科利奥兰纳斯推脱说，"我宁愿照我自己的意思做他们的仆人，也不愿以他们的方式和他们一起统治"（I had rather be their servant in my way, than sway with them in theirs）。伏伦妮娅说的是"我们罗马"（our Rome），她不自觉地把罗马等同于她所属的贵族。科利奥兰纳斯说的"他们"当然也是指贵族。[①] 科利奥兰纳斯很可能没有把民众列为共和制的统治者,他不可能把自己视为民众的"仆人"。科利奥兰纳斯的方式与罗马(贵族)的方式看上去相互冲突。他可以孤军奋战,凭一人之力攻克科利奥里,但他不能一人统治,他必须和"他们(元老们)"一起统治,并遵照"他们"的方式统治,而他显然不完全认可元老们的统治或说共和体制,他具有反体制或反习俗的倾向。意欲以"自己的方式"统治,在这一点上称他有"僭主型人格"并不为过——日后护民官便指控他图谋僭政(affects tyrannical power, 3.3.2;另见3.3.68-71)。

科利奥兰纳斯在这里绝不是故作谦虚,掩饰自己的野心,而表露了他真实的性情。但他并没有坚决拒绝母亲的心愿,只是流露出一种不情愿。不久我们看到他参加竞选执政官,这似乎并非出于他自己的意愿,而是为了取悦母亲,顺遂母亲的心愿。护民官转述科利奥兰纳斯的话说:"他宁可放弃执政官之位,也不愿按上流人士的请求和贵族的心愿去干这种事。"(2.1.211-213)

---

① Gail Kern Paster, "'To starve with feeding': the City in *Coriolanus*", p.127.

科利奥兰纳斯不愿顺遂"他们的"请求,但必须顺遂母亲的请求,在"我"和"他们"之间,还有一个更为强大的"母亲"。

众人下场后,两个护民官开始议论科利奥兰纳斯。他们讲述了凯旋仪式的狂热景象:罗马民众不论妇孺老幼,争先恐后一睹他们的英雄,"就像哪个引导他的神明悄悄附进他那具凡人的躯壳,给了他迷人的丰仪"(as if that whatsoever god who leads him were slily crept into his human powers and gave him graceful posture, 2.1.193-195)。在罗马民众和贵族面前,科利奥兰纳斯发出了神一般的光彩。

全剧越往后的位置,科利奥兰纳斯的形象越接近神。罗马人把他奉为神,但在被流放后,他又成了伏尔斯人的神,罗马的各个城邦纷纷向他投附,考米涅斯说"他就是他们的神。他领导着他们的那副气概,好像凭着造化的本领也创造不出他这样一个顶天立地的男儿"(he leads them like a thing made by some other deity than Nature, that shapes men better, 4.6.94-96);伏尔斯人把他当成食前的祈祷、席上的谈话和餐后的谢恩一样一刻不离口(4.7.3-4);米尼涅斯也形容说,"他全然是一个天神,只缺少永生和一个可以雄踞的天庭"(5.4.17-20)。罗马剧中的人神关系迥异于基督教。神并非人事的绝对主宰,人与神并没有绝对的区隔,那些最高贵、最有德性的人往往具有神的血统或分享了神性,从而被视为"与神相似",科利奥兰纳斯、凯撒、安东尼莫不如此。

　　罗马城对科利奥兰纳斯的欢颂让两个护民官极为不安,或许只有这两个人没有把科利奥兰纳斯看作神。两个护民官"代表平民",却显示出了跟平民不一样的关切。他们担忧,一旦科利奥兰纳斯成了执政官,他们的官职就保不住了,"要么他垮台,要么我们丧失权力"(so it must fall out to him or our authority's for an end, 2.1.249-250)。要么科利奥兰纳斯会取消护民官的官职,要么平民们追随神一样的科利奥兰纳斯,因而不再需要护民官的"保护"。护民官在意的是自己的权力和地位,而不是国家的安危和福祉。为此他们会利用平民"素有的敌意"(ancient malice),使平民忘记科利奥兰纳斯新得的荣誉。为此他们要教导民众:

　　　　我们得让民众知道他向来是怎么敌视他们的。他若掌握大权,一定会把他们当成骡马,禁止他们的申诉,剥夺他们的自由,认为他们的行为和能力,都不适于处理世间事务,就像战场上的骆驼,全靠能负重才有草料吃,要是驮不动趴下,就会招

来毒打。（2.1.219-227）

护民官也许不是耸人听闻。科利奥兰纳斯一旦成为执政官，也许会剥夺人民的权力和自由，把他们贬为奴隶，施行专制。民众不算"人"，民众是战场上的役兽，而非士卒，他们对于城邦的价值仅仅是承负城邦的重担。至于护民官，科利奥兰纳斯当然会剥夺他们的权力，由此罗马将从共和制走向贵族制，但此时的贵族还能担当起"头"的职能吗？

第二场

在元老们上场之前，两个吏役在铺坐垫，并议论起科利奥兰纳斯。一人说"他是条好汉，可是太骄傲，也不爱平民"。随之两人就对平民的"爱"以及平民是否值得"爱"展开了辩论。另一个吏役为科利奥兰纳斯辩护说：

> 有许多大人物嘴上奉承平民，心里根本不爱他们；也有许多人遭平民喜爱，但平民不知道为什么要喜欢他们；他们会无缘无故地爱，就会莫名其妙地恨。所以呢，科利奥兰纳斯对他们的爱憎漠不关心，正说明他对他们的性情了若指掌；他也由他们

看得一清二楚，满不在意。（2.2.7-13）

科利奥兰纳斯清楚平民的爱憎没有价值，所以他不在乎平民的爱憎，不会向民众谄媚来博取民众的爱，他曾对护民官说："至于你的人民，我只能按照他们的价值来喜爱他们"（I love them as they weigh, 2.2.67-68）。这种"无所谓"正表明科利奥兰纳斯的高贵（noble carelessness）。不过，第一个吏役否认科利奥兰纳斯不关心平民的爱憎，因为他总是竭力寻求民众的憎恨，刻意与民众为敌，"这种刻意惹民众仇视和不满的做法和他唾弃的逢迎民众的手段同样不对"（to seem to affect the malice and displeasure of the people is as bad as that which he dislikes, to flatter them for their love, 2.2.18-19）。

这番辩论实际展示了科利奥兰纳斯对待平民的双重态度：不在意平民的爱，却刻意激起平民的恨。恨同样是一种情感，恨和爱一样，都是受制于对方，就此而言，科利奥兰纳斯并非真正不在乎平民的爱憎。科利奥兰纳斯恨平民为什么这么低贱，也就是恨平民为什么不能像自己那样高贵，恨他们达不到自己的要求。但是，正如我们不能奢望所有人都是高贵的一样，我们也不应恨平民"天性中无能为力的东西"。换言之，平民原本不是狮子和狐狸，你硬要把他们当成狮子和狐狸，当然会大为失望（比较1.1.153-155）。正是在此意义上，布鲁姆称科利奥兰纳斯对平民的态度"接近于今天人们所说的改革者精神"，科利奥兰纳斯对民众的恨正源于要改变民众本性的冲动。①

普鲁塔克赞许科利奥兰纳斯不向民众献媚来博取权力，但批评他通过威吓、暴力、压迫民众来博取权力。普鲁塔克认为，科利奥兰纳斯对民众的憎恨甚至最后要毁灭罗马，都是缘于过度渴求自己应得的荣誉：尽管科利奥兰纳斯声称不需要民众给予的荣誉，但一旦得不到，他便恼羞成怒。普鲁塔克举出梅特鲁斯（Metellus）、阿里斯提得斯（Aristides）、埃帕米浓达（Epaminondas）作为反例，这三位政治家不关心民众的爱憎，尽管他们一再被流放、在选举中落败、受到法律指控，但他们对同胞的忘恩负义并无怨怒，而是在同胞翻悔时友善待之，在同胞求好时修好之。"最少渴求民众尊崇的人，应该也最少怨恨民众的轻忽。"（《阿尔喀比亚德与科利奥兰纳斯对比》）换言之，对平民的要求或期望越少，对他们越少憎恨。普鲁塔克似乎认为，科利奥兰纳斯没能清楚认识民众的价值，反而在乎民众

---

① Allan Bloom, *Shakespeare's Politics*, p.84.

给予的荣誉。在莎士比亚笔下,科利奥兰纳斯看似认清了民众的本性,实则对民众抱有极高的期许,并因失望而怨恨民众。他并非不在意民众及其爱憎,而是太在意了。

元老们和护民官上场就坐,米尼涅斯宣明了会议的主题:如何褒奖科利奥兰纳斯为国家立下的功勋。为此他先请现任执政和主将考密涅斯报告科利奥兰纳斯的丰功伟绩。科利奥兰纳斯起身欲去,不过这次他并没有斥考密涅斯的赞美为"谄媚"和"谎言",而是说他"不愿干坐着听人夸大我干的那些不值一提的小事"(idly sit to hear my nothings monstered,2.2.70-71)。

考密涅斯的赞词基于一个"假定":

> 世人公认勇敢是最大的美德,勇者最受尊崇。如果真是如此(if it be),那我现在说的人就举世无双了。(2.2.77-81)

这一"如果"表明,勇敢也许不是最大的美德。这暗合罗马政治处境的变化:随着护民官的设立,执政官不得不同样照顾平民的利益,言辞所代表的修辞技艺变得和勇敢一样重要。勇敢是战争的美德,而在和平时期调解平民与贵族的关系,更多依靠智慧(Cambridge, pp.50-51）。

考密涅斯接下来的赞词强调了科利奥兰纳斯举世无双的勇敢。科利奥兰纳斯十六岁第一次参加战斗，对阵塔尔昆，神勇过人，"本可以像女人那样怯懦不前，却证明自己是战场上最勇敢的战士"，初出茅庐的科由此成了男人；此后的十七次战斗，他夺得无与伦比的荣誉；最近的科利奥里之战，则超乎言辞所能描述的范围。科利奥里之战的特殊在于，其他人都是懦夫，唯有科利奥兰纳斯一个人是勇敢的。考密涅斯的描述使用了多个比喻：敌人就像船下的水草，纷纷倒伏；他的剑是死亡的印记；像彗星一样袭向科利奥里；像在进行一场永无止境的屠杀……① 在这番赞颂后，考密涅斯还强调科利奥兰纳斯的勇敢不是为了求得什么奖赏："行动本身就是他给自己的酬劳，能这样度过时光他就心满意足"（rewards his deeds with doing them, and is content to spend the time to end it，2.2.122-123）。

科利奥兰纳斯重新上场接受元老们的任命，但成为

---

① 在女性主义批评者看来，科利奥兰纳斯体现着男人的、战士的、杀戮性的"美德"，这是一种"非人的""冷血的""否定生命的美德典范"（life-denying ideal of *virtus*），而女人性与生命滋养生育相关，莎士比亚表达了对纯粹男人性美德的质疑，见Phyllis Rackin, "*Coriolanus*: Shakespeare's Anatomy of *Virtus*", pp. 68-79.

执政官的最后一步是对民众讲几句话：穿上表示谦卑的粗布长袍，展示战斗中落下的伤疤，请求民众的同意。这原本是例行公事，但科利奥兰纳斯请求越过这一惯例（custom），但护民官和米尼涅斯都坚持要他按例行事，像前任执政官们那样按规定的形式接受荣耀（go fit you to the custom and take to you, as your predecessors have, your honour with your form，2.2.137-139）。越过这一形式，不仅是不尊重民众的意愿，还是不尊重罗马由来已久的习俗。科利奥兰纳斯则觉得，"扮演这一幕戏，我一定要脸红"（2.2.140），他之所以脸红是因为，"好像我负这些伤，就为换他们一声赞叹"（2.2.144-145）。

在普鲁塔克笔下，科利奥兰纳斯愿意展示自己的伤痕，得到民众的认同；但到选举当日，民众对科利奥兰纳斯心怀畏惧，担心这样一个如此维护元老院的利益的人一旦执政，就会侵夺人民仍旧保有的自由，于是愤慨和猜忌取代了对科利奥兰纳斯的爱，科利奥兰纳斯落选（《科利奥兰纳斯传》14-15）。这是普鲁塔克与莎士比亚笔下科利奥兰纳斯形象的根本区别。另外，普鲁塔克笔下，民众拒绝科利奥兰纳斯不是因为护民官的挑拨，而莎士比亚也强化了护民官作为阴谋家的角色。

第三场

几个城民交谈，说到科利奥兰纳斯曾骂民众是"多头的群众"（many-headed multitude，2.3.14）。一个通达的城民不予否认，反而戏谑地解释了他们何以是"多头怪兽"。首先，不止科利奥兰纳斯，很多人都这么称呼民众；其次，民众的想法分歧不一，难以形成统一的思想和行动，多头即等于没头。

> 我们的想法是这么分歧不一（our wits are so diversely coloured）。要是我们各人所有的思想都从一个脑壳里发表出来，它们一定会有的往东，有的往西，有的往北，有的往南，四下里飞散开去。即便它们协商好了一条笔直的路，也会立即沿着罗盘上的各个点散开。（2.3.16-20）

莎士比亚借民众之口来刻画民众的本性，可谓诛心之论。但民众在此也显示出朴素、可爱的一面，他们一方面意识到不该拒绝科利奥兰纳斯，否则就是对他"忘恩负义"，另一方面又纠结于科利奥兰纳斯对民众的态度，他们所需要的只是科利奥兰纳斯缓和对民众的态度："他要是肯对民众好，谁都没他有资格。"

科利奥兰纳斯身着表示谦卑的粗布袍（gown of

humility），却不愿屈身向平民乞求同意。但他在平民面前还是收敛了很多，半骄傲、半恭顺地放低了姿态（他罕有地称平民为sir）。当平民指责说他不爱平民，他辩解说他是不滥做人情（I have not been common in my love），因而更为高贵；不智的民众所爱的只是那些谄媚他们的人，而他不愿意这么做。

> 先生，我可以逢迎这些誓同生死的同胞，来博得民众的欢心，如果这就是他们要的谦恭有礼。既然他们只需我脱帽致敬，而不是一片忠心，我可以学学这种谄媚的礼仪，对吃这套的人装模作样。也就是说，先生，我会学学那些受欢迎的人物的本事，在喜欢这套的人面前好好施展。（2.3.85-91）

平民下场之后，他发表了他在剧中的第一次独白，表露了他对自己行为的认识。

> 宁可死，宁可挨饿，也不要向别人求讨我们分所应得的酬报。我为何一身毡布衣立在这儿，向民众讨要无关紧要的同意？习俗逼着我这样做，习俗怎样命令我们，我们就得怎样做。千年尘封的陋习无人加以扫拭，堆积如山的错误将公道正义完全遮

蔽。与其扮演这样的把戏，不如把荣誉高位让给那些愿意干这种事的人。（2.3.99-109）

科利奥兰纳斯认为自己理所应当成为执政，完全不需要走这套程序，向民众乞求。他将自己当下的行为归咎于习俗（custom），痛斥习俗的错谬，强调真正的正义是分所应得。科利奥兰纳斯近乎于提出了西方思想史上著名的"习俗正义"与"自然正义"的区别，当习俗不合乎自然时，就必须用自然正义取而代之。在科利奥兰纳斯看来，依据"自然"，民众不该享有权力，而只应绝对服从贵族的统治；允许民众选举护民官违背了这一"自然"，因而已成"恶法"；而执政官的任命需要征求民众的同意，同样违背了"自然"。

科利奥兰纳斯漠视平民的同意，实际触犯了罗马共和的礼法（custom）。执政官是城邦最高领袖，必须得到全体人民的同意，只有经过了这一程序，执政官才有合法性。科利奥兰纳斯已经成为获得贵族的任命，他还需要平民的同意，罗马共和强大的民主性质在此显露出来，因为每个人都可以发出自己的声音，表示自己同意或不同意（every one of us has a single honour in giving him our own voices with our own tongues，2.3.38-39）。"人民必须履行投票的权利，他们也不愿减去例行仪式的一分"（the people must have their voices, neither will they bate one jot of ceremony，2.2.134-136）。科利奥兰纳斯意图越过礼法，凭靠个人的功绩成为执政官，在这一点上他可以被称作"僭主"，即未经合法程序产生的执政官。

护民官宣布科利奥兰纳斯获得了民众的认可，下一步是到元老院接受正式任命。科利奥兰纳斯迫不及待地要脱去粗布衣，恢复本来面目（knowing myself again）。两个护民官再次留场，莎士比亚展现了他们是如何操控和翻转民意的。

民众原本对科利奥兰纳斯看法不一。有人认为他态度轻蔑，在请求平民同意时心怀嘲笑，有人认为他说话总是这样，并没有讥笑平民（2.3.146）。平民间的分歧几乎重演了第一幕第一场和第二幕第三场的开头。但护民官善于控制多头怪兽，赋予它一个意志。他们先提醒平民是否看到了科利奥兰纳斯的伤疤，诱导平民共同认为科利奥兰纳斯不是在请求而是在嘲笑他们（not ask but mock，2.3.193），暗示平民是出于"无知"或"幼稚的好感"而选择科利奥兰纳斯；然后重提他们事先教导平民要说的话（could you not have told him as you were lessoned....thus to have said, as you were fore-advised），激起民众的悔意："你们的身体就这么没头脑？还是你们的舌头不服从理智的判断了？"（had your bodies no heart among you? Or had you tongues to cry against the rectorship of judgement? 2.3.189-191）暗示民众收回自己的同意。

在民众嚷着要否决科利奥兰纳斯，护民官马上再次教导民众如何说和如何做，一下从平民的喉舌变成了操控平民喉舌的指挥者：

> 告诉你们那些朋友（2.3.199）……让他们集合，重新慎重考虑（2.3.203-204）……就把责任推给我们（2.3.213）……就说你们是奉我们之命选他的，不是自己真的想选（2.3.215-217）……就说我们教训你们（2.3.221）……你们要一再声明，会同意完全是我们的鼓动所致（2.3.237-238）……[1]

民众彻底被煽动起来，多头怪兽开始爆发出惊人的力量。这一局面正是护民官乐见的，他们为了保住自己的官职拼死一搏，不惜煽动平民暴乱。为了撇清罪责，他们先于平民赶往元老院，以免被人看出平民是受了他们的鼓动。两只老狐狸狡猾至极，试图营造这样的假

---

[1] Barbara L. Parker, *Plato's Republic and Shakespeare's Roman Plays*, p.61.

象：平民选举科利奥兰纳斯是受护民官的游说，撤回同意、发起暴动则是平民自己的意愿。

三、荣誉与权谋

"没有人民，哪有城邦？"（3.1.200）

第一场

本场是全剧最长的一场戏，位于全剧中心。这时，科利奥兰纳斯已经到元老院接受了正式任命，他随着众元老去往市场；护民官已经在市场上鼓动民众聚集起来到元老院闹事，为避免被看出是这场叛变的煽动者，他们提前赶往元老院。于是众元老与护民官在街道上相遇了，而大批民众尚未赶来。

本场情节可谓跌宕起伏。开头是科利奥兰纳斯与拉歇斯议论奥菲狄乌斯（1-20），而后两个护民官上场，宣布民众撤销同意科利奥兰纳斯担任执政官，科利奥兰纳斯由此怒斥护民官，并指责贵族们的软弱（21-181）；平民上场后围攻科利奥兰纳斯，但被科利奥兰纳斯击退，在众人劝说下，科利奥兰纳斯和考密涅斯退回家中（182-255）；护民官率乱民重上，米尼涅斯与护民官谈判，商定由米尼涅斯把科利奥兰纳斯从家里带到市场上接受法律的处罚（256-341）。

拉歇斯禀报说奥菲狄乌斯又起兵而来，科利奥兰纳斯非常关心奥菲狄乌斯是否提到自己，询问他"怎么说"以及"说什么"。"我希望有机会到那儿［安廷姆］去找他，当面领教他的仇恨"（3.1.19-20），这句话预示着第四幕第五场两人在安廷姆的会面，但两人彼时不是仇人，而是盟友。护民官应声入场，他们将制造科利奥兰纳斯去往安廷姆的"机会"。

护民官宣布，科利奥兰纳斯没有得到平民的同意——他们的如意算盘最开始只是取消科利奥兰纳斯作为执政官的任命。科利奥兰纳斯讥讽说："方才同意我的难道都是些不懂事的孩子吗？"（Have I had children's voices?）他马上意识到这可能是受护民官指使：

> 这是故意的，后边肯定有阴谋，企图操控贵族的意志。我们要是姑息这一行为，就只能和那些既无力统治、也不愿被统治的家伙（即护民官）为伍了。（3.1.39-42）

护民官矢口否认是"阴谋"（plot），声称是民众的心声，是科利奥兰纳斯对民众的态度激怒了民众：

"您把自己的不满表现得太露骨，民众才会起骚动"（You show too much of that for which the people stir）。但是，科利奥兰纳斯对民众素来如此，民众何以一开始投赞成票，尔后反悔呢？考密涅斯也看出，"民众是被人利用，受人指使了。罗马不该有这种伎俩（This paltering becomes not Rome）"。"伎俩"（paltering）意为含糊其辞、花招，温和的考密涅斯避免使用"阴谋"一词。

护民官提到发放粮食之事，愈发激怒了科利奥兰纳斯。他对元老院发粮一事始终忿忿不平，不满元老院不能像自己那样对平民强硬冷酷。这时，他的发言对象不再是护民官和平民（平民尚未上场），而转向元老院：

> 我再说一遍：为了抚慰他们，我们滋养了反抗元老院的叛逆、无礼、骚乱的莠草，我们亲自锄的地、播的种、撒的苗，将它们和我们这些高贵的人混在一起，我们不缺勇气，更不缺力量，但这些已经送给乞丐了。（3.1.69-75）

第一幕中我们已经见识了马歇斯对平民的咒骂，这一幕则见识了科利奥兰纳斯指控贵族们软弱无能。米尼涅斯和一位元老都请求科利奥兰纳斯就此打住，但他

"不惜喊破喉咙,提醒我们留意那些我们唯恐沾染却又竭力招引上身的麻疹(which we disdain should tatter us, yet sought the very way to catch them)"。

护民官说到,"您的想法应当/将留着毒害自己,不能让它毒害旁人"(It is a mind that shall remain a poison where it is, not poison any further)。"应当"一词刺激了科利奥兰纳斯的神经,shall表示将要做或必须要做,而科利奥兰纳斯认为护民官是在强迫他做某事。他提醒元老们注意这一"专横的'应当'"(absolute 'shall'),考密涅斯则说"这违背了法律"('Twas from the canon),因为护民官仅有否决元老院决议的权利,自身无权做出决议或颁布法律,他们不应该对一个贵族说"应当"(Cambridge, p.185)。科利奥兰纳斯认为护民官得寸进尺,使用了元老们才有资格使用的语词,这象征着护民官对元老院权力的侵占,他们将对元老院发号施令。

哦,善良而糊涂的贵族!你们这些庄重而鲁莽的元老啊,你们怎么会允许这多头怪兽自选官吏?这位就是怪物的犄角和喉舌,他会凭着盛气凌人的"应当",大着胆子宣布要将你们的水泉引到沟

渠，还要侵占你们的河道？（3.1.92-98）[1]

科利奥兰纳斯既不满于元老院发放粮食，更不满于同意平民选任护民官。贵族们无论如何不应赋予平民任何权力，否则便会引起接连不断的混乱。他继续说到：

> 如果让他掌权，你们的无知只配拜倒在他的脚下。如果还没有给他权力，趁早意识到纵容的危险吧！如果你们博学多识，就别像一般的蠢人那样行事；如果你们愚蠢，就让他们在元老院占上一席之地。[2] 他们若当上元老，你们便成了平民。一旦他们的声音和你们的混合，他们人多势众，就会彻底盖过你们的声音。（3.1.98-105）

不断重复的"如果"似乎在向读者发问，而不是在向元老们发问，因为前面已经称贵族为"不智的"，而且护民官已经设立，已经拥有权力。护民官的设立以及

---

[1] 美国国父杰弗逊（Thomas Jefferson，1743-1826）在1760年代还是学生时，曾在笔记本中摘抄这段话。参见Arden, p. 275.
[2] let them have cushions by you包含三种含义：平起平坐（seats with you）、夺去你们的座位（seats instead of you）、坐你们空出来的座位（seats you have vacated）。参见Arden, p.276.

罗马赋予护民官的权限使得平民能够对抗贵族。但在科利奥兰纳斯看来，新建立的罗马共和意味着从元老主宰的贵族制滑向民主制，民众与元老势均力敌，将成为内乱的渊薮，并将最终颠覆元老的统治。

> 凭着朱庇特起誓，这会使执政们降低身份；两种势均力敌的权力崛起时，混乱就会趁虚而入，一个消灭一个。（3.1.108-113）

较之剧中的情景，我们觉得科利奥兰纳斯言过其实乃至危言耸听：毕竟平民仅仅拥有了一个护民官，而贵族则拥有整个元老院，论实力，贵族比平民强得多。但科利奥兰纳斯却说两种权力谁都没有至高权威（neither supreme）——这与其是指历史上刚刚步入共和的罗马城邦，不如说在揭示一个政治问题：究竟应该处理贵族与平民的冲突？是弥合两者的分野，还是应该让贵族的归贵族，平民的归平民？历史上的罗马并没有因为护民官的设立而走向民主制，莎士比亚的政治思考在此显露：如何看待民众的本性？以及民众是否应该统治？赋予民众权力可能会有何种后果？科利奥兰纳斯毫不妥协的政治立场使这部剧成为"莎士比亚本人的反民主信念的最极端例证"。① 如此种种都影射莎士比亚时代民主力量的崛起,虽然英国奉行君主制,但《科利奥兰纳斯》写作的时间(1607—1608年)距离1688年光荣革命也不过只有八十年的时间。②

科利奥兰纳斯又说到开仓放粮之事,并说明了他反对免费发粮的理由。一则平民没有为城邦做出任何贡献,他们在战场上都是懦夫;二则他们不会感激元老们的好意,反而认为元老们害怕他们人多势众(we are the greater poll, and in true fear they gave us our demands),由此会变得肆无忌惮。米尼涅斯和护民官试图打断科利奥兰纳斯,而他继续说下去,说出他的"结论"。他促请元老们:

---

① Harold C. Goddard, *The Meaning of Shakespeare*, Vol.II, Chicago and London: The University of Chicago Press, p.209. 与之相反的观点认为莎士比亚是共和主义者,参波考克,《马基雅维利时刻》,冯克利、傅乾译,南京:译林出版社,2013,页364-365:"伊丽莎白时代的英格兰人很熟悉这些概念,勤勉研究有着共和主义形式的人文主义政治理论的人也不在少数——莎士比亚的《科利奥兰纳斯》只能演给这样一些观众看,他们对平衡权力的共和国乃阻止公民美德腐化所必需这种观点很感兴趣。"波考克的这一论断开启了其后剑桥学派以共和主义视角解读莎士比亚的事业。
② 正因为强烈的反民主倾向,《科利奥兰纳斯》"可能是莎士比亚最受忽视的戏剧","很少上演,除了学者和学生外有多少人读它也令人惊讶"。参见Harold C. Goddard, *The Meaning of Shakespeare*, Vol.II, p.209.

要是你们的审慎超过你们的恐惧，爱护城邦的根基甚于对剧烈变革的恐惧，喜欢荣光甚于长寿，愿意冒险尝试危险的药方来救治别无生望的病体——尽快拔掉民众的舌头，别让他们舔舐毒害他们的蜜糖。你们蒙受的耻辱使你们无法明辨是非，损害了城邦应有的统一，由于受恶势力挟持，缺乏推行善政的权力。（3.1.151-162）

科利奥兰纳斯为濒死的城邦开出了一剂"危险的药方"："拔掉民众的舌头"。护民官最初担心的事眼看就要发生（2.1.196-197，217-218），为此他们拼死一搏，欲置科利奥兰纳斯于死地。在第二幕末尾，护民官只是想撤销对科利奥兰纳斯担任执政官的任命，此时他们大呼科利奥兰纳斯"说起话来像个叛徒，必须接受叛徒应得的处分"（He's spoken like a traitor, and shall answer as traitors do），指控科利奥兰纳斯"公然谋逆"（manifest treason）。他们假借人民的名义（实际人民还未上场）宣布逮捕"叛乱的策动者，公众福利的敌人"（a traitorous innovator, a foe to the public weal）。

科利奥兰纳斯何以能被称为"叛徒"？他热爱罗马，为了城邦的利益而攻击共和政制，批评元老们给予平民权力。在他看来，罗马的法律已经成为是非不分的

"恶法":

> 在叛乱的时候，不合理却不得不采取的成了法律，……在正常的时候，一切都该按正理办。（in a rebellion, when what's not meet but what must be was law,[①]……in a better hour, let what is meet be said it must be meet）（3.1.167-170）

这是全剧第一次提到"法律"。科利奥兰纳斯近乎于再次提出了"习俗正义"与"自然正义"的区别。依据"自然"，民众不该享有权力，而只应绝对服从贵族的统治；允许民众选举护民官违背了这一"自然"，因而已成了"恶法"。但前提是，贵族得是"自然"意义上的贵族，也即最富于德性的人，可眼前的元老院失去了智慧、勇武、对荣誉的热爱，他们鲁莽而不智，怯懦而畏惧。若要真的实现"自然正义"，首先应该再造贵族，其次才谈得上收回民众的权力。

后续护民官指控科利奥兰纳斯违抗法律，法律不屑

---

① 此句各家译法不同，兹录之以备参考。梁实秋译为"不合理而又不能不做的事都可以成为法律"；汪义群译为"只有利害而无是非"；邵雪萍译为"一切悖理的事都能贸然成为法律"。

对他做出审判（he hath resisted law, and therefore law shall scorn him further trial，3.1.269-270）。但实际护民官的行为就是违背法律，不经法律审判就径直宣布科利奥兰纳斯"叛徒"，并借人民的名义施以"私刑"。米尼涅斯后来提出要"以合法的形式"（by a lawful form）处罚科利奥兰纳斯，而所谓"合法的形式"也就是民众表决。就在护民官公然违法，肆意污蔑科利奥兰纳斯时，贵族们没有任何反击能力，只说一句"我们愿为他担保"（we'll surety him，3.1.179），他们丝毫不能卫护贵族精神的捍卫者科利奥兰纳斯。

平民上场后，护民官指控科利奥兰纳斯要"把你们的权力剥夺殆尽"，平民随之围攻科利奥兰纳斯。米尼涅斯无法控制局势，居然请护民官出面安抚平民，他没有意识到平民正是受了护民官鼓动。一位元老说，护民官是要把城邦夷为平地，而护民官冠冕堂皇地说："没有人民，哪有城邦"（What is the city but the people?），人民就是城邦。护民官代表人民，也就代表城邦：他们奉人民的意旨，以民选长官的身份（upon the part o' the people, in whose power we were elected theirs），宣布应该立即处死科利奥兰纳斯。这是城邦对科利奥兰纳斯的宣判，护民官公然诉诸暴力，并以科利奥兰纳斯式的语言辩护说，"那些谨慎之方看来审慎有效，其实对急症有害"（those cold ways, that seem like prudent helps, are very poisonous where the disease is violent，3.1.222-224）。

科利奥兰纳斯拔剑，在贵族们的帮助下与平民对阵（"我们的朋友和敌人一样多"），暂时击退平民。米尼涅斯则请求科利奥兰纳斯放下剑，躲回家中，以免真的发生暴力冲突。考密涅斯懂得避让，劝科利奥兰纳斯不要好强逞能，趁乱民还未回来之前快走。科利奥兰纳斯与考密涅斯下场后，一个贵族感叹说"这人断送了自己的前程"（This man has marred his fortune），却不曾对罗马的命运表示担忧。

护民官率乱民重上，再次要求今晚就处死科利奥兰纳斯，因为"把他驱逐出境可能会留下后患，留他在国内，我们都必死无疑"。米尼涅斯说到科利奥兰纳斯对罗马的贡献，罗马应该表示感激，但他们完全不予理会，吼着要追到科利奥兰纳斯家里，把他拖出来处死（3.1.314）。米尼涅斯最后只能以"内讧"亦即贵族的报复相威胁："还是照章办事（proceed by process）好，他也深得人心，如果引发内讧，伟大的罗马就会毁在罗马人自己人手上"（3.1.319-321），另一名元老也帮腔说护民官的血腥之举可能会惹出不可预料的后果（the end of it unknown to the beginning，3.1.333-334）。护民官见风使舵，态度缓和下来，号令乱民放下武器，让米尼涅斯作为"人民的长官"（as the people's officer）去把科利奥兰纳斯从家里带到市场上，接受法律的审判。显然，护民官自信，市场上的民众一定会听命于他们。

第二场

全剧只有第一幕第三场和第三幕第二场设置在科利奥兰纳斯家中。科氏在贵族们的护拥下退回自己家中，他置生死度外，坚决不改变对平民的态度。在旁的一个贵族称赞他"高贵"。但贵族也分为两派：赞成科利奥兰纳斯的强硬派，据普鲁塔克说多是年轻的贵族；另一类是年长的温和派，米尼涅斯和众元老随后上场，指责科利奥兰纳斯"太粗暴"（见普鲁塔克，《科利奥兰纳斯传》17、19）。

在母亲伏伦妮娅初上场时，科利奥兰纳斯说到母亲对平民素来轻蔑，但他不解母亲为何也不赞成他的做法。他询问母亲，"难道您要我违背自己的天性（false to my nature）？您该说，我扮演的就是我所是（I play the man I am，3.2.16-17）。"① 本场戏包含着伏伦妮娅

---

① 此句朱生豪译为"我现在的所作所为，正可以表现我的真正的骨气"；梁实秋译为"我现在的行为正是我的本色"；汪义群译为"我表现

对儿子马基雅维利式的政治教诲，这一教诲的核心就是"扮演"，因此文中有着重叠繁复的"表演"意象。

伏伦妮娅一针见血，提醒儿子要适时地隐藏自己的天性，先假装对民众卑躬屈膝，一朝大权在握，再剥夺民众的权力也不迟：

> 你即使收敛一些锋芒，你还是你所是的男儿。你可以少碰到一些对你本性的阻碍，如果在他们丧失阻挠你的力量之前，你没有向他们表明你的本性。（3.2.20-24）

米尼涅斯和其他元老上场，劝科利奥兰纳斯回去挽回局面。伏伦妮娅则劝儿子要使用"头脑"："我的心和你的一样刚强，但我的头脑叫我把怒气发泄在更合适的地方"（I have a heart as little apt as yours, but yet a brain that leads my use of anger to better vantage）。"心"对应柏拉图意义上的血气，"头脑"对应理智。

科利奥兰纳斯询问四周"我必须怎么办"（what

男儿本色"；邵雪萍译为"我现在的做法才符合我的本色"。比较3.1.220米尼涅斯说护民官 be that you seem, truly your country's friend［请你们表里如一，真的当祖国的友人］；4.2.4，科利奥兰纳斯被流放后，护民官说："事后不妨显得比行动时谦卑些（seem humbler）。"

I must do，3.2.36）。他意识到他不得不根据形势的必然而非个人意愿行事（比较3.2.98：He must, and will；3.2.111-121：I must do't……I will not do't；3.1.168：what's not meet but what must be was law；2.3.43科氏请求平民同意时曾问米尼涅斯what must I say?）。米尼涅斯劝告他回去向两个护民官道歉，科氏坚决拒绝，伏伦妮娅首先打消他的固执：

> 在危急的时候，你绝不可太过高贵。我听你说过，荣誉和权谋（honour and policy）在战争中就像亲密的朋友一样不可分离，如果这是真的，那你说它们在和平时怎么就不能交相为用，非得势不两立？（3.2.41-46）

伏伦妮娅借用科氏自己的说法，试图给予他新的政治教诲：权谋不仅不会损害荣誉，而且是荣誉不可或缺的"朋友"，和平时危机状况下使用权谋就像战争时使用权谋一样正当。在当前语境下，权谋就是隐藏自己的天性（to seem the same you are not），扮成另一个人进行一场政治表演。[①] 所以伏伦妮娅劝科利奥兰纳斯：

---

① 参见马基雅维利，《君主论·李维史论》，页27：切萨雷·博尔贾"诉

> 你现在必须去向人民说话，不是照你自己的想法，也不是照你内心的意愿，而是向他们说一些你硬搬来的话，尽管这些话是违背你本心的无耻谎言。（3.2.53-58）

伏伦妮娅声称，说谎就像用温言招抚一座城池一样不会损害荣誉。伏伦妮娅近乎于表达了马基雅维利式的教诲，但她的教诲始终没有脱离荣誉，因而并没有沦为赤裸裸的诈术。① 科利奥兰纳斯要从战士蜕变为执政官，的确需要学习权谋，不过，在任何时候教授权谋可能都会带来问题：这里的权谋是用来取悦平民，以后的权谋或许就是用来屠戮平民甚至贵族；这里的权谋是教给科利奥兰纳斯，如果教给其他人，造就的不一定是执政官，而可能是马基雅维利式的新君主。②

诡计，深深懂得怎样掩饰自己的心意"。

① 参见马基雅维利，《君主论·李维史论》，页69-70："（君主）必须做一个伟大的伪装者和假好人……因为他要保持国家，常常不得不背信弃义，不讲仁慈，悖乎人道，违反神道……使那些看见君主和听到君主谈话的人都觉得君主是位慈悲为怀、笃守信义、诚实可靠、讲究人道、虔敬信神的人……人们进行判断，一般依靠眼睛更甚于依靠双手。"
② 对勘色诺芬《居鲁士的教育》卷一结尾对居鲁士"权谋"的教育。参见伯恩斯，《冈比瑟斯与居鲁士论正义》，见《古典学研究：色诺芬笔下的哲人与君王》，彭磊主编，上海：华东师范大学出版社，2020，页28-52。

伏伦妮娅声称,"要是我的财产和我的亲友处于生死存亡的关头","我"一定会隐藏自己的天性(dissemble with my nature),备感光荣地说谎;她还说,自己这番劝告不仅代表科利奥兰纳斯的妻儿,还代表着罗马的元老和贵族——她已经不只是一位母亲,而俨然成为城邦的代表。在第五幕,当罗马处于生死存亡的关头时,伏伦妮娅便代表罗马出面劝说科科利奥兰纳斯,最终拯救了罗马。伏伦妮娅在第五幕实践的就是她在第三幕所提出的这些教诲。换言之,伏伦妮娅不仅能教导权谋,她自身还深通权谋。

接下来,伏伦妮娅设计出一系列动作和台词,亲自教导科氏如何在平民面前表演:

> 去见他们,把帽子拿在手上,就按这个样子做,随着他们的意思,你的膝盖吻着石板地——因为在这种事上,行为总是胜于雄辩,蠢人的眼睛比他们的耳朵更加聪明——不住地点头,克制着你骄傲的心,使它谦卑得像一颗熟透的桑葚摇摇欲坠;你也可以对他们说,你是他们的战士,因生长在喧嚣的军旅生涯,没有养成博取他们好感所应有的谦谦风度,将来你一旦权力在握,定要按照他们的意愿来规范自己,供他们驱使。(3.2.74-87)

"行为胜于雄辩"（Action is eloquence），行为比言辞更能达到说服的效果。相比于米尼涅斯的仅仅关注言辞，伏伦妮娅的教导无疑更全面。所以，连米尼涅斯也佩服伏伦妮娅的设计，称赞说"您只要照她说的去做，他们的心就是您的了"。

不过，科利奥兰纳斯在倾听伏伦妮娅的教诲时长久地沉默（3.2.65-116），直至伏伦妮娅要求他必须表态，"请你说愿意，这就去吧"的时候，他才禁不住反问："我必须用我的无耻的舌头，把一句谎话加在我高贵的心上吗？"（Must I with base tongue give my noble heart a lie that it must bear?）"你们现在让我扮演这样一个角色，我是无论如何演不像的。"（You have put me now to such a part which never I shall discharge to th' life）考米涅斯紧接着说，"要是你忘了台词，我们会给你提词的"（3.2.107）。这些说法强化了下一场戏中"表演"的意味：科利奥兰纳斯在考米涅斯和米尼涅斯的陪同下回到了市场上，他要扮演成一个他不是的人；他相当于是受考米涅斯和米尼涅斯挟持的演员，而幕后总导演就是伏伦妮娅。[1]

---

[1] "表演"是剧中的关键意象之一，参Maurice Charney, *Shakespeare's Roman Plays*, pp.169-176.

面对危局，米尼涅斯只是一味劝告"只能说点好话"（only fair speech，3.2.97）——对于说什么好话，除了言辞是否还需要什么行动，米尼涅斯就语焉不详了。考米涅斯则劝告，"你要么就备好强援，要么就得用温和的态度，或者逃离此地来自保"（3.2.95-96）。考米涅斯所提出的这三种方案，惟独第二方案可取，因为，前者意味着内乱，而"出走"是科氏所不齿的战略性撤退（1.6.47-48）。真正的教育者和劝谏者唯有伏伦妮娅。

此时的科利奥兰纳斯陷入两种声音的撕扯之中，他一边说要服从必须（I must do't），"让一个娼妓的灵魂占据住我的身体"，一边又想服从自己的意愿，"我的身体这样扮演，会使我的精神沾上洗刷不去的卑污"（by my body's action teach my mind a most inherent baseness, 3.2.123-124）。最后，伏伦妮娅冷下脸来，似乎动了气：你愿意怎样就怎样吧，我不管了，你向平民请求是耻辱，我向你请求对我是更大的耻辱……她甚至要与儿子划清界限："你的勇敢是吮吸了我的奶汁得来的，你的骄傲却属于你自己。"（实际科利奥兰纳斯的骄傲也是受母亲影响，参见3.2.9-14）听到这，科利奥兰纳斯瞬间改变了态度："请您宽心吧，母亲，我就到市场上去；不要再责骂我了（chide me no more）。"

（3.2.131-133）科氏似乎瞬间从男人变成了一个乖孩子，他不忍惹母亲生气，他接下来的豪言壮语——"我要骗取他们的欢心，等我回来的时候，我将被罗马的一切手艺人所爱戴。瞧，我去了。我一定要做一个执政回来，否则就不要相信我的舌头也会向人谄媚"（3.2.133-138）——似乎就是为了刻意抚慰和讨好母亲。

莎士比亚在这里布置了一处生动的心理戏。科利奥兰纳斯最终决定去向民众献媚，并不表示他认同了母亲所训诲的"权谋"，或者认同政治就是表演和欺骗。在权谋是否正当的问题上，莎士比亚通过科利奥兰纳斯的态度及其转变保持了一种含混，这正是他作为诗人的高明之处。伏伦妮娅并没有彻底说服科利奥兰纳斯相信：权谋无损于至高的荣誉，或者，通过表演和欺骗达到政治目的是正当的和高贵的。借由这一含混，莎士比亚展示了政治的道德困境：保持天性的高贵就难以驾驭政治，跻身政治就难以保持天性的高贵。理想与现实是两难的抉择，但是，没有理想，现实不就成了卑污的泥沼了吗？莎士比亚理解权谋的必要性，但他更在乎德性的卓越，他绝不会教导牺牲德性以行权谋。他也明了权谋不可轻易授人，必须把权谋包裹和隐藏起来。如果把权谋赤裸裸地讲出来，政治与道德也就此分道扬镳。

第三场

护民官再次私下密谋。吊诡的是，他们拟指控科利奥兰纳斯的罪名和提出的刑罚都不确定。他们准备先控告科利奥兰纳斯妄想独裁专政，如果这一罪名不成立，就控告他没有分发战利品。他们显然清楚自己是故意诬告，而他们准备提出的刑罚包括了死刑、罚款和放逐。尽管如此，他们却能够表明他们的指控和判决都是出于民意：他们已经按部落收集了民众的投票，[1]并且要召集民众来市场集合，借着人民的力量和名义来处罚科利奥兰纳斯。他们善于把"违法"行为打扮成"法律的制裁"（lawful censure，3.3.50）。护民官的如意算盘是，相机而动，关键是激怒科利奥兰纳斯（3.3.26：put him to choler straight；2.3.183-185：putting him to rage, you should have ta'en th'advantage of his choler），使他失去克制，说出心中所想，激化他与民众的矛盾，然后趁机发出致命一击。

科利奥兰纳斯初上场时非常克制，当护民官指

---

[1] 据普鲁塔克说，护民官通过召开平民大会而不是百人连大会（centuria）来投票定罪。平民大会即"按部落"投票，每位公民的投票价值相等，因此投票完全以人数为准；按"百人连大会"的方式投票，则需要根据财产分成六个阶级，富人和贵族票的比重高（《科利奥兰纳斯传》20）。

控他"阴谋推翻罗马悠久的政治制度,攫取专政独裁的地位,因而是人民的叛徒"(you have contrived to take from Rome all seasoned office and to wind yourself into a power tyrannical; for which you are a traitor to the people),"叛徒"一词激怒了他(日后奥菲狄乌斯再次指控他为"叛徒",见5.6.85-88)。他无论如何不能接受这一指控,他爱罗马,他不爱平民但施惠于人民,绝非人民的叛徒。他再次中了护民官的圈套,护民官进而说他"暴力抗法,现在还藐视论权力足以审判他的人",应当处以极刑,但他们故意找个台阶,缓和刑罚,宣布永久流放科利奥兰纳斯,禁止他踏进罗马半步。

科利奥兰纳斯毫不退让,他对着聒噪的平民骄傲地宣布,"我驱逐你们,你们和你们那游移不定的性格(uncertainty)永远留在这里吧!……就因为你们,我蔑视这个城市。我就这样转身离开,别处还有一个世界(There is a world elsewhere)"(3.3.131-143)。所谓"别处的世界",不过是罗马的敌人,是另一座城。科利奥兰纳斯预言,没有了他,愚昧的罗马人将沦为敌人的俘虏,他们将为当下的判决付出代价。科利奥兰纳斯早就得知奥菲狄乌斯将再度发兵而来(3.1.1)——他到安廷姆时,伏尔斯人确实已经整装待发。是否可以设想，假如科利奥兰纳斯不投靠伏尔斯人，等到伏尔斯人进攻罗马，罗马是否会思念这位城邦的护卫者？

四、科利奥兰纳斯的悖论

"等我走了，他们就会爱我"（4.1.15）

第一场

在罗马城门前，科利奥兰纳斯与亲友们依依惜别。每个人都泪水涟涟或神情沮丧，连他最坚强的母亲也失去了"以前的勇气"，唯独科利奥兰纳斯表现得泰然自若。他用母亲"常常"教授的格言来宽慰母亲，"当被命运击中要害时，若要泰然处之，非得有大智大勇（或译胆识）不可"（fortune's blows, when most struck home, being gentle wounded, craves a noble cunning）。科利奥兰纳斯从小到大可谓一路平顺，战无不胜，未经历过什么挫折，故奥菲狄乌斯说他的骄傲源于"向来一帆风顺"（out of daily fortune，4.7.38）。而科利奥兰纳斯借这番话表明，他所承受的打击并非普通的打击，但他也并非普通人，他具有承受命运打击的"精神"（spirits）和"大智大勇"（a noble cunning），他的心铭记母亲的教诲因而"不可战胜"（invincible the heart）。不过，联系后文剧情，我们只能说他只是看似泰然自若（seeming gentle wounded），这一打击恰恰让他失去了理智。如果说上半部分，科利奥兰纳斯一直在扮演我之所是，下半部分他就是扮演我之所非，他之所言所行都蒙着某种表象。

科利奥兰纳斯还宽慰说，"等我走了，他们就会爱我"。我们可以设想科利奥兰纳斯被流放之后可能的命运。他可以走向更广大的世界，做一个没有城邦的异乡人；他可以等待，等罗马遭遇强敌手足无措时召回他；他也可以拒绝罗马的召回，看着罗马受到惩罚。罗马会思念科利奥兰纳斯，但前提是罗马面临一个强大的外敌。第六场开头展现了没有科利奥兰纳斯的罗马：人民太太平平，商贾安居乐业，"除了他的朋友也没人惦记他。共和国巍然屹立"（The commonwealth doth stand, 4.6.15），甚至连米尼涅斯对护民官的态度都缓和了（4.6.11）。此时的罗马外无强敌，贵族与平民的矛盾大为缓和，一片前所未有的祥和景象（a happier and more comely time, 4.6.29）。但等奥菲狄乌斯帅兵攻打罗马的消息传来，所有人都陷入恐慌，他们这时无疑会想起科利奥兰纳斯。单从这句话来看，科利奥兰纳斯或许非常在乎得到城邦民众的爱。

科利奥兰纳斯过激的选择也许源于一个生存性的

悖论：一方面，他无法脱离城邦，他认为城邦就是人所应献身的唯一对象，也是唯一能够评判人的价值的评判者，城邦给予的荣誉才是荣誉，他无法理解独立于城邦的生活，所以流放的他无法成为无邦之人，而只能回到城邦；[1] 另一方面，他的天性极其之高，不屑于屈身俯就民众，也不满于贵族的蜕变，他心中理想的城邦是由像他一样的贵族来掌握权力，把民众踩在脚下，所以他永远需要城邦的爱，但城邦给予的爱又永远无法令他满足。他之所以反攻罗马，正因为这个祖国不再值得他效忠，而且他必须惩罚它的忘恩负义。

> 尽管我像孤独的龙一样只身离去，它藏身的沼泽会比它真的露面，更能引起恐惧和议论。

---

[1] Paul A. Cantor, *Shakespeare's Rome*, p.116. 科利奥兰纳斯的流放让人想起古希腊的政治史家们，参考施特劳斯，"修昔底德：政治史的意义"（见《古典政治理性主义的重生》，郭振华等译，北京：华夏出版社，2011，页130-131）："治史家必定不仅仅是个公民，甚至不仅仅是个治邦者：他必定是个智慧之人。政治史预设，智慧之人认为，对于悉心而同情地描述政治生活而言，政治生活本身相当重要；而这个预设包含着一个悖论。智慧之人始终会倾向于轻视政治生活，轻视其喧闹扰攘与绚丽荣耀。最重要的是，他们认为政治生活乏味。政治人总是被迫跟非常乏味的人就非常乏味的话题进行非常冗长的交涉。"

您儿子要是没误中奸计，定能凌驾常人之上。（4.1.29-33）

科利奥兰纳斯把自己比作使人畏惧的"龙"，他似乎要就此隐身，让人"议论"而不是让人"看见"，正如人们没见过却常常恐惧和议论"龙"藏身的沼泽。① 但他又笃定要"凌驾常人之上"，这就意味着他需要被人看见。这种矛盾正是科利奥兰纳斯性格悖论的体现：他无法是一条孤独的龙，他离不开"常人"。

他向母亲、妻子和挚友许诺说，"只要我尚在人世，你们一定会听到我的消息，知道我还是原来的我（never of me aught but what is like me formerly）"。但是，之后他的母亲、妻子以及米尼涅斯都没收到他的任何消息，整个罗马都不知道他到了哪里（4.6.1、19-21）。外界再次得到他的消息时，他已经全然不是原来的他：他已经投靠伏尔斯人，率军进犯罗马，这个消息令所有人难以置信。科利奥兰纳斯此时深情款款地与亲友告别："我可爱的妻子，我最亲爱的母亲，我的情深义厚的朋友们……"，但在流放后，他突变为"没有

---

① 从第四幕第五场到第五幕第二场，科利奥兰纳斯没有出现在舞台上，却是所有谈话的焦点。

亲族"的"自己的创造者"（as if a man were author of himself and knew no other kin，5.3.36-37），变得六亲不认，拒绝考米涅斯、米尼涅斯和妻母的请愿。如果科利奥兰纳斯这时已经起意投靠伏尔斯人，他这里的种种宽慰不过是在"表演"，掩饰他真实的心意。但这一"表演"毕竟是在亲友面前，并不意味着科利奥兰纳斯已经学会了政治意义上的"表演"。

第二场

护民官达成了驱逐科利奥兰纳斯的目的，他们不打算再将事情激化，以免激起贵族的反弹。他们意识到现在该收敛力量，装得谦卑（seem humbler）。见到"发疯的"伏伦妮娅，他们避之不及，结果遭到伏伦妮娅的痛责和诅咒："愿神明把蓄存的灾祸全降在你们身上，奖励你们干的好事。"她称道儿子的价值，"正像朱庇特的神庙远比罗马最破的屋子恢弘，我的儿子……远远超越你们众人"。伏伦妮娅展现了"朱诺般的愤怒"，不过，她虽然咒骂护民官，却没有说她儿子是对的，毕竟"胜过所有人和有理由与这些人作对不是同一回事"。[①]

---

① 赫勒，《脱节的时代》，页438。

第三场

这场戏设置在罗马与安廷姆之间的大路上，伏尔斯探子阿德里安（Adrian）受命去罗马刺探消息，路上与罗马叛徒尼凯诺（Nicanor）不期而遇。这场戏可谓全剧最奇特的一场：普鲁塔克笔下无此情节，两个角色虽然有名有姓，[①] 但仅在这一幕上场，而且与全剧情节关联并不大。从与前后场次的关联来看，这场戏既预示着科利奥兰纳斯正走在从罗马到安廷姆的路上，又暗含着尼凯诺与科利奥兰纳斯的对比：一个保卫罗马却被指控为叛徒，一个是出卖罗马却免于指控；尼凯诺自称罗马人，却跟罗马人作对，他似乎超越了罗马的内争，既不偏向贵族也不偏向平民，总是以第三人称称呼罗马和罗马人。[②]

尼凯诺认出了阿德里安，而阿德里安却认不出他，

[①] 阿德里安是拉丁语人名，尼凯诺是希腊语人名，意为"无地理边界的胜利"，可能出自普鲁塔克《佛基翁传》，原是一位善于欺骗和搞阴谋的马其顿政治家（Paul A. Cantor, *Shakespeare's Rome*, pp.218-219 n.24；Jan H. Blits, *Spirit, Soul, and City*, pp.164-167）。

[②] Paul A. Cantor高度评价了尼凯诺的身份，认为他是唯一一个超越了罗马内部的纷争以及罗马与伏尔斯人之争的人，他的不忠恰是罗马欠缺的一种自由，一个真正的无邦之人（*Shakespeare's Rome*, pp.118-119）。与此相似，Jan H. Blits称他体现着一种"世界公民式的冷漠"（cosmopolitan disinterest）。

因为他善于伪装，每一次的妆扮都不同。尼凯诺透露了罗马的巨变：科利奥兰纳斯受到放逐，贵族们感到非常痛心，准备剥夺人民的一切权力，永远罢免那些护民官。尼凯诺决定催促伏尔斯人抓住机会尽快出兵，"诱奸有夫之妇，最好趁她和丈夫反目的时候下手"，这是全剧不多的几处性调侃之一。

第四场

第四幕共七场戏，跨度很大，从科利奥兰纳斯被流放一直写到他率军攻打罗马。对于科利奥兰纳斯被流放后的行迹，普鲁塔克的记述是：

> 科利奥兰纳斯离开罗马时只有三四位部从跟随。他独自在某个乡村待了不多几天，内心矛盾重重，在愤怒的控制下，他决定抛开高贵和益处，只考虑如何报复罗马人。他决定煽动罗马的邻人发起一场惨烈的战争。因此他首先试探伏尔斯人的意愿，他知道这个民族颇具人力和财力，他觉得他们近来虽然连连战败，但并没丧失实力，反而对罗马人充满忌恨和怒意。（《科利奥兰纳斯传》21）

莎士比亚直接略过科利奥兰纳斯流放期间的思索，

直接展现他来到安廷姆的样子：他的样子已经改变："衣衫褴褛，化妆蒙面上"（in mean apparel, disguised, and muffled）。他已经脱下罗马贵族的长袍，穿上破旧衣服，并且以化妆和蒙面来隐藏自己的身份。此时的科利奥兰纳斯已经变成了另一个人。在竞选执政官时，他不屑于穿上粗衣，后又急于换下衣服："我这就去换，等恢复了本来面目（knowing myself again），再去元老院"（2.3.133-134）。科利奥兰纳斯的换装标志着他的蜕变，标志着他失去了自己原来的身份。

他开口第一句话就是"这安廷姆倒是一个很好的城市（a goodly city）。城啊，……"；走进奥菲狄乌斯家中时，他又感叹"好一间屋子（a goodly house）；好香的酒肉味道……"（4.5.5）这不得不让我们感到，他是带着对城的思念走进了安廷姆，他终究还是要回到城邦。[①] 但他之所以乔庄蒙面，是因为他走进了一座让他恐惧的敌城："别认出我来，免得你的妇人们用唾涎唾我，你的小儿子们投石子打我，使我在无谓的战争中间死去。"他从勇猛的英雄变成了一个谦卑的异乡人，非常礼貌地询问奥菲狄乌斯的住所，之后他说出了他在剧

[①] Paul A. Cantor, *Shakespeare's Rome*, p.106："科利奥兰纳斯无法达到自足，因为他作为战士和将领的特殊德性要求别人的承认。"

中的第二处独白：

> 啊，变化无常的世事！适才还是山盟海誓的朋友，两个胸膛里仿佛跳着同一颗心，醒也好、睡也好、吃也好、玩也好，全在一块儿，像双胞胎那样情投意合，不可分离；可还不到一钟头，为了无谓的纷争（on a dissension of a doit），竟成为不共戴天的敌人。同样，最痛恨彼此的仇敌，即使在睡梦中也会因为满腔激愤，因为想起杀害对方的计谋而惊醒，却为了偶然的际遇（by some chance），为了一些不足道的琐事（some trick not worth an egg），变成亲密的朋友，彼此精诚合作。（4.4.12-22）

这段独白并没有强调向罗马复仇，而是强调朋友和敌人关系的相互转化：最亲密的朋友因为细微的争执而成为死敌，最仇恨的敌人因为琐事而成为朋友。由此科利奥兰纳斯向自己合理化了他通敌叛国的行为："我恨自己的故国，爱这个敌对城邦"（my birthplace hate I, and my love's upon this enemy town），这纯粹是因为某种偶然，某种微不足道的琐事。但是，怎么能说促使他来到安廷姆的是"不足道的琐事"呢？他和罗马反目成仇，难道也是因为"无谓的纷争"吗？

科利奥兰纳斯被称为莎士比亚笔下最缺少自我反思的悲剧角色，不仅因为他的独白少，也因为他的独白并没有反思自己的性格和命运。科利奥兰纳斯之所以把自己的通敌叛国归因于"偶然"，恰恰反映出他的自我欺骗：这种大逆不道的行为无法得到合理的解释，他无法为自己对祖国的复仇给出任何理由，因而只能归诸于"变化无常的世事"。

科利奥兰纳斯最大的问题在于，他从来没有反思过自己的过错。尽管他认为自己背叛罗马是不义的，却没去深究自己为何会被罗马流放。

第五场

科利奥兰纳斯闯入奥菲狄乌斯家中，遭到几个仆人的拦阻。对于仆人的盘问，科利奥兰纳斯忍气吞声，他不能在见到奥菲狄乌斯之前亮出身份，因此他的答话就像是在打谜语：他自称是个绅士，住在苍天之下，在鹞子和乌鸦的城里（或暗示他流亡时所处的自然环境，或暗示由平民控制的罗马），是来和你们的老爷勾当，反正不是跟你们太太打交道就是好事（又一处性调侃）。

奥菲狄乌斯从后台出来，询问这个不速之客的名字。科利奥兰纳斯取下面巾，以为奥菲狄乌斯看到自己的面容就会想到他所是的那个人（seeing me...think me for the man I am，4.5.52-53）。但科利奥兰纳斯失望了，奥菲狄乌斯虽然感到对面的人有着"高贵的气质"（a noble vessel），但他断定"我不认识你"。他五次求问来人的名字，科利奥兰纳斯终于不得不自己报出名字。

科利奥兰纳斯着重说到"科利奥兰纳斯"之名。这个名字原本是他获得的最高荣誉，是城邦对他"辛苦的服役，极端的危险，所流的鲜血"（the painful service, the extreme dangers and the drops of blood shed）的奖赏，然而，城邦收回了这个名字象征的荣誉，"科利奥兰纳斯"之名已沦为一个空洞的姓氏，仅仅记录着他与奥菲狄乌斯之间的私人恩怨，"一个纪念，一个见证，记录着你对我所怀的怨恨和不满"（a good memory and witness of the malice and displeasure which you should bear me）。

科利奥兰纳斯失去了一切荣誉，"只有这名字剩留着"。名字与其承载的意义发生了分离，科利奥兰纳斯成了徒具肉体的空壳。他失去了自己作为罗马人的政治身份，也失去了原本界定自己身份的东西——荣誉，下降为一个"无名无姓"（titleless，5.1.13）的空白人，只保留着自己独一无二的"自然"（nature）。他不愿再提到自己的名字，因他已失去罗马人的身份，名字对他已没有意义；他希望对方能凭着他的面容、他的气质来认出他，或者说，通过他本身来认识他。[①] 他的这一期望落空了，因为人的身份只有在城邦中才能得到界定。他必须为自己再造一个身份，为此他走进了敌对的城邦。

面对奥菲狄乌斯，科利奥兰纳斯更直白地说出了他的复仇之心：驱逐他的不惟是平民，还有他所属的"怯懦的贵族"，整个罗马背叛了他，"我只是出于气愤，渴望好好报复那些放逐我的人，才会到这儿来见你"（in mere spite, to be full quit of those my banishers, stand I before thee here）。他请求奥菲狄乌斯利用他的"不幸"（make my misery serve thy turn）："请利用我那出自复仇而为你效劳的心愿（revengeful services），来证明它对你有用；因为我会带着地狱中一切恶魔的怒气，来向我那腐败的祖国作战。"他可以对奥菲狄乌斯，却不可以对自己讲出"复仇"。

科利奥兰纳斯的话得到了奥菲狄乌斯热烈的回应，他首先说，"你说的每个字都从我心里又除了一株宿怨的根苗（a root of ancient envy）"，似乎真如科利奥兰纳斯所说的，势同水火的仇敌可以瞬间成为朋友。他拥抱科利奥兰纳斯，"争着向你表示热烈真诚的友谊，就

[①] James L. Calderwood, "*Coriolanus*: Wordless Meanings and Meaningless Words", *Studies in English Literature*, Vol.6(2), 1966, pp.219-224.

像过去雄心勃勃要和你比拼勇力一样"（do contest as hotly and as nobly with thy love as ever in ambitious strength I did contend against thy valour），换言之，他想表示他对科利奥兰纳斯的爱胜过了科利奥兰纳斯对他的爱，然而科利奥兰纳斯并没有表示"爱"奥菲狄乌斯，他只是请奥菲狄乌斯鉴于"宿怨"而"使用"他。奥菲狄乌斯甚至声称，即便伏尔斯人与罗马并无过节，他也会对罗马开战，惩罚忘恩负义的罗马。赫勒指出了奥菲狄乌斯此时复杂的心理：

> 奥菲狄乌斯太过夸张热情，因而令人生疑，他这番表白是否只是在用虚情假意的方式来掩饰他真心的狂喜，因为他免费得到了科利奥兰纳斯这张对战罗马的王牌。或者说，他此时是在无意识地压抑对科利奥兰纳斯的羡慕和嫉恨，又或者说，他想用夸张之辞掩饰自己暗潮涌动的敌意。但不管怎样，两人的诚意并不对等。事实证明，奥菲狄乌斯比科利奥兰纳斯更善于搞政治。他为了将来征服罗马而和科利奥兰纳斯共同执掌军事大权，这不仅能给他加强军事优势，更能带来巨大的政治利益。不善政治的科利奥兰纳斯并没有觉察危险将至。他从不曾

有这种政治的敏锐性。①

奥菲狄乌斯和科利奥兰纳斯下场后,莎士比亚描写了几位男仆之间的交谈。男仆们对科利奥兰纳斯的态度陡然变化,称道他是"世间最难得的人物",是"更厉害的战士"。这里自然而然引入了科利奥兰纳斯与奥菲狄乌斯的对比:科利奥兰纳斯"常常打败我们的将军",当下又在伏尔斯元老们面前备受礼遇,"我们的将军已被腰斩,只剩昨天的一半了"。科利奥兰纳斯是否曾想过,他作为一个外来人投奔曾经的敌人,威望一下子盖过对方的领袖,会激起怎样的妒意?

听到出兵的消息,几个伏尔斯仆人的反应与罗马人大相径庭。科利奥兰纳斯曾咒骂罗马人"既不喜欢和平,也不喜欢战争;战争会使你们害怕,和平又使你们妄自尊大"(1.1.152-153);伏尔斯人却觉得和平索然无味,急切地期待战争。

> 仆乙:"啊,那我们就可以热闹起来啦。这种和平不过锈了铁,增加了许多裁缝,让那些没事做的人编些歌曲唱。"

---

① 赫勒,《脱节的时代》,页441。

仆甲:"还是战争好,它胜过和平就像白昼胜过黑夜一样,战争是活泼的、清醒的,热闹的、兴奋的;和平是麻木不仁的、平淡无味的、寂无声息的、昏睡的、没有感觉的。和平所产生的私生子,比战争所杀死的人更多。"

仆乙:"没错。战争可以说是一个强奸犯,和平无疑是专事培植乌龟的能手了。"

仆甲:"是呀,它使人们彼此仇恨。"

仆丙:"原因是,有了和平,人们就不那么需要彼此照顾了。我愿意用我的钱打赌还是战争好。我希望看见罗马人像伏尔斯人一样贱。"(4.5.210-223)

伏尔斯人认为战争胜过和平。仔细品味仆人们对和平和战争的形容,可以总结说,和平是一潭沉寂的死水,战争是一场热闹的狂欢。问题是,伏尔斯人和平时并不热衷政治,而是回归到私人生活,生产、娱乐、风流,正如仆人说的"不那么需要彼此照顾",绝不像科利奥兰纳斯口中的罗马人那样,"只会坐在火炉旁边,假充知道议会里所干的事;谁将要升起,谁正在得势,谁将要没落"(1.1.174-176),更不会像罗马人那样起内讧。这是因为伏尔斯人"贱"(cheap),罗马人"贵",换言之,伏尔斯人保留了比罗马人更原始和更简单的政制和生活方式。伏尔斯人更好战，而罗马人更政治，所有人都在谈论政治、参与政治，私人生活消融于公共生活，这也就是为什么男女之爱在剧中如此之少的原因，也是唯一一场宴饮发生在安廷姆的原因。当科利奥兰纳斯来到安廷姆时，他也赞叹安廷姆倒是一个很好的城市。相较于罗马，安廷姆是一个更理想的城邦，好战的伏尔斯人当然更爱科利奥兰纳斯。

第六场

伏尔斯人为战争狂热，罗马人却安然享受着和平。护民官走在市场上，赞叹罗马人民享受着前所未有的安宁和平静（peace and quietness），商贩们在自家店里唱着歌，快活地忙着自己的生意。米尼涅斯见到护民官也和气气，平民见到护民官都躬身施礼，护民官感叹"这才是太平盛世，比从前这些人在街上到处奔走、叫嚣扰乱的时候好得多啦"。

但和平总是短暂的。当伏尔斯人出兵的消息传来，护民官居然认为绝不可能，消息纯属造谣，因为伏尔斯人绝不敢违反与罗马签订的合约（4.6.51）。护民官完全不懂得战争，更缺乏勇敢。可米尼涅斯深信不疑，因为他之前见过三次同样的例子。等马歇斯和奥菲狄乌斯联手的消息传来，米尼涅斯也表示怀疑了。

面对如神一样的科利奥兰纳斯，整个罗马陷入恐慌，"除了绝望，罗马就没有应对他们的策略、力量和防御了"（desperation is all the policy, strength, and defence that Rome can make against them，4.7.131-133）。护民官最终还在指望他们听到的是假消息。

第七场

奥菲狄乌斯和副将私下议论科利奥兰纳斯。奥菲狄乌斯的士兵不断投靠"那个罗马人"，他本人则黯然失色。副将为奥菲狄乌斯抱不平，奥菲狄乌斯心有不满，但有自己的政治考量。一方面，当前的行动在于攻取罗马，不宜节外生枝；其二，科利奥兰纳斯的骄傲是其本性（nature），无法改变，只好原谅。他有长远的打算，他要等到战事结束后算总账。

奥菲狄乌斯在近乎独白的评论中分析了科利奥兰纳斯被流放的原因：

> 也许是不断的成功，使这个幸运儿滋长了骄傲习气；也许是因为他断事不明，不善于利用已到手的机会；也许是因为他本性难移，只适宜于顶盔披甲，不适宜于雍容揖让，刚毅严肃本是治军的正道，他却在和平时依然故我，这几种毛病他都有一

点，其实只要沾上其中一种，不必全部都犯，我敢说，足以让人民对他又恨又怕，非将他放逐不可。（4.7.37-48）

这一分析非常全面，涵盖了经验、理智、天性三个方面，[①] 科利奥兰纳斯本人都未必能充分认识到自己的问题，他的确缺少自我反思。然后是奥菲狄乌斯更加抽象而含混的说法，似就人世政治的变迁而言：

> 所以我们的美德是随着时间而变更价值的/靠世人评说（our virtues lie in the interpretation of the time），[②] 权力本身虽可称道，可是当它高踞宝座时，已经伏下它葬身的基础了。一个火焰驱走另一火焰，一枚钉钉掉另一枚钉，权利因权利而转移，强力被强力所征服。（4.7.49-55）

[①] 奥菲狄乌斯提出了三种可能的原因，但三种原因的逻辑关系并不清楚，也并不相互排斥，"骄傲"是护民官之前的指控，"缺乏理智"或许指缺乏政治谋略，而"天性"可以涵盖前两者。奥菲狄乌斯也感到这些理由都不充分，并不足以解释科利奥兰纳斯的性格。参见Michael Goldman, "Characterizing Coriolanus", p.75.

[②] 这句话包含两重意思：1. subject to each age's interpretation, 2. determined by public opinion（参见Cambridge, p.241）。

在现实的政治世界里，力量此消彼长，强者将被更强者征服。等"凯厄斯"征服罗马之际，也就是他覆灭之时。奥菲狄乌斯从未称呼"科利奥兰纳斯"之名，这里又是剧中唯一一次单独称呼"凯厄斯"，从而寓示"那个罗马人"不再是出自"马歇斯"（Martius）家族的、战神马尔斯（Mars）的后裔，而将是孤零零的一个人。奥菲狄乌斯知道要顾忌世人的意见、时代的看法，又洞悉现实政治的残酷，科利奥兰纳斯在政治上败于奥菲狄乌斯。

五、自然与人伦

> "仿佛我是自己的创造者"（5.3.36）

第一场

科利奥兰纳斯兵临罗马，罗马纷纷派人去求情。先是考密涅斯出面，然后是米尼涅斯，最后是伏伦妮娅等人。[1] 第一场戏交织着两个情节：考密涅斯讲述他求

---

[1] 在普鲁塔克笔下，科利奥兰纳斯有两次围城。第一次围城时，罗马派出他的亲戚和故交，科利奥兰纳斯毫不通融，要求归还在上次战争中被罗马人占领的城市和土地，获得与拉丁人同样的权力。他同意给予罗马人三十天的时间做最终答复，之后他把军队撤出罗马领土，为此他还受到伏

和失败的经过、护民官央求米尼涅斯出马。考密涅斯"想用老交情（old acquintance）和一起流过的血来打动他"，可科利奥兰纳斯假装不认识他。

> 不管我叫他科利奥兰纳斯还是其他名字，他都不加理会，仿佛没名没姓一般（titleless），只等烧毁罗马的烈火来熔铸一个名字。（5.1.11-15）

但考密涅斯还是向科利奥兰纳斯提出了请求。他先提醒科利奥兰纳斯出人意料地给予宽恕是何等高贵（how royal 'twas to pardon when it was less expected），科利奥兰纳斯却说一个城邦向处罚过的罪人求情是多么下贱（a bare petition of a state to one whom they had punish'd）；从城邦的角度无法打动科利奥兰纳斯，考密涅斯就诉诸私人情感，试着唤起他对亲朋好友（母亲、妻子、孩子、考密涅斯、米尼涅斯）的关心（awaken his regard for's private friends），他却说"没空把他们从一大堆臭烘烘的霉烂秕糠中挑出来"（He could not stay to

---

尔斯人指控。三十天后，科利奥兰纳斯再度率军前来，罗马第二次派出使者，但科利奥兰纳斯要求罗马人要在三天之内同意他上次提出的条件。罗马陷入绝境，最后还是伏伦妮娅出面劝退了科利奥兰纳斯。

pick them in a pile of noisome musty chaff），他决意玉石俱焚，毁灭整个罗马。考密涅斯在他面前下跪（比较后文伏伦妮娅的下跪），可他冷冷一声"起来"，默默一挥手就把考密涅斯打发走了。

米尼涅斯是科利奥兰纳斯更亲近的人，但鉴于考密涅斯的遭遇，米尼涅斯一开始坚决不去向科利奥兰纳斯求情，生怕自己受到打击（也可能是故意羞辱护民官，表达对他们的不满）。护民官鼓动他说，"您那份口才（good tongue），肯定比我们临时征募的军队强，阻止我们那位同胞的行动"，"您的一片好意，一定会得到罗马应有的感谢"。米尼涅斯受到了鼓励，决定一试，并且自信科利奥兰纳斯会听他的。他认为考密涅斯没有找准时机，科利奥兰纳斯没有吃饭，"脉管空虚，血液发凉"，因而"不肯施予，也不肯宽恕"；等到酒足饭饱，"脉管充实，我们的心肠就会比饭前软得多"（we have suppler souls than in our priest-like fasts），因此米尼涅斯要等科利奥兰纳斯吃过饭才进言。仁慈源于饱足，这一非常生理主义的解释再次表明，米尼涅斯始终站在"肚子"的角度来思考。但考密涅斯笃定科利奥兰纳斯不会听从米尼涅斯，因为他感到科利奥兰纳斯对罗马充满了复仇之心，绝无怜悯之情（pity）。所有希望都破灭了，除非他那高贵的母亲和妻子去求他饶恕祖国。

第二场

米尼涅斯来到伏尔斯人的军营，受到哨兵阻拦。米尼涅斯先以"政府官员"（an officer of state）的身份自称，而后以自己的名字作保，其次强调自己与科利奥兰纳斯非比寻常的朋友关系，"我一直是记载他的功绩的书卷，人们能从这儿读到他卓著的、也许夸大了的声名（His fame unparrell'd, haply amplified）"，他夸赞其他朋友都是如实称颂，但在赞扬他时"几乎混淆了真假"。米尼涅斯为科利奥兰纳斯撒谎（lies in his behalf / his liar），"总是站在你将军这边"。但哨兵指出，米尼涅斯是罗马人，他应该像科利奥兰纳斯一样恨罗马，而我们的将军发过誓，不给你们任何宽待，也不饶恕你们。有趣的是，米尼涅斯说到"你的长官（captain）"，而哨兵并不认为"长官"是他们的将军，由此区分了奥菲狄乌斯与科利奥兰纳斯的不同地位：科利奥兰纳斯仅是带军打仗的将军，奥菲狄乌斯才是军队的领袖。[①]

科利奥兰纳斯和奥菲狄乌斯一起上场，米尼涅斯连呼"我的孩儿"，他强调自己前来是迫不得已，自己或许是罗马最后的希望（米尼涅斯罕见地使用了散文

---

① Jan H. Blits, *Spirit, Soul, and City*, p.200.

体）。科利奥兰纳斯不为所动，声称赦免权归伏尔斯人所有。念及与米尼涅斯的交情，他还是交给米尼涅斯一封信，正如他写给考密涅斯的信一样。信的内容没有公开宣读，因而令人怀疑科利奥兰纳斯是否与米尼涅斯私下商议了什么。在奥菲狄乌斯面前，他解释了这封信的内容，称算是"做出了一小点让步"（a very little I have yielded to，5.3.16-17）。我们可以看出，他的决心已有所动摇。

科利奥兰纳斯一定发觉自己出于一时的怒气陷入的两难境地：一方面他在伏尔斯人面前必须尽力做出效忠的样子，表现出对罗马人的冷酷无情，否则会被认为背叛伏尔斯人的利益；另一方面罗马只会乞求他的宽恕，但不会再接纳他，而他无法完全撇弃亲族和城邦，于是经受着血亲、朋友、城邦将被毁灭的痛苦，压抑他作为人的"自然"。

第三场

科利奥兰纳斯要求奥菲狄乌斯，必须向伏尔斯官员报告，"我是怎样光明磊落地执行任务的"（how plainly I have borne this business）。奥菲狄乌斯称赞科利奥兰纳斯"一心为他们的利益着想，对罗马人的齐声恳求充耳不闻，从不私下接见他们（only their ends you have respected, stopped your ears against the general suit of Rome, never admitted a private whisper)"。科利奥兰纳斯清楚自己的政治处境,作为罗马人他必须绝对效忠于伏尔斯人。

科利奥兰纳斯说到了米尼涅斯,也辩解了他为什么会给米尼涅斯一封没有公开的信:"我又对他提出了最初的条件,那是他们拒绝了、现在也接受不了的,这样做只是为了让他觉得他更顶事(to grace him only that thought he could do more)。"换言之,他不想完全伤米尼涅斯的心,这封信全然是对他的友情的回馈,如此就淡化了他惦念罗马旧情的嫌疑。

伏伦妮娅率科利奥兰纳斯的妻儿以及凡勒利娅[①]登场了,她们是罗马最后的希望。伏伦妮娅挽着科氏之子的手,这个不说话的孩子犹如伏伦妮娅当初让科氏拿在

---

① 在普鲁塔克笔下,是凡勒利娅为了拯救罗马而请求伏伦妮娅前去劝服科利奥兰纳斯退兵,莎士比亚完全略去了这一细节。科利奥兰纳斯称赞凡勒利娅是"罗马的明月,她的贞洁有如从最皎白的雪凝冻而成,悬挂在狄安娜神庙檐下的冰柱"(5.3.65-67),这一赞美亦未见于普鲁塔克。莎士比亚试图由此强调,罗马女人的美德在于贞洁(参见Coppélia Kahn, *Roman Shakespeare: Warriors, Wounds and Women*, p.156)。莎士比亚还创造了第一幕第三场中凡勒利娅造访马歇斯家的戏,她一定要伏伦妮娅和维吉利娅两个守家的"主妇"走出家门,去看望一位临产的夫人。凡勒利娅的贞洁不同于维吉利娅的贞洁,她欢快而不悲戚,开放而不拘于家中,似乎代表了伏伦妮娅与维吉利娅之间的中道。

手中的"帽子",强烈提示着亲情的存在。她们尚未走到科氏跟前开口说话,她们的衣着、容态和动作便已带给科氏极大的震撼。妻子向他屈膝行敬礼,母亲向他鞠躬,儿子露出求情的脸色,直击科氏最属人的情感。①

看到眼前的这一情形,科利奥兰纳斯似乎陷入了沉思,他的旁白描述了他见到亲人时的心理挣扎。他的第一反应是:

> 可是走开,温情!天性包含的所有伦常羁绊（all bond and privilege of nature）,② 都给我碎裂吧!让固执成为美德。……我要是被温情融化,就不比别人刚强了。（5.3.24-29）

这番自我命令让我们看到科利奥兰纳斯未泯的温情,他只是刻意克制,以免暴露出自己的人性。他提醒自己,"我决不做一头服从本能的呆鹅,而要巍然

---

① 根据18世纪的某些版本提供的舞台提示,伏伦妮娅等人是穿着丧服登场的,这一提示并没有来自普鲁塔克或文本的支撑,但颇能营造戏剧气氛:丧服象征着科利奥兰纳斯带给她们的悲痛,也象征着将要来临的罗马之亡或科氏之丧。
② 指所有自然的纽带和亲情,此为邵雪萍译法。朱生豪译为"一切天性中的伦常";梁实秋译为"一切伦常的关系";汪义群译为"一切天性中的约束和特权"。

屹立，就像我是我自己的创造者，不知道什么亲族一样"（as if a man were author of himself and knew no other kin，5.3.34-37）。"就像"（as if）恰恰表明科利奥兰纳斯意识到自己在扮演一个不自然的角色，在违背"本能"。

扮演一个有违自然的角色何其困难，就像科利奥兰纳斯不能违背自己的自然奉承平民一样（参见3.2.16：false to my nature）！剧中先后出现了两种自然，一种是科利奥兰纳斯独特的天性，另一种是人之为人的自然，即人对血缘、亲情、伦常的眷恋。后一种自然营造了结尾的戏剧冲突，非常契合中国文化传统对伦常的关注，更符合中国人伦理的审美观，与传统戏曲（如《四郎探母》《李逵探母》）的主题类似，这正是《科利奥兰纳斯》一剧在中国流行的原因之一。

科利奥兰纳斯要展示自己比别人更刚强或说更无情（of stronger earth），但人是血肉有情之物，他无法像《雅典的泰门》中的泰门那样彻底恨世和厌人。[①] 妻子

[①] 泰门对待朋友过于慷慨，试图借此试探他的朋友们，最后债台高筑，他转过来向朋友借贷遭拒，反而被朋友逼债。泰门离开雅典，隐居山林，与野兽为伴，变成一个恨世者，因此也主张毁灭雅典，后来雅典元老来请泰门回去担任将领击退敌人，但被泰门拒绝。赫勒曾比较两剧："泰门是变得彻底厌世，将他的一腔恨意转化成诅咒，而科利奥兰纳斯则憎恨他的

的一句问候让他瞬间出戏,"像一个蹩脚的演员,忘了该演的角色,记不起台词,简直是当众出丑"(like a dull actor now, I have forgot my part, and I am out, even to a full disgrace,5.3.40-41)。他无法对妻子冷漠,而是称呼"我最亲爱的"(best of my flesh),并亲吻对方,而后又向"世上最高贵的母亲"屈膝跪地表达"深深的孝心"(deep duty)。①

伏伦妮娅却让儿子站起接受她的祝福,她屈膝跪地,"颠倒伦常,好像儿子给母亲下跪反而有错"(unproperly show duty, as mistaken all this while between the child and parent)。这一举动直击科利奥兰纳斯的"孝心",提醒他是个不孝之人:是他逼得母亲向他下跪,这是"不可能的事"。伏伦妮娅又引见凡勒利娅和小马歇斯,科利奥兰纳斯分别致以热情的问候,他对儿子的祝福也像是对自己的期许:在耻辱面前永不低头,让看到你的人都得救。

伏伦妮娅表明此行是为了求情,科利奥兰纳斯先行表明立场:"别叫我遣散军队,或者再和罗马的

祖国,主动割断了与传统的纽带,将恨意转化成个人野心。《雅典的泰门》是莎士比亚笔下最绝望的剧作之一,《科利奥兰纳斯》却并非如此。"(《脱节的时代》,页429-430)
① 全剧三次提到duty,分别见5.3.50、55、167。

匠人谈判。别对我说我在哪方面显得不近人情（seem unnatural），也别想用你们冷静的理智熄灭我复仇的怒火。"伏伦妮娅却重申，"除了你拒绝的，我们也别无所求。可我们还是要求你，假如你不答应，就可以怪你心如铁石"。本已动情的科只得坐下倾听，他同时请奥菲狄乌斯和伏尔斯人同听，他需要这些人的"气场"来支撑自己的冷酷。

伏伦妮娅对科利奥兰纳斯的劝说分成前后两段（5.3.94-125、132-182）。她先陈说自科被逐后"我们"所经受的悲痛，而后说到如今到这儿来是多么不幸："母亲、妻子、儿子要看着自己的儿子、丈夫和父亲挖出他祖国的脏腑来"，"你的敌意对于可怜的我们是无上的酷刑"，我们要么失去我们的国家，要么失去你，无论哪一方获胜，都是一场莫大的灾难。伏伦妮娅并没有单方面强调罗马的利益，而是同时强调了自己对于儿子的爱，她不忍见到儿子被俘。她既爱罗马，又爱儿子。可实际上，罗马绝不可能在战争中战胜科利奥兰纳斯，科氏绝不可能像伏伦妮娅所说的一样，"像叛徒似的戴着镣铐给人拖着游街示众"。同时，伏伦妮娅也强调，科氏要灭亡罗马一定会"溅撒自家妻儿的血"（没有提到"母亲"）。伏伦妮娅的修辞将战争的结果变成未定，她"不愿等待命运（fortune）宣判战争的输赢"，她要指出一个"有益于双方而不是毁灭某一方的方法"。倘若科利奥兰纳斯不接受这一方案，他就得从亲生母亲身上踏过去。

伏伦妮娅的这番话以及维吉利娅、马歇斯的反应使科利奥兰纳斯心软了，他起身欲走，试图逃避母亲的劝说。伏伦妮娅制止他，提出了她所谓的这种方案：伏伦妮娅并不要求科氏反叛伏尔斯人，也不希望伏尔斯人的覆灭，而是希望科利奥兰纳斯能够使两方和解。这样非但不会损害他的荣誉，而且他还将收获两方人民给予他的称颂和感激，被歌颂为"和平的缔造者"。与之相反的是失去荣誉。"伟大的儿子，战争的结果是不确定的；可这一点是确定的：要是你征服了罗马，你所收获的利益不过是永远受人唾骂的恶名（name）"，你的行为将在史书上留下抹不去的记载。对于这番指向"荣誉"的说辞，科氏一直保持沉默，伏伦妮娅不得不一次次催迫他做出回应："儿子，对我说话啊"（5.3.148），"你为什么不说话呢"（5.3.153）。

或许伏伦妮娅看到"荣誉"不足以说服科氏，于是绕回"亲情"，试图以情感打动科氏。她指责科氏不在乎妻子的哭泣和儿子的请求，更指责科氏不孝敬母亲，辜负了她的养育之恩。

世上没有谁对母亲的感情比他的更深切，可他居然让我像带木枷的囚犯似的白白唠叨。你生平从未对亲爱的母亲尽一点孝，而她，可怜的母鸡！却痴爱头生雏儿，咯咯叫着送你出征，又迎你安然载誉归来。要是我的请求不正当，你尽可以一脚把我踢回去。不然就是你的不是，天神会降灾于你，因为你没对生母尽孝（duty）。（5.3.158-167）

这番指责随即迫使科氏转身想要离开。伏伦妮娅顺势拉着其他人一起跪下来，"用屈膝羞辱他"，科氏之子更成了伏伦妮娅最得力的道具，"这个小孩不会说他要些什么，只是陪着我们下跪举手，他代替我们呼吁的理由，比你拒绝的理由有力得多"（5.3.174-177）。[①]她最后决定带着其他人离开，因为眼前的这个人不是她的儿子：这人有一个伏尔斯的母亲，他的妻子在科利奥里，他孩子像他纯属偶然……

伏伦妮娅所表演的这一场"悖逆的场景"（unnatural scene，5.3.185）最终打动了儿子。科利奥兰

---

① 科利奥兰纳斯之子在这场表演中只说了一句话："我可不让他踏；我要逃走，等我年纪长大了，我也要打仗。"（5.3.127-128）孩子没有称科氏为父亲，他把眼前的这个男人看成了敌人。可以设想，这个孩子长大后也就是现在的科利奥兰纳斯。

纳斯握着伏伦妮娅的手,在长久沉默之后,他答应了母亲的请求,同意为双方斡旋和平。伏伦妮娅的伟大表演拯救了罗马,这当然要归功于她的权谋。不错,她的确利用了儿子和亲人的情感,但她的真实意图是为了拯救罗马,还是为了博取个人的荣誉?她的权谋究竟高贵还是卑劣?第五幕第五场极其简短,只有六行台词,却是伏伦妮娅的加冕。她荣归罗马城,受到罗马人的盛大欢迎,元老们称她为"罗马的生命"——普鲁塔克说,元老院和市民大会把最高荣誉授予三个女人,并为她们建造了一座神庙(《科利奥兰纳斯传》37)。这短暂的一幕虽然专为伏伦妮娅设置,她却没说一句话,莎士比亚没有展现她获得荣誉的喜悦,也没有展现她因预见到儿子的死而心情沉痛,对于伏伦妮娅的动机,莎士比亚再度保持含混。

科利奥兰纳斯已经预见到,一旦接受母亲的劝说,他并不会赢得荣誉,而是陷入极其危险的处境。他对伏伦妮娅说,"被您打败的儿子不是陷入死地,也是身处险境了"(most dangerously you have with him prevailed, if not most mortal to him,5.3.189-190)。他显然清楚奥菲狄乌斯会如何处置自己。他问奥菲狄乌斯"你们想要怎样的和约",并表明自己会和他一起回到伏尔斯人那里。他已准备好牺牲自己,保全罗马,因此第六场戏像是他的"自杀"。伏伦妮娅难道没有想到，一旦说服儿子，儿子可能会被伏尔斯人视作叛国而受死吗？难道她不爱自己的儿子吗？不过，假如科利奥兰纳斯焚毁罗马，就将永远伴着受人唾骂的恶名，这位母亲会接受这样的儿子吗？伏伦妮娅先前有言，假如科利奥兰纳斯战死，"他不朽的声名就是我的儿子"——通过保存儿子的好声名，她才能真正保存儿子。

第六场

莎士比亚将最后一场戏设置在科利奥里，照应第一幕中科利奥兰纳斯只身一人攻入科利奥里，再次让他"只身对付整座城"（alone to answer all the city，1.4.55-56）。在普鲁塔克笔下，科利奥兰纳斯是率军回到安廷姆，在市民大会上回答对他的指控，由于害怕他做出有力的辩护，奥菲狄乌斯的党羽便在他发言之前将他击杀（《科利奥兰纳斯传》39）；李维则说科利奥兰纳斯死于流放。

奥菲狄乌斯先行一步回到科利奥里，密信向城中元老控告科利奥兰纳斯损害了伏尔斯人的利益（比较5.6.65-69）；他还预谋利用民众的意向，故意激起民众对科利奥兰纳斯潜在的仇恨。在他的几个党羽面前，奥菲狄乌斯还对科利奥兰纳斯提出莫须有的指控。在他口中，他心慈仁厚，宽于待人，而科利奥兰纳斯阴险狡诈、忘恩负义，辜负了他的一片盛情，褫夺了他的朋友和荣誉：

> 我提拔了他，还拿自己的名誉担保他的忠心。可他成了显贵以后，就用谄媚的露水浇灌新植的苗木，引诱我的朋友归附他。出于这个目的，他有意压制粗暴、倔强、不受拘束的火爆性子（bow'd his nature），装出一副谦恭的姿态。……我亲自帮他赢得荣誉，他却把荣誉完全据为己有；我就这样不明所以地挫抑着自己，还引为自豪（and took some pride to do myself this wrong）；[①]直到最后我像是成了他的部下，不复为同僚了。（5.6.20-40）

奥菲狄乌斯试图以此表明，他击杀科利奥兰纳斯的理由正大光明（my pretext to strike at him admits a good construction）。如果他不说这番话，也许我们还会同情他，觉得他被科利奥兰纳斯盖过势头而情有可原，但现在我们觉得他有着狐狸般的狡猾，善于像护民官一样搬

---

① 此句朱生豪译为"我这样挫抑着自己，非但毫无怨尤，而且还自以为成人之美，是一件值得自豪的事"；梁实秋译为"我自己委曲求全，还引为庆幸"；汪义群译为"我贬抑着自己，还引以为自豪"。

弄是非。奥菲狄乌斯的狡猾隐藏得很深，而且是抽茧剥丝式的显现出来。科利奥里陷落后，他对部下说自己五次败在马歇斯手上（1.10.7），后来又当着科利奥兰纳斯的面改口说十二次（4.5.119）。之前他的权谋隐而不发，而这场戏则着力展现他如何使用权谋对科利奥兰纳斯致命一击。

如果说以上这些还只是私人恩怨，科利奥兰纳斯为了几滴女人的眼泪而出卖伏尔斯人的利益，这才是奥菲狄乌斯决意致科利奥兰纳斯于死地的决定性理由。而矛盾的是，奥菲狄乌斯最后说，"他非死不可，他垮了我才能东山再起"（I'll renew me in his fall）。他在意的最终是个人的利益得失，严格来说，杀死科利奥兰纳斯是有损于伏尔斯人利益的，毕竟科利奥兰纳斯宣称依然效忠伏尔斯人。

科利奥兰纳斯在民众的欢呼声中回到科利奥里。面对正来临的指控，他将如何辩驳？他将如何在民众和元老面前为自己退兵的行为开脱？他显然知道，退兵之举将自己置入了危险境地（5.3.189-190），他将被认为背叛伏尔斯人。他之前是心口如一，不懂掩饰（比较3.1.259-260：his heart's his mouth. what his breast forges, that his tongue must vent），如今他是否学会了修辞？在他上场后的辩解中，我们能感到他在政治上的成长。他首先向元老们表明自己忠诚依旧，报告自己顺利执行了战争的任务，只字不提自己退兵的原因；战争的结果令人满意，战利品除抵消全部军费外还多出三分之一，和约"带给安廷姆人的光荣不下于罗马人的耻辱"。应该说，这番辩解还是成功的，没有说退兵给伏尔斯人造成的损失，也没说到"在敌人快投降时缔结和约"（5.3.68-69）。科利奥兰纳斯显然知晓在当前处境下如何言说。

奥菲狄乌斯直呼科利奥兰纳斯为罪大恶极的"叛徒"（traitor），他在元老们面前指控马歇斯：

> 背信弃义，辜负了你们的重托，为了几滴眼泪，就把你们的罗马城——我说是"你们的罗马城"——拱手让给了他的妻子和母亲。他背弃自己的盟誓和决心，就像扯断一缕烂丝，也没有征求其他将领的意见，一见他母亲流泪，就号啕大哭着牺牲了你们的胜利。（5.6.93-100）

签订合约是由科利奥兰纳斯和奥菲狄乌斯共同决定的，绝非"没有征求其他将领的意见"。奥菲狄乌斯强调了科利奥兰纳斯恰恰忽略的事实：他为了母亲和妻子的眼泪而牺牲了唾手可得的胜利，他出卖了伏尔斯人，因而是"叛徒"。

面对这一指责,科利奥兰纳斯无从反驳,他唯一做的就是请求战神玛尔斯明鉴。但奥菲狄乌斯说他不配提战神之名,因为他是个"爱哭的孩子"。这个指控真正激怒了科利奥兰纳斯,因为这是对他的荣誉和价值的抹杀。他骂奥菲狄乌斯是"漫天说谎的家伙",是"恶狗"(他之前同样骂罗马平民是恶狗),"撒谎的狗东西"(false hound)。他指责奥菲狄乌斯"说谎",究竟是就"叛徒"的罪名而言,还是就"孩子"的污蔑而言?关于"叛徒"的指控,他并没有做出辩驳,说出真相;而他提到之前的科利奥里之战,来反驳"孩子"的指控,这正中了奥菲狄乌斯的圈套。

奥菲狄乌斯说科利奥兰纳斯现在"炫耀侥幸"(blind fortune),让元老们想起自己的耻辱。这番话激怒了平民,他们要向科利奥兰纳斯复仇。元老们则冷静克制,提出要依法审判科利奥兰纳斯此次的罪行,并喝令奥菲狄乌斯不可扰乱和平。奥菲狄乌斯心知,如果依法审判,科利奥兰纳斯也许罪不至死,也许还会博得同情。所以,"火驱火,钉去钉",他当机立断杀死了科利奥兰纳斯,并踏在他的尸体上,宣示对科利奥兰纳斯的彻底胜利。

科利奥兰纳斯没有战死在战场上,而是孤独地死在异乡的政治风暴中,死于卑鄙的阴谋、狂暴的民众之手。他的死代表着勇敢作为美德的沦丧，奥菲狄乌斯的胜利代表着狮子和狐狸合体的新君主的胜利。尽管历史上的伏尔斯人最终被罗马人征服，[①] 但戏剧结尾非常黯淡，罗马已经没有了科利奥兰纳斯，伏尔斯人还有奥菲狄乌斯，而且伏尔斯人并没有像罗马那样陷入分裂。

---

① 见格兰特，《罗马史》，王乃新、郝际陶译，上海：上海人民出版社，2011，页37。

中篇 《裘力斯·凯撒》绎读

一、僭主抑或王者

"他就像巨大的神像横跨这窄小的世界"（1.2.135-136）

第一场

第一场设置在一个特殊的节日，2月15日的卢柏克节（feast of Lupercal，1.1.66）。莎士比亚把凯撒战胜庞培（最后一个主要的敌人）的凯旋设置在同一天，尽管在普鲁塔克笔下，这一凯旋发生在五个月前（公元前45年10月）。

公元前60年，庞培（Cneius Pompey）与凯撒、克拉苏（Crassus）结成三头同盟，其中克拉苏于公元前53年远征帕提亚时被杀。公元前49年1月，凯撒渡过卢比孔河，庞培仓惶逃出罗马，内战爆发。公元前48年夏，凯撒在忒撒利的法萨卢斯（Pharsalus）击败庞培，庞培逃往埃及，甫一下船便被杀。公元前45年3月17日，凯撒在西班牙孟达（Munda）与庞培余部会战，翦灭庞培诸子，唯余赛克斯图斯·庞培（Sextus Pompey）。10月，凯撒挥师返回罗马，举行他人生的第五次凯旋。但这次凯旋不是战胜了外敌，而是结束了内战，灭除了庞培家族。莎士比亚的戏剧就从凯撒的凯旋开始，他展现了一位处于个人功业之顶峰的凯撒——凯撒已经成为罗马当之无愧的最高统治者。

罗马的节日与凯撒的最终胜利重叠在一起，问题是，是罗马同化了凯撒，还是凯撒同化了罗马，抑或罗马和凯撒融合为新的意义？护民官呵斥平民："今天是节日嘛？你们在工作的日子不应当走到街上来……"（1.1.2-4），"你们挑选今天［庞培牺牲的日子］作为节日吗？"（1.1.48）奇怪的是，平民并未以卢柏克节为由反驳护民官：今天的确是节日啊！制鞋匠最后说的是："我们放假庆祝（make holiday），是为了迎接凯撒，庆祝他的凯旋"（1.1.29-30）。平民和护民官开头的对白让我们认为，今天不是节日，只是凯撒的凯旋日。但护民官两人最后的对白却表明，护民官清楚今天是节日——已经下场的平民则很可能不知道今天是卢柏克节。

卢柏克节（Feast of Lupercal）又称逐狼节，是祭献牧神Lupercus的节日——牧神保护羊群和农业，常混同于罗马神系中等于古希腊潘神的Faunus。Lupercal也是罗马Palatine山丘一个山洞的名字，传说一只叫作Lupa的母狼在那里哺育了罗慕路斯和雷姆斯。这个节日既祭献罗马的神，也纪念罗马的建立以及罗慕路斯下的罗马王制，它令人想到罗马的起源以及罗马人传统的生活方式和政治秩序。[1] 实际上，无论是卢柏克节还是其他节日，都代表着罗马的传统，节日在民众记忆中的淡退代表着罗马共和传统的极度式微。究其原因，显然是因为凯撒这样伟大的个人改变了罗马，他把共和的罗马变成了凯撒一个人的罗马（参1.2.152-157卡修斯对Rome与one man的对比）。民众拥戴凯撒，连元老院也成了凯撒的附庸，凯撒所欠缺的就是一顶王冠。他不仅可以把工作日变成节日，也可以使所有手艺人脱去职业的符号，变为他的崇拜者。

凯撒这样伟大的个人彻底改变了《科利奥兰纳斯》中的罗马共和，《裘力斯·凯撒》中的民众已不同于《科

---

[1] Robert S. Miola, *Shakespeare's Rome*, Cambridge: Cambridge University Press, 1983, p.80.

利奥兰纳斯》中的民众。"修鞋匠"（cobbler）居然放肆地调侃护民官，用cobbler的复义［做粗活的/修鞋匠］、bad soles/souls——be out/be out with me 之类的语词游戏作弄护民官，又将自己卑贱的职业说成"专门医治破旧鞋靴的外科医生；它们倘然害着危险的重病，我都可以把它们救活过来"（a surgeon to old shoes: when they are in great danger I recover them），又说他现在领着群众游行是"为了让他们把鞋子磨破，我好多揽些生意"。这位戏谑的修鞋匠竟像是一位极其机智的讽世诗人（cynic poet）——如果罗马共和已经是一只有破洞的鞋子，谁能将它修补？如果城邦岌岌可危，哪个医生能救活它？①

两位护民官不再像《科利奥兰纳斯》中那样受平民

---

① 修鞋匠的语言游戏揭示出《裘力斯·凯撒》的语言充满了修辞色彩。有人认为，此剧是一部修辞剧，反复展现言辞的力量和修辞的手段。修辞改变人的意愿，推动行动发展：mov'd/ move共出现十三次，有十二次表示"情感波动"（stirred emotionally），九次表示修辞劝说的力量。平民、护民官、卡修斯、布鲁图斯、安东尼等都是修辞家，护民官对平民的劝阻、卡修斯对布鲁图斯、卡斯卡的诱惑、鲍西娅对布鲁图斯的劝说等，无不运用了修辞，而布鲁图斯与安东尼在广场上更是直接发表演说。与此相对，凯撒从不采用说服性的修辞，而是命令语气的宣称：在他第一次出场的十八句话，有十一句都是命令式，而他的最后一句话同样是朝向自己的命令："那么倒下吧，凯撒！"《裘力斯·凯撒》包含修辞家（Orator）与施令者（imperator）两类角色，修辞是剧中历史进程背后的推动力，而Imperium［帝权］则是历史进程的目的。见John W. Velz, "Orator and

拥护，也无法再随意操控平民，他们自以为对平民的斥责奏效了："他们因为自知有罪，一个个哑口无言地去了"（1.1.61）。但是，很快，等第二场凯撒上场时，"大群民众随后"。① 罗马已经无可挽回地改变，因为平民已经投向凯撒，护民官成了多余之职。反讽的是，平民拥护凯撒，护民官则拥护死去的庞培。他们慨叹"冷酷的罗马人"忘记了庞培，并声情并茂地追忆罗马人曾经怎样迎接庞培的凯旋：

> 有多少次，你们爬上城墙和雉堞，攀上塔顶、楼窗，甚至还有高高的烟囱，怀里抱着婴孩，捱过漫长的一天，耐心地等待，就为看一看伟大的庞培经过罗马的街道：当你们看见他的战车一出现，你们难道不

Imperator in *Julius Caesar*: Style and the Process of Roman History", *Shakespeare Studies* Vol. 15, 1985, pp.55-75.剑桥学派的思想史家亦热衷从修辞角度切入《裘力斯·凯撒》，参见David Colclough, "Talking to the Animals: Persuasion, Counsel and Their Discontents in *Julius Caesar*", in *Shakespeare and Early Modern Political Thought*, David Armitage, Conal Condren, Andrew Fitzmaurice eds., *Shakespeare and Early Modern Political Thought*, Cambridge: Cambridge University Press, 2009, pp. 217-233; Markku Peltonen, "Popularity and the Art of Rhetoric: *Julius Caesar* in Context", in *Shakespeare and the Politics of Commoners*, Chris Fitter ed., Oxford: Oxford University Press, 2017, pp. 163-179.

① John W. Velz, "Orator and Imperator in *Julius Caesar*", pp.57-58.

是齐声欢呼，使台伯河的河水因为听见你们的声音在凹陷的河岸上发出反响而颤栗吗？（1.1.36-46）

和凯撒一样，庞培也曾俘获罗马人的灵魂，他也属于那些伟大的个人。就此而言，护民官拥护庞培与平民拥护凯撒并无实质区别。四百多年来，罗马由一个蕞尔小邦扩张为一个横跨欧亚非的帝国，伟大的个人在战争中攫取荣誉，从而凌驾于城邦之上。罗马共和在版图的扩张和战争的凯旋中逐渐衰微，逐渐受那些伟大的个人宰制。罗马人也曾像迎接神一样迎接科利奥兰纳斯凯旋，但当初的罗马却拒绝科利奥兰纳斯；此时的罗马已不可能再由民众和贵族联合统治，而必须转变为一人治下的帝国。罗马需要凯撒，即便是在凯撒死后。庞培、凯撒、布鲁图斯、卡修斯、安东尼、屋大维等，不过是承载罗马走向帝国的历史运程的个人。

凯撒的胜利是庞培的失败，民众曾经崇拜庞培，但现今遗忘了庞培。护民官要平民集合到台伯河岸为庞培痛哭，但最终没有哪个平民这样做。[1]"一个火焰驱走另一个火焰，一枚钉钉掉另一枚钉；权利因权利而转移，强力被强力所征服"（《科利奥兰纳斯》4.7. 54-55；《裘力斯·凯撒》3.1.171），如果未来凯撒被另一个伟大的个人（比如布鲁图斯）征服，他也将被民众遗忘，尽管他会像庞培一样留下剧场和雕像。盛极必衰，再伟大的现世功业也终将沧海桑田。此时的凯撒已近暮年（公元前100年—前44年，此时五十六岁），他必须要像年迈的李尔（Lear）王一样考虑，如何将自己的功业延续下去。然而，"无嗣的诅咒"（sterile curse，1.2.9）困扰着他，他不能寄望于让自己的血脉延续自己的功业。

如果凯撒想要不朽，他应当留下不朽的精神，而不是留下易朽之物。剧中多次提示，人必有一死，死是人必然的结局。凯撒通过在荣誉的最高峰被不义地杀死，同时留给罗马人丰厚的产业（3.2.121-129），而永远被罗马人奉为神明。凯撒可能还事先安排好了安东尼的代

---

[1] 卡修斯、布鲁图斯都是庞培的旧部，后归顺凯撒。但是，他们刺杀凯撒并不是要为庞培复仇，尽管他们在庞培廊下集合，尽管流血的凯撒躺在庞培雕像的基座旁边（3.1.115），尽管卡修斯在腓立比之战前回忆起庞培的失利（5.1.74）。只有一个生病的利伽瑞尤斯（Ligarius）因为说了庞培的好话而受到凯撒斥责（2.1. 215-216）。

行复仇，以及屋大维的继承资格。

通过把卢柏克节与凯撒的凯旋之日重叠起来，莎士比亚暗示，牧神的节日变成了凯撒的节日，凯撒代替了罗马旧有的信仰。第一幕中凯撒成神的意象非常丰富，譬如idle creatures和idol creatures的谐音，holiday和holyday谐音，以及所指含混的images（1.1.63、67）：既可以指神像，也可以指凯撒的雕像（参见1.2.275：Caesar's images）。弗拉维尤斯（Flavius）声言要扯下偶像上所装饰的"锦衣彩带"（ceremonies）和"纪念品"（trophies）（1.1.64、68；另见1.2.274的 scarves of Caesar's images），而穆勒鲁斯（Murellus）提醒他说，今天是宗教节日，这么做不虔敬。弗拉维尤斯最后的话无疑明确了凯撒成神的意象："否则他就要高飞于人们的视野之上，使我们所有人都惊恐地俯首听命。"（1.1.73-74）

第二场

护民官不顾忌节日，但在紧接着的第二场戏中，凯撒却指挥着节日里的赛跑活动，并严格遵循习俗。他的第一句话就是呼叫妻子的名字卡尔普尼娅（Calpurnia），这与我们对凯撒作为伟大政治家的期待相去甚远。我们看到一个丈夫交代妻子站到跑道中间让安东尼碰到，又命令安东尼奔走时勿忘触碰妻子的身体："因为咱们那些有年纪的人都说，不孕的妇人要是在这神圣的赛跑中被碰到，就可以解除乏嗣的咒诅。"（1.2.7-9）①

他仔细叮嘱一番后，还命令不要遗漏任何仪式。与第一幕给我们的印象相反，我们看到的不是神一样的凯撒，而是虔守罗马传统的罗马人，无嗣似乎是他最大的困扰。我们接着还会看到，他承受着身体的病疾：左耳聋（这一点完全是莎士比亚的虚构）、莫名晕厥、虚弱……凯撒到底是神还是人？莎士比亚有意展现一个正变得黯淡、衰老的凯撒，"一个混合了伟大与虚弱的近乎真实的造物"。②

在神圣的气氛下，一位预言者打断了卢柏克节的节庆。预言者在喧闹的人群中低唤凯撒之名，凯撒敏锐地听到，"一个比一切乐声更尖锐的声音（a tongue

---

① 普鲁塔克《凯撒传》（61）讲到卢柏克节赛跑习俗的由来："许多人写到，这个节日最早起源于牧人，与阿卡迪亚的吕凯人（Lycae）也有某种关系。许多年轻的贵族和官员，裸着上身在城里跑来跑去，用山羊皮鞭抽打他们遇到的人，当成一种游戏和娱乐。许多贵夫人故意站在道路中间，像是被老师责罚的学童一样，伸出手接受鞭打，因为她们相信，经过鞭打，怀胎的妇女可以顺利生产，尚未生育的妇女可以很快受孕。"
② Harold Bloom, *Shakespeare: The Invention of the Human*, New York: Riverhead Books, 1998, p.105.

shriller than all the music）喊着'凯撒！'"。预言者提醒凯撒要留心三月十五日，凯撒的第一反应是"那是什么人"，而不是"你说什么"，从而暗示凯撒更可能听到了这句话。布鲁图斯立即告诉凯撒，"一个预言者请您留心三月十五日"（这是布鲁图斯在剧中说的第一句话）。布鲁图斯重复了预言者的提醒，但等预言者来到凯撒面前，凯撒却问，"你刚才对我说什么？再说一遍"，于是预言者不得不重言之。难道凯撒没听清楚预言者的提醒，因为他的左耳聋？他在喧闹中听到有人喊"凯撒！"，却在安静中没有听清预言者的提醒？这无论如何不太可能，至少布鲁图斯在凯撒身边复述了这一提醒。因此，他让预言者"再说一遍"就另有因由。当预言者第一次发出提醒时，凯撒或许觉得难以相信自己的耳朵：我今日已经消灭了所有敌人，还有什么人会威胁到我？还有什么要"留心"的呢？凯撒听清了但他似乎不相信，他向预言者求证，结果预言者说了相同的话。凯撒终于意识到了危险，但他并不惧怕任何危险（2.2.44-47），他只把预言者当作一个"做梦人"（dreamer）打发走了。

表面来看，凯撒忽略了预言者的提醒，甚至不详问为什么要"留心三月十五日"，显得轻率而愚蠢。凯撒在卢柏克节上的虔敬与他对预言者的轻慢并不协调。但是，凯撒究竟怎么看待"梦"呢？如果梦是可信的——至少卡尔普尼娅和诗人辛纳（Cinna）的梦都应验了——做梦者就值得严肃对待，预言者的话就值得留意。凯撒到底相不相信预言？这一问题也指向了凯撒的虔敬。

"留心三月十五日"——不惟凯撒听到了预言者的预言，在场的所有人都听到了，即便凯撒的确不相信这一预言，那也会使得迫近的"三月十五日"在人们心里变得敏感起来（普鲁塔克说预言者"很早之前"就警告凯撒，莎士比亚则把预言者的警告改到了卢柏克节上）。如果我们是布鲁图斯和卡修斯，我们绝不会选择这一天，只会提前或推后行动，以免凯撒有所防备。为什么叛党选择在三月十五日刺杀凯撒？最直接的原因是，元老院那天要立凯撒为王（1.3.85-88，2.2.93-94）。可以推测，卡修斯等人原本要避开三月十五日，但鉴于凯撒很可能那天要称王，所以不得不紧急行动，但也因此变得非常仓促，比如，关键人物布鲁图斯直到三月十五日凌晨才加入计划，在行动前还不确定凯撒会不会出门，成员直到最后一刻还在增加……

一个如此仓促的行动居然成功了！三月十五日的刺杀似乎纯属偶然。但是，这一偶然毕竟实现了预言者的预言，因而又是完全必然的。莎士比亚似乎把凯撒之死看做一个由神所命定的事件，凯撒无从逃避他的死，

"强大的诸神一决定某人的结局,还有什么可避免"（what can be avoided whose end is purposed by the mighty gods? 2.2.26-27）,布鲁图斯和卡修斯也无从逃避刺杀凯撒。凯撒之死以及此后持续数十年的内战和杀戮,像是一个神圣的历史过程,其目的便是完成罗马从共和到帝制的转变。整部剧有着浓厚的神学气息和宿命感,莎士比亚更像是一位政治神学家。

凯撒的首次亮相虽然含混,但有一点非常清楚:他高踞于众人之上,拥有绝对权威,他只需要发号施令,而且令出必行。"当凯撒吩咐说什么事,就得立刻照办"（1.2.10）,凯撒已经是无冕之王,他所缺的只是一个头衔（name）。

凯撒等人退场后,舞台上只剩下布鲁图斯和卡修斯两人。小加图（Marcus Porcius Cato）是布鲁图斯的舅父,坚决反对凯撒,在庞培与凯撒的内战中,他选择自杀而不是纳降,自杀时手中拿着柏拉图的《斐多》（参普鲁塔克《小加图传》）。受舅父影响,布鲁图斯在内战中加入了庞培一派,内战结束后,他被俘并归降凯撒,受凯撒重用。

卡修斯请求布鲁图斯去看赛跑,但布鲁图斯说,"我不喜欢玩乐;我没有安东尼那样活泼的精神",然后准备告辞。布鲁图斯显得严肃而忧郁,他自觉不自觉地将自己与安东尼比较，似乎对安东尼在节日上的突出角色略有妒意：他是凯撒的天使，而安东尼成了与凯撒最亲近的人。布鲁图斯与安东尼将成为对手，两个人性格上的对立会逐渐彰显出来。

对于布鲁图斯的冷淡，卡修斯以朋友的口吻抱怨说，你近来对爱你的朋友失去了往常的温情和友爱——你不爱你的朋友了吗？温柔的布鲁图斯不能忍受他人的指责，他辩解说，自己的冷淡不过是因为"我近来因为相矛盾的情感而困苦，为着我自己私密的思虑，使我在行为上也许有些反常"（vexed I am of late with passions of some difference, conceptions only proper to myself, which give some soil, perhaps, to my behaviours）。布鲁图斯在表白的同时也在推拒卡修斯探问他的内心：那些思虑只属于我自己，拒绝与他人分享，请"好朋友们"（他只把卡修斯列为好朋友之一）不要再深究，可怜的布鲁图斯不过是"在与自己交战"（with himself at war），所以忘记了对别人表示关爱。

布鲁图斯内心隐匿的冲突使得他与人群疏离开来，但他内在的"战争"究竟是什么呢？质言之，爱罗马与爱凯撒之间的战争，爱荣誉与爱智慧之间的战争，血气与理智之间的战争。[1] 布鲁图斯留场是因为他"在与自己交战",不愿进入人群;卡修斯则是为了诱惑布鲁图斯而留场。可以设想,内心纠结的布鲁图斯原本可以发表独白,吐露他内心的隐情,而卡修斯的诱惑替代了布鲁图斯的独白。卡修斯能够成功诱惑布鲁图斯,诚然是因为卡修斯高超的修辞术,但布鲁图斯内心若无潜藏的对应因素(counterpart),卡修斯绝难成功。

布鲁图斯拒绝卡修斯的探问,于是卡修斯不得不转向自身,"我大大地误会了你的心绪,所以将许多非常重要的想法、值得考虑的意见埋藏心底"。他提示布鲁图斯必须要借着镜子才能看见自己,然后痛惜于布鲁图斯缺少这样的镜子,所以看不到自己"隐藏的价值"。卡修斯自愿扮演布鲁图斯的镜子,引导布鲁图斯来认识他不认识的自己。他首先说到,"有许多在罗马最有名望的人——除了不朽的凯撒——说起布鲁图斯,他们呻吟于当前的桎梏之下,希望高贵的布鲁图斯睁开他的眼睛"。卡修斯看似不经意地提到凯撒,又提到"当前的桎梏"(this age's yoke),从而暗示罗马人期待布鲁图斯能拯救罗马人脱离水火。布鲁图斯警觉到,卡修斯要

---

[1] Harold Bloom称"布鲁图斯是莎士比亚笔下的第一个智识人(intellectual)",参见 *Shakespeare: The Invention of the Human*, p.105.

把他引向危险，要在他身上寻找他所没有的东西（seek into myself for that which is not in me）。但是，布鲁图斯身上真的没有卡修斯要寻找的东西吗？

卡修斯试图打消对方的怀疑，戏称自己将如镜子一样，"如实地揭示您所不知道的自己"（modestly discover to yourself that of yourself which you yet know not of）。人民的欢呼声让布鲁图斯泄漏心机，他暗自嘀咕说害怕民众选凯撒做国王，卡修斯终于找到了敲开布鲁图斯心门的钥匙。在卡修斯的追问下，布鲁图斯说，"倘然那是对大众有利的事（general good），那么让我的一只眼睛看见荣誉（honour，此词在全剧第一次出现），另一只眼睛看见死亡，我会不偏不倚地看待两者……因为我喜爱荣誉的名字，甚于恐惧死亡"。

卡修斯投其所好，开始谈论荣誉。他比较自己跟凯撒：他们生下来有一样的自由，都享受过各种享乐，都能够忍耐严冬的寒冷，因此，他跟凯撒是平等的，甚至比凯撒更优秀，罗马也应该颁予他凯撒所享有的荣誉。在一次台伯河的潜渡竞赛中，卡修斯表现的极为勇敢，但凯撒差点溺死，是卡修斯救了他，就像罗马人的祖先埃涅阿斯从特洛伊的烈焰之中救出了年老的安喀塞斯（Anchises）。卡修斯在体力上比凯撒更强，理应获得更高的荣誉，但"这个人现在变成了一尊天神，卡修斯却是一个倒霉的家伙（wretched creature）"。卡修斯还说到凯撒在西班牙作战时害热病，这位天神战抖、懦怯、呻吟、苍白，就像一个害病的女孩。他似赞实讽地说，像这样一个心神软弱的人（a man of such a feeble temper），却会征服这个伟大的世界，独占着胜利的光荣，真是我再也想不到的事。卡修斯极力对凯撒去神话化，还原凯撒的肉身性。他用"不朽""天神"（1.2.60、116、121）来形容凯撒，从而说明此时凯撒已经获得神一样的地位。①

但卡修斯对凯撒的贬损丝毫没有影响布鲁图斯。卡修斯继续劝说，并将自己与凯撒的对比置换成布鲁图斯与凯撒的对比。

> "布鲁图斯"和"凯撒"："凯撒"这名字又有什么了不得？为什么人们只提及它而不提及布鲁图斯？把两个名字写在一起，您的名字一样好看；

---

① 凯撒在世时已被神化：以凯撒的名义起誓在法律上被认为是有效的，高级官吏在就职时都要宣誓不反对凯撒的任何决定；全意大利、各行省、同罗马友好的一切国家都要为他举行赛会，为凯撒修建了一系列神殿，卢柏克节专门为凯撒设立了第三个祭司团（Luperci Juliani），所有神殿和公共场所都要向凯撒献牲和上供。见乌特琴柯，《恺撒评传》，王以铸译，北京：商务印书馆，2010，页397-400。

念在嘴里,也一样顺口;称起重来,它们是一样的重;要是用它们呼神唤鬼,"布鲁图斯"同样可以感动幽灵,正像"凯撒"一样。凭着一切天神的名字,我们这位凯撒究竟吃些什么美食,才会长得这样伟大?(1.2.142-150)

确实,布鲁图斯的名字和凯撒一样伟大,不仅因为布鲁图斯本人的高贵,还因为"从前有一个布鲁图斯",即布鲁图斯的祖先Lucius Junius Brutus,这位布鲁图斯于公元前6世纪末驱逐了罗马的最后一个王"高傲者塔尔昆",创建了罗马共和。卡修斯的名字是否可以拿来跟凯撒相比?不能。卡修斯缺乏布鲁图斯的道德声望和尊贵地位,而布鲁图斯"是众望所归的人;在我们似乎是罪恶的事情,有了他便可以像幻术一样变成正大光明的义举"(1.3.157-160)。

接下来,卡修斯对比了罗马共和时代与凯撒时代,在共和时代,大多数罗马人共享荣誉;在凯撒时代,凯撒一个人独享荣誉,罗马(Rome)变成了"一个人的世界"(one man's room):

> 自从大洪水以来,何曾有一个时代不是因多人而是因一人而闻名?当人们谈起罗马,至今有谁能

说，她那广阔的城墙之内，只是一人的天下？现在的罗马可真够宽绰的，因为里面只有一个人（now is it Rome indeed and room enough, when there is in it but one only man）。（1.2.152-157）

罗马人应该反抗凯撒的僭政，布鲁图斯应该效法他的祖先，不要让罗马被恶魔般的王统治。卡修斯把"王"形容为"永恒的恶魔"（eternal devil），因为在罗马人的历史记忆里，罗马共和起源于近五百年前对塔尔昆王（Tarquin）的驱逐，作为距离罗马人最近的"王"，塔尔昆就是一位恶魔般的僭主（见2.1.53-54）。罗马人对"王"讳莫若深，但是，抛开对"王"这一名号的忌讳，凯撒跟塔尔昆是否有本质区别？凯撒当王是否一定就是eternal devil？他有没有可能是一位有美德的王？

对于卡修斯旨意甚明的劝说，布鲁图斯似乎不为所动，他表示，他会考虑卡修斯所说的话，今后再找时间与卡修斯商议，可现在他不愿作进一步的表示和行动。"在那个时候没有到来之前"，"布鲁图斯宁愿做一个乡野贱民（villager），也不愿在这这种将要加到我们身上来的难堪的重压之下自命为罗马之子（a son of Rome）"。布鲁图斯原本是一个疏离政治的人物，却被卡修斯渐渐激起政治的激情，卷入一场政治漩涡，他已经意识到自己作为"罗马之子"的责任。

这时发生了一个小插曲。凯撒及随从重新上场，但凯撒及其身边人的神情都变得垂头丧气。凯撒的形象似乎极为情绪化，容易受外界影响，但从与安东尼的交谈看，凯撒并没有真的动怒，依然保持着敏锐冷静的观察。凯撒看到了布鲁图斯和卡修斯，但并没有与他们说话，因为他们隔得很远。凯撒警告安东尼提防卡修斯（他不可能不注意到布鲁图斯与卡修斯在一起），因为卡修斯不像安东尼那样，"有一张消瘦憔悴的脸；用心思太多（thinks too much）"，"他读过许多书；他的眼光很厉害，能够窥测他人的行动"。而且凯撒并不仅仅针对卡修斯个人，而是这类人："他这种人要是看见有人高过他们，心理就会觉得不舒服，所以他们是危险的。"安东尼对卡修斯的看法截然相反，说他并没有危险。安东尼表现得缺乏政治判断力，但凯撒要安东尼跑到他右边来，实实在在地告诉我（tell me truely）你对他的看法。潜台词也许是，告诉我你对卡修斯真实的想法，不要一昧宽慰我，因为我并不恐惧他们。

卡修斯让布鲁图斯去拉卡斯卡（Caska）的衣袖，而且让由布鲁图斯来询问卡斯卡刚刚发生的事情。卡斯卡是护民官，第一个动手刺杀凯撒，被安东尼骂作像一条恶狗一样躲在凯撒背后，向凯撒脖子上挥动凶器（5.1.43-44）。卡斯卡在叛党中地位仅次于布鲁图斯和卡修斯，也是叛党中除布鲁图斯和卡修斯之外形象最为鲜明丰富的人物。但他的发言集中在第一幕，余下的场次中他仅有只言片语（如2.1.105-111、143、153附会卡修斯的决定；3.1.76、84、101-102在刺杀凯撒时的发言）。

他在第一幕共上场三次，但他每次上场的语言风格都不同。第二场一开头，他表现得严肃而恭顺，忠诚地传达凯撒的旨意；但当赛跑结束，他与布鲁图斯和卡修斯私下交谈时，他的语言变得尖酸和油滑，而且他用了平民所用的散文体。这些特征暗示，卡斯卡的语言不属于贵族而属于平民。所以，在他下场后，布鲁图斯有些失望的感叹，昔日"聪明伶俐"（quick mettle）的同学长成了"一个粗鲁迟钝的家伙"（a blunt fellow）（1.2.284-285），这似乎是说，卡斯卡从贵族的品第下降到了平民的趣味。而在卡修斯看来，卡斯卡当然是一个"聪明人"，只不过故意表现得"粗鲁"（this rudeness is a sauce to his good wits，1.2.289）。也就是说，布鲁图斯和卡修斯公认卡斯卡的语言"粗鲁"。但在第三场中，卡斯卡的语言一点也不粗鲁。因此，卡斯卡在第二场中的故意粗鲁，究竟是因为什么呢？

卡斯卡把凯撒拒绝王冠的情境称作一幕"滑稽戏"（foolery），他叙述时既讽刺了凯撒，又夸张地讽刺了平民，把平民称作rabblement［愚民］（1.2.240）、tag-rag people［衣衫褴褛的贱民］（1.2.252）、common herd［乌合之众］（1.2.256）、rogue［恶徒］（1.2.260），因此我们可以说，他以贵族的身份戏仿平民的语言来讽刺平民。最重要的是，这种语言允许他公然对凯撒不恭——未经卡修斯的诱导，他居然说，对于凯撒的请求，"如果我是个做手艺的，要是我没有按他说的立即结果了他，我宁愿跟那些恶徒一起下地狱"（1.2.258-260）。可是，卡修斯这时并不清楚布鲁图斯和卡修斯对于凯撒的态度，他也并不试图试探布鲁图斯和卡修斯对于凯撒的态度。因此他这里的话并非字面上的含义，而另有他因：其一，他的语言一贯尖酸刻薄，因而不会令他人感到奇怪；其二，他是凯撒的贴身侍卫、传令官，他对凯撒的嘲讽恰恰能够表明他与凯撒的亲密，同时，凯撒也允许这种亲密，允许朋友们开他的玩笑。这也是卡修斯为什么让布鲁图斯去拉卡斯卡的衣角并让布鲁图斯追问台下发生的事情的原因，卡修斯对卡斯卡并不信任。

卡斯卡有意把整个场面说的极其滑稽：安东尼三次献给凯撒一顶"王冠"，凯撒三次拒绝，而且越来越不情愿，群众看他拒绝王冠而高声欢呼，^① 凯撒就要卡斯卡解开他的衬衣，露出他的喉咙请他们宰割，然后凯撒就晕了过去，在市场上倒了下来，口吐白沫，说不出话来，卡斯卡调侃说是群众身上令人作呕的气息熏倒了凯撒。凯撒清醒过来后说，要是他做错了什么事，说错了什么话，他要请他们原谅他是一个有病的人（infirmity），然后就这样满怀心事走了。

卡斯卡的讲述（1.2.233-265）五次重复"我"，两次说"在我看来"（to my thinking，236-237），最后又强调for mine own part（243），从而强调了他个人的主观性。^② 经由卡斯卡的描述，凯撒在我们眼中变得滑稽、可笑、病弱。原本是跑步竞赛，怎么会演变成凯撒的加冕？凯撒公开命令安东尼赛跑，并没有安排安东尼献王冠，这一切是意外，还是事先的安排？布鲁图斯曾说，凯撒从不曾"一味感情用事，不受理智的支配"（when his affections swayed more than his reason，2.1.20-

---

① 舞台指导只提到两次欢呼（1.2.78、131），普鲁塔克也说安东尼两次献王冠，"全体民众一致欢呼"（《凯撒传》61）。舞台指导有可能忽略了一次欢呼声，也有可能是为了彰显卡修斯与布鲁图斯的差异：卡修斯说民众欢呼了三次，而布鲁图斯只听到两次，卡修斯的听觉更敏锐（参见1.3.42）。
② Robert S. Miola, "*Julius Caesar and the Tyrannicide Debate*", in *Renaissance Quarterly*, Vol. 38(2), 1985, p.278.

21)。很难设想真实的凯撒会这般滑稽可笑。凯撒率众走到市场上,安东尼当着民众和贵族的面献上一顶王冠,而凯撒三次拒绝,并伸出喉咙任由民众宰割——凯撒的确善于操控民众。但他突然晕倒了,他失去了对自己以及对整个场面的控制,破坏了预先的安排,于是凯撒只能悻悻地下场。这场"滑稽戏"发生地非常突然,但又显得是精心的设计,它一方面在宣示凯撒尊重罗马共和因而拒绝王冠,另一方面又试探民众对王冠的态度,甚至想唆使民众鼓动凯撒克服顾忌,接受王冠。但是,当凯撒拒绝王冠时,民众只是欢呼,这必定让凯撒感到懊丧。[1] 凯撒倘使要称王,面临着莫大的阻力。

卡修斯特别关心西塞罗的反应,问西塞罗说了什么。西塞罗说的是希腊话,只有那些富有教养的人才听得懂,听者"互相瞧着笑,摇着他们的头"。卡斯卡对西塞罗的观察与布鲁图斯之前观察到的西塞罗相差甚大:西塞罗没有动怒,而是用希腊语开了个玩笑,很可能是取笑凯撒的演戏,也可能暗示已无法限制凯撒的权力。[2] 西塞罗是元老中最德高望重之人,素来反对凯

---

[1] Alexander Leggatt, *Shakespeare's Political Drama*, p.140.
[2] 洛文塔尔,《莎士比亚的恺撒计划》,见《经典与解释第21辑:莎士比亚笔下的王者》,北京:华夏出版社,2007,页64。

撒，卡修斯原本希望拉西塞罗入伙，"我想他会非常坚决地站在我们这边"（2.1.142）。

卡斯卡下场后，布鲁图斯评价说他"迟钝呆板"（blunt），不及以前上学时那样伶俐（quick）。布鲁图斯只观察到表面，而卡修斯的眼光确实敏锐，窥测到卡斯卡的迟钝下面（tardy）隐藏着一种果敢："干起勇敢壮烈的事业来，却不会落人之后。"卡斯卡日后第一个刺杀了凯撒。或许正因为听说了凯撒拒绝王冠的事，布鲁图斯更倾向于接受卡修斯的鼓动，他约卡修斯明天来家中长谈，他的犹豫迟疑转变为迅速的行动。卡修斯在独白中说，布鲁图斯高贵的天性可以被人诱入歧途，所以高贵的人必须与高贵的人为伍，因为谁是那样刚强，能够不受诱惑呢？这已经暗示，卡修斯认为自己的行为并没有那么高贵，他策动阴谋不是为了罗马，而是出于一己之私，出于对凯撒的嫉妒。

卢柏克节情节取材自普鲁塔克《凯撒传》61节，《安东尼传》12节亦有相应的记载，而《布鲁图斯传》则没有任何描绘。在普鲁塔克笔下，平民对这场凯旋极其不悦，因为凯撒不是击败蛮族人，而是绝灭了"一个何其不幸的罗马伟大人物的子女和亲属"。依据《凯撒传》61节，卢柏克节上凯撒的雕像都戴上了王冠，两位护民官取下王冠并逮捕那些高呼凯撒为王的人，这一举动得到了民众的拥护:"有许多民众跟在他们后面,兴高采烈,把他们两位称作布鲁图斯。"凯撒对此极其愤怒,免除了护民官的职位,这就使得民众"把念头转向了布鲁图斯",寄望于布鲁图斯会改变罗马,他们向布鲁图斯写信鼓动他,等到卡修斯发现布鲁图斯野心显现,才开始用一切方式激励布鲁图斯。在普鲁塔克笔下,凯撒像是一个潜在的僭主,民众仇恨凯撒,他们积极寻求布鲁图斯的解救。在莎士比亚笔下,两个护民官虽然跟随凯撒等人上场,却没有发言,而后卡斯卡告诉我们,护民官因为扯去了凯撒雕像上的彩带被剥夺了发言的权利(put to silence,1.2.274-275)。莎士比亚切断布鲁图斯与罗马民众的联系,而且弱化凯撒作为僭主的形象。凯撒的被杀并不是出于民众的意愿,而似乎只是缘于一群年轻贵族对凯撒的嫉妒。

第三场

本场戏设置在雷电交作的夜晚,即三月十五日的前夜。在这场惊天扰地的大风暴中,共上场三个人,而凯撒回到家中,布鲁图斯也在家中。对于这场风暴,莎士比亚展示了五种反应:卡斯卡体现着信仰者的畏惧,将风暴视为诸神降下的预兆;西塞罗体现着柏拉图-亚里士多德主义者的理智;卡修斯体现着伊壁鸠鲁主义式的

"无神论";布鲁图斯体现着斯多亚主义者的漠然;凯撒则难以被归类,只是客观描述见闻。[1]

西塞罗显然是个关键角色,但他只在本场戏上场发言,而且匆匆下场。在这样"可怕的"夜晚,西塞罗为什么不待在家里?他从哪儿来,到哪儿去,待在街上干什么?西塞罗首先询问卡斯卡有没有把凯撒送回家:显然,西塞罗不久才与凯撒、卡斯卡等人分手,凯撒回到了家,西塞罗也早该回家,他行走在这样的夜晚,一定有什么事。西塞罗问了卡斯卡四个问题,首尾两个问题均有关凯撒,而且最后一个问题告诉我们,凯撒叫安东尼传信给西塞罗,说明天他要到元老院去,可见凯撒与西塞罗的关系非同一般。西塞罗知道凯撒明天到元老院去,甚至也知道明天元老们要为凯撒加冕,但他第二天却没出现在元老院。西塞罗并未参与刺杀凯撒,也未试图阻止刺杀(如果他提前知道刺杀凯撒的阴谋)。

西塞罗发现卡斯卡一脸惊惧,问他"为什么"。卡斯卡却反问,"难道你不为所动吗(moved)?"西塞罗的无所动与卡斯卡的大为所动形成鲜明对比,惊恐的卡斯卡与上一场玩世不恭的卡斯卡形成对比。卡斯卡贵为罗马人,但显然被见所未见的天降大火的暴风雨

---

[1] 洛文塔尔,《莎士比亚的恺撒计划》,前揭,页60-61。

（a tempest dropping fire）吓住了，他解释说，"要么是天界发生了一场内乱（civil strife），要么是世人对诸神太过侮慢，激怒他们降下灭顶之灾"。西塞罗不加任何评论，继续问："你还看见什么更奇怪（wonderful）的事吗？"暗示眼前这场前所未有的风暴根本不奇怪，不值得这样惊异。于是卡斯卡又说到他亲见或听说的一系列怪兆：一个奴隶的左手燃起烈焰却毫发无伤；我在圣殿前遇到一头狮子，从我身边经过却没伤害我；一百个女人发誓说看到有浑身着火的男子在街上走来走去；昨天正午猫头鹰却栖居在市场上号叫。这么多怪兆这么巧凑在一起，自然科学的解释显然是无力的："谁都不能说，这些都自有原因，都是自然现象（natural）"；卡斯卡把它们完全归结为宗教的解释："我认为它们都是不祥之兆（portentous things），所指的那个地方有事要发生。"卡斯卡充满对诸神的敬畏，代表了传统罗马人的信仰。

西塞罗对卡斯卡的描述不予置评，他像是没有看到这些异兆。他只是说：

的确，这是一个变异的时世（a strange-disposed time）。但人们可以照自己的方式解释事物，实际却和事物本身的目的相去甚远（but men may construe things after their fashion, clean from the purpose of the things themselves）。（1.3.33-35）

西塞罗区分了"事物本身的目的"与人们对事物的不同解释，所谓的科学、哲学、宗教的解释可能只是人们自己的臆想，而无关乎事物自身的目的，所以西塞罗不对这些东西提出自己的解释，也不谴责卡斯卡的信仰。[①] 那么，西塞罗把种种怪现象归之于当前"变异的时世"，这个"变异的时世"有什么目的？西塞罗知道这个时代本身的"目的"吗？作为古罗马最伟大的哲学家，在这样一个风暴大作的夜晚，西塞罗或许就是在探究罗马的目的。西塞罗紧接着问凯撒明天会不会到圣殿来。时代本身的"目的"与凯撒的明天紧密相关。既然事物本身有其目的，人无法阻止，也无需推动，它自会发生。西塞罗最后的话是："这种坏天气不适合待在外面"（this disturbed sky is not to walk in），天降大火的

[①] construe［解释］一词在剧中共出现四次，分别见于1.2.45（布鲁图斯对卡修斯）、1.3.34（西塞罗）、2.1.307（布鲁图斯对鲍西娅）、5.3.84（提提纽斯）。提提纽斯称卡修斯的自杀是因为"误解错判了一切"（thou has misconstrued everything，5.3.84），有论者以这句话来概括全剧的情节，见Ian Donaldson, "'Misconstruing Everything': *Julius Caesar* and *Sejanus*", in Grace Ioppolo, ed., *Shakespeare Performed*: *Essays in Honor of R. A. Foasks*, Newark: University of Delaware Press, 2000, pp.88-107.

风暴只不过是"坏天气"罢了。

西塞罗对凯撒持何种态度？西塞罗不会附和凯撒，也不会参与阴谋，卡修斯曾提议拉西塞罗入伙，而布鲁图斯所说，"他决不会跟着干任何别人发起的事情"（2.1.151-152）。他忌惮凯撒日益增长的权力，却又毫无办法，随着罗马共和的衰落，走向帝制不可避免，而且凯撒的统治相对温和，能够容忍这些元老，虽然凯撒称元老院为"他的元老院"（3.1.32），又把元老们称作"一班白须老头子们"（2.2.67）。但在凯撒被刺之后，替代凯撒的三头执政反而变得残暴无节，他们以非法手段处死了100个元老，其中就包括西塞罗（4.3.173-180）。

卡修斯紧接着上场，他首先询问那边是谁。卡斯卡自称是一个罗马人，卡修斯从声音辨识出卡斯卡（就如他下面从走路的姿势辨别出辛纳）。随着西塞罗下场，夜晚由光明归于黑暗，舞台时而漆黑如墨，时而光亮如昼：阴谋隐藏在黑暗中，而黑暗又交替着光明。卡修斯对夜晚的反应与卡斯卡截然相反，他称这个夜晚可爱而不可怕（a very pleasing night to honest men），他称自己刚才在街上四处游走，故意敞开胸膛迎接雷击和闪电。在卡斯卡看来，卡修斯这么做是在挑战诸神的权威（tempt the heavens）："最强大的诸神借着征兆降下这

样可怕的预示来吓唬我们时,人的本分应该是恐惧和颤抖。"(1.3.54-56)

如果说卡斯卡对诸神的恐惧影射了基督教,卡修斯蔑视上天则影射了对基督教权威的挑战。正是在展示古典世界的罗马剧中,莎士比亚得以超脱基督教的视野展现古典异教的精神。卡修斯讥嘲卡斯卡缺少"一个罗马人应有的那种生命火花"(those sparks of life that should be in a Roman),卡斯卡之所以恐惧和惊异,是因为"没有思考(种种怪兆)真正的原因"。卡修斯随之列举了火、鬼魂、鸟兽一反常态、老人愚人小孩能掐会算,"这一切脱离了常规、天性和固有的机能,转向妖异的品性"(change from their ordinance, their natures and preformed faculties to monstrous quality),不过是上天针对悖乱的世道发出的警告:有一个人"极像这可怕的夜……一个单打独斗并不比你我更强的人,却已变得像这些突现的异象一样凶险可怕"。依卡修斯的解释,种种异兆象征的不是诸神的权威,而是凯撒的势力,上天是用种种异兆提醒人们凯撒称帝的野心,上天站在凯撒的对立面。卡修斯挑战雷电,不是挑战诸神,而是在挑战凯撒;起而反对凯撒,是顺天应命的正义之举。

卡斯卡猜到卡修斯说的是凯撒。卡修斯是位伟大的演说家,他像当初诱惑布鲁图斯一样诱惑卡斯卡。卡斯卡自视为纯正的罗马人,所以卡修斯用传统罗马人的精神来感召他,称现今的罗马人丧失了父辈的精神,习惯像女人一样忍受奴役。卡斯卡深受触动,立即说到元老院明天准备加封凯撒为王,让他作为王统治除意大利之外的一切地方。[1] 听到这儿,卡修斯像是要采取一种消极的反抗,"卡修斯要把卡修斯从奴役中解脱",选择自杀。他第一次提到"暴君"(tyrants)和"暴政"(tyranny)——在罗马人的历史记忆中,王政时代的最后一个王塔尔昆就是暴君,秉承自由的共和国自然把王等同于暴君。卡修斯用莫须有的"石砌的碉楼、铜打的墙壁、窒息的地牢、坚固的铁链"来强化奴役的意象,声称"生命……从来就不缺乏解脱自己的力量",他自己"随时能够抖落我身上背负的那一部分暴政的压迫"(that part of tyranny that I do bear I can shake off at pleasure)。

卡修斯暗示,卡斯卡也背负着暴政的压迫。卡斯卡则附和说自己也能随时去除这一压迫。卡修斯随之提出,为什么凯撒要成为暴君?凯撒本是无能之辈,正因

---

[1] 据普鲁塔克记述,元老院要封凯撒为意大利以外各行省的王,因为凯撒不久要率兵出征帕提亚,而预言说必须要由一位"王"领兵才能得胜(《凯撒传》63)。

为罗马人太软弱太温驯，这个"不足道的东西"才会成为狼和狮子，现今罗马沦为了断枝碎叶、废料木屑，作为低贱的燃料去照亮凯撒。但卡修斯戛然而止，反称是卡斯卡诱导自己说出了这些危险的话，从而暗示自己坚定的反凯撒立场。卡修斯成功激起卡斯卡身为罗马人的荣誉感和共和精神，他既诱惑了哲人气质的布鲁图斯，也说服了勇敢果断的卡斯卡。

卡斯卡投诚之后，卡修斯才告诉他：我已经说动了（moved）好几位生性高贵的罗马人，去从事一番结局十分光荣又充满危险的事业，这些人正在庞培廊（Pompey's Porch）下等我。① 卡修斯并非无缘无故地出现在这样一个夜晚，他装作偶遇卡斯卡，用一套精心算计的言辞说服卡斯卡参与行动。他之前说自己坦胸挑战雷电很可能就是修辞，因为接下来的话才表明了他对这夜晚的看法："因为在这样可怕的夜里，街道上毫无动静，无人走动；天色就好像我们正要着手的事业，极度血腥、火红，极度可怕。"卡修斯其实和卡斯卡一样觉

---

① 庞培廊由庞培建于公元前55年，是庞培剧场的附属建筑，供剧场观众避雨之用。普鲁塔克以之为凯撒遇刺之地，莎士比亚将凯撒遇刺的地点改到元老院，但说到凯撒倒在庞培雕像的基座旁（3.1.115）。阴谋们在庞培剧场集合，他们刺杀凯撒就像是一出戏剧，这不得不让人思索：谁在幕后导演这场戏？

得这夜晚可怕,因为"我们正要着手的事业"很可怕,种种异兆象征着他们刺杀凯撒的阴谋。作为观众,我们该如何理解这些征兆?它们纯属自然现象?如是上天降下的征兆,那上天是在提醒罗马人小心凯撒的暴政,还是在提醒凯撒小心遇刺?天神支持阴谋者,还是偏护凯撒?如果天神不支持刺杀凯撒,阴谋者的行动就不合神义,必将受到神的惩罚。或者这些征兆仅仅预示着凯撒的死以及此后引发的罗马巨变,毕竟后续的变化要更加"血腥"和"可怕"。

另一同伙辛纳(Cinna)上场。卡修斯问"你们在等我吗?"辛纳不安地岔开卡修斯的问题,以致于卡修斯不得不再次询问。卡修斯不确定同伙是否在等自己,这说明他纠集的这个团伙并不团结,卡修斯的领导地位并不稳固(Arden, p.194),所以辛纳希望卡修斯能够争取高贵的布鲁图斯入伙:他们希望接受布鲁图斯而非卡修斯的领导。卡修斯吩咐辛纳去分发蛊惑布鲁图斯的信件,并与卡斯卡约定天亮前去布鲁图斯家里,他确信自己能够拉布鲁图斯入伙:"他有三分已经属于我们,下次会面时,他整个人就会归顺我们了。"

卡斯卡也感叹说,这场阴谋需要布鲁图斯:

啊,他在众人心中地位崇高;他若出面,就会

像最高妙的炼金术，把那些在我们似乎是罪恶的事儿点化成贵重的价值和美德。（1.3.157-160）

卡修斯必须要鼓动布鲁图斯，因为只有布鲁图斯能够赋予这场阴谋以高贵性，使得这场罪恶的行动显得道德。如布鲁姆所说，"在刺杀之后，只有他能使这一行动在民众眼中变得有益而公正"。[①] 安东尼在戏剧结尾处评价说，所有谋逆者都是出于对伟大凯撒的嫉恨，只有布鲁图斯出于高尚的思想和对大众福祉的关心（in a general honest thought and common good to all）才加入刺杀行动。布鲁图斯显然被利用了，而他之所以中套就是因为他的"高贵"。"布鲁图斯与卡修斯的联合是高贵的目的与低下的手段的结合。"所有人——凯撒、叛党以及安东尼和屋大维——都称赞他的高贵，而卡修斯就善于各种手腕，从现实必要性而不是从荣誉或高贵来理解政治和人性。如果说布鲁图斯代表了道德理想主义，卡修斯则代表了政治现实主义。两人相互补充，"缺少了任何一个，阴谋就无法启动。但他们差别太大，不可能在彻底和谐中共事；他们各自的原则产生不同的

---

① Allan Bloom, *Shakepeare's Politics*, p. 93.

策略"。① 随着剧情的进展，我们会看到两人之间的冲突。在阴谋以及友谊中，卡修斯需要布鲁图斯比布鲁图斯需要卡修斯更多。所以，尽管卡修斯诱惑了布鲁图斯，但他最终听命于布鲁图斯，包括在实施刺杀、腓立比之战的安排上——精明因而正确的卡修斯服从了高贵因而错误的布鲁图斯。②

卡修斯在第一幕第二场结尾说，他"今夜"（卢柏克节那晚）会将几封匿名信投进布鲁图斯的窗里。第三场发生在凯撒加冕（三月十五日）的前夜，下场时已经过了半夜，卡修斯和卡斯卡商定在天亮前（ere day）到布鲁图斯家里去（1.3.153-154、163-164）。第一幕第三场发生在三月十五日前夜，但与前两场发生在卢柏克节上的戏并联在一起，而且与前两场一样是在罗马的公众场所，观感上仿佛是同一天的日夜交替。

这一安排使凯撒的死与卢柏克节的献祭联系起来，赋予凯撒之死宗教意蕴，又加深了戏剧在时间上的紧张感，营造出凯撒之死是在奔赴某个预定的终点的氛围。第二幕第一场发生在半夜，而且布鲁图斯在

---

① Allan Bloom, *Shakepeare's Politics*, p. 92.
② Allan Bloom, *Shakepeare's Politics*, pp.92-93; Michael Platt, *Rome and Romans According to Shakespeare*, p.199.

窗前发现了辛纳所丢的信，因此与第一幕第三场紧密联系在一起。叛党来见布鲁图斯时，已经是三点钟了（2.1.192），他们商定要在八点钟一起到凯撒家中迎接凯撒（2.1.213）。天亮以后，他们到了凯撒家中，凯撒特别问到现在几点钟了，布鲁图斯回答说已经敲过八点（2.2.114）。第四场鲍西娅（Portia）问预言者时间，时在九点钟（2.4.23）。此后从凯撒被刺到葬礼演说、安东尼煽动民众暴乱，剧情没有片刻停息。前三幕的戏剧时间极其紧张，似乎是把一连串的事件排在了两天之内。但在刺杀凯撒之后，十点的钟声没有响起，此后再也没有暗示具体的时间，似乎预定的终点并未来到。[①] 布鲁图斯天真地以为，杀死凯撒就是行动的终点，就可以挽救共和，他没有想到共和自身已经败坏，杀死凯撒只是开启了新时代来临的序幕。

在第五幕腓立比决战前，时间回到了开始。布鲁图斯说，"今天必须结束三月十五肇始的事端"（this same day must end that work the Ides of March begun,

---

[①] 参见赫勒，《脱节的时代》，页459-460。比较福音书所记耶稣受难清晰的时间线索：耶稣于逾越节晚上被捕，在逾越节天亮之前被带到大祭司那里受犹太公会审判；"一到早晨"，耶稣就被交给罗马总督彼拉多受审，被判死刑，时在翌日清晨；耶稣被钉十字架是在上午九时，十二时到下午三时遍地黑暗，耶稣在下午三时死去，并于晚上得到安葬。

5.1.112-113）；卡修斯死时恰逢他的生辰，他自白说，"时间在循环运转（time is come round）；我在哪里开始，就将在哪里结束。我的生命跑完了一圈"（5.3.23-25）布鲁图斯在腓立比首战失利后再次提到时间，并再次营造时间的紧迫感："现在三点钟；罗马人，在日落以前，我们还要在第二次战斗中试探我们的命运。"（5.3.109-110）[①]

二、凯撒之谜

> "凯撒就要出门"（2.2.10）

第一场

第一幕结束于狂暴、惊惧、阴谋，第二幕则始于静谧的花园，始于布鲁图斯孤独的沉思。布鲁图斯接连呼唤仆人路歇斯（Lucius）——在这样一个狂暴的夜里，布鲁图斯辗转难眠，路歇斯这个"孩子"（boy）睡得却像平日里那样安稳。路歇斯虽是仆童，但他在本场有五次上下场，后续又在第二幕第四场、第四幕第二场出现，角色分量不可谓轻。他作为"男孩"的恬静与

---

① 普鲁塔克《布鲁图斯传》126节说第二次腓立比之战在二十天后。

罗马"男人"的政治激情和竞逐形成对比，他的酣睡又与布鲁图斯的无眠构成反差。布鲁图斯羡慕路歇斯可以"享受酣眠那甜蜜醇厚的甘露"，因为那孩子"没有想象，也没有幻想，不像男人那样满脑子忧虑"（hast no figures nor no fantasies, which busy care draws in the brains of men，2.1.230-232），因此路歇斯实际映照出布鲁图斯内心的另一个形象：他原本是超然世外的"哲人"，却卷入了一场政治风暴。[1]

布鲁图斯的花园独白表明，他经历长久的思索后终于决心杀死凯撒："必须让他死才行"（it must be by his death）。布鲁图斯刺杀凯撒不像其他人那样出于私人恩怨（personal cause），而是为了大众着想（for the general）。布鲁图斯被称作"凯撒的天使"，深受凯撒

---

[1] 布鲁图斯正因其哲学而鄙视睡眠。在腓力比决战前，他曾这样说到睡眠："天性必须服从需要"（nature must obey necessity，4.3.227）。言外之意，睡眠之于他仅是某种需要（缓解困乏），不属于他的天性或理性。高贵的布鲁图斯只求"小憩片刻"（niggard with a little rest，4.3.228），他还称睡眠为"杀人的睡眠"（murderous slumber，4.3.267），正因为睡眠意味着理性-思虑的沉睡。布鲁图斯极端的理性主义遮蔽了他对人性的理解。参见布里茨，《〈裘力斯·恺撒〉中的男子气与友谊》，载《莎士比亚戏剧与政治哲学》，页276-277。

之爱（3.2.172-173）。[①] 卡修斯则说"凯撒对我很不好（bear me hard），但他爱布鲁图斯"（1.2.302），这说明卡修斯刺杀凯撒是出于私人原因，而不是为了捍卫罗马。卡修斯的独白并没有直接提到罗马，他只是说，"我们要撼动他，否则日子更难过"（1.2.311）。卡修斯担心的是自己在凯撒之下的日子。

但是，现今凯撒不是正受大众拥护吗，凯撒如何危及大众的利益？布鲁图斯纠结的是，一旦凯撒称王，"这会不会改变他的天性，是一个问题"（How that might change his nature, there's the question）。既为问题，则答案未决。现在的凯撒可谓无瑕之人，但未来加冕的凯撒保不齐会怎样。凯撒一旦带上王冠，就等于安上了根毒刺，他就可以随心所欲加害于人，滥用威权（abuse of greatness）。布鲁图斯一方面钦慕凯撒的天性，称道"凯撒的感情从不曾比他的理智占上风"，另一方面担忧"王"的至高权力可能败坏这种天性，令凯

[①] 全剧凯撒与布鲁图斯之间仅有四句对白（1.2.19，2.2.114，3.1.52-55），但凯撒对布鲁图斯有着特殊的爱，这并非因为传说中的私生子关系。布鲁图斯是个善人，剧中几乎所有人都称赞布鲁图斯的高贵。凯撒爱这个善人，这至少表明凯撒尊重德性，而不是嫉妒乃至无法容忍有德者，因而迥异于僭主。参见色诺芬《希耶罗》5.1："僭主畏惧勇敢者，因为他们敢于争取自由；畏惧聪明人，因为他们善于谋划事情；畏惧公正者，因为大多数人可能希望由他们来统治。"

撒变得暴虐，因此他陷入了他自称的"爱凯撒"与"爱罗马"之间的矛盾心理。布鲁图斯如何说服自己相信必须杀死凯撒。他诉诸通常的经验（a common proof），一个人一旦登上权力顶峰，一定会褪去谦卑，野心（ambition）毕露（1.2.309卡修斯的独白最先提到凯撒的野心）。

> 凯撒也可能这样；那就防止，以免他可能。既然他迄今为止的行为无可指摘，那就得这样说（fashion it thus）：照他现在这样，若再扩大权力，也可能趋向如此这般的极端；因此，就把他看作一枚蛇卵，孵化后会像他同类一样有害，不如把他杀死在卵壳里。（2.1.27-34）

布鲁图斯刺杀凯撒的动机仅仅基于一种可能性：凯撒可能会成为僭主。但是，一个在过去无可指责的完人，仅仅因为他将来可能会犯罪而预先杀死他，这显然是荒谬的。① 根本而言，布鲁图斯的决定是出于对野心的恐惧，或说是他对"王"这一头衔的恐惧。作为一个耽于沉思的哲人，布鲁图斯的这段独白揭示出他心灵的缺陷，即对现实处境的无视。通过布鲁图斯的悲剧，"莎士比亚表明将哲学直接运用于政治事务是不可能的"，换言之，如果仅仅从某种观念出发来进行政治实践，就会"导致抽象，导致忽视身体和灵魂难以捉摸的统一；现实被转换，以适应人对现实的想象"。②

路歇斯递来卡修斯等人扔在窗台上的信。布鲁图斯借着流星的光亮读信，对奇异的自然现象毫无惊异，就如西塞罗一样淡定。他玩味着信中的内容，信中未明言"罗马将要，等等"（Shall Rome, et cetera），布鲁图斯自己补充说："难道罗马将要置身于独夫的严威之下？"（Shall Rome stand under one man's awe?）他将效法曾经驱逐塔尔昆王的祖先，对罗马拨乱反正。布鲁图斯曾自称不愿自居为罗马之子（1.2.173），在卡修斯的

---

① Keneeth Muir, *Shakespeare's Tragic Sequence*, New York: Barnes & Noble Books, 1979, pp.47-48；Harold Bloom则说布鲁图斯明显在自我欺骗，选择相信凯撒会成为一个暴虐的僭主，之所以如此，因为布鲁图斯并不嫉妒凯撒的荣耀，但担心不受限制的权力可能造成的后果，即便这一权力掌握在尽责的、理性的凯撒手中（*Shakespeare: The Invention of the Human*, pp.107-108）。

② Allan Bloom, *Shakespear's Politics*, p.104.

一次次煽动下，他已经将自己等同于自己的祖先。他在剧中十三次以第三人称自称，但布鲁图斯之名并不等于布鲁图斯之人，卡修斯伪作的信，就是要指出罗马对于布鲁图斯的名字所抱的期冀。这个书斋中的哲人被英雄主义的激情俘获。①

有人打门。在这样深的夜里，而且在三月十五日的前夜，布鲁图斯一定猜到是卡修斯一伙——他紧接着就提到卡修斯。他说，"自从卡修斯初次鼓动我反凯撒以来，我就睡不着觉"。布鲁图斯的无眠正是他内在灵魂失序的表征："神魂与肉体的官能正在激烈辩论：人的心境，就像小小的王国，正在经受一场叛乱的冲击。"这句话反映出布鲁图斯对内心矛盾的自我认识。"神魂"（genius）在拉丁语中指每个人的守护神，掌管人的运道，决定人的性格；"肉体的官能"（mortal instruments，朱生豪、汪义群均将两词译为灵魂和身体的各个部分，应属误译）指人赖以展开行动的精神与肉体，它们服从"神魂"的指令，如果它们胆敢跟"神魂"进行磋商，无疑接下来就会发起叛乱（Arden,

---

① 某种意义上，布鲁图斯和其他罗马英雄一样缺乏自我认识。参见巴索瑞，《"与自己交战"：莎士比亚的罗马英雄与共和国传统》，见《莎士比亚的政治盛典》，赵蓉译，北京：华夏出版社，2011，页269-297。

p.201）。不朽的"神魂"相当于柏拉图所说的理智，"肉体的官能"相当于血气与欲望，布鲁图斯的理智失去了对其身心的控制，他正在做违背本己的事，在灵魂的交战中，他经受了血气对理智的叛乱。布鲁图斯灵魂的失序，就如罗马将要经受的叛乱一样。[1]

在得知卡修斯一行人来访后，布鲁图斯的独白把他们等同于拟人化的"阴谋"（conspiracy），邪恶而丑陋，无法示人：

> 啊，阴谋，在邪恶最放肆的夜间，你难道还羞于展露你危险的额头？啊，到白天你在哪儿还找得到一处黑洞，足以淹死你丑恶的面孔？别找了，阴谋！就把它藏在微笑与和善之中吧；假如你戴着本来面目向前走，就算是阴间地府也不够黑暗，能把你遮掩，使你不受阻拦。（2.1.77-85）

布鲁图斯明知自己要加入的是一场"阴谋"，但他将自己与其他叛党区分开来，他自信能够利用这场"阴

---

[1] 在蒂利亚德看来，布鲁图斯这段话典型地反映了文艺复兴时期政治身体与"小宇宙"的类比，参见《伊丽莎白时代的世界图景》，裴云译，北京：华夏出版社，2020，页125-132；《莎士比亚的历史剧》，牟芳芳译，北京：华夏出版社，2016，页10-18。

谋"达成高贵的目的，他是为了罗马光明正大地搞"阴谋"。"阴谋"要藏在微笑与和善之中，布鲁图斯的阴谋不同于其他人的阴谋。

这群党徒集体亮相，但他们的脸都裹在外套里面，即便到了布鲁图斯家中，他们也没有揭下。[1]布鲁图斯与卡修斯耳语时，原本沉默的随众进行了一场争论。德歇斯、辛纳认为"这儿"是东方，天要从"这儿"亮起来，卡斯卡却说，他用剑所指的方向才是太阳升起的地方，即圣殿的所在。这一不知所谓的争论看似无关乎阴谋，只是点出从黑夜到黎明的过渡，但若考虑到"这儿"指布鲁图斯的花园，而初升的阳光驱散黑暗，如此便喻示布鲁图斯的救世主形象；卡斯卡称太阳从圣殿升

---

[1] 除卡修斯外，这次登场的还有另外五人：

特莱波纽斯（Trebonius）：公元前45年成为执政；他去迎接凯撒，凯撒让他"靠近一点"（2.2.123-124）；他把安东尼从元老院拉走，刺杀凯撒后上场，汇报说安东尼"吓得逃回家了"（3.1.96-98），此后再没出现；

德歇斯（Decius Brutus）：普鲁塔克说他是凯撒最信任的人，凯撒安排他做"第二顺位继承人"（《凯撒传》63），剧中是他说服凯撒去元老院，之后房子被暴民焚毁（3.3.33）；

卡斯卡：刚刚加入阴谋；

辛纳：卡修斯让他投信给布鲁图斯，在谋杀凯撒后，他第一个喊"解放！自由！僭政死了！"（3.1.78）；

梅特鲁斯（Metellus Cimber）：他向凯撒下跪，装作为兄弟Publius Cimber求情，便于同伙上前刺杀凯撒（3.1.33-35）；

起，并说到时节与太阳运行的关系：太阳在初春时节运行于南方，夏时则会升起在北方，可能喻示元老院将在刺杀凯撒之后重新获得至高权威，元老院将给罗马带来光和热，而且暗示三月十五日在圣殿刺杀凯撒的结局。

与卡修斯耳语后，布鲁图斯第一次超克卡修斯，成为叛党的领袖。他接下来否决了三个关键性提议，最终决定了这场叛乱的结果。首先是拒绝发誓。发誓是为确保彼此忠诚，不泄露秘密，一定参与行动。而布鲁图斯却说：

> 我们只要凭着我们自己堂皇正大的理由（our own cause），便可以激励我们改造这当前的局面，何必还要什么其他的鞭策呢？我们都是守口如瓶、言而有信的罗马人，何必还要什么其他的约束呢？我们彼此赤诚相示，倘然不能达到目的，宁愿以身相殉，何必还要什么其他的盟誓呢？（2.1.123-128）

布鲁图斯相信，高贵的品格、高贵的动机已经可以确保每个人的忠诚，只有那些奸诈之徒、小人懦夫因为没有堂皇正大的理由，所以才用誓言彼此约束；认为我们的宗旨或我们的行动需要盟誓，无异于玷污了我们堂堂正正的义举和我们不可压抑的大无畏精神（stain the even virtue of our enterprise, nor th' insuppressive mettle of our spirits）。事后来看，这场阴谋事前已经泄密，甚至到了人尽皆知的地步。

其次是拒绝西塞罗参与。卡修斯、卡斯卡、辛纳、梅特鲁斯四个人都认为不应遗漏西塞罗，西塞罗的年纪和见识（judgment）会为这群年轻人狂暴的行为博得同情，但布鲁图斯径直否决了这一提议，理由仅仅是"他是不愿意跟在后面去干别人所发起的事情的"。这个提议恰恰暗示，如果西塞罗参与行动，结局可能很不同。西塞罗是唯一可以跟布鲁图斯相媲美甚至更优秀的罗马人，布鲁图斯门第高贵，但缺乏政治头脑，空有道德理想，而西塞罗老成练达、见多识广，富于政治智慧，而且是罗马最伟大的演说家。如果由他来领导叛党，刺杀凯撒的行为就会审慎而节制；如果由他发表葬礼言说，就能击败安东尼，不会引发罗马的内乱。布鲁图斯拒绝西塞罗，似乎更多是因为不想让一个比自己更优秀的人来领导自己。

最后是拒绝杀死安东尼。卡修斯有先见之明，认为安东尼是个诡计多端的人（a shrewd contriver），对凯撒感情深，如果刺杀凯撒后留安东尼活口，会贻害无穷。这个提议引起了更多争论，卡修斯两次表示对安东尼的担心。布鲁图斯否决的理由有两点。其一，安东尼只是凯撒的胳臂,凯撒的头一落地,这条胳臂也成不了大事,安东尼只是一个喜欢游乐、放荡、交际和宴饮的人,只会以自杀来报答凯撒;其二,为了维持道德上的纯洁和高贵,不可以显得太残暴,包括刺杀凯撒也不是针对凯撒的身体,而是针对凯撒的精神,"让我们把他当作一盘祭神的牺牲而宰割,不要把他当作喂狗的腐尸任意脔切"。[1] 布鲁图斯明知自己在从事阴谋,但他强要赋予见不得人的阴谋以高贵的动机和神圣的底蕴,他把杀人当成献祭,把阴谋当成清除恶势力,难道不比卡修斯更可怕?

事到临头,卡修斯提醒说,凯撒近来变得很迷信,因为种种预兆,今天很可能不会到圣殿。德歇斯担保自己可以通过谄媚"使他的心性确定倾向"(give his humour the true bent),把凯撒带到圣殿去。卡修斯迫不及待地说"我们所有人都要去迎接凯撒",但他本人却没有去。

在所有人下场后,布鲁图斯从公共领域退回到私人领域,他马上呼唤路歇斯,称慕路歇斯甜蜜的睡眠。路

---

[1] 这里第一次提到"凯撒的精神":布鲁图斯想要杀死凯撒的精神并饶恕凯撒其人,结果杀死了凯撒其人,并释放了凯撒的精神。凯撒的精神摆脱了他有死的身体,以新的和令人恐怖的力量主宰了戏剧后半部分。见 Alexander Leggatt, *Shakespeare's Political Drama*, p.155.

歇斯反映着布鲁图斯心中的自我形象,一个远离政治世界纷扰的孩子,而他的祖先则是他内心的另一个形象,一个捍卫罗马自由的英雄,他则在两个自我之间摇摆不定。

鲍西娅上场,温柔地探问丈夫近来忧愁的原因。布鲁图斯以身体不适搪塞,鲍西娅只得以妻子的身份下跪,请求布鲁图斯坦白刚才与来访者密谋什么。为了劝服布鲁图斯分享秘密,她一方面强调自己作为妻子的权利以及"婚姻的契约",另一方面强调自己是加图的女儿和布鲁图斯的妻子,[①] "有了这样的父亲和丈夫,你以为我还是跟一般女人不中用吗(think you I am no stronger than my sex)?"(2.1.296-297)为了证明自己和男人一样刚强,她还自愿刺伤大腿,她能够忍受痛楚,也能够保守丈夫的秘密。布鲁图斯深为所动,他答应讲出秘密,这无疑违背了刚刚的约定。但此时叩门声响起,他请鲍西娅先进去,"等会儿你就可以知道我心底的秘密。我要向你解释我的全部计划以及我愁眉苦脸的一切根由"(2.1.305-308)。

[①] 需要提及的是,加图反对凯撒,鲍西娅的亡夫Bibulus(公元前102—前48年)亦反对凯撒(公元前45年布鲁图斯迎娶鲍西娅),因此鲍西娅本人的政治立场很可能也是如此。她得知了布鲁图斯等人刺杀凯撒的计划,并愿意为布鲁图斯保守秘密。

鲍西娅最终得知了布鲁图斯的秘密。第四场她派路歇斯去打探元老院里的情况，又不能明说打探什么情况，她感叹说"让女人保守秘密（keep counsel）可真难呵"，末尾她又祈祷布鲁图斯实现自己的计划。事实表明，鲍西娅内心不能承受这样的秘密，她已临近失控的边缘，她最终承认，"我有一颗男子的心，却只有女人的力量"（2.4.8），"女人的心是一件多么软弱的东西"（2.4.39-40）。鲍西娅虽然是加图的女儿和布鲁图斯的妻子，但她依旧是女人，缺乏伏伦妮娅那样坚强的天性。她和布鲁图斯一样，以外在的规范（名誉、地位、美德）要求自己和塑造自己，缺乏充分的自我认识。

第二场

本场与第一场形成鲜明对照，分别展现居家的布鲁图斯和凯撒，展现两人私人化的形象。布鲁图斯松开了衣带在多露的清晨步行，凯撒则穿着睡衣上场，在三月十五日的前夜，两人都未曾合眼；布鲁图斯消除迟疑，领着利伽瑞尤斯（Ligarius）到预备下手的地方去，凯撒也打消顾虑，决意到圣殿去；布鲁图斯下场时雷声作，凯撒上场时则雷电交作；两者都受到妻子的劝说：凯撒一开始接受了妻子的请求，答应待在家里，后在德歇斯的谄媚下改变了主意。

凯撒为什么也醒着？或许是因为"今晚天地都不得安宁"，或许是因为卡尔普尼娅睡梦中的三次惊叫惊醒了他，或许因为他像布鲁图斯一样彷徨不定。他询问"谁在里面"（who's within），似是在呼唤仆人，又似在疑惑卡尔普尼娅梦中谋杀凯撒的人是谁。他首先派仆人去祭司那里询问献祭的结果。这时，卡尔普尼娅上场了，她以为凯撒要出门去，于是就断然命令他今天不可走出家门。凯撒原本要走出家门吗？他穿着睡衣上场，而且还命祭司占卜，可见他还没打定主意是否要出门。可经妻子这么劝阻，他马上变得像个任性的孩子，声称"凯撒就要出门"，因为"威胁我的东西"惧怕凯撒，而非凯撒惧怕它们。凯撒清楚三月十五日到了，而他也感受到了危险。

卡尔普尼娅说到自己的恐惧，但她没有提到自己刚做的噩梦（她似乎认为，仅用个人的梦无法劝服凯撒，而且凯撒在卢柏克节上把预言者当成"做梦人"打发走了）。她说自己从不看重什么凶吉预兆（never stood on ceremonies，难道卢柏克节上解除"乏嗣的诅咒"只是例行仪式？），但别人给她讲述的种种恐怖景象让她着实害怕。凯撒再次声称"凯撒仍是要出门"，但他宽慰妻子说，这些预兆来自强大的诸神，不可逃避，何况这些预兆并非单独针对凯撒，还针对世人。卡尔普尼娅明说，"只有君王们的凋陨才会由上天来宣布"（the heavens themselves blaze forth the death of princes），这种种异象都指示君王凯撒将遭不测，而非针对世人。凯撒对此心知肚明，他就不再辩解预兆是否针对世人，而是说他作为勇士并不惧怕死亡，因为死亡是人必然的结局（a necessary end）。人必有一死，但自然死亡毕竟不同于鲁莽地找死，迎向本可以避免的死亡是愚蠢。凯撒在这里没有提到诸神，他是否可能认为自己的死是诸神决定的，他坦然赴死是服从诸神的旨意？或者凯撒是否也感到了害怕，犹豫于是否要迎向死亡？

仆人告知占卜的结果，祭司请凯撒不要出门。祭司代表对神意的解释，但凯撒迅即提出了自己的解释。如果凯撒今天因为恐惧而躲在家里，他就是一头没有心的牲畜，诸神是以祭祀的征兆羞辱怯懦。凯撒肆意解读占卜的结果，使之服从自己的意志，他绝不像卡修斯认为的那样"近来变得很迷信"。他甚至说，凯撒比拟人化的"危险"更危险，"凯撒偏要出门去"。

卡尔普尼娅说凯撒的"智慧被自信汩没了"（your wisdom is consumed in confidence），她以自己的恐惧为名请求凯撒留在家里，还为凯撒想好了一个借口，亦即让安东尼到元老院去推说凯撒身体不舒服，最后她向凯撒下跪祈求。[①] 原本倔强、愚蠢的凯撒突然缓和说，"为了你一时的心情（for thy humour），我就待在家里吧"。表面看，凯撒答应留在家里并不是因为他的恐惧，而是因为体恤妻子的跪地央求。也许凯撒根本不像他声称地那样坚决要出门，卡尔普尼娅的劝阻使得他不能流露一丝怯懦，而只能伸张自己的勇敢，他鲁莽的"自信"仅是一种表象。

德歇斯上场，凯撒对卡尔普尼娅说，可以让他像上面说的那样告诉元老院。可转眼间，凯撒让德歇斯转告元老们："我今天不来了；不是不能来，更不是不敢来，我只是不高兴来（cannot is false, and that I dare not, falser: I will not come today）"，意思就是没什么原因，我想来就来，想不来就不来。卡尔普尼娅感到这样说不妥，插口说"就说他有病"（这是卡尔普尼娅在剧中最后一句话）。尽管凯撒刚才同意了说谎，现在却有些生气地说："凯撒是叫人去说谎的吗？"真相就是"我不高兴去，这就是我的理由"（the cause is my will, I will

---

[①] 鲍西娅下跪时，布鲁图斯径直说不要跪。布鲁图斯与妻子的关系类似于共和制，平等、友爱、亲密；凯撒与妻子的关系类似于君主制，凯撒不会和妻子分享他真实的想法，时刻显得是妻子的主人。参见G. R. Smith, "Brutus, Virtue, and Will", in *Shakespeare Quarterly*, Vol.10 (3), 1959, pp.377-378.

not come）。

凯撒太狡猾善变！没等来安东尼，等来了德歇斯。也许从今早看到德歇斯的第一眼起，凯撒就察觉了不对。安东尼是心腹，而凯撒并不信任德歇斯。凯撒可以让安东尼为自己说谎，却不会让德歇斯说谎，因为这会被德歇斯认为懦怯，他重新给出的理由也可能在试探德歇斯的态度。在强调了自己的意志后，凯撒突然画蛇添足，对德歇斯诉起了衷肠："为了满足你个人的好奇心，因为我喜欢你"（for your private satisfaction, because I love you），"实情"是卡尔普尼娅昨晚做了噩梦，梦见"我的雕像仿佛一座有一百个喷水孔的喷泉，喷涌着纯净的鲜血；许多壮健的罗马人微笑着前来在血里洗手"，她认为是个不祥之兆，跪着求我今天不要出去。① 卡尔普尼娅并未对凯撒讲述她的梦，这个梦纯属凯撒的编造，这番私人性的说明使得凯撒不去元老院的真实理由变成了不愿使妻子担心，而不是因为凯撒的执拗。凯撒抛出的这个梦颇有深意，隐喻他的被杀：许多罗马人微笑着迎接他去元老院，而布鲁图斯刺杀凯撒

---

① 普鲁塔克也说到卡尔普尼娅的梦，提供了两个版本。一说卡尔普尼娅梦到自己抱着被杀害的丈夫，一说她梦见房子上的尖塔崩落下来，引起她的哭泣和惊叫。参见《凯撒传》62。

后，号召罗马人"用凯撒的血洗我们的手，直到臂肘，并涂抹我们的剑"（3.1.105-107）。但是，鲜血是从凯撒的雕像流出，这或许反而暗示凯撒本人是不死的。

为了劝服凯撒到元老院去，德歇斯对这个梦进行了相反的解释，他认为这个梦是"幸运吉利的征兆"（a vision fair and fortunate），象征着"伟大的罗马将从您身上吸吮复兴的血液，大人物们将竞相沾染血迹作为圣物和徽记"，这其中无疑运用了他深以为傲的谄媚。凯撒只回应说"你这样解释得很好"（2.2.91）。他是中了德歇斯的谄媚之计？还是已经看出德歇斯居心叵测？德歇斯又发动心理攻势，说元老院今天要为凯撒加冕，如果凯撒不去，元老院也许会变卦；凯撒还可能遭到嘲笑，被指为怯懦。听到这些，凯撒立即改变了主意，他要卡尔普尼娅递过袍子，到元老院去。

凯撒最终走出家门，看起来只是听信了德歇斯的谄媚。凯撒显得很在乎王冠，顾忌怯懦的名声，轻信小人，德歇斯抓住了他的这些缺点，把他骗出了门。但我们看到，凯撒临出门前的心理经历了很多波折，他非常清楚危险，但不愿被视为怯懦怕死；他想要接受劝阻，但又想维护自己的强大意志。欲进又欲退，所以他看上去既坚决又善变，尤其在德歇斯上场后，他更是主动试探对方的意图。德歇斯最后的话使他无法再推脱不去，他为自己屈从于卡尔普尼娅的恐惧而"感到羞耻",他自己则"毫无恐惧"。凯撒每一句话背后都潜藏着复杂多变的心理动机,每个剧中人只能认识凯撒的某一个面向,而我们作为观众能够看到凯撒前后的变化,因而也更能够看到凯撒的"整体"——但凯撒的"整体"是含混的,谜一样的。

布鲁图斯一行七人前来迎接凯撒。除了普布利乌斯(Publius),其他六人都参与了阴谋。普布利乌斯是莎士比亚杜撰的人物,当是一位地位甚高的元老,他替代了原本应该出场的卡修斯;他在第三幕第一场攥开要向凯撒献信的阿尔特弥多洛斯(Artemidorus),凯撒被刺时他在现场,但他被吓呆了,没有任何反应(3.1.85-95)。凯撒惊讶于布鲁图斯也起得这么早,这说明布鲁图斯很少像今天这样来迎接凯撒。凯撒还调侃利伽瑞尤斯因病消瘦(lean),"凯撒可从未这样与你为敌"。凯撒曾说像卡修斯这样廋癯(lean and hungry)的人是危险的阴谋家(1.2.192-195),他是否知道利伽瑞尤斯消瘦的真正原因不是疾病,而是对凯撒的敌意(参见2.1.215-216)?

凯撒热情地招呼他的"朋友们",显得非常和善,完全没有卡修斯说的僭主样子。特莱波纽斯的旁白说到"你最好的朋友们",凯撒似乎听到了这句旁白,他下面的话两次重复了"朋友":"好朋友们,进去陪我喝口酒,我们就像朋友一样,一道走。"凯撒似乎清楚,身边的这些朋友只是"像朋友"。

三、爱凯撒抑或爱罗马

"不是我不爱凯撒,而是我更爱罗马"(3.2.19-20)

第一场

在去元老院的路上,凯撒再次受到提醒。预言者提醒他三月十五日还没过去,阿尔特弥多洛斯则向凯撒递上密信,但被德歇斯打断。阿尔特弥多洛斯是一位逻辑学家,他事前得知了刺杀凯撒的阴谋,他把凯撒视为美德的化身,并认为布鲁图斯等人是出于争强好胜的嫉妒之心刺杀凯撒,因此他说"我一想到美德逃不过争胜的利齿(virtue cannot live out of the teeth of emulation),就觉得万分伤心"(2.3.10-11)。他请求凯撒先看自己的信,因为"我的请愿与凯撒关系更近",但凯撒正因此而拒绝了他——"与我自己有关的最后处理"。在普鲁塔克笔下,凯撒接过阿尔特弥多洛斯的信件,一直想读,但许多人走过来和他说话,他便迟迟没有读这封信(《凯撒传》64)。莎士比亚的凯撒先公后私,显得奉罗马至上，完全不像偏私的暴君。[1]

阴谋无疑已经暴露。现在珀匹利乌斯（Popilius Lena）预祝卡修斯计划成功（这表明有些元老支持刺杀凯撒），卡修斯为此手脚大乱，向布鲁图斯求问怎么办，他甚至笃定事情败露就"自行了断"。布鲁图斯则显得十分冷静，打消了卡修斯的疑虑。现场的紧张气氛由之烘托而出。

凯撒坐定后，询问"现在，凯撒及他的元老院有什么疏失必须纠正？"（what is now amiss that Caesar and his senate must redress?）凯撒显得极其公正，在元老院聆听人们的请愿，"拨乱反正"（见2.1.47-58，布鲁图斯收到的煽动信上写着Speak, Strike, Redress）。元老院已臣属于凯撒，在剧中仅仅是刺杀凯撒的地点，也是元老们逃离的地点。[2] 按照事先的安排，辛伯称呼"至高、至强、无所不能的凯撒"，匍匐下跪。但是，不等他说

---

[1] Timothy W. Burns把这一幕的凯撒解释为完全正面、充满公共精神、无偏无私、坚守共和原则的形象，凯撒的美德是共和主义的美德，因此凯撒最有资格统治，这揭示了共和制的悖论：承认美德的优越性，因此也就承认最有美德的人最应当统治，"共和主义自身的原则指向一人之治，指向君主制，正如它必定背离暴君制"。参见Timothy W. Burns, *Shakespeare's Political Wisdom*, New York: Palgrave Macmillan, 2013, pp.35-38.
[2] 在普鲁塔克笔下，元老院在凯撒被刺之后采取了非常多的行动，后续还赋予屋大维权力。

出请愿的内容，凯撒就严词阻止他，不要指望谄媚能使凯撒枉顾正义：

> 俯首折腰低声下气的敬礼可能会让常人热血沸腾，并把先前制定的政策法令变得形同儿戏。不要愚蠢地以为，凯撒具有悖逆的气血，会让那哄骗傻瓜的伎俩消融了正直的品格。（3.1.36-42）

虽然请愿之事源自普鲁塔克，但莎士比亚的凯撒强调自己超越了常人：常人易被谄媚左右，因而是"傻瓜"，凯撒则敬畏法律，听从理性，秉公执法，不会被"甜言蜜语、卑躬屈膝、摇尾乞怜"打动。凯撒重申，辛伯的兄弟已经被"依法"（by decree）放逐，这一决定无比公正，"凯撒决不冤枉人，也不会无缘无故听信人"。凯撒拒绝撤回判决，因为他骄傲地相信自己完全公正。他没有解释辛伯的兄弟为何被流放，而只是诉诸他先前判决的公正，换言之，诉诸他意志的公正。[①]

布鲁图斯上前吻凯撒的手，卡修斯则匍伏在凯撒脚下，为辛伯祈求。凯撒尤为诧异的是，布鲁图斯居然也枉顾正义，为罪人求情。这促使他发表了他在剧中最长

---

① Robert Miola, *Shakespeare's Rome*, p. 98.

的发言,这段发言揭示出凯撒如何认识自己:

> 但是我就像北极星一样坚定,天宇里没有哪颗星辰比得上它那恒定不移的品性。重重天空中点缀着无数星星,全都个个燃烧,颗颗闪烁;但其中只有一颗固定不动。这世间也同样:世上处处都是人,人具有血肉之躯,有理解力;但众人中我知道只有一人坚守自己的位置,无隙可乘,不可动摇。这个人就是我,让我就用这件事稍加证明:我以前坚持钦伯应该被放逐,现在仍坚持维持对他的原判。(3.1.60-73)

凯撒强调了自己的恒定(constant):北极星与其他星辰的区别不在于哪个更亮,而在于唯有北极星"恒定不移"(true-fix'd and resting quality),"固定不动"(hold his place);凯撒与其他人的区别不在于其材质,而在于唯有凯撒"不可动摇"(unshaked of motion)。"恒定"未必就是公正,而只是一种不屈从于任何人的坚定意志,一种不会受任何人左右的自由(比较卡修斯臣服于布鲁图斯,布鲁图斯屈服于妻子与大众的期望)。正如凯撒不顾妻子的劝告,倔强地三次说"凯撒就要出门";正如他肆意解释占兆,不理会占卜师的说法；正如他只以"我的意愿"（my will）向元老院解释自己不出门的理由；正如他为屈从于妻子的恐惧而感到羞耻一样。但是，正是在决定是否出门的那一场，凯撒又显得摇摆不定，他也曾向妻子屈服，也显得是听信了德歇斯的媚言才决定出门。这也许是凯撒少有的不坚定时刻，或许可以说，凯撒的摇摆恰恰说明他的意志的不可捉摸或自由切换。"凯撒不愿落入任何框架和窠臼。他的人生信条就是sic volo, sic jube〔我怎样想，就怎样做〕。只要他乐意，怎么改主意都行，因为这都是他的决定。"① 因此，这样一个凯撒既固执又善变，既愚蠢又明智。或者说，凯撒期望像"凯撒"那样坚定不移。②

赫勒在比较凯撒与布鲁图斯时有非常精彩的评判。布鲁图斯遵循斯多亚主义的道德信条，扮演着一个完美的斯多亚主义者，因而也扮演着一个道德完善的共和国公民，即"高贵的布鲁图斯"，而这样一个角色前人

---

① 赫勒，《脱节的时代》，页456。
② 凯撒不断称呼自己是凯撒，Harold Bloom评论说："凯撒在剧中是他自己的自由艺术家，他活着和死后都是如此。观众由此得到这一暗含的印象：凯撒是一位剧作家，他给我们一种模糊不定的看法，即把他的死看成是对帝国理想自愿的献祭……我有时认为，莎士比亚本人扮演了凯撒。"
（*Shakespeare*: *The Invention of the Human*, p.110）

（比如加图）也演绎过。凯撒则不能被人列名排次、估量评判或被拿来与之比较，不能被限制在任何条条框框里。凯撒在政治舞台上并不扮演任何一个约定俗成的角色：他只是表现出自己是"凯撒"。凯撒并不表演，因为他创造了自己的角色；他并不需要表明自己是怎样的，因为他本身就是证明。他将罗马的勇敢、节制、正义等等抛到一边，因为这些不是他的德性。凯撒是勇敢的，但他不需要表明自己勇敢，因为勇敢是他的天性，他也只依靠自己的天性行事。莎士比亚的凯撒是一个从不感到羞耻的人，他完全不受他人决定，不管是传统、法律、判断或其他人创造的关于他的形象。凯撒并不在世界舞台上表演，他创建了这个舞台。① 与此相应，凯撒从未自称罗马人，安东尼称布鲁图斯为"他们［叛党］之中最高贵的罗马人"（5.5.68），却称凯撒为"有史以来最高贵的人"（the noblest man that ever lived in the tide of times，3.1.256-257）。凯撒并不属于罗马，而是超越罗马之上。②

凯撒自称为诸神所居的"奥林波斯山"，当众人刺向凯撒时，凯撒唯一感叹的是"还有你，布鲁图斯？"

---

① 赫勒，《脱节的时代》，页453-454。
② Michael Platt, *Rome and Romans according to Shakespeare*, pp.218-219.

（Et tu, Brute?）凯撒想到了卡修斯和其他人，却没想到布鲁图斯也参与了阴谋。"那就倒下吧，凯撒"：如果连布鲁图斯也要刺杀凯撒，凯撒一定是有罪的，因而凯撒不再抵抗，服从布鲁图斯的裁决。凯撒的这句遗言似乎表明，凯撒也承认自己有野心，但对于这种野心是否是一种罪过，他拿捏不定，布鲁图斯最终让他确信了自己的罪过。

刺杀凯撒后场面一片混乱，叛党甚至缺乏统一的口号：辛纳高呼"解放！自由！暴政死了！"，卡修斯则高喊"解放！自由！公民自治（enfranchisement）！"布鲁图斯则说"野心的欠债已经还清"（ambition's debt is paid），他们要杀死的唯有凯撒的野心。为了显示这一点，布鲁图斯打断了自我防卫的提议，声称他们不会伤害其他罗马人，也不会让任何人受牵连。布鲁图斯一众随即对刺杀凯撒的行为进行了自我道德化的解释。布鲁图斯说"我们缩短了凯撒畏惧死亡的时间，所以是他的朋友"，更是号召罗马人"用凯撒的血洗我们的手，直到臂肘，并涂抹我们的剑"（3.1.105-107）；[1] 卡修

---

[1] 这一情景未见于普鲁塔克或之前的故事。布鲁图斯在此失去了他"温和和爱智的品格"（mild and philosophical character），变得残暴血腥，以致有人将这五行台词归之于卡斯卡（Arden, p.240）。

斯说他们是"给自己的祖国带来解放的人","罗马最勇敢、最优秀的心"。这些既是在粉饰自己的罪行,又透露出他们内心的罪恶感和不安。

刺杀凯撒后,此剧变成一个彻底的政治剧,不再只描写一个阴谋,而转为讲述严酷的政治斗争和战争。[①]布鲁图斯原本设想刺杀凯撒便是历史的终点,但这个终点没有到来:十点的钟声没有响起。凯撒之死不是结束,而是开始——他只想到杀死凯撒就能拯救罗马,却从未料到进入内乱的世界,成为罗马的罪人。在他的自我理解中,只是为了罗马的公共利益,他才参与了卑劣的阴谋,他幻想拿凯撒献祭就足以回到"自由、解放"的共和式黄金时代,足以结束"与自我的交战"回到"和平"。但刺杀凯撒并不能改变罗马的命运,罗马共和精神已经崩坏,罗马需要为凯撒加冕。

凯撒在剧情未半时就死掉,而且全剧以布鲁图斯的死和葬礼结束,相当于凯撒的悲剧与布鲁图斯的悲剧两部剧。全剧布鲁图斯台词最多,其下依次为卡修斯、安东尼、凯撒、卡斯卡。尼采曾认为布鲁图斯才是这部剧的主角,他称此剧是莎士比亚最好的悲剧,并说:"至今,这悲剧的剧名仍被搞错——献给了布鲁图斯,也就

[①] 赫勒,《脱节的时代》,页463。

献给了崇高道德的典范，即心灵的自主"（《快乐的科学》条98）。[①] 但另一方面，凯撒之名在剧中出现219次，布鲁图斯之名出现134次，[②] 而且戏剧后半部分可以理解为是凯撒幽灵的复仇。综观全剧，凯撒才是所有情节赖以发生和转变的枢机。如布鲁姆所说，"我们从未看到这位非凡之人的行动；我们看到他说话，看到他投射于世界之上的影子，人们的行动仅与他相关，而且天空似乎也反射他的形象"。[③] 凯撒以及他所代表的精神支配着所有人，甚至在他死后，他的守护神惩罚了所有参与这项阴谋的人。因此，尽管凯撒死了，但这并不妨碍凯撒的精神成为真正的主角。

安东尼仆人的上场是全剧的转折点，安东尼的形象自此陡然大放光彩。之前，安东尼只说过五次话，只不过是问候或赞美凯撒（1.2.5、9-10、191、196-197，2.2.118）。他似乎只是凯撒的一个死忠，耽于夜宴狂欢，毫无谋略可言。但从此时起，安东尼显示出了高超的、马基雅维利式的政治手腕。

安东尼显然是派仆人来探虚实的。我们记得，特

[①] 尼采，《快乐的科学》，黄明嘉译，上海：华东师范大学出版社，2007，页171-173。
[②] Horst Zander ed., *Julius Caesar: New Critical Essays*, Routledge, 2005, p.6.
[③] Allan Bloom, *Shakespeare's Politics*, p.76.

莱波纽斯刚刚说安东尼"吓得逃回家里去了":如果安东尼亲自来,就证明他的勇敢甚至鲁莽。仆人一上场就对布鲁图斯而不是全体叛党发言,他完全遵照安东尼的命令,向布鲁图斯匍匐跪拜,以示谦卑。安东尼让仆人说布鲁图斯"高贵、智慧、勇敢、可敬"(noble, wise, valiant and honest),而凯撒"伟大、果敢、尊贵、仁慈"(mighty, bold, royal and loving),他爱并敬重布鲁图斯,他畏惧凯撒但也敬重并爱凯撒。他用现在时描述布鲁图斯,用过去时描述凯撒,但他并没有说自己更爱哪个,他让仆人说的话不等于他的真心话。安东尼特别提到布鲁图斯的"可敬",他只信任布鲁图斯,信不过其他叛党。所以他只对布鲁图斯发言:"要是布鲁图斯保证安东尼可以安全地走到他面前,让他明白凯撒何以致死,马可·安东尼将爱活着的布鲁图斯甚于已死的凯撒。"布鲁图斯以荣誉担保不会伤害安东尼,还声称可以跟安东尼成为朋友。对布鲁图斯而言,得到比凯撒更多的爱是莫大的诱惑,安东尼称赞凯撒"仁慈"(loving),是在引诱布鲁图斯表现出相应的仁慈。

安东尼重新上场时,见到凯撒的尸体,他似乎完全无法控制自己的感情,顾不得布鲁图斯的问候,便自顾自地哀悼凯撒。当着这群叛党的面,他赞颂"伟大的凯撒","全世界最高贵的鲜血",并央求他们立即用杀死凯撒的利剑结果他的性命——布鲁图斯承诺保证他的安全，所以，他才会主动要求跟凯撒一起死，他知道布鲁图斯不许他死。安东尼对凯撒的深情激起了布鲁图斯的不安，他辩解说，虽然我们的手沾满血腥，但我们的心充满怜悯（pitiful），因为怜悯罗马大众遭受的凌辱才杀死凯撒，"就如火驱逐火，怜悯也驱逐怜悯"，对罗马的怜悯驱逐了对凯撒的怜悯。正如布鲁图斯在凯撒葬礼上所说，"不是我不爱凯撒，是我更爱罗马"。为表示自己道德上的优越感，布鲁图斯居然张开热情的双臂邀请安东尼加入，卡修斯则用官职分配来进一步诱惑安东尼。

安东尼对布鲁图斯和卡修斯的邀请不置可否，却依次与叛党成员握手，像是举行入伙仪式。他并不辩解自己这么做是出于懦弱还是谄媚，而是转向凯撒表白着爱与愧疚：他呼告凯撒的"魂灵"（spirit），称自己的"叛变"将使凯撒觉得比死更难受；他自怨忘恩负义，与凯撒的敌人结成了朋友，他请求凯撒的原谅，将凯撒比作一头勇敢的鹿，被许多王子（princes）射死。安东尼含沙射影，实际在谴责布鲁图斯等人才是忘恩负义之徒，背叛了凯撒的爱，凯撒也从一头令人畏惧的狮子成了无辜的鹿（比较1.3.106）。所以，布鲁图斯听到这里沉默不语，卡修斯则警觉地打断安东尼，并要求安东尼表明态度：你究竟是否愿意加入我们，打算跟我们订立怎样的契约？

安东尼狡辩说刚才的握手就表示他与"你们所有人"成为了朋友，并再次求问他们因何认为凯撒危险。布鲁图斯只能宣称，"我们的理由充分而周全，否则眼前这景象便是野蛮的暴行了"（Or else were this a savage spectacle, our reasons are so full of good regard）。布鲁图斯始终没有说出具体可信的理由，他实际并不确信刺杀凯撒究竟是正义还是"野蛮的暴行"，正是在这种惶惑之中，他一次次自我欺骗，号召叛党用凯撒的血洗自己的手正是为了显示自己不确定的正义。布鲁图斯最后不顾卡修斯的警告，答应让安东尼在讲坛上发表凯撒的葬礼演说，这很可能因为，安东尼声称只是"以一个朋友的身份"（as becomes a friend）来追悼凯撒，而布鲁图斯也自认是凯撒的朋友而非敌人，他们杀死凯撒是出于公共利益，而不是出于对凯撒的恨。

安东尼成功说服了布鲁图斯，他还将说服民众，他对民众的演说就以"朋友们"起头（3.2.65）。安东尼在布鲁图斯面前的演说与他在民众面前的演说有异曲同工之妙，即都诉诸感情，声情并茂地表达自己对凯撒的爱，这固然会激起叛党的恐惧，但也会唤醒布鲁图斯一直在克制的对凯撒的爱。布鲁图斯信奉的斯多亚哲学漠视情感,力图表现得凡事冷静克制、无动于心,安东尼不凭靠任何哲学,而是充满情感的宣泄,他的谋略也是通过诉诸情感来达成。他对凯撒的爱绝对真诚,而且表达得不加克制。

布鲁图斯把凯撒的尸体留给安东尼,正因为凯撒的尸体对他而言没有意义,凯撒之死就是意义的完成。安东尼面对凯撒的尸体发表了全剧第三处独白,表露了他真实的动机。他愤而把布鲁图斯等人称作"屠夫",在凯撒的伤口上发布预言:

> 国民的愤怒和激烈的内乱将要使意大利到处陷于混乱;流血和毁灭将司空见惯,恐怖的景象将屡见不鲜……凯撒的魂灵为复仇到处游荡,由从地狱冲出的阿忒女神陪伴,将在这些地区,用一个君王的口气发出屠杀的号令,同时放出战争之犬……(3.1.263-273)

安东尼不仅向杀死凯撒的人复仇,而是要向整个罗马复仇,是罗马背叛了凯撒。第四幕开启时,他正在制定杀戮名单,众多无辜者牵连其中。安东尼爱凯撒而不爱罗马，他也从未自称罗马人。① 我们不知道安东尼发动的复仇和内乱是否是凯撒想要的，凯撒的统治从不像安东尼这样残暴。

第二场

这场戏是布鲁图斯和安东尼的演说对决，他们的演说面对相同的民众，产生截然不同的效果，可说是全剧最具修辞学色彩的篇章。②

布鲁图斯先行登场，他的演说采用了散文体，似是在俯就民众。他请民众相信和尊重自己的名誉（honor），并以自己的名誉担保自己值得相信；他还请求民众运用智慧和理智来评判自己的行为。他解释自己刺杀凯撒是因为"不是我不爱凯撒，而是我更爱罗马"，凯撒活则大家作奴隶而死，凯撒死则大家作自由人而生，因为"凯撒有野心"（ambitious）。以"凯撒有野心"为根本前提，布鲁图斯进行了自我辩护，但

---

① Michael Platt, *Rome and Romans according to Shakespeare*, p.225.
② 这场演说并不见于普鲁塔克，因而表明莎士比亚深谙古典修辞传统，尤其是庭辩修辞。斯金纳从昆体良-西塞罗修辞学传统的角度分析了这些演说的程式结构，见Quentin Skinner, *Forensic Shakespeare*, Oxford: Oxford University Press, 2014, pp.108-220. 另见Garry Wills, *Rome and Rhetoric: Shakespeare's Julius Caesar*, New Haven & London: Yale University Press, 2011.

是，他根本没有提出任何证据来论证凯撒有野心，为什么在凯撒治下就会成为奴隶。布鲁图斯的"理智"是不彻底的，如果要民众运用理智，他就要自己首先运用理智表明凯撒该杀。唯一的解释是，布鲁图斯找不到证明凯撒有野心的现实证据，正如他在花园独白中，依据一条抽象的逻辑把凯撒放大为野心家一样。布鲁图斯臆认为凯撒有野心，同时也假定听众必然接受自己的说法。

布鲁图斯的演说也运用了修辞，但他的修辞恰恰表明，他搞错了言说对象：

> 这儿有谁如此低贱（base），甘愿做一个奴隶？……这儿有谁如此不开化（rude），不愿做一个罗马人？……这儿有谁如此卑劣（vile），不爱他的国家？如果有，就请说话，因为我已经得罪了他。（3.2.25-29）

低贱、不开化、卑劣，恰是科利奥兰纳斯用以形容平民的语词，布鲁图斯误把民众当成了贵族。在布鲁图斯的道德胁迫之下，民众自然不敢说话，这并不代表民众被布鲁图斯说服了。但布鲁图斯把民众的沉默视为民众的赞同，他的行为光明正大，"为了罗马的利益，我杀死了我最好的朋友；当我的祖国需要我死的时候，我可以用那同一把刀子，把我自己杀死"。戏剧后半部分将愈发显得布鲁图斯在道德上自以为是和自我欺骗。[1]

布鲁图斯走下讲台后，民众奉他为英雄，甚至乎喊出"让他做凯撒"，"拿凯撒的荣耀为布鲁图斯加冕"（Caesar's better parts shall be crowned in Brutus）。[2] 布鲁图斯听到这些一定会觉得荒谬，他想杀死凯撒的精神，却没想到凯撒已经成为一种精神性的存在，并没有随着凯撒之死而消散，凯撒的精神将附着在另一具肉身上。罗马已经离不开凯撒，如西塞罗所说，凯撒"已经使这个自由的国家习惯了奴役"。

布鲁图斯允许安东尼发表葬礼演说，有两点要求：不能归罪于我们，但可以照你所能想到的称道凯撒的好处；要说明是我们许可你发言。布鲁图斯自信安东尼的言辞不会感动民众，他相信自己刺杀凯撒的理由足够正当，而且肯定会得到民众认同。此外，他之许可安东尼发表演说，也为了表明一种道德的高姿态，从而使自己显得更公正。

安东尼的演说采用了诗体，篇幅（近1100字）近

---

[1] Keneeth Muir, *Shakespeare's Tragic Sequence*, pp.51-53.
[2] 此为汪义群译法。此句朱生豪译为"让凯撒的一切光荣都归于勃鲁托斯"；梁实秋译为"我们要拥护布鲁图斯，因为他拥有凯撒的优点"；傅浩译为"凯撒的优点将在布鲁图斯身上发扬光大"。

乎布鲁图斯的三倍（近350字）。他遵照布鲁图斯的要求，没有归罪于他们，但他运用反讽（irony）使民众开始怀疑布鲁图斯。既然布鲁图斯以自己的荣誉担保，安东尼就讽刺布鲁图斯的荣誉，他不断重复着Brutus is an honourable man［布鲁图斯是个正人君子］；既然布鲁图斯指控凯撒有野心，安东尼就用四项排比性的论证予以反驳，同时又不断重复But Brutus says, he was ambitious［可布鲁图斯却说，他有野心］。这些说法使得布鲁图斯的名誉摇摇欲坠，也使布鲁图斯说凯撒有野心的指责成了空口无凭。布鲁图斯没有举出证据证明凯撒的野心，安东尼却举出了三个例证证明凯撒没野心——严格来说，这三个例证并不能证明凯撒没野心，卢柏克节上凯撒虽然三次拒绝王冠，但那更近乎一场向民众献媚的表演。安东尼反讽地否定了布鲁图斯所说的一切，但他紧接着否定自己的否定："我不是要推翻布鲁图斯所说的话，我所说的只是我知道的事实。你们过去都爱过他，那并非没有理由：现在有什么理由阻止你们哀悼他呢？"安东尼的第一段演说停在"哀悼他"（mourn for him）上，人们之所以不去哀悼凯撒，是因为失去了理性。安东尼以理性之名诉诸民众的情感。这时，他悲痛难抑，无法继续。很难说安东尼的悲痛是假装，不管怎样，他的悲痛感染了民众："可怜的人，他的眼睛哭的像火一般红。"安东尼多次用有意的停顿和迟延来观察民众的反应,并一步步激化民众的情绪。

安东尼的第二段演说可说是"自我应验的预言",他能将自己的言辞转化为民众的行动。他说自己并不是有意激动你们的心灵引起一场叛乱,但他提到凯撒的遗嘱:"只要让民众一听到这张遗嘱上的话",他们就会把凯撒的尸体奉为神明,这张遗嘱将使凯撒成圣;但他说不能读给你们听,"听见凯撒的遗嘱,一定会激起你们心中的火焰,一定会使你们发疯。你们还是不要知道你们是他的继承人……"我们是凯撒的继承人?我们会继承凯撒的什么?安东尼抓住了民众的好奇心和贪婪,紧紧操控住了民众。在民众的逼迫之下,安东尼要民众环绕着凯撒的尸体,他则走下讲坛,要向民众展示"那写下遗嘱的人"。遗嘱只是安东尼用来使民众关注凯撒尸体的道具,遗嘱本身并不重要,重要的是如何让民众理解凯撒的尸体,所以,安东尼一定要在展示完凯撒的尸体之后才读遗嘱。在这场仪式性的表演中,民众的角色从被动的观众转变为演员,台上与台下融为一体,凯撒的尸体成了一个剧本。走下讲坛表明他不是在演说,因此可以不遵守布鲁图斯的要求,因而可以归罪于布鲁图斯等人。

第三段演说展示凯撒的衣袍(mantle)和伤口。安东尼提醒民众，凯撒第一次穿上这件袍子（注意第二幕第二场凯撒出门前的换衣服），是在营帐里，是在征服纳维人（Nervii）那一天，这是一件象征荣耀的外衣，必定令民众感念凯撒的勇敢和为罗马立下的战功。接着，安东尼重演了刺杀场景，并重新解释了刺杀的含义——安东尼当然没有亲见刺杀经过，但他分别指出袍子上的裂口是由谁所赐，尤其极为细腻地重演了布鲁图斯刺杀凯撒的一幕：

> 备受宠爱的布鲁图斯就从这儿刺了进去，当他拔出他那万恶的武器时，瞧凯撒的血怎样汩汩不断地跟了出来，好像要冲出门来，看看究竟是不是布鲁图斯这样无情地敲门；布鲁图斯，你们知道，是凯撒的天使。诸神啊，请你们评判凯撒是多么爱他。这是最最无情地一击，因为当高贵的凯撒看见他行刺的时候，忘恩负义，这一柄比叛徒的武器更锐利的利剑彻底击垮了他，于是他雄心崩碎。（3.2.167-177）

安东尼简直是在导演一场谋杀！是布鲁图斯的忘恩负义杀死了凯撒，而凯撒曾多么爱布鲁图斯！安东尼将凯撒倒下的那个瞬间放大（据说凯撒看到布鲁图斯拔剑，就用衣袍将面孔遮起，不再做任何挣扎，让自己慢慢倒下去，见普鲁塔克《凯撒传》65），让每个人切身体会凯撒倒下时的动作和痛苦，让每个人都扮演凯撒："啊！那是一个怎样的殒落啊，我的同胞们；于是我、你们，我们大家都倒下了，血腥的叛逆却在我们头上耀武扬威。"平民开始为凯撒哭泣，为他们自己的倒下哭泣。这时安东尼直接展示凯撒的尸体（here is himself），让血腥的景象再次刺激民众的情绪。安东尼重演这出戏，结果布鲁图斯等人成了"叛徒"（traitors），刺杀凯撒成了"血腥的叛逆"（bloody treason）。

安东尼紧接着回到反讽式的演说方式：刺杀凯撒的人是正人君子（honourable），智慧而可敬；布鲁图斯是演说家；我只是一个憨直的人，没有任何修辞才能，不能煽动人们的热血（stir men's blood），我所说的都是你们自己知道的；假如我像布鲁图斯那样欺言惑众，我一定会激发你们的精神（spirits），把罗马的石头也鼓动起来暴动了。民众随即响应"我们要暴动"——安东尼的话术将民众引向"暴动"，而且"暴动"完全正当，因为布鲁图斯等人是叛贼和恶棍，他们刺杀凯撒是忘恩负义，是谋逆。

民众嚷着烧掉布鲁图斯的房子，捉拿那些谋逆者，似乎不读遗嘱就可以达到目的。但安东尼又推迟民众的行动,提醒他们忘记了凯撒的遗嘱。凯撒把钱财和私产留给了每一个罗马公民,听闻这一遗嘱后,民众封凯撒为神,"我们到圣地去焚化他的遗体,然后用火点燃叛贼们的房子"。

安东尼的演说犹如一场情感跌宕的大戏,如赫勒所说:

> 安东尼不但诉诸情感,还直白地表露。他诉诸的情感就是他表露出来的。他敬爱凯撒,群众也敬爱凯撒,他大声痛哭,群众也跟着痛哭。他并不是惺惺作态,而是真情流露。他说服群众靠的不仅仅是伪善,至少还带着些许真诚。他像是群众中的一员,是群众的诗人,能够代群众言其所感却不能言之事。[①]

第三场

这场戏取材自普鲁塔克,虽然有所依本,但如果将这一场拿掉,可以说丝毫无损于戏剧的完整性,而且会使第三幕第二场和第四幕第一场衔接地更为紧密。看

---

① 赫勒,《脱节的时代》,页469-470。

似无关紧要的情节往往最具揭示性,这看似"冗余"的一幕好比"离题",是对"正题"的解释,隐藏着理解"正题"的线索,也隐藏着诗人莎士比亚的写作意图。

普鲁塔克的《凯撒传》(67)、《布鲁图斯传》(20)都提到这位辛纳:他是凯撒的朋友,前夜梦到凯撒邀请他一同晚餐,他有事不能去,凯撒却拉着他的手,勉强他非去不可,最后引他到了一个深幽和黑暗之地。这梦使他有不详之感,而且让他发起烧来。早晨听说凯撒的遗体即将埋葬,出于对朋友的关爱,他起身到广场上去参加凯撒的葬礼。群众听说他的名字叫辛纳,不由分说就把他杀了。

莎士比亚笔下的辛纳一出场便说:

> 我昨晚梦到和凯撒一起宴饮,许多不祥之兆萦绕在我的脑际。我实在不愿走出家门,可还是有什么事把我引了出来。(3.3.1-4)

辛纳梦到与凯撒宴饮,而依据莎士比亚的呈现,梦是神圣的预兆,正如卡尔普尼娅的梦预兆着凯撒的被杀。辛纳的梦预兆着他将和凯撒"一起宴饮",但也可能预兆着他会和凯撒一样被杀——辛纳是继凯撒之后被杀的第一个人。这个梦或吉或凶,而普鲁塔克似乎暗示,凯撒把辛纳带到了冥府。无论如何,辛纳与凯撒的关系非同一般,下面的两句甚至显示出两人的某种相似。辛纳不愿出门,正如凯撒不愿而不是不能或不敢出门;辛纳被"某种东西"引出家门(普鲁塔克说是为了参加凯撒的葬礼),正如凯撒被谄媚的德歇斯引出家门。在某种程度上,辛纳的死重演了凯撒的死。凯撒出门后被杀,辛纳出门后被撕成碎片;布鲁图斯等人刺杀凯撒,暴民杀死辛纳。[1]

平民向辛纳提出四个问题:名字、去处、住处、是否单身(最后一问有些莫名其妙,替代了辛纳的"职业"问题),并接连要求辛纳直接(directly)、简洁(briefly)、聪明(wisely)、真实地(truly)做出回答。辛纳回答四个问题的次序和方式却有些出人意料:

> 聪明地说,我是个单身汉……直接地说,我要去参加凯撒的葬礼……作为一个朋友;简洁地说,我住在圣殿旁边……真实地说,我叫辛纳。(3.3.15-25)

---

[1] Norman N. Holland, "The 'Cinna' and 'Cynicke' Episodes in *Julius Caesar*", *Shakespeare Quarterly*, Vol.11 (4),1960, pp. 439-444.

四个回答逐渐接近并到达真实,而且辛纳颠倒了第四个问题与第一个问题的位置,这两个问题合起来的答案就是"单身汉(诗人)辛纳"。但听到他的名字,平民们的第一反应就是,"把他撕成碎片,他是叛党"。辛纳不得不亮明身份,"我是诗人辛纳",但平民们依然坚持撕碎他,"因为他做了坏诗"(for his bad verses),甚至就因为他的名字,"要把他的名字从他心里挖出来,再放他走"(pluck but his name out of his heart and turn him going)——诗人最后被撕成了碎片。诗人和叛党同名,这可以解释莎士比亚对叛党辛纳的突出呈现:刺杀凯撒后,第一个高呼"自由!解放!暴君已死!"的就是辛纳(3.1.78-79,另见1.3.131)。

诗人辛纳因为真实地说出了自己的名字而被杀,而名字,代表什么?

谁没有名字?罗马剧和历史剧中都有一个共同的角色,那就是民众。他们是沉默的大多数,他们没有名字,缺乏独特性。

谁有名字?贵族。名字就是名声,就是荣誉,小加图和布鲁图斯都在战场上宣扬自己的名字(5.4.3-8),凯撒则不停呼喊自己的名字,他们试图使自己的名字不朽。[①]

谁有相同的名字？诗人辛纳和叛党辛纳同名；布鲁图斯（Marcus Brutus）与其先祖布鲁图斯（Lucius Junius Brutus）同名，还与德歇斯（Decius Brutus）同名；裘力斯·凯撒（Julius Caesar）与屋大维·凯撒（Octavius Caesar）同名，未来的罗马皇帝都叫凯撒。但名字不等于人（下一幕的开头，安东尼三人发动的大清洗便是"在他们的名字上作了记号"），拥有相同的名字不等于拥有相同的精神品质。本剧以裘力斯·凯撒的名字命名，因为没有哪个凯撒能够代替这个伟大的名字。罗马皇帝们以凯撒为名，但并不具有凯撒的精神。

诗人应该叫什么名字？诗人因为说出真名被杀，这表明诗人应该隐瞒自己的名字，以他人的名字言说——把名字从自己心里挖出来，放进别人心里。莎士比亚在自己的戏剧中都是以他人的名字言说，他化身为千百个善恶悬殊的人物，容纳众多矛盾含混的观点，令我们

[①] "名字"是全剧的重要线索，参见R. A. Foakes, "An Approach to *Julius Caesar*", *Shakespeare Quarterly*, Vol. 5(3), 1954, pp.259-270.

无从辨识他的身影。[1] 如尼采所说，"莎士比亚对各种激情作了大量思考，或许他对许多激情也有切身的体会……但他是通过笔下激情洋溢的人物之口说出自己关于激情的观察"。[2]

四、道德与政治

"相亲相爱吧，你们两个应该这样"（4.3.131）

第一场

第三幕第二场结尾，安东尼的仆人上场禀报屋大维已到罗马，跟雷必达都在凯撒家中，安东尼立刻下场去见屋大维（3.2.252-261）。屋大维抵达罗马与布鲁图斯、卡修斯逃出罗马同步发生，屋大维的到来预示着罗

---

[1] 除《裘力斯·凯撒》外，唯有《雅典的泰门》出现了诗人，而其中的诗人与画师无名，哲学家却有名字。结合"诗人辛纳"，我们也可以说，莎士比亚对诗人的塑造表达了对文艺复兴诗学精神的反讽，或回应了伊丽莎白时代对诗人的批评。参见张沛，《诗人与城邦：莎士比亚〈恺撒〉第4幕第3场厄解》，见《外国文学评论》，2016年第1期，页159-171，后收入氏著，《莎士比亚、乌托邦与革命》，上海：华东师范大学出版社，2021；梁庆标，《诗人秦纳之死：莎士比亚如何为诗辩护》，见《外国文学评论》，2020年第2期，页162-186。
[2] 尼采，《人性的，太人性的》（上），魏育青译，上海：华东师范大学出版社，2008，页165。

马精神的重大转折。第四幕开场，安东尼、屋大维、雷必达已然三分天下，在安东尼家中共同拟定杀戮名单。

合观普鲁塔克的《凯撒传》《布鲁图斯传》和《安东尼传》，可以粗略再现从刺杀凯撒到三巨头执政的历史过程。刺杀者从元老院走到卡庇托里山（Capitole）的圣殿，傍晚时才从圣殿下来，向民众发表演说。次日（3月17日），时任执政官的安东尼召集元老院开会，主张不追究布鲁图斯等人的罪责，并委派布鲁图斯和卡修斯到行省担任总督，同时决定保留凯撒先前制定的决策和法令，并给予凯撒封神的敬拜（此点仅见于《凯撒传》）。安东尼得到民众的热烈拥护，遂取消了温和和妥协的主张，决意"如果能把布鲁图斯打倒，毫无疑问可以坐上罗马政坛第一把交椅"（《安东尼传》14）。在安葬凯撒的遗体之前，安东尼发表葬礼演说，煽动民众暴动。迫于形势，布鲁图斯一伙逃离罗马，暂避帕提亚。安东尼得到凯撒的朋友和部下拥护，成为罗马最高统治者，但他的作风极其专制，被指有僭主倾向，激起元老院的不满。

屋大维是凯撒的外甥女所生，后被凯撒收为义子，凯撒的遗嘱指定他为继承人。听到义父遇刺的消息，他立即抵达罗马执行凯撒的遗嘱，分发给每位市民75德拉克马，并以各种方式博取民众好感，凯撒的许多旧部都归顺于这位新"凯撒"。西塞罗从公元前44年9月到前43年4月共发表十四篇"反腓力辞"（Philippicae），站在屋大维一方反对安东尼。当时罗马分为壁垒分明的两派：一派支持屋大维，称之为"神一般的年轻人"，一派拥戴安东尼（《布鲁图斯传》23）。

公元前43年初，元老院宣布安东尼为公敌，由两个执政官率兵围剿安东尼，屋大维则以资深副执政身份督战。安东尼战败，但两个执政官战死，屋大维成了实际的统帅。屋大维率军回到罗马，要求元老院颁受他执政官之位。元老院对屋大维颇多不满，企图剥夺其兵权，并将目光投向布鲁图斯，令他治理多个行省。屋大维立即遣使见安东尼，双方修好，然后屋大维利用军力夺取执政官一职，时年二十岁。就任执政官后，屋大维宣布布鲁图斯一众为公敌（《布鲁图斯传》27）。

公元前43年10月，屋大维、安东尼、雷必达举行会谈，决定三分天下：安东尼统治高卢，屋大维控制阿非利加、撒丁岛、西西里等"滨海"行省，雷必达统治西班牙，意大利由三人共同治理。11月底，三人回到罗马，由公民大会通过法律，任命"建设共和国的三巨头"，授予他们在五年内处理国事的大权，史称"后三头"。此后三人拟定"公敌宣告名单"，捕杀两百多位元老（主要为了侵吞财产），西塞罗也包括在内。拟定名单时，三人都想消灭异己而保全盟友，最后屋大维因为安东尼的坚持而牺牲西塞罗，安东尼牺牲舅父路歇斯·凯撒（Lucius Caesar），[①] 雷必达牺牲兄弟保鲁斯（Paulus）[②]（参见《安东尼传》19）。

一年九个月的时间里（公元前44年3月15日—前43年11月），罗马政局跌宕起伏，安东尼、屋大维与布鲁图斯等人轮番政治角力，最终确立了三头执政的格局。莎士比亚化繁为简，直接展现了刺杀凯撒的政治后果：第四幕第一场呈现的便是后三头拟定"公敌宣告名单"的情景。三人像做交易一样施行无原则的杀戮，以便清除异己、敛取财富。屋大维要求雷必达的兄弟必须死，雷必达要求安东尼的侄子必须死，不管必须死的人是否违背正义，是否危害共和国。凯撒死后，由凯撒所主导的共和秩序崩解，罗马成为三人瓜分的私产，帝制的建立已成必然。

我们在这里第一次见到屋大维。就年纪和政治资历来说，屋大维当然最弱，谈不上在罗马有任何政治经营（凯撒被刺时，他尚在阿波罗尼亚求学）。可他在这场

---

① 莎士比亚杜撰了安东尼的外甥普布利乌斯（Publius），把一个老人换成一个年轻人，愈发烘托杀戮的残酷性以及后三头之间的勾心斗角。
② 保鲁斯支持布鲁图斯，曾宣布雷必达为公敌，故雷必达将之列于名单之首。

戏中显然自居最高，对安东尼和雷必达接连下达命令，彰显强大的意志。安东尼则只命令雷必达到凯撒家中把凯撒的遗嘱拿过来，他要裁减某些开支，而不会严格执行凯撒的遗嘱。雷必达匆匆下场后，当着屋大维的面，安东尼毫不讳言雷必达是"一无所长的庸人"（a slight unmeritable man），不应与他们一起分享这世界。屋大维进一步探问安东尼对雷必达的看法，安东尼更直白地说到："我们"把荣誉加给雷必达，只是把他当成一头受役使的驴子，"被牵着或被赶着，走我们指引的路；把我们的财宝运到我们要去的地方"，之后就打发它去公共草场上吃草。安东尼只是利用雷必达来攫取更大的荣誉或钱财，但他认为自己和屋大维是平起平坐的"我们"。

安东尼为何如此高看眼前这个年轻人，要与其二分天下？安东尼爱凯撒而不爱罗马，他真心对凯撒俯首听命，为凯撒的死不惜恳求"国民的愤怒和激烈的内乱将要使意大利到处陷于混乱"（3.1.263-264）；他奉凯撒为王（Caesar's spirit...with a monarch's voice，3.1.270-272），却没有想过自己成为凯撒，至多期盼成为寡头之一。他高看屋大维，正是因为屋大维作为凯撒继承人的特殊身份；他贬低并利用雷必达，但至多只是图谋剥夺雷必达的政治权力，而不是"卸磨杀驴"。从这一点来说，安东尼的政治野心有限，或说他的个人意志并不那么强大，这注定了他只是共和走向帝制的中间性人物。

冷眼旁观的屋大维并不反驳安东尼的说法，只说了一句"你可以按你的意愿办"（You may do your will）。安东尼这么做显然也符合屋大维的利益，但屋大维究竟有什么"意愿"？屋大维又称雷必达是个久经考验的勇敢战士，似乎在为雷必达感到惋惜或不平。安东尼则用自己训练战马的例子说明，"我的精神控制它身体的运动"，作为一个"精神贫乏的家伙"（a barren-spirited fellow），雷必达"必须受教导、训练、驱使"。这也许应和了《科利奥兰纳斯》中对勇敢的呈现和质疑。匹夫之勇要受精神的役使，而精神意味着一种自主的意志，一种统治的欲望，一种不屈居人后的激情。用安东尼的话说，绝不"靠捡拾别人用旧玩腻了的过时物件儿、玩意儿和仿制品来充时髦"。不过，如果安东尼与雷必达是战士与战马的关系，谁又是驱使这个战士的"精神"呢？凯撒曾经号令安东尼。聆听了安东尼这番教导的屋大维是否会运用这番教导，超克比他年长也比他更有政治经验的安东尼？[1]

安东尼转而与屋大维谈论"要紧事"。布鲁图斯和

---

[1] Timothy W. Burns, *Shakespeare's Political Wisdom*, p.50.

卡修斯正在招募兵马，为此"我们要加强联盟，广交朋友，想尽一切办法"（let our alliance be combined, our best friends made, our means stretched），当前既有"潜伏的杀机"，又有"公开的危险"，为此要"坐下来讨论"。屋大维应和说，许多敌人环伺四周，有些人虽然脸上堆笑，实际心怀奸谋。安东尼主张要团结朋友，屋大维则警惕似友实敌的敌人，他从凯撒被刺学到了宝贵的政治经验，不轻信任何人。后三头彼此没有任何友爱，只是出于政治利害暂时结成的同盟。[1]

第二场

史载布鲁图斯与卡修斯在雅典的佩雷坞分手，一个到叙利亚，一个到马其顿，再次见面是在西麦那（Smyrna）：布鲁图斯向卡修斯借用军费，卡修斯不顾下属反对，将三分之一资财分给了布鲁图斯，然后两人告别，指挥所属军队进行征伐。公元前42年，安东尼和屋大维率军前往马其顿，将罗马交由雷必达治理。布鲁图斯召卡修斯到萨迪斯（小亚细亚吕底亚的古都）相

---

[1] 赫勒称赢得胜利的三巨头并不是朋友，人性的戏剧并不会在他们当中上演，而布鲁图斯和卡修斯的友谊是一部宏大的人性戏剧（very human drama）。见《脱节的时代》，页472。

见，离开亚洲向欧洲开拔，共同迎敌。萨迪斯之会九个月后，11月16日，双方在腓立比平原（Campi Philippi）决战，安东尼对阵卡修斯，屋大维对阵布鲁图斯，但屋大维生病未能出战，安东尼独揽胜利的荣誉，宣告"三巨头"的胜利。

莎士比亚把萨迪斯之会与腓立比之战紧紧排在一起。第二场和第三场戏从黄昏持续到晚上，中间路歇斯上场点烛（4.3.157），布鲁图斯、卡修斯、提提纽斯（Titinius）、梅萨拉（Messala）围烛而坐，"讨论我们重要的事情"（4.3.163-165），最后决定"明天一早"向腓立比进兵（4.3.224-230）。

布鲁图斯再次上场时已经变为军队的统帅，副官卢齐琉斯（Lucilius）传递他的口令。卡修斯率部来萨迪斯相会，他先派奴隶品达如斯（Pindarus）代为向布鲁图斯致敬。① 布鲁图斯一方面很宽和地称赞品达如斯，另一方面又对品达如斯抱怨卡修斯要么自己有所改变，要么是用人不当，使得他"有正当理由指望该办的事情

---

① 在腓利比之战中，卢齐琉斯（Lucilius）为了掩护布鲁图斯撤退，自称是布鲁图斯，被俘后被安东尼招至麾下（5.4）。品达如斯并非罗马人，他是卡修斯在帕提亚的战俘，后成了卡修斯的奴隶。他应卡修斯的请求用刺杀凯撒的剑杀死了卡修斯，之后他决定"远远逃离这个国家，到罗马人永远找不到他的地方去"（5.3.37-51）。

却没有办"。品达如斯为主人辩护后,布鲁图斯又声称并不怀疑卡修斯。他转头问卢齐琉斯到卡修斯那里的情形,由此判定"一个热情的朋友变冷淡了"(a hot friend cooling):

> 友情开始腐败变质的时候,总要借用勉强做作的礼仪。单纯朴素的信义中没有诈巧,而不实诚的人,就像出发时起劲的马,显示出勇敢气概和旺盛的精神;但是当需要他们忍耐带血的马刺时,他们却垂头丧气,好像骗人的驽马一经考验就趴下。(4.2.20-27)

布鲁图斯与卡修斯的友谊无疑是这场戏的核心主题,虽然卡修斯尚未上场,但我们感到两人的关系面临破裂。布鲁图斯认为真诚的友谊不需要繁文缛节的礼仪,"客气和礼貌"(courtesy and respect)只能说明友谊变质了,这正如他认为他们的义举不需要发誓、发誓反而玷污了他们的美德一样。他把"不实诚的/空洞的人"(hollow men)比作"骗人的驽马",安东尼则把"精神贫乏的"雷必达比作自己的战马,但前者喻指对友谊的考验,后者喻指对"朋友"的操控。友谊是共和政治的精神所在,高贵的罗马人彼此友爱,平等的友谊在形式上保证了共和政治的自由与平等精神。① 布鲁图斯和卡修斯在政治上失败了，但他们的友谊却彰显出人性的光辉，长久地打动我们。

卡修斯上场时压抑着内心的愤懑，他第一句话就是指责布鲁图斯："最尊贵的兄弟，你亏待/伤害/冤枉/欺侮了我。"（you have done me wrong）布鲁图斯请诸神明鉴，自己没有亏待过敌人，又怎会亏待自己的兄弟呢？从下文可见，卡修斯所说的"亏待"是情感性的冒犯，或说辜负了朋友的感情；布鲁图斯则把"亏待"等同于不义之举，并将敌人与朋友/兄弟类比，一派道貌岸然。② 布鲁图斯"这种高高在上的神气"（sober form）进一步激怒了卡修斯，在争吵继续之前，布鲁图斯提议两人入帐私下细说："在我们两支军队的眼前，他们只应感受到我们的友爱（should perceive nothing but love from us），咱们别争吵。"

第三场

入得帐中，卡修斯首先发难，"你亏待了我，可以在这件事上看得出来"（you have wronged me doth

---

① Timothy W. Burns, *Shakespeare's Political Wisdom*, p.50.
② 赫勒，《脱节的时代》，页474。

appear in this)。布鲁图斯认为卢丘斯·佩拉（Lucius Pella）收受萨迪斯人的贿赂，定了他的罪，卡修斯写信求情，布鲁图斯却置之不理。卡修斯的理由是：非常时刻，不应对每桩细小的过失查办过苛。两人的争吵一开始就反映出道德与政治的冲突，或说布鲁图斯的道德绝对主义与卡修斯的政治权宜主义的冲突。

布鲁图斯不接受卡修斯的劝说，他无法容忍以非常事态为由允许肮脏的受贿，他甚至反过来指责卡修斯"手心有点痒"（itching palm），亦即贪赃枉法，把官爵出卖给不应得者（4.3.9-12）。[1] 布鲁图斯的指控多半属实，但他充满轻蔑的措辞和神情让卡修斯无法承受。没想到布鲁图斯威胁说，要不看你是卡修斯，早就惩罚你了——"惩罚？"布鲁图斯的无情让卡修斯跌入绝望的深渊。

布鲁图斯提醒卡修斯记起三月十五日，这是他逃离罗马后第一次提到凯撒。如今，他把刺杀凯撒的理由说成是为了正义，因为凯撒扶助盗贼（supporting robbers）。尽管凯撒是"全世界的头号人物"，但他也

---

[1] 普鲁塔克曾对比了卡修斯对待罗德斯人（Rhodians）的贪婪和残忍与布鲁图斯对待吕西亚人（Lycians）的宽和，见《布鲁图斯传》，页30-32。

要因自己的不义而受到惩罚。① 在说服自己刺杀凯撒的花园独白中，布鲁图斯压根儿没提到凯撒的不义。布鲁图斯对自己的行为提出了新的解释。他曾经相信，杀死凯撒就能回到罗马共和的黄金时代，是高贵而正义之举，但结果表明，罗马共和的黄金时代已经一去不返，他之前认为高贵而正义的事业实际只是一场卑劣而不正义的谋杀。如今他成了内战攻伐的叛国者，他原有的道德理想不再有效，笼罩在这种荒谬感下，布鲁图斯如何解释自己的行为，如何祛除自己行为上的污点？或许经由另一次独白式的自我劝说，布鲁图斯如今相信，凯撒行了不义，杀死凯撒仍然是正义的。②

以正义之名，布鲁图斯指责卡修斯："我们现在应该让卑贱的贿赂污染我们的手指吗？大块出卖我们的大好名誉以换取这么多可以满把抓的垃圾吗（so much trash as maybe grasped thus）？"③ 卡修斯感到至亲朋友对自己的侮辱，他只辩解说，自己是个比布鲁图斯更老练的军人，"在谋划决策方面比你更能干"（abler than

---

① 此事本于普鲁塔克《布鲁图斯传》35：凯撒本人并不从事巧取豪夺的勾当，只是支持或纵容他的手下为所欲为。
② 赫勒，《脱节的时代》，页475。
③ 汪义群译为"为了那么点盈手可握的废物，去出卖难以计数的伟大荣誉吗？"

yourself to make conditions）。卡修斯第一次承认自己在某些方面胜过布鲁图斯，他在实务方面比布鲁图斯更有经验，他卖官鬻爵有更实际的考虑，比如征敛钱财以满足军队所需。这等于变相指出了布鲁图斯的弱点："迂阔而远于事情。"

布鲁图斯无法接受这一指责，绝不承认卡修斯优于自己。布鲁图斯一再用言辞有意激怒卡修斯，"烦到你骄傲的心碎掉；……因为，从今天起，我要用你来开心，来逗笑，每当你发怒的时候"；他还妒意十足地说，"你说你是个更好的军人，就算是吧，让你的夸口成真"，卡修斯冤屈地辩解说自己没有说过"更好"，只是说自己"更老练"，布鲁图斯却非常孩子气地说，"即便你说过，我也不在乎/我不管你有没有说过"（If you did, I care not）。在打仗用兵、运筹帷幄之事上，布鲁图斯自感确实不如卡修斯，也许为此还感到自卑。卡修斯则一再忍让，几次口头威吓要刺死布鲁图斯。我们能感到，卡修斯的愤怒与克制的确是出于对布鲁图斯的爱，这种爱使我们不由得同情卡修斯，他不再像上半部剧那样只是诱惑或利用布鲁图斯，他深爱布鲁图斯，却遭到背弃。

反观布鲁图斯，他显得冷漠无情，丝毫不顾忌朋友的感受；他还显得自以为是，说什么"正直把我武装得如此强大，你的威胁像一阵懒散的风吹过，我理都不理"（For I am arm'd so strong in honesty that they pass by me as the idle wind, which I respect not）。反讽的是，就在他说到自己的正直之后，他讲出了自己之所以对卡修斯不满的深层原因：他不能用卑鄙的手段（by vile means）搜刮金钱，"我宁愿用我的心铸钱，用我的血换钱，也不情愿以任何不正当手段从农民艰难的手中榨取他们微薄的财物/可鄙的废物"（I had rather coin my heart, and drop my blood for drachmas, than to wring from the hard hands of peasants their vile trash by any indirection），但为了分发粮饷，他差人向卡修斯借钱。布鲁图斯两次把金钱称作"废物"（trash），但他又离不开金钱——布鲁图斯的正直要以卡修斯的不正直作为代价，卡修斯的钱当然是通过卑鄙的手段从农人手中榨取的，自己腐败与分享别人腐败的果实同样不义，只不过后者带来的道德负疚感没那么强烈。卡修斯没有答应布鲁图斯的请求，布鲁图斯极为不满，认为卡修斯对朋友的吝啬应受神谴。

　　布鲁图斯暴露出了他的伪善：他加诸卡修斯的诸种冠冕堂皇的指责，都因为卡修斯首先伤害了他的尊严和利益，因而实际是以正义之名报复卡修斯。眼前的布鲁图斯激不起我们的同情。卡修斯辩称自己并没有拒绝布鲁图斯，只不过传话的人可能有所误解，"布鲁图斯撕裂了我的心。一个朋友应该容忍朋友的缺点，布鲁图斯却把我的缺点夸大"，他绝望地说"你不爱我"。卡修斯处处包容布鲁图斯，他爱布鲁图斯比布鲁图斯爱他更多，而且布鲁图斯的爱很大程度上缺乏足够的诚意。

在争吵的最高潮，卡修斯拔出匕首——不是挥向布鲁图斯，而是挥向自己——呼请安东尼和屋大维向他一个人复仇，因为他已经厌倦人世，"被所爱的人憎恨，被兄弟污蔑，像奴隶似的被责骂"。他拒绝给布鲁图斯金钱，但他愿意把自己"比财神的宝矿更富有、比金子更贵重"的心献给布鲁图斯。这是卡修斯对布鲁图斯爱的证明，他请布鲁图斯像刺死凯撒一样刺死自己，"即使在你最恨他（凯撒）的时候，你也爱他远胜于爱卡修斯"。卡修斯一语中的，因为布鲁图斯至多需要卡修斯，而不爱卡修斯。这时，布鲁图斯突然冷却下来，两个人莫名地和好如初，真是极为情绪化的一幕。布鲁图斯宽宥卡修斯的愤怒，同时辩称自己是一只"羔羊"，"像燧石带火般带着怒气，受强烈刺激，才迸出短暂火花，又很快冷下来"。布鲁图斯自诩性情柔顺，脾气好，偶有一时之怒。卡修斯则自责"我从娘胎里带出来的急脾气（rash humour）令我丧失理智"，因此争吵的责任全落在了卡修斯头上，故布鲁图斯说："今后你对布鲁图斯过分认真的时候，他权当你母亲在骂人。"

争吵的表面原因是布鲁图斯对卡修斯的行为不满，而卡修斯没有对自己的行为作出充分辩解，因此，两人之间的误解并未消除，两人的"友谊"并没得到恢复。这场激烈的争吵情绪化地、没来由地结束了，两个人没有真正达成和解，更没有深入地认识和理解对方。两人的灵魂有着巨大分歧，一个是理想主义者，讲求道德因而"高贵"；一个是现实主义者，善用政治权谋因而阴鸷。分歧之大的两个人如何能结成朋友呢？在上半部剧中，卡修斯在诱惑布鲁图斯时首先表白了朋友的爱，但他似乎只是在利用布鲁图斯，在布鲁图斯下场后，卡修斯的独白说，"你高贵的材质可以引向它的反面"（1.2.298-299）。但这场戏表明，卡修斯的确深爱布鲁图斯，"布鲁图斯的友谊对他来说却比任何事情都重要，最后甚至高于胜利及共和国的事业。……卡修斯最主要的美德就是他对布鲁图斯的友谊和敬爱，……至少三次为了他和布鲁图斯的友谊而置罗马的命运于不顾"。[1]

卡修斯的美德主要在于他对布鲁图斯的爱和服从，这一点无疑激起了我们对他的同情。卡修斯对布鲁图斯

---

[1] 赫勒，《脱节的时代》，页461-462。

的爱是真诚的，布鲁图斯对卡修斯的爱可能是造作的，正如他把卡修斯拉入帐中争吵，为的是让两支军队"只应当感受到我们的友爱"（perceive nothing but love from us，4.2.44）。布鲁图斯不能爱一个比自己低的人，他变相地在利用卡修斯的爱。两人的关系提示我们，共和式的友爱也可能隐含高低两方的差异，因而也包含主宰和操控的关系，并非完全平等。相形之下，布鲁图斯对凯撒的爱更加真诚（1.2.82），故而才有他在刺杀行动前的那番纠结和彷徨。"不是我不爱凯撒，而是我更爱罗马"（3.2.19-21），即便在凯撒死后，布鲁图斯也无法忘却对凯撒的爱。

在布鲁图斯与卡修斯和解后，一位无名的诗人冒死闯了进来。诗人上场时说，"他俩之间有些争执；不应该让他俩单独在一起"（'tis not meet they be alone，4.3.125-126）。[1] 他入帐后劝告说：

---

[1] be alone可以表示"两人单独在一起"（alone together），也可以表示"独自一人"（alone by himself），因而可能影射两人在卢柏克节上单独在一起，结果导致了三月十五日的刺杀；也可能影射两人在腓立比之战中分头迎战并在战前就互道"永别"，结果卡修斯误认为布鲁图斯失利，遂选择自杀。参见Norman N. Holland,"The 'Cinna' and 'Cynicke' Episodes in *Julius Caesar*", p.442.

相亲相爱吧，你们两个应该这样；因为我肯定比你们俩都年长。（Love and be friends, as two such men should be, for I have seen more years, I'm sure, than ye）（4.3.131-132）

诗人激起了卡修斯和布鲁图斯的不同反应。尽管两人都对诗人非常不屑，但卡修斯对诗人一笑置之，不以为意，他讥嘲但能容忍诗人，还安慰布鲁图斯"别生他的气，他就这做派"（bear with him,'tis his fashion）。布鲁图斯则气恼地要将诗人撵出去，"要是他识点时务，我就容忍他的怪癖。战争和这些吟诗作对的傻瓜们究竟有何相干？"（I'll know his humour when he knows his time. what should the wars do with these jigging fools? 4.3.136-137）换言之，诗人是傻瓜，和平年代作诗娱乐大家，当前是战争年代，诗人完全没有用处。诗人在不应出场的时候出场，而且还吟诗作对，故谓"不识时务"。

布鲁图斯忘了，这位诗人引用了《伊利亚特》中涅斯托尔（Nestor）劝解阿伽门农（Agamennon）与阿喀琉斯（Archilles）的诗句（《伊利亚特》1.259："你们两人都比我年轻，要听我的话"），《伊利亚特》正有关一场伟大的战争。诗人闯入时争吵已经结束，似乎破坏了刚刚重获的"和谐",但我们已经看到,布鲁图斯和卡修斯重新达成的友谊并不牢靠,诗人的劝告在当下并非不合适宜。在普鲁塔克笔下,闯入的是一个名叫法奥尼乌斯(Marcus Phaonius)的犬儒派哲人(《布鲁图斯传》34),莎士比亚特意将之替换为一位无名诗人,从而暗含了诗与哲学的关系。

布鲁图斯一贯冷静隐忍,所以卡修斯对布鲁图斯的愤怒感到惊讶,"想不到你会这么生气"(4.3.143)。布鲁图斯告白说,自己心里有许多烦恼;卡修斯则说,"假如你竟屈服于偶然的不幸,那你就没有应用你的哲学"(of your philosophy you make no use, if you give place to accidental evils)。这是剧中第一次明确提到布鲁图斯的"哲学",布鲁图斯正是应用自己的哲学来克制情感的波澜,他对诗人的轻视恰与他的哲学相关。

在把诗人攮出去之后,紧接着就是鲍西娅的死带给布鲁图斯和卡修斯的不同反应。这个戏段完全是莎士比亚的设计,因为普鲁塔克是在《布鲁图斯传》的结尾才补叙到鲍西娅的死。布鲁图斯最终揭示了自己烦恼的根本原因:"谁也不能比我更能忍受悲哀。鲍西娅已经死了。"布鲁图斯对鲍西娅的爱无比深沉,他的语气既沉痛哀伤,又有几分自诩,以"更能忍受悲哀"为荣——他的心性失常就缘于鲍西娅的死。听闻鲍西娅的死讯,卡修斯惊呼"什么！鲍西娅？"并埋怨自己说，"我刚才跟你这样吵嘴，你居然没有把我杀死，真是侥幸！唉，难以承受的、痛心的损失"。卡修斯为鲍西娅的死唏嘘慨叹，以致在梅萨拉上场后，他还出神地哀念"鲍西娅，你去了吗？"（4.3.166）前面并没展示卡修斯与鲍西娅的特殊关系，故而卡修斯的哀恸纯粹是为了朋友之妻的死，情感真挚因而打动我们。

随后梅萨拉上场议事。梅萨拉得到消息说，有一百个元老被判死刑，而布鲁图斯听说的是七十个元老，这或许让布鲁图斯忍不住期望鲍西娅的死讯不确（比较4.3.152-156）。作为信使，梅萨拉担心布鲁图斯无法承受鲍西娅的死讯，故而避免主动提到这一消息，而是两次试探性地问：您有收到夫人的信吗？别人给您的信上也没有提起她吗？布鲁图斯一再予以否认，并装作完全无知地问："你为什么问起？你在信里听到什么关于她的消息吗？"梅萨拉先鼓舞布鲁图斯，尔后宣布噩耗："尊夫人已经死了，而且死得很奇怪。"最后一丝希望完全破灭，布鲁图斯一定再一次承受了最初听说这个消息时的打击——极微妙的心理戏！但他表现得极其淡定，甚至不问一下鲍西娅如何"死得很奇怪"（by strange manner），而是轻描淡写地说："永别了，鲍西娅！我们谁都不免一死，梅萨拉。想到她总有一天会死去，我现在便能够承受这一打击（with meditating that she must die once, I have the patience to endure it now）。"

通过沉思"人必有一死"，深陷于哀痛的布鲁图斯终于现在能够承受至爱的死。可怜的布鲁图斯力图用哲学消除情感，从而让自己尽可能高贵和理性，能够忍受人世的一切烦恼和哀恸。但莎士比亚让我们看到，这位能够承受"大损失"（great losses）的"大人物"（great men）的崇高并不自然，而是装出来的，以至于连卡修斯也在旁揶揄说，"我可以在表面上（in art）装得跟你同样镇定，可是我的天性（my nature）却受不了这样的打击"。

对于鲍西娅的死，卡修斯的悲伤不过是布鲁图斯心声的反应，也就是说，莎士比亚通过卡修斯表现出布鲁图斯内心的哀苦以及对哀苦的克制，这种克制反而让观众分享了布鲁图斯的哀苦。这与两人对待诗人的态度是一致的：卡修斯包容诗人和情感，布鲁图斯则排斥诗人和情感，尽管他内心充满情感。卡修斯信奉伊壁鸠鲁主义，但他并不以哲人自居，也从不以哲人的身份来要求自己。布鲁图斯则时时以哲学自我标榜，但事实上，布鲁图斯无法完全用哲学理性克制情感波澜。我们将会看到，唯有在独处时，他请求路歇斯为他演奏音乐，路歇斯睡着后，他担心路歇斯会摔坏乐器，把弦琴从路歇斯手中拿了过去（4.3.271-272）。布鲁图斯并没有借助于哲学的沉思，而是寻求音乐带来的慰藉，音乐不就等于诗吗？莎士比亚安排无名的诗人出场，或许是暗示哲学无法脱离诗，脱离了诗的哲学将是空洞且虚幻的。哲学要包容和接纳情感，而不是独崇理性；诗人不应受轻蔑，而应受世人赞美和尊重。①

在这段插曲之后，布鲁图斯和卡修斯商讨是否要向腓利比进兵，主动迎击安东尼和屋大维。卡修斯主张以逸待劳，按兵不动；布鲁图斯则主张进兵腓立比，自认为有更好的理由。卡修斯欲继续申说，布鲁图斯径直打断了他：

> 此外你必须注意到，我们的朋友经过了最大的考验，军团兵多将广，事业已成熟。敌人每天都在增长壮大；我们，处于巅峰，却即将衰落。纷纭

---

① 尼采《快乐的科学》条98标题为"赞美莎士比亚"。尼采之所以赞美莎士比亚，是因为莎士比亚"相信布鲁图斯，毫不怀疑布鲁图斯体现的那种美德"。布鲁图斯代表"心灵的自主"，为了伟大心灵的自由，他牺牲了挚友凯撒。尼采通过布鲁图斯理解莎士比亚，认为布鲁图斯与莎士比亚有相似性（比如忧郁），莎士比亚钦佩布鲁图斯的形象与美德，甚至有些自惭形秽。莎士比亚两次让一个诗人出场，并对诗人投以不耐烦和极端的轻蔑，因此相当于诗人莎士比亚的自我轻蔑。布鲁图斯对诗人所说的话可以视作莎士比亚的自我理解。参见《快乐的科学》，页171-173。

的人事当中有一股潮流，赶上了势头，就会通向成功；如果错过了，一生整个前程就注定陷于浅滩和悲惨之中。我们现在就漂浮在这样一片汪洋上，必须及时抓住潮流，否则会失去一切。（4.3.214-224）

布鲁图斯对腓利比的胜利自信满满，他相信己方的力量达到了顶点，处于完全有利的"势头"，命运、时机都倾向着自己，取得胜利不过是"顺水行舟"（take the current）。卡修斯再次屈从于布鲁图斯，为了布鲁图斯的友谊放弃了可能的胜利。从腓立比之战的结局看，布鲁图斯对时势的判断不切实际，而且放弃利于防守的高地奔袭平原也违背战略常识。在这一点上，卡修斯确实显示出是"更老练的军人"。

卡修斯等人退场，布鲁图斯换上睡衣，从政治场合回到私人生活。他无需再面对朋友和部下，而是面对自己，他一直克制着的情绪蔓延出来，变得失魂落魄、神经兮兮。他哀怜路歇斯睡得太少了，虽然路歇斯早已睡过觉；他命另外两个仆人在帐内睡下，"也许等会儿我有事情要叫你们起来到我的兄弟卡修斯那边去"；仆人愿意站着侍候，"睡下来吧，好朋友们；也许我没有什么事情"。他已心如死灰，"要是我还能活下去，我会善待你的"。

当凯撒的幽灵出现时,并不具有凯撒的形象,布鲁图斯只是形容为"怪异可怖的幻影"(monstrous apparition)。幽灵也没有自称凯撒,而是说"你的冤魂,布鲁图斯"(Thy evil spirit, Brutus)。与《哈姆雷特》中老王的鬼魂不同,凯撒的幽灵带有强烈的心理色彩。只有布鲁图斯看到了幽灵(帐中还有三个仆人),并以为是凯撒的鬼魂(5.5.17-19),鬼魂与布鲁图斯的交流也带有私密性质。[1] 如果将幽灵视为布鲁图斯内心恐惧和罪感的表征,或许能更好地理解"你的冤魂"的含义。[2]

---

[1] Alexander Leggatt, *Shakespeare's Political Drama*, pp.159-160.
[2] 霍布斯曾援引布鲁图斯的故事说明,所谓幽灵显现不过是不自知入睡所做的梦,布鲁图斯因为恐惧和烦恼而梦见了凯撒的幽灵。参见霍布斯,《利维坦》,黎思复、黎廷弼译,北京:商务印书馆,1997,页10。莱辛盛赞《哈姆雷特》中的鬼魂是真正的鬼魂,参见《汉堡剧评》,张黎译,北京:华夏出版社,2017,页60-64。

五、共和之殇

> "罗马的太阳落了"（5.3.63）

第一场

腓立比之战拉开帷幕。屋大维一上场就指责安东尼的错误预期。安东尼原本预计敌人会坚守高地，结果敌人却主动迎击，从萨迪斯杀到腓立比平原。老辣的安东尼一语中的，认为敌人放弃有利地势这般冒进只是虚张声势（fearful bravery），显示勇气而已。敌人的"勇敢"随即得到了信使的印证。信使形容敌军"耀武扬威地猛扑过来"（in gallant show），[①] 并且打出了血红的战斗旗号。

安东尼命令屋大维帅人马前往战场左翼，但屋大维并不听从，坚持要去右翼，并反过来命令安东尼守着左边。他的理由不是别的，而只是一句"我就是要这么干"（I will do so）。年轻的屋大维展现出了安东尼所说的"精神"以及凯撒式的强大意志。安东尼自认为是

[①] 布鲁图斯在4.2.24形容"不实诚的人"像"出发时起劲的马，显示出勇敢气概（make gallant show）和旺盛的精神"。

主帅，故准备对阵敌方主帅布鲁图斯，这本是合理的部署，但面对屋大维执拗的"意志"，他只能屈服。屋大维继承了凯撒的精神，充满统治的热望。

布鲁图斯和卡修斯的军队开来，他们共同提出要"谈判"。屋大维急于交战，而安东尼非常沉稳，要等对方进攻后才应战，并上前交谈。布鲁图斯说"先谈后打"（words before blows），屋大维回应说"我们不像你那样更喜欢说"（not that we love words better, as you do），讽刺布鲁图斯只有嘴上功夫；布鲁图斯回击说"好说胜过烂打"（good words are better than bad strokes），讽刺没打过仗的屋大维只会"烂打"（但布鲁图斯是否也承认自己不会"好打"而只会"好说"？）。

安东尼接过话茬，称布鲁图斯"一边烂打，一边说好话"（in your bad strokes, you give good words）。安东尼既是描述布鲁图斯将在战争中的表现，又将之引向刺杀凯撒的行为——就后一点来说，安东尼所谓的bad strokes实际有道德意味，意为"恶行"，如从实际效果来说，布鲁图斯刺杀凯撒当然是成功的打击（good strokes）；而安东尼所说的good words则是指漂亮的谄媚之辞，从道德意义上来说应该是bad words，这里一如他的演说一样充满反讽。

卡修斯起来攻讦安东尼的言辞，称其让蜜蜂没了蜜（honeyless），安东尼则说也没了刺（stingless），布鲁图斯又补充说没了声音（soundless）。卡修斯的意思是安东尼更为谄媚，善使甜言蜜语，暗指刺杀凯撒后安东尼在叛党面前的种种表演和对民众的鼓动；安东尼不予否认，得意地戏称自己的言辞夺去了蜜蜂的蜇刺，意即压制了卡修斯等人，使他们无法伤害自己；布鲁图斯则讽刺安东尼只是像蜜蜂一样发出嗡嗡声，在开战（"蜇人"）之前发出威胁。①

安东尼咒骂布鲁图斯和卡修斯才是真正的谄媚之徒（flatterers），因为他们在刺杀凯撒时"猴子似的谄笑，狗似的摇尾讨好，奴隶式的卑躬屈膝，亲吻凯撒的脚"。布鲁图斯和卡修斯显然骂不过安东尼，卡修斯此时抱怨布鲁图斯当初不听自己的话，留下安东尼这条"舌头"。屋大维则打断口舌之争，说"打嘴仗使我们流汗，要辨明曲直就要流血"（If arguing makes us sweat, the proof of it will turn to redder drops），他声称"除非凯撒的三十三处伤口都复了仇，或者另一位凯撒也同样死在叛贼手中"，他的剑绝不入鞘。屋大维首次自称为凯撒，并声称要为凯撒复仇，但在消灭叛贼之后，他并没

---

① Timothy W. Burns, *Shakespeare's Political Wisdom*, p.55.

有敛剑入鞘,而是与安东尼继续厮杀。

在这场战前论辩中,布鲁图斯和卡修斯都没有提出刺杀凯撒的正当性,当屋大维称呼他们为"逆贼"(conspirators)、"叛贼"(traitors)时,布鲁图斯只能修辞性地说到,凯撒(屋大维)不可能死于叛贼之手,除非凯撒(屋大维)自己就是叛贼。布鲁图斯不能说明自己何以不是叛贼,他自知在道义上居于下风。但当屋大维声言不会死于布鲁图斯(叛贼)剑下时,布鲁图斯又声称没有什么比死于自己剑下更光荣了。卡修斯却说屋大维只是个"愚不可及的学童"(a peevish schoolboy),还不配享有死于布鲁图斯剑下的光荣。最后布鲁图斯死于自己剑下,这使他的死显得高贵。

安东尼和屋大维退去后,布鲁图斯叫卢齐琉斯私下交谈。从第四场来看,布鲁图斯是让卢齐琉斯在危急时冒充自己,以免自己被生擒(5.4.20-25),从而寻机自杀。照此来看,他早已做好了失败自杀的准备。与此相应,卡修斯与梅撒拉的交谈则反映出卡修斯同样悲观消极的情绪。卡修斯对梅撒拉吐露真言,称自己像庞培一样违背己愿,被迫把他们所有人的自由(liberties,全剧只有在刺杀凯撒那一幕才出现单数的"自由",作为刺杀凯撒的口号)压在一场战役上。这是他第一次提到庞培本人。庞培当年迫于元老院的意愿在法萨卢斯平原与凯撒开战，结果惨败。这一不祥的类比反映出卡修斯对胜利并不抱有多少希望。他还担心，这一仗一旦败北，他们所有人都会沦为俘虏——最终结果好过他的设想，卢齐琉斯、梅撒拉、斯特拉托虽然被擒，但选择归顺安东尼和屋大维，从而保留了自由。但这种归顺意味着成为主人的附庸或说名义上的朋友。卡修斯和布鲁图斯都不愿屈从于屋大维和安东尼，拒绝让他们享有宽恕自己的权力，这恰恰体现着他们的高贵。

卡修斯还说，他从前坚信伊壁鸠鲁的主张，现在却有点儿相信（partly credit）预示吉凶的征兆了：他认为他行军路上看到的征兆预示着他们的军队将"魂消魄散"（give up the ghost）。不过，他又转而强调自己只是半信，他现在还是下定决心坚定不移地迎接一切危险。

卡修斯转而与"最高贵的布鲁图斯"交谈。面对布鲁图斯，卡修斯反而隐藏心迹，他只字未提自己所见的征兆和心绪的变化，却说"但愿今天诸神友善"助他们成功，这样他们就能做朋友一直到老（lovers in peace, lead on our days to age）。两人没有谈及共和国的事业，这场战争的意义已不在于罗马的自由，而仅仅在于保存两人的生命和友谊。"但是，既然人事总是不确定"（since the affairs of men rest still incertain），最坏的结果就可能发生，而最坏的结果意味着他和布鲁图斯无法再在一起谈话。他探问布鲁图斯要如何应对。布鲁图斯依据自己的哲学原则，坚决反对自杀，而是选择"坚忍"（patience）：

> 我曾经用那种哲学原则谴责加图的自杀行为——我不知为什么，但我认为,由于害怕遭遇不测，就截短生命的时限，那是懦弱和可鄙的——凭靠那一哲学原则，我用坚忍（patience）把自己武装起来，以等待统治我们下界众生的上天诸神的意旨。（5.1.100-107）

布鲁图斯信奉的哲学强调"坚忍"，忍受任何痛苦（包括恐惧）和不幸，而不是怯懦地放弃生命，死亡是上天诸神的意旨。布鲁图斯强调坚忍，凯撒强调勇敢，勇敢是无所畏惧，坚忍是忍受恐惧。但布鲁图斯所谓的"坚忍"并不彻底，因为他不能忍受作为俘虏被带回罗马，"他的心气太高傲了"（he bears too great a mind）。布鲁图斯的哲学与他的罗马人身份之间有一种分裂，他可以忍受各种不幸（包括妻子的死），但不能忍受荣誉的丧失。和他的岳父加图一样，他为了保全自己的荣誉，避免成为俘虏，最终选择自杀。

"坚忍"在剧中共出现六次，除安东尼在演说中呼告民众"忍耐"以外（3.2.132、235），布鲁图斯说到三次（1.2.169，4.3.192［忍受鲍西娅的死］，5.1.105），鲍西娅说到一次（2.1.301-302［刺伤自己来证明能够忍受痛苦］）。"坚忍"是斯多亚哲学的伦理特征，斯多亚学派的格言是"忍住并且顶住"（sustine et abstine）。剧中两次说到布鲁图斯的哲学，一是在逐出闯入营帐的诗人后，卡修斯说布鲁图斯"没有使用自己的哲学"（4.3.145-146），另一就是在此处。由于莎士比亚的塑造，布鲁图斯此后都被认为是一个斯多亚哲人。但这一形象与历史上的布鲁图斯并不相符。

　　历史上的布鲁图斯既是修辞学家又是哲学家，他的哲学著作《论美德》（*De virtute*）、《论坚忍》（*De Patientia*）广受征引，他甚至还以希腊语写作了一部题为Περὶ καθήκοντος［论正确的行为］的著作。西塞罗把自己的多部哲学著作献给他（《论善恶的界限》《论神性》《图斯库鲁姆清谈录》《斯多亚教义》［*Paradoxa Stoicorum*］），并以一部题为《布鲁图斯》的对话来赞美他的修辞术，《演说家》（*Orator*，与《布鲁图斯》同写于公元前46年）更是应他的请求——请西塞罗解释他偏爱的演说类型——写成，除此之外，西塞罗和布鲁图斯还有二十三封来往信函。[①] 据普鲁塔克的《布鲁图斯传》，布鲁图斯对希腊各个学派的哲学家都很熟悉，而他最为推尊柏拉图学派。就师承来说，他承袭阿斯卡隆的安提奥库斯（Antiochus of Ascalon）于公元前80年代创立的老学院派（Old Academy）。普鲁塔克说的很清楚，布鲁图斯最热爱柏拉图的哲学，而且普鲁塔克把布鲁图斯与柏拉图的学生狄翁相对照，正是基于两人与柏拉图哲学共同的渊源关系。

尽管如此，莎士比亚很可能认为布鲁图斯不是柏拉图意义上的哲人，他只拥有哲人的表象。布鲁图斯毋宁是个模仿哲人的教条主义者，把哲学当成了一套教条和规范，他遵守这些规范，以之掩饰甚至遮盖自己的天性，因而不断自欺自伤。从柏拉图哲学的立场说，布鲁图斯没有真正认识自己的天性，生活在有关哲学的意见洞穴内。

从伊壁鸠鲁哲学的角度看，卡修斯也并非一个真

[①] 参见David Sedley, "The Ethics of Cassius and Brutus", *The Journal of Roman Studies*, Vol. 87, 1997, pp. 41-53. 此文结合普鲁塔克从哲学史探讨布鲁图斯的哲学立场，认为斯多亚哲学并不鼓吹弑杀僭主，柏拉图哲学才谴责僭主，布鲁图斯更可能是柏拉图主义者。另参R. E. Jones, "Brutus in Cicero and Shakespeare", *The Classical Journal*, Vol. 38(8), 1943, pp. 449-457，该文依据西塞罗的作品来重构布鲁图斯的形象，可资参考。

正的伊壁鸠鲁主义。在普鲁塔克的《布鲁图斯传》中（12），布鲁图斯曾试探一位伊壁鸠鲁主义者，而对方回答说，哲人不应当为了邪恶和愚蠢的人们而卷入危险和麻烦，因此布鲁图斯便没有把刺杀凯撒的计划告诉对方。卡修斯身上缺少伊壁鸠鲁哲学根本性的"宁静"（ataraxia），他不是逍遥世外的快乐主义者，他和布鲁图斯一样并非哲人。

两位朋友互道永别，他们不确定今天的结局，不确定是否还会再见。这果真成了两人的永别，当布鲁图斯再见到卡修斯时，卡修斯已经自杀。

第二—三场

布鲁图斯传令梅萨拉骑马通报卡修斯全军出击，因为他看到屋大维这翼士气低落。正是这一命令引起卡修斯误解，导致了他的自杀。卡修斯这方已被安东尼全面包围。卡修斯的失败归因于作为总指挥的布鲁图斯号令发的太早，急于求成，结果布鲁图斯虽然击败了屋大维一翼，卡修斯却被安东尼击溃了。布鲁图斯不善于把握时机，这与他误判时势出击腓立比很类似。"操之过急"是布鲁图斯两次决策的通病，并决定了他的失败和自杀。

卡修斯逃出了包围圈。他命提提纽斯骑上他的马，探问远处的队伍究竟是敌是友。尽管提提纽斯许诺一会儿就回来，但他又命奴隶品达如斯登上高处观察提提纽斯的情况。然后他自白到："这天我开始有气儿。时间在轮回，我在哪里开始，就将在哪里结束；我的生命跑完了一圈。"（5.3.23-25）

卡修斯流露出深深的宿命感，似乎不管此战最终结果如何，他都准备结束自己的生命。品达如斯传报说提提纽斯被抓住了，卡修斯悲叹说，眼看他最好的朋友被抓，他真是个懦夫，不该活这么久。卡修斯宣告恢复品达如斯自由人的身份，让他用当初刺杀凯撒的剑杀死自己。临死前，他喊道："凯撒，你的仇报啦，还是用刺杀你的剑。"① 品达如斯遵照命令杀死了卡修斯，他对卡修斯没有任何哀悼，而且立即决定逃离罗马："品达如斯要远远逃离这个国家，到罗马人永远找不到他的地方去。"品达如斯对主人和罗马都没有真诚的爱，罗马是政治的世界，要逃出罗马才能真正自由。

提提纽斯和梅撒拉上场，发觉卡修斯之死后陷入深沉的哀悼。提提纽斯称"罗马的太阳落了，我们的

---

① 比较《安东尼与克莉奥佩特拉》第四幕第十四场安东尼命令爱若斯（Eros）杀死自己，爱若斯先行自尽，以免"为瞧见安东尼的死而哀伤"。爱若斯原本是奴隶，安东尼恢复他自由人的身份，并让他发誓若安东尼命令他杀死自己，他便会服从。

白天逝去了"。提提纽斯认为卡修斯自杀是因为不相信他能成功（mistrust of my success）。梅撒拉则更深刻地揭示出了原因：卡修斯不相信有好结果（mistrust of good success），忧郁的心灵使人相信不存在的假象，"错误"（Error）反过来杀死孕育它的"忧郁"（Melancholy）。卡修斯悲观厌世，注定要有这一结局。卡修斯的"忧郁"源于什么？他天生是个忧郁的人，又生逢动荡的时代，在新旧秩序的交替中，个体生命的意义更加不确定。即便赢得腓立比之战的胜利，卡修斯也并不确定胜利的意义何在，除了确保他和朋友们的"自由"而外。

提提纽斯随后用卡修斯的剑自杀，自杀前呼告"布鲁图斯，快来呀，看我怎样敬待卡尤斯·卡修斯"，似在向布鲁图斯炫耀自己对卡修斯的深厚情感。至少在提提纽斯看来，布鲁图斯不够爱卡修斯，而提提纽斯对卡修斯的爱令我们动容。卡修斯为提提纽斯的"被俘"自杀，提提纽斯为卡修斯的自杀而自杀，这足以说明两人是"最好的朋友"，他们生动地印证了何谓共和式的友谊。这显示出了罗马人的勇敢和友谊，故而提提纽斯称颂卡修斯为"罗马的太阳"，又说自杀是"一个罗马人的本分"（a Roman's part）。

布鲁图斯上场，把卡修斯和提提纽斯的死同样解释为凯撒的复仇："你的幽灵到处游荡，把我们的剑转向我们自己的肚肠。"布鲁图斯称赞两人为"最后的罗马人"，"罗马再也不可能孕育出你们这等好汉"。但卡修斯的死并未激起布鲁图斯过多的悲痛，他把自己的眼泪放在未来的某个时间：

> 朋友们，我欠这位死者的眼泪比你们应该看到我付出的要多。有朝一日，卡修斯，我会找到时间偿还的。来吧，把他的遗体送到塔索斯，他的葬礼不应该在我们的营地举行，以免动摇军心。（5.3.101-106）

布鲁图斯一如既往地理智：大敌当前，不可影响军心。他说自己"欠"的眼泪，可能是在克制自己的眼泪，也可能是掩饰自己没有眼泪。他担心在营地举行葬礼会影响军心，但这样的葬礼也很可能鼓舞士气。由于布鲁图斯紧接着发动了第二次进攻，卡修斯的葬礼并没有如约举行。卡修斯并没享受到一个统帅享受的荣誉以及布鲁图斯的友爱，他的死孤独而凄凉。

第四场

转眼，布鲁图斯一方溃败。小加图的儿子在战场上宣扬自己的"名字",宣称自己是马尔库斯·加图（Marcus Cato）之子,是僭主的仇敌和祖国的朋友,然后立即被刺死。战场上的失败者惟独剩下"名字",并希望敌人记住自己的名字,获得不朽的名誉。小加图是罗马共和精神的捍卫者,罗马共和似乎和他的儿子一起死去了（5.4.3-6）。[①]

卢齐琉斯也宣扬自己是布鲁图斯,是祖国的朋友,以此掩护布鲁图斯撤退。他被俘后请求一死,但在安东尼上场后,他说"没有哪个敌人能生擒高贵的布鲁图斯,诸神保佑他免受这么大的耻辱"。安东尼并没有因此不奖赏俘虏卢齐琉斯的士兵,也没有因此惩罚伪装成布鲁图斯的卢齐琉斯,反而要把他当朋友而不是敌人。他下令继续追踪布鲁图斯的下落,并到屋大维营帐中报告情况。

在第一场战斗中,安东尼击败了卡修斯,而布鲁图斯击败了屋大维,双方各有胜负,只能说是战平。与安东尼相比,屋大维的战力和勇敢值得怀疑,所以布鲁图斯形容说,"屋大维带领的那支军队打得很没有劲"（cold demeanour in Octavius' wing, 5.2.4）。我们也就不奇怪,最终击败布鲁图斯等人的主将是安东尼而不是

[①] Alexander Leggatt, *Shakespeare's Political Drama*, p.140.

屋大维（普鲁塔克称屋大维因病缺战）。毫无建功的屋大维却成了全军的统帅。

第五场

布鲁图斯和"残朋剩友"（poor remains of friends）溃逃到某处。布鲁图斯决意自杀，先后请求三个朋友杀死自己，但都遭到拒绝。他说到凯撒的鬼魂向他显现（鬼魂曾预言布鲁图斯会在腓立比再见到他，见4.3.283-286），由此他知道他的大限到了（I know my hour is come）；他还说，"敌人把我们赶到了陷坑边缘，我们自己跳下去比等他们来推我们更体面（more worthy）"。

布鲁图斯最后只能求助于竟然一直在睡觉的斯特拉托（Strato）。布鲁图斯称赞他"在我一生当中，我才发现只有他对我忠诚"，"这失败的日子赋予我的光荣将比屋大维和安东尼通过这不光彩的胜利所获得的更多"。布鲁图斯将收获光荣（glory），他的死将永远被人铭记。[1] 斯特拉托"是个受尊敬的人，一生颇有些

---

[1] 布鲁图斯如果获胜，他就不得不去统治罗马，所获得的荣誉或许并不比他败亡获得的荣誉更多。参见Timothy W. Burns, *Shakespeare's Political Wisdom*, p.60.

义气"（a fellow of a good respect, thy life hath had some smatch of honour in it），换言之，他是个不那么高贵的人。布鲁图斯盛赞斯特拉托实属无奈之举，毕竟布鲁图斯身边已经没有其他朋友。布鲁图斯请斯特拉托握着自己的剑，然后他扑了上去。他死前呼告："凯撒，现在安息吧。我杀你时还没有这一半的决绝。"卡修斯的死是忧郁的，布鲁图斯的死则是幸福的，他终于摆脱了身心的疲累，他深信自己会收获光荣，因此决绝赴死。

卡修斯把他曾刺死凯撒的剑交给奴隶，让奴隶刺向自己；布鲁图斯把自己的剑交给仆人，他径直朝剑锋扑去。这种奇怪的自杀方式似乎想要表明，是凯撒的幽灵杀死了两人。卡修斯和布鲁图斯都把自己的死视为凯撒的复仇，说明两人在刺杀凯撒后一直带有负罪感。卡修斯出于个人的嫉妒刺杀凯撒，他自始至终清楚自己犯下的罪行；布鲁图斯出于维护罗马共和的高尚目的刺杀凯撒，事后大梦初醒，方才意识到自己所谓的正义之举其实是深重的罪行。只有自杀，才能终结两人内心的负罪感。

斯特拉托说："只有布鲁图斯能征服自己，别人都不能借他的死获得荣誉。"布鲁图斯的死切合他的荣誉，但讽刺的是，斯特拉托瞬间转投屋大维麾下，布鲁图斯的朋友四散殆尽，无人为布鲁图斯的死自杀。旧罗马远去，新的世界已经来临。安东尼为布鲁图斯发表了悼词：

> 这是他们当中最高贵的罗马人：唯有他除外，所有谋逆者的作为都是出于对伟大凯撒的嫉妒；唯有他，出于公心，为了大众的利益（in a general honest thought and common good to all），才加入他们一伙。他一生良善，交织在他身上的各种因素可以使自然肃然起立，对全世界宣告："这真是人杰！"（5.5.68-75）

安东尼赞颂布鲁图斯的美德和高贵，表现得极为大度和真诚。但如果我们想到，在凯撒的葬礼上，安东尼曾经如何反讽地强调"布鲁图斯是个正人君子"，我们便得怀疑，安东尼如此赞颂布鲁图斯可能依旧充满反讽：他没有提到布鲁图斯的名字，不是以自己的名义而是借自然之口赞美布鲁图斯。[①]

腓力比之战的胜利属于安东尼，但是，屋大维当仁不让地分享了胜利的果实：他收归布鲁图斯的部下，提出在自己的营帐里停放布鲁图斯的尸骨，也是他传令

---

① Alexander Leggatt, *Shakespeare's Political Drama*, p.152.

全军休息，回营分派今天胜利的光荣。最后一刻，屋大维俨然已是罗马人的最高统帅，一个与凯撒迥然不同的统帅。凯撒凭借自己的战功和勇敢而成为凯撒，而屋大维虽然自称凯撒，但他身上缺乏凯撒的德性，他更多的是一个计较利益得失的精明政治家，而不是勇敢无畏的军人。

安东尼似乎与屋大维为尊荣布鲁图斯展开了竞争。安东尼发表演说，而屋大维索要身体。令我们想到当初安东尼索要凯撒的身体并由此超克布鲁图斯。安东尼的命运将是不详的。在《安东尼和克莉奥佩特拉》中，我们看到，"安东尼正在埃及闲坐宴饮，懒得出外作战；凯撒搜刮民财，弄得众怒沸腾"（2.1.11-14）。罗马进入了新的时代。

下篇 《安东尼与克莉奥佩特拉》绎读

一、战神的变形

"让罗马融化在台伯河里"（1.1.35）

第一场

开场是菲洛（Philo）和德米特里乌斯（Demetrius）之间的交谈。两人后面未再出现，亦不见于普鲁塔克笔下。两人的名字均是希腊语词，一个表示"爱"，一个表示"农事女神"。因此，这两人并非罗马本土人（就如后面出现的"爱若斯"以及《裘力斯·凯撒》中的"品达如斯"），而是罗马征服世界后获得公民权的希腊人，他们影射已经变为一个世界帝国的罗马。

菲洛声称，"可我们的将军的这份痴爱（dotage）

满溢过了尺度"。dotage兼有"迷恋"和"年老糊涂"之意,安东尼后来自称"我必须挣断这副坚硬的埃及镣铐,否则我将在痴爱中迷失"(These strong Egyptian fetters I must break, or lose myself in dotage,1.2.112-113),此词既表明安东尼因为爱而丧失理智,又暗示安东尼的年纪,此时的安东尼不再年轻,步入白发之年。① 更关键的是,安东尼的"痴爱满溢过了尺度"(o'erflows the measure),正如"泛滥的尼罗河"(o'erflowing Nilus,1.2.46)一样,埃及代表着过度、放纵、奢靡,而罗马代表着"尺度",私人性的爱欲与公共性的政治相互冲突。

菲洛形容安东尼的变化:从前他像全身披甲的战神,如今他成了扇凉那个吉普赛骚娘们欲火的"风箱和扇子"。称安东尼为战神,延续了科利奥兰纳斯式的形象。称克莉奥佩特拉为"吉普赛骚娘们",反映了莎士比亚时代的偏见:当时人认为吉普赛人来自埃及,特征

---

① 剧中安东尼多次说到自己的白发,参见3.11.13-15:"白发埋怨棕发太鲁莽,棕发嘲笑白发太胆小、太糊涂";3.13.17:"鬓发斑白的头颅"(this grizzled head);4.8.19-20:"壮年的棕发已露出一缕缕灰白"(grey do something mingle with our younger brown)。据历史而言,第一幕是在公元前40年,安东尼四十二岁,克莉奥佩特拉二十九岁,都已青春不再。

是狡猾、算命和淫荡。但历史上的克莉奥佩特拉是地道的希腊人。亚历山大大帝在公元前332年征服了埃及，亚历山大远征病逝后，他手下的马其顿将军夺取了埃及的统治权，于公元前323年建立了托勒密王朝，这一王朝终结于克莉奥佩特拉的自杀。尽管托勒密王朝的统治者是希腊人，但均被后世视为法老。据普鲁塔克《安东尼传》27，克莉奥佩特拉之前的国王不会说埃及话，她是第一个会说埃及话且精通多国语言的国王。从罗马的视角看，克莉奥佩特拉是"娼妇"，安东尼与克莉奥佩特拉之间根本不是"爱情"，而只是淫欲。安东尼被形容为"风箱和扇子"，但风箱是用来鼓风生火的，这影射安东尼只是满足克莉奥佩特拉淫欲的工具（下面有太监拿风扇上场）。[1]

看到安东尼和克莉奥佩特拉登场后，菲洛忿忿地说，"他本是世界的三大柱石之一，现在已变成娼妇的玩物了"（the triple pillar of the world transformed into a

---

[1] 比较2.2.212-214克莉奥佩特拉身边的执扇小童"就像一群微笑的丘比特，手里执着五彩缤纷的羽扇，扇出来的凉风（cool）倒叫她柔嫩的面庞变得格外妖艳绯红"。明明是"吹燃"（inflame），却说成"扇凉"（cool），这种"悖论性的譬喻"在剧中屡屡浮现，强调了戏剧及人物的悖论性。参见Benjamin T. Spencer, "*Antony and Cleopatra* and the Paradoxical Metaphor", *Shakespeare Quarterly*, Vol. 9(3),1958, pp. 373-378.

strumpet's fool）。世界三分，安东尼有其一，如今的罗马已不再是科利奥兰纳斯时的蕞尔小邦，而变成了横跨欧亚非大陆的世界性帝国。[1] 这是莎士比亚所曾展现的最宏大政治成就。但与此同时，莎士比亚还展现了最宏大的爱情，"三大柱石之一"不满足于政治上的成就，而陷入与埃及女王的爱情。

《安东尼与克莉奥佩特拉》采用了双主角和双主题的写作模式。安东尼在第四幕结尾死去，克莉奥佩特拉在第五幕结尾死去。戏剧一方面展现了安东尼与凯撒之间的政治角逐，另一方面又展现了安东尼与克莉奥佩特拉的爱情，而且这两个主题没有主次之分，完全交织在一起。[2] 正因为双主题，剧中混合了历史的肃穆和情爱的轻浮，既展现了罗马共和走向帝制最跌宕起伏的一段历史，又充斥着各种性玩笑、八卦、闲聊，时常把我们

---

[1] "世界"一词在剧中共出现45次，此外还有天、地、日、月等诸多宇宙性的意象，从而强调了剧中异常宽广的时空意象。参见Maurice Charney, *Shakespeare's Roman Plays*, pp.79-92.

[2] G. Wilson Knight称《安东尼与克莉奥佩特拉》"展现了两种莎士比亚式的至高价值——战争或帝国与爱——之间的对立"，Harold C. Goddard则称其完全融合了爱与权力两大主题。参见G. Wilson Knight, *The Imperial Theme: Further Interpretations of Shakespeare's Tragedies including the Roman Plays*, in *Bloom's Shakespeare through the Ages: Antony and Cleopatra*, ed. Harold Bloom, Infobase Publishing, 2008, p.112; Harold C. Goddard, *The Meaning of Shakespeare*, Vol. II, pp.184-185.

我们逗得大笑。① 历史、喜剧、悲剧在这部戏剧中有机地结合在一起，达到了最和谐的平衡。

我们从一开始就看到，莎士比亚有意将埃及与罗马对立起来：罗马是男人的，是政治的；埃及是女人的，是非政治的，女王的随从自始至终只有侍女和太监。埃及人的神是掌管生育和繁殖的伊西斯女神（Isis），剧中埃及人向她起誓和祈祷（1.2.59-62，1.5.73；3.3.15、42），克莉奥佩特拉还自比作伊西斯女神（3.6.17-18，参见普鲁塔克《安东尼传》54）。

安东尼与克莉奥佩特拉之间究竟是否是爱情？这是莎士比亚着意抛给我们的问题。克莉奥佩特拉一登场就说，"如果它真是爱情，告诉我它有多深"。安东尼搪塞说，"可以衡量深浅的爱太贫乏"（there is beggary in the love that can be reckoned）。一方寻求爱的确证，另一方则推托自己的爱不可衡量，除非找到"新天新地"（参见《启示录》21:1，《彼得后书》3:13）。安东尼的话既像是真挚的告白，又像是一种虚与委蛇。两人的爱首先是一种无法控制的身体性激情，全剧处处可见情

---

① 关于剧中的喜剧元素，见J. L. Simmons, "The Comic Pattern and Vision in *Antony and Cleopatra*", *English Literary History*, Vol. 36 (3),1969, pp. 493-510; Martha Tuck Rozett, "The Comic Structures of Tragic Endings", *Shakespeare Quarterly,* Vol. 36(2),1985, pp. 152-164.

色语言,甚至让人怀疑两人的爱仅仅出于淫欲(lust,见1.1.10,2.1.22,2.1.39,3.6.7,3.6.62)。此外,两人的爱缺少任何世俗的承认,比如婚姻或外界的赞美,两人只能彼此不断寻求爱的确证,因而时常爆发嫉妒和猜疑,处在极度的不安之中。

信差带来罗马的消息,安东尼不耐烦地说,"简单报来"(the sum)。克莉奥佩特拉调侃安东尼说,"富尔维娅(Fulvia)或许在生气","或许胡须稀少的凯撒给你送来了他尊严的谕令"。一个是女人,一个是"小孩"(the boy Caesar,参见3.13.17,4.1.1,4.12.48),惧怕女人或听从小孩的命令,对于男人都是耻辱。克莉奥佩特拉故意羞辱安东尼,脸红的安东尼只得起誓表白对克莉奥佩特拉的爱:

让罗马溶化在台伯河里吧,让广袤帝国的高大拱门倒塌吧!(Let Rome in Tiber melt, and the wide arch of the ranged empire fall!)[1] 这儿是我的生存

---

[1] 剧中有三次用到大地沉入河流的意象,一是安东尼所说的"让罗马溶化在台伯河里",二是克莉奥佩特拉听闻安东尼新婚时所说的"让埃及溶化在尼罗河里,让善者都变成毒蛇"(2.5.79-80),三是克莉奥佩特拉期望信使说谎,"哪怕我的半个埃及沉没在河底,变成鳞蛇栖息的沼地"(2.5.96-97)。参见Alexander Leggatt, *Shakespeare's Political Drama*, pp. 175-176.

之地。纷纷列国，不过是堆堆泥土：这污秽的烂泥巴养育人类，也养育禽兽。生命的荣光就在于能够这样：相互爱恋的一对，两个有情人能如此心心相印；我命令世界宣告，我们是无人能及的一对，否则它就要受到惩罚。（1.1.35-42）

单从这段话看，安东尼似乎放弃了"罗马""帝国""王国"所代表的政治上的卓越，而追求爱情的卓越，生命的高贵仅在于与爱人相拥相恋。但实际上，他是作为"世界"的统治者在宣告，他"命令"并以"惩罚"威胁世界承认他与克莉奥佩特拉的爱情。两人的爱情是两位政治大人物的爱情，爱始终与政治交织在一起，两人从未"单独在一起过"（1.1.54）。①

对于这番甜言蜜语，克莉奥佩特拉斥之为谎言，但她要"假作痴傻"（I'll seem the fool I am not），而"安东尼终归是安东尼"——安东尼终究会表明自己是说谎的骗子。不管安东尼如何表白，克莉奥佩特拉都故意流露出不信任，从而激起安东尼更强烈的爱欲，两人的对话大多延续这种模式。安东尼形容克莉奥佩特拉为"嘴

---

① Jan H. Blits, *New Heaven, New Earth: Shakespeare's Antony and Cleopatra*, Lanham: Lexington Books, 2009, p.17。

不饶人的女王"（wrangling queen），克莉奥佩特拉不是顺从的，而是狡猾的、不可捉摸的。安东尼迷恋的并非克莉奥佩特拉的美貌，此时的克莉奥佩特拉早非妙龄少女，如同"半谢的残花"（half blasted，3.13.107），而是克莉奥佩特拉身上永远新奇的特质。艾诺巴勃斯（Enobarbus）曾形容说：

> 岁月不能催她衰老，习惯也不会让她那无穷的变化趋于平淡（nor custom stale her infinite variety）；别的女人让你尝到了甜头，你就没胃口了；她可是越给人满足，越让人贪馋。（2.2.245-248）

眼前这一幕似乎证实了菲洛的观点，安东尼已不再是原来那个安东尼。德米特里乌斯说安东尼证实了卑鄙的造谣者在罗马散布的流言，但他还是"希望明天他的言行会变像样些"（I will hope of better deeds tomorrow）。在紧接着的第二场戏中，安东尼果然变得更"像样"了。

第二场

第二场分成"埃及"和"罗马"两部分，以克莉奥佩特拉的短暂上场（1.2.71-82）作为间隔。根据舞台提示，出场的共有四个埃及人、四个罗马人，但除了艾诺巴勃斯外，另外三个有名字的罗马人没有说话，此后也没有出现。罗马被埃及屏蔽了或说埃及化了。

第一部分是一位预言者对侍女查米安（Charmian）、伊拉丝（Iras）命运的预言，言语中充满性暗示。此段内容不见于普鲁塔克，但预言者的角色出自普鲁塔克，他在第二幕第三场还曾比较凯撒与安东尼的命运，从而强化剧情的命运感。[1]

预言者的预言实际指向查米恩和伊拉丝最终的命运（fortune）：

"你将来会比你现在美得多"（You shall be yet far fairer than you are），或许预言她们在戏剧结尾忠于克莉奥佩特拉、随之自杀的高贵行为，但她们误解成肉身的漂亮；

"你将要爱别人甚于别人爱你"（You shall be more beloving than beloved），预言她们将爱自己的女主人，胜过她们现在渴慕的世俗之爱；

---

[1] 文学批评家柯默德（Frank Kermode）指出，《安东尼与克莉奥佩特拉》中"命运"（fortune）出现的次数远远高于莎士比亚的其他戏剧，从而使全剧具有浓厚的命定论色彩。Frank Kermode, *Shakespeare's Language*, New York: Farrar·Straus·Giroux, 2000, p.221.

"你要比你侍候的女主人活得长久"（You shall outlive the lady whom you serve），预言她们后于克莉奥佩特拉而死，而她们误以为是预言自己比"无花果树"（figs）寿命长，无花果形似女性生殖器，是性欲和生殖的象征，同时也影射剧末克莉奥佩特拉的自杀：用藏在无花果叶子中的毒蛇自杀；

"你前半辈子还算不错，后半辈子差些"（You have seen and proved a fairer former fortune than that which is to approach），似乎与第一个预言矛盾，但同样可以理解为预言了查米恩的死。

查米恩请求算命人给她算出一些好运，比如嫁给三个国王，五十岁得子，犹太王希律（Herod of Jewry）向他鞠躬，嫁给屋大维。查米恩言辞轻佻，却明显影射《马太福音》中耶稣降生的故事：东方三博士来到耶路撒冷寻访和朝拜刚降生的耶稣，希律王声称也要朝拜圣婴，实则预谋除灭之（《马太福音》2.1-12）。

剧中提到的"犹太王希律"（1.2.27，3.3.3-4，3.6.75，4.7.14），指公元前1世纪末臣服于安东尼和克莉奥佩特拉的大希律（Herod the Great，公元前73-前4年）。与凯撒和雷必达缔结"后三头同盟"后，安东尼负责经略罗马的东方行省，公元前37年，他扶植希律成为犹太王，史称"大希律"。安东尼将犹太人的土地分配给克莉奥佩特拉，以至于希律王不得不向埃及缴纳贡赋，租借原属于自己的土地。安东尼与凯撒开战后，大希律作为附庸加入安东尼这方，但随着安东尼在阿克兴海战落败，大希律转而投靠了凯撒。[1] 其后，大希律之子希律·安提帕斯（Herod Antipas，公元前4—公元39年在位）继位，福音书中记载的希律就是这位希律·安提帕斯。但在中世纪和文艺复兴时期，大希律父子常常被混淆在一起，并不加以区分。这首次提到希律王便建立了与福音书的关联，而且剧中频频参引《圣经》，从而提示基督教的来临。

克莉奥佩特拉上场时，艾诺巴勃斯误把她当作安东尼（或许只是开玩笑），这既暗示安东尼处在克莉奥佩特拉控制之下，又暗示安东尼被"去势"，失去了作为罗马人的身份。[2] 克莉奥佩特拉是来找安东尼的，"他

---

[1] Günther Hölbl, *A History of Ptolemaic Empire*, tran. by Tina Saavedra, London and New York: Routledge, 2001, pp. 239-251.

[2] Gordon P. Jones, "The 'Strumpet's Fool' in *Antony and Cleopatra*", *Shakespeare Quarterly*, Vol. 34(1), 1983, pp. 62-68. 此文提出一种猜测，第一场戏中安东尼与克莉奥佩特拉可能玩了换装游戏，这样才能强化"世界的三大柱石之一"变成"娼妇的玩物"的意象，安东尼被"去势"，正如屋大维讥嘲他"不比克莉奥佩特拉更有男子气，托勒密女王也不比他更有女人味"（not more manlike than Cleopatra, nor the queen of Ptolomy more womanly than he, 1.4.5-7）。第二场中克莉奥佩特拉换回了自己的服装，但艾诺巴勃斯还以为是穿女装的安东尼。

本来高高兴兴的，但突然触动了罗马的心事"（a Roman thought hath struck him）。[①] 埃及意味着情爱、玩乐、调笑，罗马意味着美德、荣誉和职责。克莉奥佩特拉让艾诺巴勃斯去找安东尼，但看到安东尼来到，她又起身下场。

此时的安东尼恢复了他的罗马品性。他接见来自各地的信差，第一个信差先禀报说安东尼的妻子富尔维娅联合他的兄弟攻打凯撒，初交手就败北，被逐出了意大利（凯撒后来以此指责安东尼"图谋动摇我的地位"，参见2.2.44-77），又禀报了来自帕提亚的叛乱——只有帕提亚依旧能威胁罗马，罗马作为"广袤的帝国"已经没有其他外敌。安东尼显示出了他的高贵，以勇敢无畏和清醒理智的态度倾听关于罗马和他本人的坏消息："只要讲真话，即使话里藏着死亡，我也会像听人家的恭维话一样去聆听"；"尽情地指责我的过失吧，不管是真话，还是恶意中伤"（taunt my faults with such full licence as both truth and malice have power to utter）。安东尼非常清楚，自己淹留埃及在罗马是一个负面的传闻，而他也不甘心就此沉沦下去。此时安东尼的罗马性战胜了他的埃及性。

[①] 梁实秋译作"突然间又动了一个罗马人的严肃的念头"。

安东尼唤出来自西锡安（Sicyon）的信差，得知了富尔维娅的死讯。他似乎幡然悔悟，陷入了深深自责：

> 我们一时间的憎嫌，往往引起过后的追悔；眼前的欢愉冷淡了下来，便会变成悲哀。……我必须割断情丝，离开这个迷人的女王；千万种我所意料不到的祸事已在我的怠惰之中萌蘖生长。（1.2.120-127）

安东尼埋怨自己的"怠惰"（idleness），意识到自己耽于与克莉奥佩特拉的恋情造成了许多祸事。他恢复了战神式的奋发有为，笃定要离开埃及。但安东尼反复无常，他终究会再次回到埃及。

安东尼又唤出艾诺巴勃斯。艾诺巴勃斯是安东尼最亲密、最忠诚的随从，从前面可以看到，在克莉奥佩特拉的宫廷中，他既是参与者又是旁观者，既如鱼得水，又显得疏离。安东尼向艾诺巴勃斯交代自己当下的决定，而艾诺巴勃斯则以埃及人的方式开起了性玩笑：安东尼和罗马人的离开将使克莉奥佩特拉和其他女人们"死去"，而"死"是某种"风流事"（some loving act），影射性高潮时的昏迷状态。安东尼说克莉奥佩特拉的"狡狯令男人捉摸不透"（she is cunning past man's thought），艾诺巴勃斯却说克莉奥佩特拉的"娇喘和津液"（winds and waters）完全出于"纯洁的爱情"（pure love），而不是出于"狡狯"，否则她就能像朱庇特呼风唤雨了。

听闻富尔维娅的死，艾诺巴勃斯继续开玩笑，认为这是个好消息，"旧衫换新衣"，如果需要表示哀伤，可以用洋葱来熏眼泪。艾诺巴勃斯戏仿埃及人的腔调，与其说他是在鼓动安东尼放纵，不如说他是在讽刺安东尼长久以来的放纵，他内在依旧是一个罗马人。安东尼提醒艾诺巴勃斯不要一味打趣（no more light answers），他要向女王陈述必须立刻出发的原因。

第三场

本场戏充分展现了克莉奥佩特拉"爱的技艺"。这位"迷人的女王"不是凭靠美貌，而是凭她的"狡狯"驯服了安东尼。她不是事事顺从，而是处处顶撞，使安东尼永远得不到满足，欲罢而不能。克莉奥佩特拉提供了无限的新鲜感，像一座无法征服的山峰那样诱人向往。

安东尼上场时，克莉奥佩特拉明明牵挂着他，却佯病要倒下，博取安东尼的怜爱。安东尼几次准备开口说话，都被克莉奥佩特拉呛了回去。克莉奥佩特拉占据主动，挖苦他要回到原配夫人那里，说他欺骗了富尔维娅，又背叛自己。这些醋意十足的话似乎是出于爱的嫉妒，因而令安东尼更加自责不安。安东尼不管以什么作为离开埃及的理由，都变成了骗人的借口，克莉奥佩特拉已经宣判，"这位全世界最伟大的战士已经蜕变成最伟大的说谎者"。

安东尼满以为，表明富尔维娅的死就能让克莉奥佩特拉放心，没想到克莉奥佩特拉变本加厉，借机指责安东尼只有"最虚假的爱"（most false love），当自己有朝一日死去，也将像富尔维娅一样得不到安东尼的一滴眼泪。克莉奥佩特拉的刁难逼得安东尼毫无办法，直至气恼起来，准备径直离开。就在这个时机，克莉奥佩特拉缓和下来，委婉地请求安东尼原谅自己——她不是"无事生非"（idleness），而是苦心挽留：

安：要不是知道你能够使"无聊"臣服于你，我便把你当作了"无聊"本身。（But that your royalty holds idleness your subject, I should take you for idleness itself）

克：像克莉奥佩特拉这样苦心孤诣，这种无聊也可说是汗流浃背的苦力了。（'Tis sweating labour to bear such idleness so near the heart as

Cleopatra this.）（1.3.92-96）[1]

克莉奥佩特拉大度地接受安东尼的离去，"对我不足怜悯的愚蠢呼号（unpitied folly）充耳不闻"。安东尼怨气消散，再次向克莉奥佩特拉告白自己的爱。此后他离开埃及，两人再次一起出现是第三幕第七场的阿克兴之战前。

根据普鲁塔克的记述，安东尼从埃及返回罗马，是因为收到了两则消息，一是他的妻子和兄弟联手攻打凯撒，战败后被逐出意大利，另一是帕提亚人进犯亚细亚，侵扰帝国东部边疆。安东尼接到这两则消息后如大梦初醒，立即前往阻击帕提亚的军队，途中得到妻子的死讯后，改变行程返回意大利（《安东尼传》30、28）。在莎士比亚笔下，安东尼直接返回了罗马，并且他向艾诺巴勃斯和克莉奥佩特拉说明返回罗马的原因时，仅仅强调了庞培对罗马的威胁（普鲁塔克迟至《安

---

[1] 汪义群译为"（安）要不是陛下存心在瞎扯，我真要把这最无聊的瞎扯看成陛下你最大的本领了。（克）无聊吗？这'无聊'可紧压在我的心头，叫我克莉奥佩特拉流着一身汗，像在干苦役啊"。朱生豪译为"（安）倘不是为了你的高贵的地位，我就要说你是个无事嚼舌的女人。（克）克莉奥佩特拉要是有那么好的闲情逸致，她也不会这样满腹悲哀了"。

东尼传》32节才提到庞培）："我们的意大利闪耀着内乱的剑影刀光"（1.3.44-45），庞培势力的增长可能危及整个世界（1.2.184-185）。由此可见，安东尼身上保留着共和时代罗马人对城邦的热爱，他优先考虑的是罗马的安危，没有想过他最大的敌人会是凯撒。

第四场

凯撒手捧来自亚历山大的信，向雷必达列举安东尼在埃及的种种劣迹：垂钓、纵饮、彻夜狂乐、失掉男子气、不务正事；不止如此，安东尼有着"众人所能犯的所有过失"（the abstract of all faults that all men follow），可谓一无是处。凯撒还辩解说，他这样"厌恨"（hate）安东尼，并不是出于"天生的恶性"（natural vice）——出于嫉妒或敌意——而是因为安东尼太不堪了。

雷必达对安东尼宽容得多。他说安东尼的缺点并不能掩盖其优点，安东尼的"过失"是天上的星辰，在黑夜的衬托下反而更加明亮（his faults in him seem as the spots of heaven, more fiery by night's blackness）。在这一譬喻中，安东尼的缺点是明亮的星，他的优点反而成了广大的黑暗。为了不冒犯凯撒，雷必达婉转地赞美安东尼，安东尼的缺点是"与生俱来而不是后天养成的"

（hereditary rather than purchased），是他无法改变的而不是他选择的，因此安东尼的过失不能怪罪安东尼。

凯撒和雷必达的不同评价照应两人不同的性情。凯撒节制、务实、严肃、冷漠，不喜玩乐；雷必达随和、放纵、俗气。在第二幕第七场的酒宴上，雷必达率先喝醉，而凯撒不欲多饮，多次号召大家离席。凯撒指责雷必达"太过宽容"（too indulgent），雷必达对安东尼放纵的宽容源于他自己的放纵。凯撒这般贬低安东尼，隐隐要离间安东尼与雷必达的关系。凯撒继续列举安东尼荒唐可笑的行为，并承认即便这些行为不会玷污他举世稀有的性情，但他抛下职责，让我们承受沉重的负荷，他的这些"无耻之举"（foils）绝不可以原谅。安东尼就像已经懂事的男孩，"把经验质押给当前的快乐，反叛明智的判断"（pawn their experience to their present pleasure and so rebel to judgement），理应受到严厉指责。凯撒强调，安东尼的过错并非出于无知，而是主观的过失。这一点让雷必达沉默。

在凯撒与雷必达议论的过程中，两位信差先后上场，带来关于庞培的最新消息。凯撒随时掌握着世界的变化，他的命令随时得到服从。他欲求主宰世界，并有着切实而缜密的行动。信差禀报说庞培得到了那些"恐惧"凯撒的人的"爱"，而凯撒认为民众反复无常，不

值得追求他们的"爱":

> 在位的人在得位之后便不为民众拥戴,失势者在权力旁落之后才得到爱,在失去之后才受珍视;这民众就像漂浮在水上的芦苇,起伏不定如仆从般随波逐流,在涌动不息中腐烂。(1.4.42-47)

凯撒对民众的本性有着清醒的认识,他既以严酷手段搜刮民财(2.1.13-14),又善于操控民众的意见。安东尼对于民众有着相似的评价:"我们那些善变的民众,他们总是等到值得爱的人不值得爱之后才爱他。"(our slippery people, whose love is never link'd to the deserver till his deserts are past, 1.2.178-180)[①] 在《科利奥兰纳斯》和《裘力斯·凯撒》中,民众有着突出的角色,他们喧哗不息,力量惊人。但在《安东尼与克莉奥佩特拉》中,民众完全沉默,他们被甩向历史的边缘,并由历史的主宰者肆意支配,一个帝国时代已经开启。

庞培本人名声显赫,备受拥戴,又得到海盗的支持,着实从海上威胁到罗马。凯撒确实需要安东尼的帮

---

① 比较马基雅维利《君主论》17章:君主被人畏惧被人爱戴安全得多,因为人们是忘恩负义、容易变心的。

助，他希冀安东尼幡然醒悟，尽快回到罗马。他述及安东尼被逐逃亡的事迹：公元前43年，凯撒与安东尼不和，凯撒寻求西塞罗和反安东尼人士支持，西塞罗说服元老院宣布安东尼为国家公敌，命令两位执政官把安东尼逐出意大利。两位执政官帅军与安东尼在摩德纳（Modena）相遇，两位执政官阵亡，安东尼战败，率部向西翻越阿尔卑斯山逃亡（普鲁塔克《安东尼传》17）。逃亡途中，安东尼忍饥挨饿，靠着无比的坚忍，忍受了野蛮人都受不了的苦难（with patience more than savages could suffer）。当时的安东尼是一个百折不挠的战士（was borne so like a soldier），如今却沉湎于声色淫乐，令人扼腕叹息。

凯撒没有强调安东尼在战场上的英勇，而是强调安东尼对于苦难的坚忍（patience），失去坚忍的安东尼不再是一个伟大的战士。[①] 但"坚忍"理应包含对快乐的节制，安东尼的德性自身有欠缺，他只拥有对苦难的坚忍，缺乏对快乐的节制，并非因为与克莉奥佩

---

① Jan H. Blits, *New Heaven, New Earth*, p.43.

特拉的情爱才变得放纵。① 他喜欢纵情畅饮，不醉不休，"直到美酒将我们的知觉沉浸在温柔美好的遗忘之河"（till that the conquering wine hath steeped our sense in soft and delicate Lethe，2.7.101-102）；哪怕在战争的间歇，他也带领将士彻夜饮酒（3.11.72，3.13.188-189、195，4.8.32-34），临死前还向克莉奥佩特拉要酒喝（4.15.44）；他还喜欢"尽情享受丰盛的大餐"（be bounteous at our meal，4.2.11）；这种狂欢性的人格与埃及式的生活方式相得益彰，在罗马与埃及之间，安东尼倒向埃及也就不奇怪了。

凯撒和雷必达只得先携手对抗凯撒。雷必达声称要向凯撒通报他所能调度的军力，而凯撒却没有相应地许诺通报自己的兵力。雷必达称凯撒为my lord——这是三巨头之间唯一一次称呼my lord——并请求凯撒与他及时分享外面的消息。② 在所谓的三头统治中，雷必达居于下风，而且并不拥有对世界的掌控。

---

① 这里的"坚忍"大致对应于古希腊所谓的"节制"或"自制"。参见柏拉图《王制》中所言：对大多数人来说，节制在于"既顺从统治者，又在跟饮酒、性爱和食肉有关的快乐上统治自己"（《王制》389d-e）。比较色诺芬对苏格拉底的描述："他在性和食上是所有人当中最自制的，此外，对于寒冬、酷暑和一切辛劳，他又最能忍受。"（《回忆苏格拉底》1.2.1）

② Jan H. Blits, *New Heaven, New Earth*, p.44.

第五场

在安东尼远离埃及期间,莎士比亚用三场戏单独展现了留在埃及的克莉奥佩特拉(第一幕第五场、第二幕第五场、第三幕第三场),内容无非是克莉奥佩特拉与侍女和太监开性玩笑,相继接见从安东尼处来的信使。因为安东尼的离去,她百无聊赖,魂不守舍,情深难掩;因为安东尼的续弦,她歇斯底里,癫狂失常,惹人怜惜。她风骚刁钻,却也一往情深。她既是女王,又是一个恋爱中的女人,因爱而生出思念、怀疑、嫉妒、疯狂。

这三场戏纯属女性情感戏,与政治无关,因而与戏剧主导性的情节线索无关。它们只是展现克莉奥佩特拉对安东尼炽热的爱。毋庸讳言,两人的爱必然产生巨大的政治后果,有安东尼的荫庇,东方诸国将向克莉奥佩特拉俯首称臣(1.5.47-48,3.3.3-6)。但克莉奥佩特拉并非因为这样的政治考量而爱安东尼,也没有因为失去政治庇护而不爱安东尼。爱对于两人是一种自然的激情,无关乎权力、荣誉或理智。布拉德雷(A. C. Bradley)称《安东尼与克莉奥佩特拉》缺少悲剧性,一个重要原因是他认为这几场戏对于情节没什么必要,或至少并非不可或缺,其基调也完全不是悲剧性的,反而让人感到好笑。[1] 但《安东尼与克莉奥佩特拉》不只是政治的悲剧，还是爱的喜剧。莎士比亚有意把爱抬高到神一样的位置，安东尼与克莉奥佩特拉之爱胜过凯撒赢得的"普天之下的和平"，这几场戏对于我们理解两人的爱不可或缺。

克莉奥佩特拉的心思完全在安东尼身上。她忖度安东尼现在在什么地方，站着还是坐着，走路还是起马，是否在出神地思念她；她关心安东尼是欢乐还是忧愁，她并不期望安东尼快乐，因为那意味着安东尼并不眷恋埃及，她也不期望安东尼忧愁，因为她理解安东尼作为世界的领袖应当受人仰望；她每天给安东尼送去一封问候的信，哪怕把全埃及的人遣得一个不剩。

本场戏提到，克莉奥佩特拉年轻时与裘力斯·凯撒和小庞培[2]有过两段情史，但这两人都无法和安东尼相提并论。裘力斯·凯撒仅仅是"额头宽广"（broad-

---

[1] A. C. Bradley, *Oxford Lectures on Poetry*, New York: St. Martin Press, 1965, pp. 284-285.
[2] 剧中称great Pompey（1.5.32），后又称Cneius Pompey（3.13.121），即老庞培（Gnaeus Pompeius Magnus）的长子格奈乌斯·庞培（Gnaeus Pompeius）。普鲁塔克说凯撒和这位小庞培曾爱上克莉奥佩特拉（《安东尼传》25）。庞培与凯撒内战期间，庞培寻求克莉奥佩特拉的援助，克莉奥佩特拉接待了庞培的儿子，与之发生恋情，并派船载谷物援助庞培。庞培战败后，克莉奥佩特拉又与凯撒相恋。

fronted Caesar），而她的安东尼是："支撑着半个世界的巨人"（the demi-Atlas of this earth），是"全人类的干戈甲胄"（the arm and burgonet of men），是"英雄中的英雄"（my man of men）！克莉奥佩特拉也曾爱过凯撒，但那时的她少不经事，还没有火一样的激情（green in judgment, cold in blood）。她对凯撒的爱是盲目的，是不自觉的，爱欲之火并未点燃。如今她经过岁月的历练，"时间在我的额上刻蚀下了深深的皱纹"（wrinkled deep in time），在理智和情欲上已经成熟，她对安东尼的崇拜便是理智的认识，她对安东尼的爱便是激情澎湃的爱。

二、荣誉与爱欲

"我的快乐在东方"（2.3.40）

第一场

公元前49年，凯撒与庞培开战后，庞培逃往东方，其子赛克斯图·庞培（Sextus Pompeius，公元前67—35年）留在罗马。在法萨卢斯之战败北后，赛克斯图·庞培和父亲会合一起逃往埃及，目睹了父亲的被杀（公元前48年）。之后他和小加图、自己的兄弟和元老一起反抗凯撒。公元前45年，凯撒在西班牙的孟达之战击败庞培诸子，格奈乌斯·庞培（Gnaeus Pompeius）被抓获并处死刑，赛克斯图·庞培则逃往西西里，后趁安东尼忙于剿灭布鲁图斯之际迅速崛起。安东尼先前称他"曾遭谴责的庞培"（the condemned Pompey，1.3.49），因其已被罗马宣判流放，丧失公民权。

赛克斯图·庞培得到民众热爱，从海上向三巨头挑战。安东尼曾说民众把他父亲"伟大庞培"的头衔和所有荣誉都加诸其身，并评价庞培"名声显赫，位高权重，血性和力量更加突出"（high in name and power, higher than both in blood and life，1.2.182-183）。① 安东尼对庞培评价极其之高，并将庞培看成自己最主要的敌人。庞培是剧中唯一一个代表共和制的角色，他以共和式语言把三巨头称作"这广大世界仅有的元老"（the senators alone of this great world，2.6.9），并称颂布鲁图斯和卡修斯在圣殿刺杀凯撒是为了捍卫罗马的自由，阻止凯撒称王（2.6.14-19），尽管圣殿和元老院在剧中消

---

① blood and life，朱生豪、罗选民译为"血统和身世"，方平译为"门第高，身世好"，但几个英注本都是偏重理解为精神和生命力，如mettle and spirit, vital energy（Cambridge），spirit and energy（Arden）。name and power是外在的优越，blood and life是内在的自然性情，一个main soldier是源于其blood and life。

失不见。①

庞培一上场就说到诸神："如果伟大的天神们是公正的，他们一定会帮助最公正的人的行为。"这句话同时表达了对神义的期待和怀疑。庞培在此自诩为最公正的人，但他不确定天神是否会鼎力相助。茂那斯（Menas）②安慰庞培，天神的恩惠虽然延后，但终会到来。但庞培悲观地说，"当我们还在向天神祈祷的时候，我们祈求的东西也走向朽灭（decays the thing we sue for）"。庞培似乎认为天神不可靠，唯一可指靠的还是自己的力量——他心中想到的也许是父亲和兄长接连败给凯撒，接连受到屠戮，唯留他这一个庞培的苗裔。正因为不确信天神的正义，他才在虔信和无神之间徘徊。与此相对，茂那斯则显得很虔敬，他把天神拒绝应验人所祈求的东西解释成是为了人的益处。换言之，天神让庞培父子受到凯撒屠戮，恰是为了成全近日的庞培。这番话从一个劫掠成性的海盗（1.4.49-51）口中说出，庞

---

① Jan H. Blits, *New Heaven, New Earth*, p. 2.
② 根据舞台提示，本场戏中茂尼克拉提斯（Menecrates）与茂纳斯一同在场，但他后续未再出现，茂纳斯则出现在第二幕第七场的宴饮中。Arden版把开头的几段台词归给茂尼克拉提斯；Cambridge版则归给茂纳斯，茂尼克拉提斯始终没有说话，这主要因为庞培在下场前两次呼告了茂纳斯的名字，而没有说到茂尼克拉提斯。参见Cambridge, p.259.

培会相信吗?

庞培转而考虑自己实际的优势。他得到人民的爱戴,控制了海洋,而三巨头之间离心离德。他形容自己的势力"像一轮新月"(crescent),"我那充满预兆的希望说它将会变成圆月"(my auguring hope says it will come to the full)。庞培以新月而非朝阳为喻,恰恰反映出他内心的暮气,或说他所代表的共和国已经日落西山。

庞培在展示信心的同时,却显露出对敌人的无知。茂纳斯说凯撒和雷必达已经上了战场,而且兵力强大,庞培却斥之为假消息。庞培消息滞后,跟不上世界的变化,不如凯撒和安东尼那样时时掌握着最新消息。他误以为凯撒和雷必达还在罗马,安东尼还在埃及,他唯一惧怕的是安东尼,因为"论将才,他胜过那两个两倍"。他把自己的希望寄托于安东尼的沉沦,期望"淫荡的"(salt)克莉奥佩特拉用"妖术"(witchcraft)、"妩媚"(beauty)和"淫欲"(lust)迷惑住安东尼,让他彻底遗忘"荣誉"。

当信使禀报说安东尼早已离开埃及,应该抵达了罗马之后,庞培万分尴尬和恐慌。他辩称自己没想到这位"好色之徒"居然为了"这场小小的战争"(such a petty war)而披甲戴盔,同时又声称要为此"更看得起自己"（let us rear the higher our opinion）。庞培需要在对手身上找自信，他实际自视甚低。

茂纳斯说到凯撒与安东尼的不和，庞培则担忧地说到，面对共同的敌人，无法预见三巨头会如何弥补裂痕，收起不和。结尾他一方面称"一切由天神决定"，一方面又称"我们的成败存亡，取决于我们能不能使出最强大的力量"（our lives only stands upon to use our strongest hands）。他对诸神的犹疑态度表明他还不是一个彻底的政治人物，他自身缺乏"血性和力量"，不能将诸神与政治完全分开。诸神也确实没有佑助庞培，他在政治冲突中迅速出局。

第二场

安东尼带领部下回到了罗马。在描写与凯撒的会谈之前，莎士比亚先插入了雷必达与艾诺巴勃斯的谈话作为铺垫。

雷必达低声下气地向艾诺巴勃斯请求，让他出面请求安东尼说话客气些。艾诺巴勃斯并不买账，他对待雷必达还不如后面对待凯撒的两个朋友那般恭敬。艾诺巴勃斯回答说，他会请求安东尼以符合自己身份的方式说话（answer like himself），他期待回到罗马的安东尼恢复成战神，对凯撒寸步不让。雷必达以"小事"让步于

"大事"来劝说他，但艾诺巴勃斯并不听从。"小事"关乎主人的尊严和利益，"大事"关乎罗马的存亡，正如剧中其他罗马人一样，艾诺巴勃斯效忠于自己的主人，而不是罗马。人人各为其主，考虑的是自己的私利，而非城邦的公共利益。

安东尼和凯撒进场，两人各有随从。安东尼光彩照人，对下属发布命令；凯撒则黯淡得多，不知道下属所问的事情。但等两人走到一起，凯撒却高傲无礼，一副得理不饶人的表情，安东尼则处处谦让，委曲求全。凯撒冷冷地说请坐，安东尼却加上尊称请其先坐（sit, sir），凯撒就不客气地先坐下了。凯撒指责安东尼"图谋动摇我的地位"（practise on my state），因为安东尼的妻子和兄弟都打着安东尼的名义向他开战，安东尼辩称他的兄弟并没有盗用他的名义，而且他的兄弟也同样侵犯了他的权威和利益（安东尼的兄弟反对三头执政，既反对凯撒，也反对安东尼），绝非他支使，他也早已经写信向凯撒说明情况，因此凯撒是"有意寻事"（patch a quarrel）。至于富尔维娅，安东尼归结为她的"凶悍"（spirit）和"火性子"（impatience），从而撇清了跟自己的关系。

凯撒又指责安东尼没有善待自己的信使，安东尼不得不辩解，并称两人不能因为一个信使而反目。凯撒又指责安东尼破坏盟约，这时连雷必达都看不过去了，让凯撒客气一点。可安东尼大度地让凯撒继续说下去，因为这个指控攸关荣誉，而荣誉对他是"神圣的"（the honour is sacred which he talks on now）。凯撒说他向安东尼乞援时，安东尼拒绝了他。安东尼辩解是自己的一时疏忽，而非有意欺弄凯撒，为此他要向凯撒正式道歉：

> 我愿意向你竭诚赔罪；但我的坦诚不会损害我的威严（but mine honesty shall not make poor my greatness）；没有坦诚，我的权力也无法施行。我请求你的原谅，在我的荣誉许可的范围内（ask pardon as befits mine honour），我只能到此为止了。（2.2.98-105）

安东尼向凯撒竭诚赔罪，但他强调这不能损害他的荣誉和威严，毕竟他也是三巨头之一，而且比凯撒年长。安东尼暗示自己已经退到底线。就在此时，凯撒的下属梅西纳斯（Maecenas）开始说项，指出两人当前要合力同心。凯撒也缓和下来，表明自己要寻求与安东尼的友谊，声称"只要我知道有什么金箍玉圈（hoop）能把我们俩紧紧地合抱在一起，即便追寻到天涯海角，我也十分乐意"。阿格里帕（Agrippa）顺势提出了让安东尼娶屋大维娅（Octavia）为妻，通过缔结这段姻缘，"一切现在显得巨大实则小小的猜忌，一切因目前的危机所产生的巨大恐惧，便会一扫而空"（all little jealousies, which now seem great, and all great fears, which now import their dangers, would then be nothing，2.2.140-142）。

安东尼几乎不假思索地接受了这桩婚姻，他与凯撒紧紧握手，"从现在起，让兄弟的友爱萦绕我们的心头，支配我们宏伟的将来"；凯撒则表白，"就让她的一生系连我们的王国和我们的心，让我们的友爱永远不要再次飞离"。安东尼甚至迫不及待，提出在"披上盔甲之前"赶快与屋大维娅完婚，这正中凯撒下怀。

这桩婚姻应是出于凯撒精心的盘算。面对庞培的威胁，凯撒需要安东尼，也期望安东尼赶快回到罗马（1.4.74-75）。但他现在不是友好地欢迎安东尼，而是咄咄逼人，故意挑起争吵，为的就是逼迫安东尼向他道歉，表明两人心有芥蒂，两人的友谊难以长久维系，而他又渴求两人的友谊。这样一来，由下属提议安东尼与屋大维娅的婚姻就顺理成章了。凯撒希望以这桩婚姻来约束安东尼，使安东尼无法反对他。他也许还预料到，这个纽带非常脆弱，安东尼终会背叛这桩婚姻，到时他就有十足的理由对安东尼开战。我们看到，在整场会谈中，安东尼一再屈从于凯撒，他仅仅接受了凯撒的指责，而不是反过来指责凯撒，并且一步步走进凯撒的圈套。

艾诺巴勃斯作为旁观者，期望安东尼在凯撒面前像战神一样怒吼，他不满于安东尼的退让，所以当安东尼说到富尔维娅时，艾诺巴勃斯旁白说，"要是我们大伙儿都有这样的妻子，那么男人和女人就可以开战了"，也许是激励安东尼要像他的妻子那样有男人气，不要对凯撒示弱。当梅西纳斯提出安东尼和凯撒要摒弃前嫌团结一致时，艾诺巴勃斯一针见血地指出，两人可以暂且"借"对方的爱，等庞培的威胁消失，两人再把"爱"还给对方，尽情去"争吵"（wrangle in）。艾诺巴勃斯提醒安东尼，两人的"友爱"只能是暂时的、功利的，只是为了应付眼前的危局，凯撒声称要维系长久的友爱不过是为了哄骗安东尼。但艾诺巴勃斯的插话遭到安东尼的严厉斥责，他认为艾诺巴勃斯只会打仗，不懂政治。但艾诺巴勃斯恰恰揭示出现实的政治："真话是不该出口的"（that truth should be silent），我不应该把你我以及凯撒的心里话（truth）说出来，你要小心凯撒的真实用意（truth）。虽然艾诺巴勃斯在商议与屋大维娅的婚姻时不得不保持沉默，但从后文可见，他强烈反对这桩婚姻,并预言这会成为安东尼与凯撒反目的导火索(2.6.114-127)。

安东尼接受这桩婚姻无疑是权宜之计,他也绝不想与凯撒真心保持友爱。但这一权宜之计埋下后患,这反映出安东尼行事冲动多变、缺乏远见、首尾两端。此外,安东尼屈从于凯撒的算计,正因为太顾惜自己的荣誉——"荣誉是神圣的"(the honour is sacred)——他要显示自己小事忍让以求顾全大局,他还保留着共和的品质(而凯撒在争吵时没提到荣誉)。正如下面他声称要先感谢庞培,再对他动兵,以免落个不讲情义的名声(lest my remembrance suffer ill report,2.2.166)。雷必达则说,形势紧迫,哪还用来虚情假意的那一套,必须立即主动出击(2.2.167-169)。庞培宽待安东尼的母亲,不也是政治投机吗(2.6.43-46)?

三巨头在"和谐"中离场,留下艾诺巴勃斯与凯撒的两个属下交谈。两个罗马人很自然地问及埃及的生活(剧中有两次罗马人探问埃及的情形,另见第二幕第七场)。梅西纳斯听说十二个人早餐吃了八只烤野猪,[①]艾诺巴勃斯却进一步炫耀说,"这不过是山鹰旁的一只

---

① 出自普鲁塔克《安东尼传》28,但普鲁塔克说的"晚餐",莎士比亚由此进一步夸大了埃及的淫纵。

苍蝇而已，我们还有更惊人的豪宴"。梅西纳斯又向艾诺巴勃斯求证说，"她是一位雍容华贵的女子，要是传言没有过分夸张的话"（she's a most triumphant lady, if report be square to her）。在刚刚三巨头的谈话中，凯撒曾提到克莉奥佩特拉（2.2.129）。梅西纳斯只是说"她"，但显然指埃及女王，而且他罕有地用"雍容华贵"来形容克莉奥佩特拉，当是讽刺克莉奥佩特拉的"淫荡"（比较1.2.102）。

艾诺巴勃斯用诗一般的语言描述安东尼与克莉奥佩特拉的初会，虽然许多描述本于普鲁塔克（《安东尼传》26），但在文学表达上远远胜过普鲁塔克。[①]他把克莉奥佩特拉所乘的船比作"耀眼的宝座，在水面燃烧"；船尾船桨不是木质的，而是金银锻造；紫色船帆熏染香氛，使风儿怀春（lovesick）；水波爱上（amorous）船桨的拍打。在一连串比喻、拟人之后，艾诺巴勃斯过渡到克莉奥佩特拉本人，但不予正

---

① Jan H. Blits指出，艾诺巴勃斯在剧中的台词通常简练、直率，带有格言和警句色彩，但他在这里完全转换成了另一种风格，接着又恢复惯用的讽刺幽默。此外，他在这里把克莉奥佩特拉描述的尊贵和华美，如同人间仙女，既不同于开头斐洛和凯撒对克莉奥佩特拉的描述，也不同于他自己之前对克莉奥佩特拉的嘲讽（1.2.136-146）。见Jan H. Blits, *New Heaven, New Earth*, p.70.

面刻画，而是称赞她"美得无法形容"（it beggared all description），因为她"比体现着胜过自然的想象力的维纳斯画像还美"（o'er-picturing that Venus where we see the fancy outwork nature）：维纳斯的画像（想象力）美过维纳斯本神（自然），克莉奥佩特拉本人则美过维纳斯的画像（超越艺术想象的自然）。艾诺巴勃斯以夸张的方式满足了我们对埃及女王的想象，但又提醒我们他的描述是想象的产物，并非现实的回忆——艾诺巴勃斯既是战士，又是诗人/艺术家。① 接下来，他说持扇的侍童"像微笑的丘比特"，侍女们"像海中神女"，掌舵的是"一个美人鱼装束的女郎"。万人空巷围观女王，唯留下安东尼独自对着空气吹口哨，克莉奥佩特拉的魅力消解了安东尼的权力。

这番描绘之后，阿格里帕自然点破了克莉奥佩特拉的风流事。他说到克莉奥佩特拉与伟大的凯撒的情事："他播种，她便结出果实"（he ploughed her, and she cropped）。凯撒无嗣，但与克莉奥佩特拉一经交合就结出了果实，这暗示克莉奥佩特拉超强的生育力。此外，

---

① Alexander Leggaat, *Shakespeare's Political Drama*, p.164. 另参虞又铭，《埃及的鳄鱼：论〈安东尼与克莉奥佩特拉〉中的异域想象及自我反思》，见《中国比较文学》，2017年第2期，页48-58。

这也是剧中第一次提到克莉奥佩特拉与凯撒有后代，而那位凯撒里昂（Caesarion）是屋大维继承权的最大威胁（3.6.6）。

艾诺巴勃斯讲到他亲自看到的克莉奥佩特拉："一边说话，一边娇喘，把缺陷变成了完美，从娇喘里呵出的是媚力（make defect perfection, and, breathless, power breathe forth）。"克莉奥佩特拉身上有悖论性的品质，亦如艾诺巴勃斯下面说的："最丑恶的搬到她身上也赏心悦目；哪怕她放荡淫乱之时，神圣的祭司也会为她祝福。"（vilest things become themselves in her, that the holy priests bless her when she is riggish）。在罗马人面前，艾诺巴勃斯对克莉奥佩特拉进行了美化，乃至对克莉奥佩特拉的"淫荡"做了辩护。

第三场

屋大维娅出现在安东尼与凯撒中间，两人似乎已经缔结婚约。安东尼先说自己有时不得不离开屋大维娅，又请求屋大维娅的宽谅，许诺痛改前非，"今后一定规规矩矩"（but that to come shall all be done by the rule）。屋大维娅随后与凯撒一起离开。

屋大维娅是典型的好女人，拥有"美貌""德性"和"优雅"（2.2.136-138；2.2.277又称其拥有"美貌""智慧"和"温存"),"圣洁、内向和冷静"(of a holy, cold, and still conversation,2.6.120),长跪在众神面前祈祷(2.3.3-5),因不忍离开罗马而哭泣(3.2.3-4),自称"最最柔弱"(most weak, most weak,3.4.29)。但这样一个好女人成了安东尼与凯撒角逐权力的棋子,且被安东尼愚弄。

与富尔维娅相比,屋大维娅太过柔弱,无法驾驭安东尼;富尔维娅则太过刚强,有着难以驯服的"火性子",但这并不意味着富尔维娅具有男性的政治抱负,她对凯撒发动战争并非为了罗马或任何公共性的事业,而只是为了逼迫安东尼回头,修补婚姻。[①] 与克莉奥佩特拉相比,屋大维娅缺少变化,顺从于男人,而克莉奥佩特拉拥有"无穷的变化"(inifinite variety,2.2.246),要统治男人而不是被男人统治。克莉奥佩特拉与安东尼的爱没有婚姻的束缚(尽管有众多私生子),虽然违背礼法被目为淫乱,却因此展现为纯粹的爱欲。

安东尼叫来曾在第一幕第二场出现的算命人,问他是否希望回到埃及(安东尼实际犹疑于是否要回到埃及)。算命人却说他但愿自己没有离开过埃及,也但

---

① Robert S. Miola, *Shakespeare's Rome*, p.120.

愿安东尼没有到过埃及，埃及是一个让人来了就不愿走的温柔乡。算命人还劝安东尼尽快回到埃及。安东尼问占卜者，是自己的还是凯撒的命运更为强盛（whose fortunes shall rise higher），占卜者直言不讳，凯撒的命运更强盛：

> 所以，安东尼呀，不要留在他的身旁：只要凯撒的守护神不在场，保护您的神灵就高贵、勇敢、一往无敌。但是一挨近凯撒，您的守护天使就黯然失色，好像被他的遮掩了一般。所以，您最好离他远一点。

> 无论跟他玩什么游戏，您都必输无疑；因为他天生幸运（natural luck），即便您本领再高强，他也会把您打败。凡是有他的光辉闪烁，您的星途注定黯淡。我再说一句，只要有他在身旁，您的守护神就做不了您的主；可是他一走开，它又恢复了尊严。（2.3.18-30）

占卜者的话虽然让安东尼心有不悦，但他也不得不认同。算命人下场后，安东尼自白说，在与凯撒玩游戏时，"我的高超技术就是敌不过他的好手气"（my better cunning faints under his chance，2.3.34-35），不论是抽签还是斗鸡斗鹑，总是凯撒得胜。为此安东尼决定远离凯撒，回到埃及。他缔结婚事是为了自己的安宁，但"我的快乐在东方"（i'th'East my pleasure lies）。安东尼也许想要与凯撒划界而治，回到埃及以避免与凯撒交手，未曾想这反而成了凯撒挑起战争的理由。埃及提供了一个远离凯撒和罗马的独立空间，安东尼在其中可以足够自由，足够自我，足够快乐。

安东尼在离开埃及前对克莉奥佩特拉信誓旦旦，但到了罗马，他转眼就把克莉奥佩特拉抛诸脑后，轻易接受了与屋大维娅的婚约。刚刚缔结婚约，他又心生悔意，想要回到东方。这充分揭示了他在政治上和性格上的缺陷。对此，布拉德雷的评论堪称经典：

> 安东尼是卓越的战士，出色的政治家，雄辩的演说家，可他并不是天生要统治世界的人。他乐于做一个大人物，但并不热爱为了统治而统治。权力对于他主要是获得快乐的手段。他需要极大的快乐，因此就需要极大的权力。但是，半个甚至三分之一的世界足矣。他不会忍气吞声，但他丝毫没有表现出要除掉另外两位巨头、独自进行统治的意愿。他从不介意屈服于裘力斯·凯撒。他不仅受女

人吸引，也受女人统治，从克莉奥佩特拉对他的奚落中，我们可以看出他受制于富尔维娅。他也缺乏一个天生的统治者具有的坚忍不拔（patience）或坚定不移（steadfastness）。他反复无常，倾向于选择眼前最容易的做法。他同意迎娶屋大维娅的原因就在此。这么做似乎是摆脱困境最便捷的方式。他甚至没有想过试着忠于屋大维娅。他不会考虑长远的结果。[1]

安东尼与占卜者的对话撷取自普鲁塔克的《安东尼传》（33），词句几乎原封未动。普鲁塔克叙述此事是在三巨头与庞培和解之后，且当时安东尼已派文提狄尼斯前往帕提亚。莎士比亚将这一预言提前，是为了映照上一场安东尼与凯撒的冲突，并为两人之后的冲突埋下伏笔。莎士比亚非常看重普鲁塔克的这段记载，特意借之指引读者理解凯撒与安东尼的差异。安东尼的守护

---

[1] A. C. Bradley, *Oxford Lectures on Poetry*, pp.295-296. Paul A. Cantor把"（私人）爱欲的解放"视为帝国来临的标志，并认为安东尼的悲剧根源于他所处的时代，即共和式的荣誉不再值得追求，政治生活的价值变得可疑，私人性的爱欲转而受到推崇。这一解释极其有助于理解《安东尼与克莉奥佩特拉》中罗马的转变，但未能注意到安东尼的人物特质。参见Paul A. Cantor, *Shakespeare's Rome*, pp.127-183.

神高贵、勇敢，但凯撒更为幸运。"平庸的"凯撒是仅凭运气得到天下吗？凯撒"乳臭未干"，不高贵也不英勇，但他拥有安东尼缺少的东西：一种号令天下的绝对权威，富于精明的算计，行动迅捷，对于目标的坚定追求。凯撒代表一种新型的统治者，适合做世界唯一的主宰，而安东尼并不适合这一角色。

> 安东尼常常既迟缓又冲动。他容易在需要行动的时候行动缓慢，在实际行动时，他又容易被突然的冲动、激情或心血来潮激发。与凯撒相比，他处于极大的劣势，因为凯撒的力量在于能够利用其他人的缺点或错误。前者漫不经心，充满激情，只能够以一种方式行动；后者冷静，精于算计和操控。两人命运的差异或许源于两人精神的差异。①

第四场

这场很短的戏似显多余，无助于剧情，亦不见于普鲁塔克。三巨头前去迎战庞培，雷必达先行出发，安东尼和凯撒大概要等婚礼之后才能动身，但他们会比雷必达提前两天到达目的地。雷必达说，"我还有别的事

---

① Jan H. Blits, *New Heaven, New Earth*, pp.75-76.

情，所以不得不绕道"（my purposes do draw me much about）。雷必达此行是否有其他目的？他也许是要与庞培秘密媾和（3.5.9-10），或者秘密笼络庞培的党羽？[1]

第五场

地点切换到亚历山大，接续第一幕第五场，展现克莉奥佩特拉对安东尼的思念。克莉奥佩特拉自称从事情爱行业（trade in love），回忆起与安东尼曾经的欢爱。在她的描述中，埃及的生活似乎只是情爱、音乐、游戏和宴饮，她虽为女王，但不操心统治，甚至也不需要统治。莎士比亚对埃及的描绘带有"东方专制主义"的色彩：唯有克莉奥佩特拉享有权力和自由，其他埃及人怯懦、萎靡（不是侍女就是太监），是臣服于女王的奴隶。[2]

来自意大利的信使上场，克莉奥佩特拉提前限定了信使应传报的内容：倘若"他〔安东尼〕平安无恙（well and free，free指未被凯撒俘虏），"自由且健康"（be free and healthful），"安东尼平安无事，凯

---

[1] Jan H. Blits, *New Heaven, New Earth*, p.76.
[2] 孟德斯鸠，《论法的精神》上卷，许明龙译，商务印书馆，2019，页29、74。

撒待他像朋友，没有把他监禁起来"，信使就会得到丰厚的赏赐。信使如实禀报说安东尼"平安"（well），与凯撒的友谊胜过从前，但安东尼不再"自由"，因为"他已经被屋大维娅束缚"（he's bound unto Octavia），即已与屋大维娅结婚。克莉奥佩特拉瞬间暴怒发疯，殴打信使并要求信使改口，哪怕是故意编造谎言：

  把坏消息告诉人家，即使句句属实，也从来算不得好事；好消息可以大肆渲染，坏消息不如缄口不言，让人自己去体会吧。（2.5.86-89）

  克莉奥佩特拉表现得非常歇斯底里，毫无女王的威严，她甚至发誓宁可要"让埃及溶化到尼罗河里"，也不愿接受这一消息。

  放信差下场后，女王说"在赞美安东尼时，我诋毁了凯撒……现在我可受到报应啦"。女王也许认为，自己平常诋毁凯撒，故而遭来了凯撒的报复；她低估了凯撒，因为她看出凯撒试图用这一婚约约束安东尼，令她失去安东尼的庇护。结尾她说到安东尼的形象："虽然从一侧看他像个蛇发女妖，但从另一侧看却像战神"（though he be painted one way like a Gorgon, the other way's a Mars）。骇人的蛇发女妖会把看到她的人变成石头，令人不可直视。安东尼既是惹人爱慕的战神，又是让人畏惧的怪物，克莉奥佩特拉未曾料到安东尼如此轻易抛弃对自己的爱，这令她不寒而栗。

第六场

三巨头与庞培在米塞纳（Misena）山下对峙。双方先进行谈判，凯撒问庞培是否接受他们提前送达的"书面提议"，是否同意退兵。庞培却岔开话题，说起他兴兵而来的理由。他称呼三巨头为"这广大世界仅有的元老"，暗示罗马统治整个世界，但元老已经减为三个，共和传统已经终结。这是剧中唯一一次提到"元老"。庞培又称三巨头为"神明的主要代理人"（chief factors for the gods），同他在第二幕第一场中对诸神的犹疑态度一样，他并不确定诸神站在哪一边。

庞培提出自己反叛的两个理由。其一是为父亲复仇，痛惩罗马的"忘恩负义"。他将父亲的死与凯撒的死类比，凯撒的鬼魂在腓立比看到屋大维和安东尼为他复仇，老庞培同样有儿子和朋友，却无人为他复仇，因此罗马"亏欠"庞培。其二是为了光复罗马共和。他追述凯歇斯和布鲁图斯刺杀凯撒的行为，称他们"追求美好的自由"（courtiers of beauteous freedom），血染圣殿

（剧中唯一一次提到"圣殿"）只为"想要一个凡夫俗子的领袖"（have one man but a man），亦即阻止凯撒称王成神（比较《裘力斯·凯撒》1.2.116、154-157），由此庞培自比为高贵、正直的布鲁图斯，似要捍卫共和传统。但这两个理由相互矛盾：一方面，庞培要效仿罗马对布鲁图斯和凯歇斯的复仇，另一方面，又要效仿布鲁图斯和凯歇斯杀死凯撒。这反映出他个人定位不清，在政治上找不到一个正当可信的理由证成自己的"反叛"。为父复仇也缺乏说服力，因为老庞培的死应该归结到凯撒头上，而凯撒已经被刺杀。

气氛显得剑拔弩张，不可缓和。安东尼表示不畏惧庞培，因其在陆上远胜于（overcount）庞培。庞培则指责安东尼侵占了他父亲的房子（o'ercount me of my father's house）。[1]雷必达和凯撒拉回正题，询问庞培是否接受他们提出的条件。没想到，庞培随即声称自己来这儿就是准备接受这些条件的。庞培瞬间背叛了他刚刚信誓旦旦宣告的理由，真是莫大的讽刺！也许因为庞培太不自信，没有更大的抱负，他并不奢求恢复罗马共和，也不觊觎成为世界的统治者，他所期望的至多是成

---

[1] 安东尼所说的overcount表示"数量上胜过"（overnumber），庞培故意误解，用来表示"僭取、欺弄"（overreach, cheat）。

为一个新的"元老",与三巨头分享整个世界。他追逐的是个人的利益而非人民的福祉。庞培也的确缺乏政治智慧,根据三巨头开出的条件,庞培没有得到任何实际利益,最多只有虚幻的承认。西西里和撒丁岛是他既有的领地,根本不需要三巨头的赐予;海盗是他的盟友,截断罗马的小麦运输恰是他控制罗马的最佳方式,而庞培放弃了这两项原本属于他的战略优势,没有要求任何补偿。[①]

庞培转而对安东尼进行私人性的指责,说他曾热情款待安东尼的母亲,却没有得到安东尼的感激。一番寒暄之后,剧情突转,庞培主动与安东尼握手,安东尼则感谢庞培及时把自己唤醒。庞培请求签署一份协议,各自都在上面署名盖印,他以为这样一份协议会具有永久的效力。凯撒积极响应说,"那正是下一步要做的",但日后正是他第一个撕毁了和约(3.5.4-9)。

庞培还提议在四人分别前互相请客一次,并且抽签决定谁先请。安东尼提出先请,主动示好,庞培却说安东尼也得抽签。他转而开起了玩笑,说安东尼的"埃及式烹调(Egyptian cookery)一定名不虚传",并说到裘力斯·凯撒在埃及都吃胖了,影射裘力斯·凯撒与

[①] Jan H. Blits, *New Heaven, New Earth*, p.89.

克莉奥佩特拉的风流韵事。[1] 庞培说到此事非常不妥，既冒犯了安东尼，暗示克莉奥佩特拉是一个荡妇，也冒犯了凯撒，因为裘力斯·凯撒与克莉奥佩特拉有不合法的子嗣。安东尼隐隐不快，庞培解释说"我这话是一片好意"（I have fair meanings），安东尼则说"还有一番好话配得上你的好意"（and fair words to them），讽刺庞培不会说话。不识相的庞培继续讲到他听说的克莉奥佩特拉引诱凯撒的故事，连侍立一旁的艾诺巴勃斯都听不下去了。庞培这样一个被认为"伟大"的人物关心的竟然是各种八卦，竟然如此猥琐，他的确应该被清除出局。

茂纳斯与艾诺巴勃斯留场，茂纳斯旁白说，庞培的父亲绝不会签订这一条约，由此表明庞培作为政治家远远不如老庞培，一个海盗远比庞培更能洞明当前的政治态势。[2] 茂纳斯与艾诺巴勃斯相互交谈，艾诺巴勃斯称赞茂纳斯为"海上的大盗"（a great thief by sea），茂纳斯则回敬他为"陆上的大盗"（by land），而艾诺巴勃斯接受了这一称呼，戏称两人为"两个大盗"。这一戏

---

[1] 克莉奥佩特拉与食物之间的类比，见1.5.32：a morsel for a monarch；2.6.123：Egyptian dish；3.13.119-121：I found you as a morsel cold upon Dead Caesar's trencher; nay, you were a fragment of Cneius Pompey's.

[2] Alexander Leggaat, *Shakespeare's Political Drama*, p.171.

称实际指出,一个罗马将领与一个海盗没有差别,都是为自己的或主人的私利而战,从公共善的角度来说,两者一样缺乏高尚和正义。①

> 茂纳斯:"所有男人的脸都是诚实的,不论他们的手有多么不老实。"
> 艾诺巴勃斯:"可是没有一个美貌的女人有一张真实的脸蛋儿。"
> 茂纳斯:"说得没错,她们偷男人的心!"
> (2.6.99-101)

女人化妆得漂漂亮亮来偷取男人的心,男人则装出一副诚实的表情来骗取女人的感情。就此而言,男人和女人都是贼。② 这段看似漫不经心的谈话揭示出,效力于庞培的茂纳斯也好,效力于安东尼的艾诺巴勃斯也好,他们作为盗贼与骗取感情的男女没有分别,并没有一种更高的追求将两者区分开。

茂纳斯还说,"我们没料到会在这儿遇到安东尼",并询问安东尼是否和克莉奥佩特拉结婚了。由此

---

① Paul A. Cantor, *Shakespeare's Rome*, pp.132-136, p.220 n.5.
② Jan H. Blits, *New Heaven, New Earth*, p. 90.

可见，庞培这方消息滞后，还不知道安东尼与屋大维娅的婚约，故对于安东尼的出现感到惊讶。茂纳斯以为凯撒就此和安东尼联姻，形成了政治同盟，艾诺巴勃斯却非常悲观地预言，"这维系他们友谊的绳带最终会勒杀他们的友谊"（the band that seems to tie their friendship together will be the very strangler of their amity），安东尼背叛屋大维娅，这将成为凯撒反攻安东尼的口实。

第七场

三巨头与庞培在庞培的战船上举行宴会，这是一场紧张过后的狂欢，整个世界聚集在一艘大船上。开场两三个仆人端酒食上，但只有两个发言，照应三巨头之间的关系，而且他们的谈话也毫不掩饰对雷必达的轻蔑。[1]

安东尼进场时似乎在回答凯撒的问题，很细致地说到尼罗河水位与粮食生产的关系。这一问题非常实际，如果是凯撒所问，他也许在为日后统治埃及收集有用的信息。[2] 雷必达则向安东尼打听"你们"埃及的蛇、金字塔，还问到"你们"的鳄鱼。安东尼敷衍并耍弄雷必

---

[1] Harold C. Goddard, *The Meaning of Shakespeare*, Vol. II, p.188.
[2] Alexander Leggaat, *Shakespeare's Political Drama*, pp.174-175.

达,他的回答弯弯绕绕,实际是说埃及的鳄鱼就是鳄鱼那样,与非埃及的鳄鱼没有区别。雷必达却感叹说"真是一种奇怪的大蛇",表明他完全醉了,已经分不清鳄鱼和蛇,而凯撒没醉,领会了安东尼的笑话(凯撒在本场说了四次话,有三次是反对继续喝下去)。宴会上的谈话琐碎且无聊,不关乎宏大的政治,而关乎埃及奇特的习俗和传闻,罗马人借以满足自己对异域的想象。

狂欢之下依旧潜藏着危险。茂纳斯几次催促庞培离席密谈,但庞培正在兴头上,不愿离席,起身后还不忘招呼客人喝酒。茂纳斯劝告庞培,现在正是他成为全世界主人的绝佳机会,只要他采纳自己的计谋,当机立断杀掉三巨头。庞培动心了,但他顾惜自己的"荣誉"(honour),不想背负"背信弃义"(villainy)的骂名,他无法亲自这么做,也无法在得知茂纳斯的计划后允许茂纳斯这么做。他期盼茂纳斯在不知会他的情况下把这事给办了,如此便是"尽忠"(good service)。海盗没有"荣誉"可谈,但庞培有,毕竟他身份尊贵,名声显赫。但"荣誉"和"利益"也可以结合,比方说:庞培下令让茂纳斯杀死三巨头,过后再归罪于茂纳斯,将其处死,不就挽回自己的"荣誉"了吗?庞培缺乏智谋,为"荣誉"拘锢,显得不识时务,注定要被淘汰出局。

在这一插曲后，宴会愈发热闹起来，越来越接近"亚历山大的豪宴"（Alexandrian feast，2.7.89），罗马人也手拉手跳起"埃及的酒神舞"（Egyptian Bacchanals），沉浸于乌托邦式的狂欢与和谐。①雷必达已被背下船，整个世界都醉了，唯有凯撒始终清醒克制，劝安东尼快快上岸，"我们的正事不喜欢我们如此放纵"（our graver business frowns at this levity），庞培亦随之上岸。只有艾诺巴勃斯和茂纳斯两人留在船上，未随各自的主人上岸，预示两人日后的叛变。茂纳斯已明确说，"我再也不追随你［庞培］黯淡的命运"（I'll never follow thy palled fortunes more，2.7.77）。公元前39年签订米塞纳和约后，庞培返回西西里，成为西西里岛、撒丁岛、科西嘉岛的统治者，但公元前36年，凯撒和雷必达联手向庞培开战，庞培在西西里海战中战败，逃往小亚细亚，后在安东尼授命下被处决，时年三十一岁（参见3.5.4-17）。②茂纳斯后来背叛庞培，投

---

① Paul A. Cantor将这一幕形容为"罗马的埃及化"，因为罗马人变得像埃及一样在饮食上奢靡，并接受了埃及的习俗：罗马在军事上征服了埃及，但在文化上被埃及征服。参见*Shakespeare's Roman Triology*, Chicago and London: The University of Chicago Press, 2017, pp.215-216.
② 详见阿庇安，《罗马史》下卷，谢德风译，北京：商务印书馆，1997，页472-528。

降了凯撒。

三、阿克兴海战

"他让情欲做了理智的主人"（3.13.3-4）

莎士比亚时代的戏剧不需要布景，所以场景可以迅速切换。莎士比亚充分利用这一戏剧手段，第三幕共十三场，第四幕共十五场，情节节奏骤然加快，并呈现出一个异常广大的空间。第三幕尤其特出，戏剧空间依次在中东（叙利亚）、罗马、亚历山大、雅典、罗马、亚克兴（希腊北部沿海）、亚历山大之间展开。第四幕则集中在亚历山大。

第一场

我们在第一幕已经听闻帕提亚的叛乱（1.2.95-99），在第二幕也看到安东尼差遣文提狄厄斯（Ventidius）到帕提亚去（2.2.16-17，2.3.40-42）。安东尼以联姻平息了与凯撒的矛盾，三巨头得以联合对抗庞培，庞培又与三巨头签订和约，罗马所面临的危险暂时解除。在第三幕开头，文提狄厄斯又赢得了对帕提亚人的胜利。

在普鲁塔克笔下，对帕提亚远征的描写占有相当大比重。普鲁塔克称颂文提狄厄斯取得的胜利是罗马人最著名的战绩之一，能够洗雪克拉苏丧师辱国的羞耻。[1]但他说文提狄厄斯没再对帕提亚人发起追击，生怕会引起安东尼嫉妒。文提狄厄斯出身寒微，深受安东尼赏识，他的无往不利证实了当时一般人对于屋大维和安东尼的看法，即统帅本人帅军出征，往往没有什么收获，其副将总是能够手到擒来（《安东尼传》34）。普鲁塔克还用十六节的篇幅（《安东尼传》37-52）详述了安东尼亲自发动的帕提亚远征：公元前36年，安东尼对克莉奥佩特拉旧情复燃，为了尽快回埃及与克莉奥佩特拉会面，未到预定时间就发动战争，结果指挥失误，损失两万名步卒和四千骑兵，而且大部分是病死。安东尼准备第二年夏天重新发起对帕提亚的战争，结果传来帕提亚内乱的消息，安东尼方才作罢回到了亚历山大。普鲁塔克通过对比文提狄厄斯的胜利与安东尼的失败，证实了他所说的副将胜过主帅的道理。

　　莎士比亚只字不提安东尼在帕提亚的失败，因为他

---

[1] 根据普鲁塔克的《克拉苏传》，克拉苏远征帕提亚，遭致两万罗马人被杀，一万人被俘。帕提亚人让一个罗马俘虏穿上蛮族妇女的服装扮成克拉苏假装凯旋，借以嘲笑克拉苏的柔弱和怯懦；把金子熬化了灌入克拉苏嘴里，嘲笑他的贪婪，克拉苏的头颅还被当成道具表演欧里庇得斯的《酒神侍女》。

要重点呈现安东尼与凯撒的竞争。但他为何又单单撷取了文提狄厄斯的胜利？这场胜利与主干情节并没有必然联系，但却揭示出帝国时代罗马精神的变形。剧中帕提亚是罗马唯一的外敌，只有文提狄厄斯是与罗马的外敌而非与罗马人作战。① 莎士比亚暗示，文提狄厄斯对帕提亚的胜利是彻底的，罗马已经消灭最后一个外敌，而没有外敌的罗马将重新陷入内乱。如艾诺巴勃斯所说，"等你们没有别的事可做时，你们有的是时间争吵"（you shall have time to wrangle in when you have nothing else to do，2.2.112-113），凯撒与安东尼的"争吵"即将开始。②

文提狄厄斯以凯旋式的姿态登场，宣告自己的胜利是"命运女神眷顾"（pleased Fortune），是对克拉苏之死的复仇：帕提亚王奥罗德斯（Orodes）曾射杀克拉苏，如今文提狄厄斯射杀了奥罗德斯之子。帕提亚人是罗马人的宿敌，这场胜利得之不易，下属西利乌斯（Silius）建议乘胜追击，策马越过米地亚、美索不达米

---

① Jan H. Blits, *New Heaven, New Earth*, p. 105.
② Paul A. Cantor, *Shakespeare's Rome*, p.133称"最后一个能够将罗马为了公共善联接起来的敌人已经消失"，但帕提亚是安东尼的势力范围，并没有危及整个罗马，所以我们看到三巨头联合应对庞培，但并没有联合应对帕提亚。

亚，敌人溃逃到哪里就追到哪里，这样，"你那伟大的主帅"（thy grand captain）就会为你举行象征荣誉的凯旋式。这提醒我们，文提狄厄斯是为主帅而不是为罗马而战，他的荣誉来自于主帅而非罗马。

文提狄厄斯却教导西利乌斯，眼前的胜利足够了：

> 要注意，一个下属可不能立太大的功勋。适当的时候便得歇手，可不能趁主子不在的时候，让自己功高盖主。无论是凯撒还是安东尼，他们的赫赫战功多半靠的是部下，小半才靠的是本人。……在战场上，一个人的军功把主帅掩盖，那就成了主帅的主帅；拥有雄心壮志（ambition）是将士的美德，可他宁可输，也不愿赢，以免让主帅的光芒暗淡。（3.1.12-24）

文提狄厄斯不是选择更大的胜利，而是选择"失败"，因为胜利不能带来荣誉，而适当的"失败"方烘显出主公的伟大，故能恩宠不失。西利乌斯赞叹文提狄厄斯的谋略，"一个军人要没有你这种审时度势的本事，那就跟他的剑没有两样"（Thou hast, that without the which a soldier and his sword grants scarce distinction）。战士本应就是他手中的剑，但如今战士也成了精明算计的"政客"。

倘若对照《科利奥兰纳斯》,我们才会惊觉罗马精神的变形。"战士的美德"早已不是科利奥兰纳斯式的美德,帝国时代的罗马已经彻底变形,文提狄厄斯不为罗马也不为安东尼而战,而是为自己的荣誉而战——为了自己的荣誉,宁可损失罗马和安东尼的利益,放掉更大的胜利。不唯如此,文提狄厄斯还要把战争的功劳归于安东尼,谦恭地声称胜利属于安东尼"战争的奇幻名号"(magical word of war),是"他的旗帜""他的雄师"击败了帕提亚骑兵;他还要带着所有战利品和军备赶在安东尼之前抵达雅典,迎接安东尼。典范的罗马战士已经丧失勇敢、刚毅的美德,成为谄媚和机巧之徒。

我们在《科利奥兰纳斯》中见不到此种嫉妒和机巧。马歇斯是副将,考密涅斯是主将兼执政官,考密涅斯以及另一位副将拉歇斯都对马歇斯极度崇敬;主将战斗力弱,被敌人击退,科利奥兰纳斯则只身一人杀入敌城,回头还指责考密涅斯为何停止战斗。但考密涅斯并未因此心生嫉妒,反而当着全军的面表彰科利奥兰纳斯的战功,后来又在元老院中推举他为执政官。文提狄厄斯的韬晦之术倒与狡猾的护民官有几分相似——护民官曾讥讽科利奥兰纳斯说,"要保住或争取更多荣誉,最好是处在一人之下的位置。若有差池,便好归咎于主将，哪怕他尽力而为了"（1.1.247-252）。

第二场

这场戏紧接第二幕结尾而来。庞培的宴席结束后，四人回到罗马签订和约，此时庞培已经离开，余下三人在盖章，这或许暗示三巨头之间另有其他秘密协议（Cambridge, p.154）。这是三巨头最后一次聚在一起，雷必达还没完全醒过酒来，他只在结尾说了一句话，也是他在剧中最后一句话（3.2.66-67）。

艾诺巴勃斯与阿格里帕戏仿雷必达的恭维之词，分别来赞美凯撒和安东尼，从而引出了凯撒和安东尼孰更卓越的问题，两位天神般的人物终究要走向对决。凯撒与安东尼和屋大维娅告别。凯撒一方面请求屋大维娅做一个他所期望的好妻子，另一方面又忠告安东尼像他一样珍爱屋大维娅，"让这位贤淑的女子（the piece of virtue）成为巩固我们之间友谊的胶泥，别让她反而成了撞塌友情之堡的攻城槌"。安东尼则信誓旦旦地说，"你绝对找不到任何好让你放心不下的理由"。安东尼显然口是心非，他并没有认真对待这桩婚姻以及凯撒的警告，他所想的只是尽快回到埃及。他把屋大维娅的眼泪比作爱情的春天里的催花雨，但屋大维娅的眼泪是为凯撒而流，并非出于爱情；他又把屋大维娅比作浪尖的天鹅绒毛，不知倒向哪一边，但屋大维娅并非口不能言，而是耳语表达对凯撒的留念。这两个不恰当的比喻揭示出安东尼的心不在焉。

凯撒对屋大维娅似乎也流露出深厚的感情，以致旁观的艾诺巴勃斯疑问难道凯撒也会哭。阿格里帕说，"他脸上堆起乌云啦"（he has a cloud in's face），"乌云"预示着"降雨"。cloud另可表示"污斑"，艾诺巴勃斯玩弄谐义，称凯撒如果是一匹脸上有污斑的马，那就是一匹劣马，如果他哭，那他就不是男人（he were the worse for that, were he a horse; So is he being a man）。艾诺巴勃斯暗示哭泣是非男人的标志。阿格里帕立即反诘说，安东尼曾为死去的凯撒和布鲁图斯痛哭。实际在《裘力斯·凯撒》中，安东尼并未为布鲁图斯的死伤心落泪，也不曾为凯撒的死嚎啕大哭，仅当屋大维的仆人为凯撒哭泣时他才忍不住落泪（《裘力斯·凯撒》3.1.282-285）。[①] 但阿格里帕并非歪曲事实，因为艾诺巴勃斯未予反驳，而是打趣说安东尼杀死布鲁图斯时流泪是因为"重伤风"。

我们看到这里的安东尼并不同于《裘力斯·凯撒》中的安东尼。这里的安东尼富于感情，行事冲动，带有

---

① Jan H. Blits, *New Heaven, New Earth*, p.111.

一种孩子气的天真/幼稚，正如富尔维娅的死引起他的悔恨一样，我们完全有理由相信他会为裘力斯·凯撒嚎啕大哭、为布鲁图斯落泪，他并不认为这么做不"男人"，而且他的哭泣也并非是表演。《裘力斯·凯撒》中的安东尼则显得冷酷深沉，精于权谋和表演，在凯撒的葬礼上，他曾当众哭泣，并带着民众一起哭泣（《裘力斯·凯撒》3.2.107、160）。这一差异从两剧中安东尼对待雷必达的态度可见一斑。在《安东尼与克莉奥佩特拉》中，尽管谁都瞧不起雷必达，安东尼却对雷必达异常友善且不乏敬意（2.2.181-182），日后雷必达被凯撒逮捕和废黜，安东尼还曾公开指责凯撒（3.6.28-31），并私下为雷必达的愚蠢抱憾（3.5.15）。而在《裘力斯·凯撒》中，安东尼对待雷必达异常冷酷和轻蔑。他称雷必达是一个不足挂齿的平庸之辈，不配分享世界，只配受人差遣，被当作一个工具（《裘力斯·凯撒》4.1.12-15）。《安东尼与克莉奥佩特拉》中的凯撒利用并废黜雷必达，实际践行了《裘力斯·凯撒》中安东尼的教诲。由此可以看出，莎士比亚有意把《安东尼与克莉奥佩特拉》中的安东尼塑造成一个全新的人物，"《裘力斯·凯撒》中安东尼的马基雅维利主义在《安东尼与克莉奥佩特拉》剧中转移给了凯撒"，而安东尼则成了"单纯、大度、冲动、勇敢的战士"。[1]

凯撒对屋大维娅的感情是否真诚？答案并不明确。剧中的凯撒缺乏私人爱欲，性格异常空洞和冰冷，他唯一显露的人性温情就在于对屋大维娅的爱。即便这份爱是真诚的，那也是因为真诚符合他对利益的算计：此时他还没打倒庞培和雷必达，他还需要安东尼的支持，因此他希望屋大维娅能巩固两人的友谊。

第三场

克莉奥佩特拉召回之前的信差，询问屋大维娅的情况，但她所问无非是屋大维娅的身高、嗓音、仪态（majesty）、年纪、容貌乃至发色，等等（比较2.5.114-116）。信差这次心领神会，刻意丑化屋大维娅。尽管他的某些话明显不可信，却让克莉奥佩特拉喜笑颜开，确信"那女人没什么好的"，"那女人根本没什么了不起"，安东尼不会喜欢她太久。克莉奥佩特拉压根儿没问到屋大维娅的名声和美德，她与屋大维娅比拼的只是外在之美，这正是女人出于爱情中的嫉妒最自然的反应。

---

[1] Ernest Schanzer, *The Problem Plays of Shakespeare*, New York: Schocken Books, 1963, pp.141-143.

但克莉奥佩特拉的一句话点出了她与安东尼爱情的政治意味："我要那希律王的项上人头，但还办得到吗？安东尼走了，我能吩咐谁来干这差事呢？"在罗马主宰的世界中，克莉奥佩特拉凭靠与安东尼（还有之前的凯撒、庞培）的爱情号令东方各国。克莉奥佩特拉自称"以爱情为业"，而爱情就是她的政治。

第四场

在雅典，安东尼正在向屋大维娅抱怨凯撒的劣行。凯撒重新对庞培开战，并且当众宣读自己的遗嘱。据普鲁塔克，安东尼的遗嘱由罗马的女祭司保管，凯撒拿到后，找出其中最值得争议的部分，在元老院当众宣读。安东尼立嘱说，他即使死在罗马，也要把尸体运到亚历山大交给克莉奥佩特拉，凯撒揪住这一点来离间安东尼与罗马人的关系（《安东尼传》58）。莎士比亚化用这一细节，改写成凯撒当众阅读自己的遗嘱，这显然是效法《裘力斯·凯撒》一剧中安东尼当众阅读凯撒的遗嘱，可以想见，凯撒这么做也是为了笼络人心。但让安东尼不满的是，凯撒在宣读遗嘱时对自己流露出不屑、冷淡和敷衍，兄弟之情面临破裂。

屋大维娅不得不劝解安东尼，说了她剧中最长的一段话。她请求安东尼不要相信这些，如果他一定要相信，也请他不要怨恨凯撒。如果两人爆发冲突，她便夹在丈夫和兄弟中间，不能偏袒任何一方，由此她就成了"最不幸的女人"。屋大维娅面对着两种平等的私人之爱，无法做出选择，她无法诉诸一种更高的对罗马的爱，因为这样一种爱已不存在。她能想到的只是向诸神祈祷，而没有想到调和丈夫与兄弟的矛盾。①

安东尼并不挽留屋大维娅，他让屋大维娅自己选择：把你最温柔的爱投向最珍视你的爱的那一方（let your best love draw to that point which seeks best to preserve it）。他将捍卫自己的荣誉，与凯撒两不相让，因为，"若我失去荣誉，就失去了自己"（if I lose mine honour, I lose myself）。但是，安东尼狡猾地指出了一条"两全之道"，并把这说成是屋大维娅的请求：你自己来调解我们两人的矛盾，并且速速动身，以实现你的心愿，我则要积极备战，挫败凯撒。安东尼还强调，"我们的过失绝不是两两相当，你的爱不可能均匀地分送给双方"（our faults can never be so equal, that your love can equally move with them），过错更多在凯撒这方，是凯撒挑起了

---

① 张沛把这部剧解读为"兄弟"（安东尼-凯撒）与"夫妇"（安东尼-克莉奥佩特拉）之争，参见《凯撒的事业：〈安东尼与克里奥佩特拉〉中的爱欲和政治》，载《国外文学》2017年第2期，页59-68，后收入氏著，《莎士比亚、乌托邦与革命》。

争端，因此屋大维娅应该尽快启程去劝解凯撒。

安东尼无疑利用了屋大维娅对丈夫和兄弟的爱，哄骗她离开雅典，他好趁机脱身，回到快乐的东方。征诸史事，安东尼与屋大维娅的婚姻持续了八年（公元前40—前32年），期间屋大维娅至少生了三个孩子。她先随安东尼赴雅典，后又随安东尼赴意大利与凯撒作战，劝解两人和好，此后她留在罗马，安东尼前往亚细亚，并对克莉奥佩特拉旧情复燃。远征帕提亚失利后，屋大维娅从罗马来到雅典安抚安东尼，安东尼避而不见。屋大维娅回到罗马，凯撒认为她受到了蔑视，为了维护家族尊严，要求她搬离安东尼的家，但屋大维娅拒绝离开。安东尼与凯撒相互指控，准备发动内战；安东尼派人到罗马，命屋大维娅迁出他的府邸，据说她带着所有孩子离开（《安东尼传》57）。八年里跌宕起伏，并非像莎士比亚展现的那样一蹴而就。莎士比亚避谈屋大维娅被赶出安东尼房子的事，避谈安东尼帕提亚远征的失利，并强调安东尼跟屋大维娅没有子女（3.13.108-109，另见Cambridge, p. 4）。

第五场

安东尼此时也许还在雅典。[①] 本场出现了一个新人物：爱若斯（Eros）。这个希腊名字出自普鲁塔克笔下，但普鲁塔克提到"爱若斯"，仅是交代安东尼最后的死因：爱若斯是安东尼忠实的奴仆，曾经答应安东尼在必要时会杀死他，以免他落于敌手，但爱若斯先于安东尼自杀（《安东尼传》76）。莎士比亚沿用普鲁塔克的记述，在第四幕第十四场展示了安东尼与爱若斯的对话以及爱若斯的自杀。此外，他还设计了第三幕第五场中爱若斯与艾诺巴勃斯的对话，还让爱若斯在第三幕第十一场调解安东尼与克莉奥佩特拉的关系，在第四幕第四场为安东尼披上盔甲，在第四幕第七场禀报胜利。在戏剧后半部分，爱若斯取代艾诺巴勃斯，成为安东尼更亲密的随从，而且始终没有叛变。爱若斯的出现寓指安东尼抛下罗马的荣誉，投向了爱欲的怀抱。

借由爱若斯之口，我们得知最新的消息：凯撒和雷必达对庞培开战，之后凯撒否认雷必达有资格分享胜利的果实，而且还拿出他以前写给庞培的信，下令将他逮捕。他还讲到安东尼对此事的反应：安东尼一方面为雷必达的愚蠢抱憾，另一方面威胁要严惩他手下杀死庞

[①] Cambridge版以为与上一场同一地点，Arden版以为在亚历山大。

培的将官。庞培最后死于安东尼的一名将官之手，在莎士比亚所依据的素材中，实际是安东尼命令手下杀死了庞培，而莎士比亚调整了这一形象，是这一将官擅作主张杀死了庞培，安东尼对此大为光火，扬言要"用利刃割断他的喉管"（3.5.16-17）。① 由此可见，安东尼不想结束三头执政的局面，他并不想废黜雷必达，与凯撒决一胜负；至于庞培，即便他不想与庞培平起平坐，但庞培曾与他有恩，他的部下杀死庞培会使他被认为忘恩负义。

爱若斯同时预报，安东尼的舰队要开往意大利，与凯撒作战。但艾诺巴勃斯料定这一计划会落空（'twill be naught）。安东尼并没有直接对凯撒开战，他撤回埃及，寻求克莉奥佩特拉和其他东方君王的支持。因为凯撒侵吞了雷必达的财富，接收了庞培的海军，占据绝对优势，安东尼只能踞守东方。

---

① Thomas North据James Amyot的法译本翻译的《希腊罗马名人传》问世于1579年，1603年再版时增录了其他几个人物的传记，其中有法国加尔文派神学家Simon Goulart编写的《屋大维·凯撒传》（*The Life of Octavius Caesar Augustus*）的英译，1612年的版本亦收录其中。普鲁塔克未为屋大维作传，也未记述庞培之死，是Simon Goulart的《屋大维·凯撒传》说安东尼命令副官杀死了庞培。莎士比亚应参考了这一记述并予以改写。见Cambridge, p.164.

第六场

前两场是安东尼对凯撒的指控,本场是凯撒对安东尼的指控。凯撒讲述了安东尼在亚历山大的所作所为。安东尼和克莉奥佩特拉一起坐在黄金宝座上当众加冕称王,安东尼把埃及的统治权授予克莉奥佩特拉,同时让她统治其他三地,还分给两个私生子(亚历山大和托勒密)大片东方的地域,册封他们为"王中之王"(king of kings)。安东尼自封为东方之王,建立世袭君主制,试图借助整个东方的力量与凯撒抗衡,与罗马划界而治。他把裘力斯·凯撒的私生子凯撒里昂抬出来,称之为凯撒的儿子,意在质疑屋大维作为裘力斯·凯撒继承人的资格。

普鲁塔克说,凯撒是在元老院和公民大会上以这些内容来丑化安东尼,煽动民众对他的不满(《安东尼传》55)。莎士比亚也表明,凯撒富于决断,行动迅捷,总是抢占先机,在把安东尼的这些行为告诉下属之前已经通报罗马民众。凯撒攻心为上,安东尼此举将被认为是背叛罗马,与整个罗马为敌。

屋大维娅突然而至,但凯撒对她的到来毫不惊奇,直呼其为"弃妇"(castaway)。凯撒先抱怨说,作为凯撒的姐姐,屋大维娅不该像个市井女贩一样悄无声息地回到罗马,让他无从举行盛大的欢迎仪式,"爱若不展示，时常就不存在了"（our love, which, left unshown, is often left unloved）。凯撒非常关心在公众面前展现对屋大维娅的爱，从而使民众同情屋大维娅，仇视安东尼，支持自己。凯撒称屋大维娅"是我最亲的人"（nothing more dear to me，3.6.89），但这番表白是否真诚深为可疑。

凯撒还向屋大维娅表明，她受到安东尼愚弄和背叛，安东尼为了满足淫欲故意把屋大维娅支开，奔向了克莉奥佩特拉。安东尼已经拱手把他的帝国让给了一个"娼妇"，并召集了"地上的君王"（the kings o' the earth，参见《新约·启示录》17.1-2，19.19）准备开战。安东尼与凯撒之间的战争是东方与西方的世界大战。凯撒声称，即将来临的战争是不得不然（strong necessities），是命中注定之事，不需为之悲叹（let determined things to destiny hold unbewailed their way）。凯撒将命运牢牢攥在手中，自信是命运的主人。

第七–十场

连续四场戏展现著名的阿克兴海战。在普鲁塔克笔下，安东尼决定在海上作战是为了取悦于克莉奥佩特拉，因为克莉奥佩特拉提供了海军，而且希望在海上作战（《安东尼传》62）。而莎士比亚展现成是凯撒向安东尼在海上发起挑战（普鲁塔克没有提到这一点），借以突出安东尼与凯撒的对比：安东尼先向凯撒提出单人决斗（single fight），[1] 还提出要在法萨卢斯与凯撒在陆上决战（法萨卢斯曾是庞培和凯撒决战之地），但这些提议对凯撒不利，凯撒就毫不犹豫地拒绝了。

凯撒之所以提出海战，是因为他的海军曾与庞培频频交手，在海上得到了充足的历练，而陆军并非他的优势所在。凯撒只会选择对自己有利的挑战，尽管拒绝对方的挑战会被认为怯懦。安东尼不会拒绝任何挑战，因为他和传统的罗马人一样热爱荣誉，凯撒利用安东尼的这一品质在海上向他发出挑战，迫使安东尼扬短避长。在安东尼看来，以己之短对敌之所长，恰恰更能彰显自己的勇敢和荣誉，因此他坚决要在海上迎战凯撒。

艾诺巴勃斯列举了安东尼在海上的诸种短处，指出安东尼拒绝海战绝不丢脸，而从陆战临时变为海战是放弃十拿九稳的胜利，把结果完全交托给运气和冒险（give up yourself merely to chance and hazard from firm security，3.7.47-48）。即便如此，安东尼依然笃定选择海战。他的选择并非完全盲目和愚蠢，而是制定了一

---

[1] 阿克兴海战失利后安东尼再次向凯撒发出单独决斗的请求，只换来凯撒的嘲笑（3.13.27，4.1.3-4）。

个审慎的作战策略：既然船多人少，就烧掉多余的船只，剩下的船只配备满额的将士（但将士还是那些没有海战经验的骡夫和农夫）；从阿克兴垭口出发迎击逼近的凯撒，采取防守型策略，紧贴垭口，避免腹背受敌；① 如果海上失利，陆上还有后手，他命凯尼狄厄斯（Canidius）全权指挥陆军，把兵力集中起来应对万一（3.7.57-59、70-74）。如此看来，安东尼决定海战并非临时起意，而是有着周详的准备。单就海战而言，安东尼的策略极为有效。尽管凯撒的战船和军力占有绝对优势，但双方"就像一对双胞胎难分胜负，毋宁说咱们还略占上风"（vantage like a pair of twins appear'd, both as the same, or rather ours the elder，3.10.12-13），安东尼甚至还有取胜的机会。

尽管如此，从将领到士卒都反对海战，他们并不认为海上作战反映了"皇上"（emperor，3.7.20、61、80）的勇猛和荣誉，而表明了他的糊涂和受制于克莉奥佩特拉。凯尼狄厄斯在安东尼下场后评价说，安东

---

① 参见普鲁塔克《安东尼传》65：安东尼叮嘱士兵不要变换位置，就像在陆地上面坚守阵地一样，命令船长在遭受攻击时，如同停泊那样保持船只的稳定，始终停留在港湾狭窄难以通过的入口处。普鲁塔克还说，安东尼把海军分成三翼，从而增加侧翼的灵活性，抵消舰船笨重的劣势。莎士比亚提到三翼将官的名字，也暗示了安东尼的这一安排。

尼被克莉奥佩特拉牵着鼻子走，罗马将士们则成了女人们的部下（our leader's led, and we are women's men，3.7.69-70）。

阿克兴海战充分显示了凯撒的行动力。凯撒主动出击，帅军越过伊奥尼亚海占领了托林（Toryne），这让安东尼大为惊叹，连呼"奇怪"（strange，3.7.20、57），凯尼狄厄斯也说凯撒用兵神速令人难以置信（3.7.74-75）。莎士比亚还比较了凯撒与安东尼战场指挥的不同方式。凯撒命副将不要在陆上出击，要等海战结束后才发起挑战，并要严格执行文件上的命令（do not exceed the prescript of this scroll）。安东尼则命艾诺巴勃斯密切观察凯撒舰船的情况，在陆上伺机而动（proceed accordingly）。凯撒的命令是固定的、写下来的，安东尼的命令则是灵活的、随机应变的，凯撒临战经验远不如安东尼丰富，他就像下达行政命令那样指挥作战，像是一个官僚而不是伟大的统帅。

艾诺巴勃斯和斯卡勒斯（Scarus）共同讲述了阿克兴海战的经过。艾诺巴勃斯看到埃及的主舰安东尼号率领另外六十艘舰船溃逃，斯卡勒斯则用一连串比喻夸张地描述了海上的灾难，尽情咒骂克莉奥佩特拉，并发泄他对安东尼的失望："淫荡的埃及老母马"，"像一头六月里的的母牛，被牛虻叮上了身"；"一只痴心的公鸭,拍拍翅膀就向她追去"。安东尼为了一个女人临阵脱逃,抛下"主帅的经验,男子汉的气概,英雄的荣誉"(experience, manhood, honour, 3.10.22),从未有如此丢脸的事。

凯尼狄厄斯上场说,"他自己公然立下了临阵脱逃的榜样,我们只好跟着逃命",暗示自己将叛逃。凯尼狄厄斯要带领他的军团和骑兵归降凯撒;① 斯卡勒斯要前往伯罗奔尼撒,继续追随安东尼(后续他又出现在第四幕中随安东尼作战);艾诺巴勃斯则陷入情感与理智的冲突,他决定暂且追随安东尼那受到重创的命运,尽管"这是在跟我的理智过不去"。② 三个士兵三种选择。虽然安东尼作为主帅丧失了荣誉,但他依然能激起部下真挚的爱,依然不乏忠诚的追随者。

第十一场

安东尼痛愧难当,不愿继续苟活。他把侍从称为

---

① 普鲁塔克并没有说凯尼狄厄斯投降凯撒,只是说他在夜间逃离营地。另外,安东尼陆上的军队一开始不相信安东尼逃走了,仍然相信他会随时出现,他们无比忠诚,甚至在确知他不告而别之后,还继续战斗七天之久,之后才不得不投降凯撒。参见《安东尼传》68。
② 在普鲁塔克笔下,艾诺巴勃斯的原型道密歇斯(Domitius)实际在海战前就逃向凯撒,安东尼将其幕僚、奴仆和行李一同送去。参见《安东尼传》63。

"朋友们",劝他们乘着他准备的大船,带着船上的财宝,逃命去跟凯撒求和。安东尼自云不配再命令侍从们(I have lost command),但他不是置他们于不顾,而是为他们的出路悉心考虑。安东尼和侍从之间并非单纯的主奴关系,而是近乎于朋友间的友爱,所以侍从们才拒绝抛弃他,和斯卡勒斯一样忠诚。

克莉奥佩特拉试图安慰安东尼,而安东尼失魂落魄,没有察觉克莉奥佩特拉的到来,也没有听到爱若斯的呼告,他像是自言自语地说起了腓立比之战的胜利,并贬低凯撒(安东尼直接称呼"他")"只会靠部下打仗,在两军激战中只会袖手旁观"(he alone dealt on lieutenantry, and no practise had in the brave squares of war)。[①] 安东尼感到败于凯撒是莫大的耻辱,是命运的捉弄。

克莉奥佩特拉乞求安东尼的原谅,辩解说自己是因战场上的恐惧而逃跑(fearful sails),并非有意要引安

---

① 根据《裘力斯·凯撒》,凯歇斯和布鲁图斯的死是自杀,并非像这里说的死于安东尼之手。安东尼或许夸大了自己往日的辉煌,从而反衬他现在的悲惨。此外,文提狄厄斯曾说,凯撒和安东尼的战功大多是靠部下,小半才靠本人(Caesar and Antony have ever won more in their officer than person,3.1.16-17)。莎士比亚特别点出阿克兴海战中凯撒的副将和安东尼的副将,或许正是为了呼应这一点。

东尼临阵脱逃。但安东尼却说，克莉奥佩特拉是有意为之，"明明知道我的心是用缆绳系在了你的舵上，你一走就会把我也拖走"。克莉奥佩特拉也许是故意脱逃，以此来寻求安东尼爱的证明：对克莉奥佩特拉来说，爱远比战争的胜利更重要。安东尼虽然痛惜荣誉的丧失，但并没有过多指责克莉奥佩特拉，因为克莉奥佩特拉依然在他身边，爱情补偿了他带给自己的耻辱。他表白说，"你早已把我征服，我的剑早就不中用了，只知道服从爱情的吩咐"（how much you were my conqueror; and that my sword, made weak by my affection, would obey it on all cause）。爱情赋予了安东尼力量，他索要酒食，决心不畏命运女神的打击，继续向命运女神发出挑战。

剧中"命运"（fortune）出现的次数远远高于莎士比亚的其他戏剧，从而使全剧具有浓厚的命定论色彩。命运主宰并推动了主干情节的发展，构成戏剧最显见的动力和主题。通过对"命运"的强调，莎士比亚凸显了戏剧宏大的历史主题。假如凯撒战胜安东尼是出于命运，那么，罗马战胜埃及，西方战胜东方，基督教战胜异教就是必然的。[1]

---

[1] Frank Kermode, *Shakespeare's Language*, pp.218, 221.

第十二场

安东尼排了他的教书先生（schoolmaster）去向凯撒求和。据普鲁塔克所说，此时安东尼无人可以信托，唯有请儿子的家庭教师担任使者（《安东尼传》72）。安东尼请求凯撒允许他留在埃及，或者让他在雅典做一个平民；克莉奥佩特拉则请求凯撒恩许她的子嗣继承托勒密王朝的王冠（参见《安东尼传》72）。

凯撒完全不理睬安东尼的请求，却许诺会答应克莉奥佩特拉的任何请求，只要她"把她那名誉扫地的朋友逐出埃及或是在当地结果了他的性命"。凯撒对安东尼没有任何怜悯，一心要置安东尼于死地，为此他派提狄阿斯（Thidias）去离间安东尼与克莉奥佩特拉的关系，试图以空口许诺拉拢克莉奥佩特拉，借克莉奥佩特拉之手杀死安东尼。他认定克莉奥佩特拉有女人惯常的缺点："女人在最幸福的时候也是不坚强的，一旦落入困境，冰洁圣女也难抵诱惑"（women are not in their best fortunes strong; but want will perjure the ne'er touched vestal）。凯撒把女人视作不屑一顾的弱者，对他而言，女人不是爱欲的对象，而是操控和诱惑的目标。凯撒像诱惑克莉奥佩特拉一样许诺会赐予提狄阿斯任何酬劳，"就像遵守法律一样"（we will answer as a law）。凯撒的统治不是基于法律，而是基于个人意志，他不受任何法律约束。①

第十三场

当着克莉奥佩特拉的面,艾诺巴勃斯批评安东尼的错误在于"让情欲做了理智的主人"(make his will lord of his reason,3.13.3-4),"让感情的冲动压倒了大将的韬略"(The itch of his affection……nicked his captainship,3.13.7-8)。在安东尼再次提出要与凯撒单打独斗后,艾诺巴勃斯在旁白中(3.13.29-37)又讽刺安东尼痴心妄想,丧失了理智(judgement)。在随后的另一次旁白中(3.13.41-46),他揭示了自己内心的冲突:

> 我的荣誉感开始跟我吵架了。对蠢货尽忠到底,会使我们的忠心沦为愚蠢;可要是谁能够死心塌地追随一个倒下去的主人,他也就战胜了那战胜主人的(命运),得以青史留名。

继续忠于安东尼,究竟是愚蠢还是无畏命运?艾诺

---

① 剧中只出现了两次law的变体形式:安东尼与克莉奥佩特拉所生的"非法的子嗣"(all the unlawful issue,3.6.7);安东尼没有与明媒正娶的妻子生下"合法的儿女"(a lawful race,3.13.109)。law及其变体在《科利奥兰纳斯》中共出现七次,在《裘力斯·凯撒》中共出现三次。

巴勃斯陷入了荣誉与利益的争吵。本场戏展现了他内心的挣扎以及最终决定背叛安东尼的过程，他余下的独白（3.13.63-66、90、96-97）以至末尾的独白（3.13.199-205）表明，他认为安东尼"丢弃了理智，才恢复了勇气"（a diminution in our captain's brain restores his heart），不值得再继续追随。

与艾诺巴勃斯的信任危机相伴随的是安东尼与克莉奥佩特拉的爱情危机。克莉奥佩特拉接见凯撒派来的提狄阿斯，提狄阿斯暗示克莉奥佩特拉离开安东尼，投靠凯撒这位"全世界的主宰"（the universal landlord，3.13.73），凯撒对她充满怜悯和仁慈，"几乎是请求您让他施恩于您"。提狄阿斯言辞诡诈而虚妄，克莉奥佩特拉也假戏真做，声称准备臣服凯撒，"直到从他那号令一切的气息里听到对埃及的裁决"（from his all-obeying breath I hear the doom of Egypt，3.13.78-79）。克莉奥佩特拉甚至允许提狄阿斯亲吻她的手，安东尼撞见后勃然大怒，以为克莉奥佩特拉背叛了自己，痛骂克莉奥佩特拉为"骚货"（kite），"向奴才卖弄风骚"（one that looks on feeders），"水性杨花"（boggler），曾是"已故的凯撒餐盘里的一块冰冷的残肉""格内乌斯·庞培的剩饭"，完全不知"贞节"（temperance）为何。

莎士比亚化用圣经的意象来形容安东尼的愤怒："我要站在巴珊山上放声怒吼，盖过那长角的公牛的咆哮声"（《旧约·诗篇》22.12，68.15）。他对克莉奥佩特拉不留情面地咒骂恰恰表明了他内心的爱。克莉奥佩特拉任由安东尼发泄怒气，并不辩解自己为何会向一个奴才抛媚眼来讨好凯撒。但在她发下毒誓后（3.13.162-171），安东尼瞬间消了气，恢复成了原来的安东尼。据他所说，阿克兴海战虽然溃败，但他的海陆两军实力尚存，足以在亚历山大对付凯撒。爱情成了安东尼的唯一支柱，他许诺会奋勇杀敌。既然求和无望（比较3.11.61-62），那就只有背水一战。

四、亚历山大之战

"天神赫拉克勒斯现在离开他了"（4.3.21-22）

第四幕主要交代亚历山大之战以及安东尼的死。莎士比亚刻画了两场战斗，阿克兴海战和亚历山大之战。在罗马史的叙述中，阿克兴海战是一场最有决定意义的战役，标志着凯撒对安东尼的胜利。在莎士比亚笔下，阿克兴海战导致安东尼的部下纷纷叛降，但许多人依旧忠于安东尼，安东尼海陆实力尚存，似乎还有翻盘的机会。亚历山大之战更为壮怀激烈，安东尼充满怒气和杀气，先在陆上大胜凯撒的军队，但在第二天的海战中因部下叛降而彻底失败。

阿克兴海战发生于公元前31年9月，亚历山大之战发生于公元前30年7—8月。据普鲁塔克（《安东尼传》69-78），阿克兴海战后，安东尼与克莉奥佩特拉逃到伯罗奔尼撒，安东尼让克莉奥佩特拉返回埃及，他只身前往阿非利加，只有两个朋友陪伴。安东尼曾决心自杀，但受朋友劝阻，被送回亚历山大。安东尼在海滨过着与世隔绝的生活（普鲁塔克插叙了厌人者提蒙［Timon］的故事），后来回到克莉奥佩特拉的王宫，日日宴饮作乐。凯撒于公元前30年春开始行动，安东尼再度向凯撒发起挑战，凯撒拒绝后，安东尼决定从陆上和海上同时出击。

莎士比亚没有展现安东尼那段消极避世的日子，安东尼似乎很快再度振作起来，恢复了酒食之欲和斗志。此外，莎士比亚在第三幕第十场称安东尼和克莉奥佩特拉在阿克兴海战后逃到了伯罗奔尼撒（3.10.30；对观《安东尼传》67），并从第三幕第十二场开始将场景切换到凯撒在亚历山大的营地，表明凯撒已经开始围攻亚历山大（3.13.172），两场战斗由此紧紧排在一起，增添了戏剧的紧张感。

第一场

安东尼再次向凯撒发出一对一的决斗挑战（参见3.13.25-28）。挑战书故意把凯撒称作boy，并辱骂凯撒。凯撒拥有权力、名声和财富，但可能是一个懦夫，缺乏男人的勇敢，与奴隶和仆人并无区别。称一个罗马人为boy为莫大的耻辱（比较《科利奥兰纳斯》5.6.103-119），安东尼试图以此刺激凯撒接受挑战。但凯撒毫不为意，反而嘲笑安东尼是糊涂的"老贼"（old ruffian）。我们一方面感到安东尼的这些做法老派而不合时宜，另一方面也感到凯撒缺乏对安东尼的敬重和悲悯，他显得志得意满，冷酷而鄙俗，无法激起我们的敬重。[1]

梅西纳斯谄媚地说，"凯撒一定会想到"，安东尼的挑战是由愤怒煽动的愚蠢的疯狂。和艾诺巴勃斯的评价一样：安东尼失去了理智，才恢复了勇气（3.13.202-203）。凯撒对于最后的决战非常自信，他根本不把安东尼放在眼里，认为单靠安东尼的叛军就足以生擒安东尼。他命令大宴全军，因为食物充足，而且"士兵们也该受丰盛的慰劳"（they have earned the waste）。凯撒一贯节制，这里的"豪奢"也是出于冷静的算计，而不

---

[1] A. C. Bradley, *Oxford Lectures on Poetry*, p.289.

像安东尼无所顾忌地挥霍享乐。[1]

第二场

安东尼对凯撒拒绝决斗感到不解，艾诺巴勃斯反讽地说，这是因为凯撒认为决斗不公平，凯撒是二十人对安东尼一人。凯撒胜利在握，怎么会接受单人决斗的挑战呢？安东尼心性失常，才会提出这样荒唐的挑战。如今，安东尼只能把全部希望寄托在明天的战斗上，他要么活着回来，要么光荣战死，弥补他在阿克兴海战中的耻辱，使他"濒死的荣誉"复生。他问"战士"（soldier）艾诺巴勃斯是否会奋勇参战，艾诺巴勃斯回答说："I'll strike, and cry 'Take all.'"这话一语双关，既可表示"奋勇作战，高喊'赢家通吃'"，也可表示"降下船帆，高喊'拿走一切'"（strike sail and surrender）（Cambridge, p.197）。

艾诺巴勃斯在第三幕结尾已经决心离开安东尼，他最终在"明天"的战斗开始前投靠了凯撒。本场戏是艾诺巴勃斯最后一次与安东尼共处，安东尼开头称他为道密歇斯（Domitius），这是安东尼唯一一次直呼他的名，显示出两人不同寻常的亲密。艾诺巴勃斯的军衔未

---

[1] Jan H. Blits, *New Heaven, New Earth*, p.156.

必高，但却是安东尼身边最亲密、最忠诚的士兵，我们常常是通过他的言说和独白来理解安东尼。艾诺巴勃斯的背叛是剧中演绎的诸多背叛之一，[①] 但唯有艾诺巴勃斯的背叛经历了曲折的心理活动，乃至陷入了理智与情感的冲突。他对安东尼怀有深切的爱，他背叛安东尼并非出于自身的利益考量，而是认为安东尼不再值得追随：安东尼已经丧失理智。艾诺巴勃斯站在理智这方背叛安东尼，但安东尼丰富深沉的情感又继续打动着他。

安东尼唤出所有家仆，与他们一一握手，称赞他们的忠诚（honest），还声称想要像他们服侍自己一样来服侍他们。他请求仆人今晚尽力服侍自己，"也许今晚就是你们职责的尽头；也许你们再也看不到我了，即便再见到，也可能是一个残缺不全的鬼魂；也许明天你们就要服侍另一个主人了"。他将这份主仆之情形容为"至死才分离的婚姻"（like a master married to your good service, stay till death），期望仆人今晚最后一次尽

---

① 诸如茂纳斯背叛庞培，凯尼狄厄斯、阿勒克萨斯（Alexas）、德尔西特斯（Dercetus）背叛安东尼，道拉培拉（Dolabella）背叛凯撒，司库塞琉克斯（Selecus）背叛克莉奥佩特拉。罗马人已经丧失共同的善好，转而追求私人的善好，基于个人利好的忠诚很容易走向背叛。每个人都可以自由选择主人，并且基于对个人利好的考量选择背叛或依附，主仆之间的关系有似于一种娼妓般的爱。参见Barbara L. Parker, *Plato's Republic and Shakespeare's Roman Plays*, pp.92-93.

忠。这番悲情的告白让在旁的克莉奥佩特拉大惑不解，她从未见过安东尼如此礼待仆人。艾诺巴勃斯说安东尼这么做是为了撩拨出仆从们的眼泪。果然，所有仆人，连带准备叛变的艾诺巴勃斯，都流眼泪了。

安东尼富于情感，也不吝惜表达情感，他并非像《裘力斯·凯撒》中的安东尼那样是在表演，也并非存心要撩拨仆人的眼泪，而是发自肺腑地表达对仆从的眷恋。他明天也许会光荣地死去，再也见不到这些仆从，因此他难以克制哀伤。他解释说，"我本是要安慰你们的，想请你们用火把点亮这个夜晚……我对明天抱着很大的希望，我要带着大家踏上凯旋而归的大道，而不是光荣赴死"，这无疑是对仆从的安慰。①

第三场

在亚历山大决战的前夜，安东尼这方的士兵换防，谈论着明天将要发生的战争。突然，从舞台下面传出簧箫声（music of the hautboys is under the stage），乐声回荡在空中和地下，一个士兵说乐声意味着安东尼所爱的

---

① J. H. Blits将这一幕理解为安东尼最后的晚餐，安东尼与艾诺巴勃斯类似于耶稣与犹大，艾诺巴勃斯调侃安东尼"别把我们都变成女人"（transform us not to women），影射基督教时代男人变成了哭泣的女人。参见 *New Heaven, New Earth*, pp.158-159.

天神赫拉克勒斯离开了他。这乐声扰动了所有士兵,他们跟随它走到了最远的哨所。

这一情节出自普鲁塔克,但普鲁塔克称这乐声表示安东尼向来模仿和跟随的酒神离开了他(《安东尼传》75)。普鲁塔克笔下的安东尼是赫拉克勒斯的后裔,但其生活方式逸乐放荡,常自比于酒神(《安东尼传》4、9)。莎士比亚这里的改写用意明显:酒神意味着狂欢和快乐,而赫拉克勒斯代表英勇和力量,正是安东尼当下最需要的东西;就在安东尼最亲密的下属艾诺巴勃斯背叛他的夜晚,安东尼的守护神离弃了他,他的失败是天意。莎士比亚强化了安东尼赫拉克勒斯式的形象:克莉奥佩特拉曾称他"赫拉克勒斯似的罗马人"(Herculean Roman,1.3.84),安东尼后续也将称赫拉克勒斯为祖先,并将称要效仿盛怒的赫拉克勒斯了结自己的生命(4.12.43-47)。

这一幕表明,安东尼是一个受神宠幸并最终被神遗弃的英雄,他的失败带有神秘的、超自然的色彩,是命定的结局。[1] 从象征意义上说,我们可以把赫拉克勒斯的离开视作古代异教的终结,从东方兴起的新神将取代

---

[1] Alexander Leggatt, *Shakespeare's Political Drama*, p.176.

赫拉克勒斯的位置。①

第四-五场

决战开始前的清晨,爱若斯和克莉奥佩特拉一起为安东尼穿戴盔甲,安东尼称爱人克莉奥佩特拉"给我的心披上战甲"(the armourer of my heart),从而隐喻安东尼如今化身为"爱神的战士"——他将为爱而战。② 安东尼斗志昂扬,决意奋战到底,"除非我自愿卸下铠甲安息,否则谁要胆敢扯开这扣子,他定会听到暴风雨的咆哮声";他自称精通"帝王伟业"(royal occupation)的"高手"(workman),意即长于拼杀的战士,这表明他只以战争而非统治来理解"帝王",缺少"帝王"应有的德性。

安东尼与克莉奥佩特拉吻别,像一个"钢铁般的男人"抛下儿女私情,带着将士奔赴战场。从克莉奥佩特拉与查米恩的对话可以看出,克莉奥佩特拉对胜利缺乏信心,她欲言又止,流露出对安东尼的痛惜之情。

安东尼刚到战场便听说艾诺巴勃斯叛逃了,他感到

---

① 布鲁姆,《莎士比亚笔下的爱与友谊》,马涛红译,北京:华夏出版社,2012,页38。
② Alexander Leggatt, *Shakespeare's Political Drama*, p.177.

难以置信。他的第一反应不是指责艾诺巴勃斯的背叛，而是命令爱若斯把艾诺巴勃斯留下的财宝赶快送去，并且还要写信对他表达辞别和祝贺，并说希望他今后不会再有理由改换主人。安东尼完全归咎于自己，"我这衰败的命运竟叫一个忠实的人变了心"（my fortunes have corrupted honest men）。安东尼在此展现了他对艾诺巴勃斯的爱和大度，他呼告"艾诺巴勃斯"之名，难掩伤感和自责，而艾诺巴勃斯临死前也连续三次呼告"安东尼"之名（4.9.18、23）。

第六场

凯撒命阿格里帕去打头阵，传令全军要活捉安东尼。凯撒原本准备杀死安东尼（3.12.21-23），现在他似乎改了主意，想把安东尼作为战俘带回罗马举行凯旋游行，正如他想对克莉奥佩特拉所做的那样（5.1.64-66）。

安东尼和凯撒都清楚亚历山大之战是最后的决战。凯撒在此宣称，"天下太平的日子近了"（the time of universal peace is near），"这三角的世界从此将带上橄榄花环"。赢得胜利的凯撒将成为奥古斯都，缔造Pax Romana［罗马和平］，欧洲、亚洲和非洲从此将由一人统治。罗马将终结共和，进入帝制时代。我们在这里第一次窥见凯撒孜孜以求的目的，这一目的宏大而庄严，着眼于整个世界的和平，显示出凯撒非凡的抱负。

听说安东尼上战场后，凯撒命令把安东尼的叛军安插在最前线，让安东尼把他的怒火发泄在自己身上。艾诺巴勃斯亲耳听到这一命令，他又讲述了阿勒克萨斯（Alexas）叛变却被凯撒绞死（参见普鲁塔克《安东尼传》72），凯尼狄厄斯虽被收留但未得到信任。凯撒没有把安东尼的叛军看成自己的军队，尽管他们投靠了凯撒，凯撒并不信任他们。凯撒原本无需使用叛军就足以战胜安东尼，因此他的这一计策就只彰显出他的阴狠和偏狭。我们刚刚看到凯撒追求"天下太平"的宏大目标，紧接着又看到他实现这一目标的卑劣手段，从而令他的庄严口号失去了感染力，甚至令人怀疑，这一口号只是在掩饰他的个人野心。

艾诺巴勃斯开始悔恨自己的背叛。安东尼派人送来了艾诺巴勃斯的财宝，还额外添了丰厚赏赐。连凯撒的士兵也对安东尼肃然起敬，"你们的皇上到底还是一尊天神"（your emperor continues still a Jove）。安东尼的宽大与凯撒的严酷形成了极大反差。凯撒代表着算计、效率、不择手段，缺少人性的光辉，安东尼则持守着高贵和德性，他的失败由此才富于悲剧意蕴。安东尼的宽大和慷慨让艾诺巴勃斯无地自容，他自责"世上只有我是个卑鄙无耻的坏蛋",他无法再与安东尼为敌,而要找一条污沟了结自己的生命,他污浊的灵魂只能归于那最污浊之处。

第七-八场

安东尼击退了阿格里帕和凯撒的进攻,但他没有乘胜追击,而要等到明天天亮前再"让今天逃掉的敌人血溅战场",而且他急于向克莉奥佩特拉通报胜利的消息。他表扬所有士兵"如赫克托尔般威武不凡"。赫克托尔为祖国特洛伊而战,最后死于阿喀琉斯之手,这一类比预示着安东尼黯淡的命运。

见到克莉奥佩特拉,安东尼首先向这位"伟大的女神"夸赞浴血奋战的斯卡勒斯,让她用谢意祝福斯卡勒斯。然后他对克莉奥佩特拉表达深挚的爱意,以充满爱欲的语言庆祝自己的胜利:

啊,你是这世间的光辉!搂住我裹着铁甲的脖颈吧,身着盛装,穿过我这刀枪不入的铠甲,跃进我的心房吧,让我激荡的胸膛载着你凯旋而归!(4.8.13-16)

在这一意象中,战士安东尼与爱人安东尼合二为一，克莉奥佩特拉是他心灵的主人，似乎他的胜利仅仅是为了克莉奥佩特拉。克莉奥佩特拉赞美安东尼为"万王之王"（lord of lords，见《新约·启示录》17.14，19.16），"威武无比的英雄"（O infinite virtue），因为你微笑着从世上最大的罗网脱逃了"。克莉奥佩特拉所庆幸的是安东尼活着回来，她并没有奢求多大的胜利。

这场胜利大大鼓舞了安东尼，他称呼克莉奥佩特拉为"姑娘"（girl），他自己也焕发出年轻人的朝气。他主动让斯卡勒斯亲吻克莉奥佩特拉的手，但斯卡勒斯本场未说一句话，他在阿克兴海战时曾咒骂克莉奥佩特拉，把战争的失利和安东尼的溃逃完全归罪于克莉奥佩特拉（3.10.10-15、18-20）。安东尼要以这一吻来激励士兵吗？在他看来，克莉奥佩特拉的吻是至高的荣誉，但他的士兵会认为这是荣誉吗？斯卡勒斯的沉默不如说只是谨慎地服从主帅。

尽管目前还谈不上最终胜利，安东尼还是提出要和克莉奥佩特拉在亚历山大举行罗马式的凯旋式，并且要在克莉奥佩特拉的宫殿中招待全军将士，"为明天的好运干杯，因为明天还会有一场光荣的厮杀"。

第九场

场景切换到凯撒的营地。尽管凯撒的军队在白天的战斗中失利，但依然纪律严明，凌晨两点就要整军备战。全军枕戈待旦，而安东尼的军队此时可能还在豪饮。

艾诺巴勃斯在几个哨兵的注视下向着月亮忏悔，他并不祈求月亮原谅自己的背叛，他只是请求月亮见证，当叛徒们在历史上留下可耻的骂名时，他在月亮面前忏悔过（when men revolted shall upon record bear hateful memory, poor Enobarbus did before thy face repent）。他祈求安东尼个人的宽恕，但请求"让世人永远记着他是一个背信弃主之辈，是一个逃兵"。艾诺巴勃斯倒地而亡，但莎士比亚并没有说他用剑自杀，而是强调他是因愧疚心碎而死："把我这颗因悲痛煎熬而干枯的心扔向那坚硬的罪恶之石，撞个粉碎吧"（throw my heart against the flint and hardness of my fault: which, being dried with grief, will break to powder）。艾诺巴勃斯因为背叛安东尼而陷入强烈的"罪感"，他奇特的死亡像是对基督教式悔罪的模仿。旁观的士兵并不以为艾诺巴勃斯死了，他们说艾诺巴勃斯睡着了或是晕过去了，并以为他也许还会苏醒过来。这或许在影射基督教的死后复活。假如艾诺巴勃斯真的醒来，那时天地已经改变，他将活在一个新时代。

第十-十二场

凯撒在陆上落败后，今天改在海上作战。安东尼自知海战不利，但他还是派出舰队迎战，并把陆军集结到城郊的山头，以便于观察海上的形势和敌人的部署。凯撒同样在陆上按兵不动，他知道，为了应付海战，安东尼已经把最精锐的力量派到船上去了，把陆军充作海军。凯撒始终会从对自己最有利的位置作战。

战斗开始前，斯卡勒斯讲到一个预兆：燕子在克莉奥佩特拉的船上筑巢，连占卜官也不敢说出这预示着什么（莎士比亚实际把普鲁塔克笔下阿克兴海战前的预兆挪到了这里，见《安东尼传》60）。转眼间，安东尼上场宣布"这不要脸的埃及女人背叛我啦"，因为他观察到他的舰队已经向敌人投降。安东尼把他的舰队的叛变归结为克莉奥佩特拉的叛变，但克莉奥佩特拉并不能完全操控安东尼的海军，而且之后她也的确没有投靠凯撒（她的仆人称之为"绝无事实根据的事"［which never shall be found］，4.14.127）。普鲁塔克和莎士比亚都没有明确说克莉奥佩特拉策动了安东尼舰队的叛变（比较普鲁塔克《安东尼传》76），如果阿克兴海战的失败缘于克莉奥佩特拉和安东尼的临阵脱逃，亚历山大之战失败的原因就非常模糊了。毋宁说，莎士比亚借这一突转强调了"命运"。层层叠加的讯号暗示，命运已经离弃了安东尼,如安东尼本人所说,"命运之神和安东尼就此分手,就在这儿让我们握手分别"(Fortune and Antony part here; even here do we shake hands, 4.12.19-20)。

安东尼骂克莉奥佩特拉是"三翻四覆的淫妇"(triple-turn'd whore),声称"我的心现在只跟你一个人作战"。克莉奥佩特拉的"背叛"让安东尼完全丧失了斗志,他让斯卡勒斯解散军队,因为他所要做的不是继续与凯撒作战,而只是"报复我那迷人的妖精"。他在绝望中呼唤爱若斯的名字,爱若斯似乎是他此时唯一信靠的人。但上场的不是爱若斯,而是克莉奥佩特拉。克莉奥佩特拉上场后,安东尼不是对她进行"报复",而是呵斥她"消失",否则就要给与她"咎由自取的惩罚",亦即杀死她,以让凯撒的凯旋仪式黯淡无光。但这种"惩罚"毋宁是一种保护,因为死亡胜过被凯撒活捉去,安东尼念叨说,"你还不如倒在我的狂怒之下,因为这一死可以逃避许多次生不如死的羞辱"。安东尼对克莉奥佩特拉爱恨交加,在愤怒之下依旧流露出更多的爱意,他期望克莉奥佩特拉活下去,又期望她不要遭受生不如死的羞辱。如果他真要报复克莉奥佩特拉,他就应该让克莉奥佩特拉沦为凯撒的俘虏,让她在凯旋仪式上受尽羞辱。

安东尼固然念叨"这妖妇必须去死",但他内心并没有不可遏的愤怒,所以他才会请求祖先赫拉克勒斯"向我示范你的愤怒(teach me......thy rage),让我把利卡斯高高挂在月亮的尖角上",但他紧接着说的是"用这双曾握过最沉重的木棒的手征服最高贵的自己"。安东尼已经笃定自杀,他并不真地想杀死爱人克莉奥佩特拉。

第十三–十五场

安东尼的疯狂吓住了克莉奥佩特拉,她和侍女躲进了陵墓,并让太监玛狄恩向安东尼谎称她已经自尽,而且她咽气前凄惨地说出了安东尼的名字。克莉奥佩特拉试图试探安东尼听到自己的死讯如何反应,她曾看到过安东尼庆幸于富尔维娅的死,并怀疑安东尼在自己死时也将没有眼泪:"将来我死了,也将和富尔维娅一样遭遇"(in Fulvia's death, how mine received shall be, 1.3.65)。克莉奥佩特拉想再次检验安东尼对她的爱,正如阿克兴海战中她的落跑一样,布鲁姆曾概括说,"这是彻底自私的爱,这样的爱或许更准确地揭示了爱的真实本质:爱是一个人对另一个人的疯狂的需要……他们的爱是比其他任何东西都强烈的一种饥渴和占有欲"。①

在另一处，安东尼无比平静，他向爱若斯描述云雾的虚无缥缈和变幻不定，并自况为云雾，"现在我是安东尼，可我却保不住自己的形体"（here I am Antony, yet cannot hold this visible shape）。安东尼失去了荣誉和爱情，也就失去了自己赖以存在的根基，他感觉自己正变得透明，所以开头他问爱若斯是否还能看见自己。

玛狄恩上场宣报克莉奥佩特拉爱着安东尼，在自杀前还呻吟着喊出了安东尼的名字："她交出了自己的生命，您的名字深埋在了她的心中。"确认克莉奥佩特拉的死讯后，安东尼请求爱若斯为他卸下盔甲，正如当初是爱若斯和克莉奥佩特拉一起为他披上盔甲。克莉奥佩特拉一死，他就不再需要武器和盔甲，他不再是一个战士（no more a soldier），因为他发动这些战争都是为了埃及。克莉奥佩特拉的死带给他"来自内心的打击"（the battery from my heart），他对克莉奥佩特拉的怨恨、怒气转眼消散，他所想的只是"我要追上你，克莉奥佩特拉，流着泪求你原谅我"，"到此为止吧，一切都结束了"。

安东尼不停地呼唤爱若斯，似乎就像在呼唤他的爱

---

① 布鲁姆，《莎士比亚笔下的爱与友谊》，页40。

人一样。决意自杀的他想象着死后的幸福：在蒙福者死后所安居的乐园中，他和克莉奥佩特拉手牵着手，用愉悦快活的风姿引得幽灵们注目，狄多和埃涅阿斯将为之逊色。安东尼最初曾命令世界宣告，他和克莉奥佩特拉是举世无双的一对（1.1.40-42）；此时安东尼确信，他们死后将恢复他们在世间失去的荣誉。安东尼将狄多和埃涅阿斯视作既往最著名的一对爱人，但实际上，埃涅阿斯为了罗马的命运离弃了狄多，狄多忿恨之下自焚，埃涅阿斯后来游历冥府，见到狄多，怀着深情和懊悔与她说话，但狄多满腔怒火，一言不发地走开了，埃涅阿斯望着她离去的背影，潸然泪下（维吉尔，《埃涅阿斯纪》卷四、卷六）。"安东尼想到的埃涅阿斯是爱人而不是英雄，是狄多的埃涅阿斯，而不是罗马的埃涅阿斯。"[1] 埃涅阿斯为了罗马的命运舍弃了爱，安东尼则为了爱舍弃了罗马。安东尼预见到，他和克莉奥佩特拉的爱将受后人敬仰和追慕，他们奠立了一座爱的丰碑，

---

[1] Janet Adelman, *The Common Liar: An Essay on Antony and Cleopatra*, New Haven and London: Yale University Press, 1973, p.68，转引自Arden, pp. 66-67. Cambridge指出，剧中影射狄多与埃涅阿斯之处还见1.3.20，3.11.59-60。

值得歌颂爱的诗人们勠力刻画。①

等爱若斯上场后,安东尼马上切换了语言,不是强调他对克莉奥佩特拉的爱,而是强调他继续活下去的苟且和卑懦。既然克莉奥佩特拉敢于自杀,如果他继续活下去,反倒不如一个女人勇敢和高贵了。安东尼对爱若斯强调了罗马人所能够理解的勇敢和荣誉,爱若斯无法理解纯粹的爱。② 安东尼命令爱若斯杀死自己,因为爱若斯曾经发誓要在紧急关头服从安东尼的命令杀死安东尼,而且爱若斯杀死的不是安东尼,而是击败了凯撒。爱若斯不敢遵命行事,安东尼继续劝诱说,如果他活着,他将会作为俘虏带回罗马,遭到公开的羞辱,"他的脸将沉浸入无地自容的羞愧"。安东尼以第三人称描述自己受辱的场面,从而贴近爱若斯的视角,达到劝服的效果。

安东尼劝说爱若斯"拔出你那柄为国效忠、战功累累的剑"(draw that thy honest sword, which thou hast

---

① 安东尼与克莉奥佩特拉的故事在文艺复兴时期出现了多个版本,详见 Marilyn L. Williamson, *Infinite Variety: Antony and Cleopatra in Renaissance Drama and Earlier Tradition,* Mystic: Lawrence Verry Inc., 1974.

② J. H. Blits, *New Heaven, New Earth*, p.179.

worn most useful for thy country），① 但爱若斯没有把剑刺向安东尼，而是刺向自己，他不忍为看着安东尼死去而哀伤。② 他在自杀前称安东尼"我亲爱的主人，我的统帅，我的皇上"，并称安东尼尊贵的容颜令全世界敬仰。对比《裘力斯·凯撒》中凯歇斯和布鲁图斯的自杀，我们看到只有安东尼赢得部下和仆从深切的爱和不舍。剧中固然有许多背叛，但我们也看到了经受考验的忠诚。

安东尼称赞爱若斯的勇敢和高贵，随之伏剑自杀，但尴尬的是，这一剑并没有结束他的性命。安东尼欲死不能，原本悲壮的一幕蒙上了些许喜剧色彩。安东尼请求其他侍卫帮忙结束自己的性命，但无人承应，无人敢杀死尊贵伟大的安东尼。德尔西特斯（Dercetus）也没有杀安东尼，他只是从安东尼身上抽出了那把剑，认为凭

---

① 这是剧中第一次提到country（另见5.2.60克莉奥佩特拉说到她祖国的金字塔），这里的country实际是安东尼治下的帝国，而不是罗马。见J. H. Blits, *New Heaven, New Earth*, p.180.

② 孟德斯鸠提到，罗马法中的西拉里亚诺元老院法令（Senatus consultum Silanianum）规定，奴隶即使奉主人之命将其杀死，依然有罪，没有阻止主人自杀的奴隶也将受到惩罚。孟德斯鸠解释说，安东尼命爱若斯杀死自己，其实不是叫他杀安东尼，而是叫他自杀，因为他如果真杀死安东尼，就会被当作杀人犯惩处。但孟德斯鸠所说的这条法令制定于公元10年，远在安东尼死后。参见孟德斯鸠，《论法的精神》，页299。

这把剑和安东尼自杀的消息就能得到凯撒重用。

克莉奥佩特拉又派狄俄墨得斯（Diomedes）前来挑明真相。安东尼听说这一消息，应该会悲喜参半：悲，又被这个女人捉弄；喜，我爱的人还活着。克莉奥佩特拉并没有高贵而勇敢地自杀，她的一句玩笑却使得安东尼丢了性命，这一滑稽的情节无非彰显了命运的愚弄。但安东尼丝毫没有埋怨克莉奥佩特拉的欺弄，而是马上要人把他抬到克莉奥佩特拉身边，同时安慰侍卫们不要悲伤，笑对命运的打击。

侍卫们形容濒死的安东尼说："巨星陨落了。时间已走到了尽头"（The star is fall'n. and time is at his period，4.14.108-109）。克莉奥佩特拉看到奄奄一息的安东尼时惊叹："啊，太阳，把你运行的浩瀚天宇烧毁吧！让变幻莫测的世界矗立在一片黑暗中吧！"（O sun, burn the great sphere thou movest in! darkling stand the varying shore o'the world，4.15.10-12）。星辰坠日月昏暗、天降大火均为《启示录》中的末世景象，时间由此走向终结（《启示录》6:12-14，8:10-12，9:1-2，

10:6）。① 与其他两部罗马剧对照，《安东尼与克莉奥佩特拉》的终末感异常强烈。科利奥兰纳斯的死只是一个英雄的死，他死后罗马依然屹立；卡修斯和布鲁图斯的死仅仅表示罗马的沦落，意味着"罗马的太阳落了"（《裘力斯·凯撒》5.3.63），而与宇宙和世界无关。莎士比亚有意以《启示录》中的末世景象刻画安东尼的死，通过对《启示录》的参引将安东尼的死呈现为宇宙毁灭的景象，从而暗示安东尼的死是历史的终末，是古典和异教世界的终结。

安东尼没有责备克莉奥佩特拉，他只渴望临死前再一次亲吻克莉奥佩特拉。但克莉奥佩特拉不敢走出陵墓，她害怕会被凯撒的人俘虏，从而受尽凌辱。她和侍女一道从高处将安东尼拉入陵墓，两人最后一次拥吻。安东尼叮嘱她要让凯撒保证她的安全和荣誉，还叮嘱她除了普洛丘里厄斯（Proculeius）外，不要相信凯撒身边的任何人。也就是说，安东尼希望克莉奥佩特拉好好活下去，而不是随他一同赴死，他没有提到他们死后可

---

① 《安东尼与克莉奥佩特拉》与《启示录》之间的关联，参见Ethel Seaton, "*Antony and Cleopatra* and *the Book of Revelation*", *The Review of English Studies*, Vol. 22 (87),1946, pp.219-224; Hannibal Hamlin, *The Bible in Shakespeare*,Oxford: Oxford University Press, 2013, pp. 217-221.

能具有的幸福（对比4.14.51-54）。[1] 克莉奥佩特拉非常清醒，她清楚安全和荣誉难以两全，也清楚凯撒身边的人都不可相信，她所相信的只是自己的决心和双手，她要把命运握在自己手里，必要时选择自杀，而不是随人摆布。

安东尼最后的话对比了自己的过去和现在：他生前是"世上最伟大、最高贵的君王"，如今他的死也并非不光彩和怯懦。安东尼的死并不像他的生那么伟大，他只是像一个罗马人那样勇敢地征服了自己（a Roman by a Roman valiantly vanquished），这不能不说有些遗憾。安东尼气绝时，克莉奥佩特拉哀悼说：

> 大地的冠冕熔化了。战争的花环就此枯萎了，将士的旗杆就此倒下了：小男孩和小女孩现在跟男子汉不分高下了；伟大与渺小间的差别已不复存在（the odds is gone），月亮普照下的人间再没有卓越非凡的人物了。（4.15.65-70）

在克莉奥佩特拉看来，安东尼是"最高贵的男子

---

[1] A. C. Bradley, *Oxford Lectures on Poetry*, p. 298; Alexander Leggatt, *Shakespeare's Political Drama*, p.174.

汉"（noblest of men），安东尼的死标志着人之伟大的消逝，伟大与渺小的区别亦随之消逝，统治、战争、战士的精神沦落了。未来，所有人将没有差等，没有高下尊卑之分，从而暗示基督教时代的神人分殊，所有人无差别地都是上帝的子民，并屈服于全知全能的上帝，不会再有人"与神相似"。① 克莉奥佩特拉怨怼不公的诸神，称"这人间本可与他们的天国媲美"（this world did equal theirs），但诸神偷走了安东尼这块"珍宝"，世界因此变得平庸而乏味，"并不比一个猪圈好多少"（4.15.64）。

没有安东尼，克莉奥佩特拉也不再是埃及女王，而变成了一个普通女人，与挤牛奶、干杂役的女工一样受平凡的感情支配。她在笃定自杀之际，更以基督教的语言提出："在死神胆敢找上门来之前，就奔向死亡的幽窟，这是不是罪过（sin）呢？"（4.15.85-87）这是剧中唯一一次出现"罪"（sin）一词。在基督教看来，自杀是罪，因为上帝的诫命"不可杀人"包含了"不可杀死自己"——奥古斯丁曾据此批驳罗马人以自杀为荣，认

---

① Paul A. Cantor, *Shakespeare's Roman Trilogy*, pp.113-118.

为自杀并不表示心灵的伟大,而是心志薄弱的表现。①《安东尼与克莉奥佩特拉》自始至终把自杀呈现为高贵和勇敢的行为,显示出一个人可以勇于赴死。② 安东尼赞叹"我的女王和爱若斯用他们的勇敢之举,先我在青史上立下了高贵的榜样"(4.14.97-99),他更是把自己的自杀作为罗马人的美德的最终证明:"不是凯撒的英勇打到了安东尼,而是安东尼自己战胜了自己","一个罗马人被他自己勇敢无畏地征服了"(4.15.15-16、59-60)。《裘力斯·凯撒》中对"自杀"的态度与此相似,并没有人质疑自杀是一种"罪"。克莉奥佩特拉以埃及的视角审视罗马人的自杀,以"罪"一词影射基督教,从而表明基督教对于自杀的贬抑将取代罗马人对自杀的推崇。为了彰显这一对比,克莉奥佩特拉坚称要"遵照罗马的方式做那勇敢和高贵之事"(what's brave, what's noble, let's do it after the high Roman fashion),亦即效仿安东尼自杀。在她自杀时,她声称"让我的勇气来证明我不愧是安东尼的妻子吧!"(5.2.282)。

---

① 奥古斯丁,《上帝之城》(上),吴飞译,上海:上海三联书店,2007,页31-36。
② Maurice Charney, *Shakespeare's Roman Plays*, pp.209-214.

《安东尼与克莉奥佩特拉》与另外两部罗马剧的区别在于，除了政治主题，它还引入了爱的主题。安东尼既是伟大的战士和领袖，又是卓越的爱人。安东尼固然在政治上失败了，但他与克莉奥佩特拉最终摆脱了相互猜疑，两人的爱变得牢固而坚定。我们由此不再认为两人仅仅是一对儿淫纵的情人，而是会赞叹他们是爱的典范和极致。他们的爱既是身体性的、占有性的、不受伦常羁缚的爱，但又朝向精神性的永恒，爱的成就甚至盖过了政治上的胜利。此剧"为热烈、纯粹的爱情树立了丰碑：爱无所不能、怡情悦性、激动人心、超跃世俗，它比理智、利益、常识、崇高、成就、荣耀都更强大有力。人们值得为爱牺牲一切"。[1] 爱自身有着至高的价值，值得我们崇拜和歌颂，但爱又与政治荣誉相互冲突。"安东尼的故事，是关于政治与爱的最高矛盾，政治与爱同他一起长久地告别了世界，或许直到莎士比亚自己的时代。"[2]

---

[1] 赫勒，《脱节的时代》，页491。
[2] 布鲁姆，《莎士比亚笔下的爱与友谊》，页36。

五、新的秩序

"环抱着如此赫赫有名的一对情侣"（5.2.353-354）

第一场

凯撒尚不知道安东尼的死，他正与麾下诸将（council of war）议事，派道拉培拉（Dolabella）前去劝安东尼投降。道拉培拉这一人物也出自普鲁塔克笔下：他虽是凯撒的友伴，但同情克莉奥佩特拉，私下向克莉奥佩特拉通报了凯撒对她及子女的遣返安排（《安东尼传》84），这些也就是下一场所展现的情节。

德尔西特斯持安东尼的剑上场。他说到安东尼时使用了过去式：

> 他本是（was）一个最值得尽力效忠的人。当他巍然挺立、发号施令（stood up and spoke）时，他是（was）我的主人，我甘愿（wore）肝脑涂地，帮他铲除敌人。（5.1.6-9）

德尔西特斯也许担心凯撒怀疑自己背叛并谋害了安东尼，所以才赞美安东尼并声言对安东尼的忠诚，如今他请求像曾经效忠安东尼一样来效忠凯撒（as I was to him I'll be to Caesar）。这番话让凯撒疑惑，难道安东尼已死？德尔西特斯确认这一消息后，凯撒感到无比震动，这么重大的消息却由一个微贱之人宣布，显得多么不匹配：

> 宣布这样一个重大的消息，应发出如天崩地裂般的巨响。大地受到震动，直震得雄狮逃窜到市井的街道上，城市里的居民反倒藏躲进它们的巢穴中。安东尼的死可不是一个人的没落：半个世界都随着他的名字倾覆了。（5.1.14-19）

安东尼的死应该伴随着天崩地裂般的末日景象，正如裘力斯·凯撒死前的种种异象一般。但安东尼的死意味着凯撒的胜利，他赢得了整个世界。普鲁塔克笔下的凯撒得知安东尼的死讯后退回自己的帐幕，独自垂泪叹息（《安东尼传》78），莎士比亚则有意让凯撒在公众面前表现他对安东尼之死的反应，从而使我们怀疑凯撒流露出的悲伤有表演或功利目的。

德尔西特斯说到安东尼是自杀后，凯撒马上要求他的"朋友们"露出悲伤的神情（look you sad,

friends？），① 因为"天神在指责我，要是这样的消息没有让君王们（kings）热泪盈眶"。凯撒的潜台词是，此时你们应该表现的很悲伤，否则天神就要指责我太冷酷残忍，我就会失去人心。于是我们看到，阿格里帕和梅西纳斯竞相表达对安东尼的哀悼和赞美，但当着凯撒的面，他们表现得很节制："污点和美誉在他身上难分高下"，"没见过这样的禀赋操纵过某个人（a rarer spirit never did steer humanity），但是天神们，你们总会赋予我们一些缺点，好让我们成为凡人"。他们看到凯撒深受感动，但他们认为凯撒并不是单纯为安东尼哀伤，而是从安东尼的陨落看到了"自己"，也即看到自己终有一天也会陨落（Cambridge, p.234）。

凯撒的哀悼首先表明，自己与安东尼的抗争是不得已，因为"在这广袤的世界上，我们无法比肩而立"，因此安东尼的死是一种无可奈何的结局；其次当众表达对安东尼的爱，称安东尼为"兄弟""竞争者""伙伴""朋友和同僚"，乃至"我自己身上的臂膀，激发我勇气的心灵"（the arm of mine own body, and the heart where mine his thoughts did kindle），并说明他对安东尼

---

① 此句原无标点，允许多种断句方式，一般作 look you, sad friends。从整句来看，Cambridge 版的处理最有神韵，故采用。

发动战争并非他的主观意愿，而是出于两人"不可调和的命运"（our stars, unreconciliable）。凯撒似乎沉浸在悲伤中，但当他看到一个神色不定的埃及人上场，马上恢复了清醒和理智，停止了悲悼。

在上一场的结尾，克莉奥佩特拉已经决心自杀（4.15.26-27、85-96），但她现在又派使者来询问凯撒如何处置她，她好做准备听从发落（she preparedly may frame herself to the way she's forced to）。在凯撒面前，克莉奥佩特拉故意表现得非常顺从，她既希望以此探听凯撒的口风，又希望以这种顺从来换取凯撒的恩慈，保全她的子嗣和埃及的自由。但凯撒的回答非常笼统，只是说将给予她"尊崇和优待"（honourable and kindly），"因为凯撒向来不是一个冷酷无情的人"（Caesar cannot live to be ungentle）。

等使者退下后，凯撒转眼就变得冷酷无情，并表明了他的真实意图。他命令普洛丘里厄斯（安东尼临死前交代克莉奥佩特拉唯可信任此人）前去安抚克莉奥佩特拉，阻止克莉奥佩特拉自杀，以免"我们败在了她的手里"。他要把克莉奥佩特拉活着带回罗马，使他的胜利永恒不朽，为凯旋式增添莫大的光彩。凯撒可能还有更实际的考虑，只是不便于向公众泄露，比如普鲁塔克说凯撒垂涎埃及的财富，他担心克莉奥佩特拉一旦自杀，这大笔财富就成了下落不明的陪葬之物（《安东尼传》78）。

凯撒邀请众人到自己营帐中，展示他多么不情愿被拖入战争，他写给安东尼的信一向是多么冷静和平和（how calm and gentle），似乎战争是由安东尼挑起的，一切都归咎于安东尼的粗暴和放纵。普鲁塔克并没有说到克莉奥佩特拉派信使求见凯撒，莎士比亚把这一情节插在凯撒对安东尼的哀悼中间，他让我们看到凯撒对待克莉奥佩特拉的虚伪和冷酷，从而暗示凯撒对安东尼的哀悼同样虚伪和冷酷。凯撒取得了胜利，但他更关心人们如何看待他的胜利，他想被认为仁慈和正义，不想被认为残暴和不义，因为仁慈和正义此时于他有利。历史将会把凯撒书写为道义的一方，无从申辩的安东尼将沦为历史的罪人。

第二场

最后一场戏是克莉奥佩特拉与凯撒的第一次会面，也是两个人智谋的交锋。① 起头是克莉奥佩特拉的自白：

---

① Barbara L. Parker, *Plato's Republic and Shakespeare's Roman Plays*, pp.101-103.

> 我的孤寂开始给我带来一个更高尚的生命：做凯撒有什么了不起，他又不是命运之神，不过是命运的奴仆，受她的使唤；我要干的那件事才算伟大，它会让所有的事情戛然而止，将灾祸变故统统拒之门外，酣然睡去，再不用尝那满是粪便的土地孕育出的食物，那乞丐和凯撒同样赖以生存的东西了。（5.2.1-8）

如果克莉奥佩特拉能够自杀，她将胜过凯撒，因为自杀意味着摆脱命运的役使，摆脱"灾祸"（accidents）和"变故"（change）。肉身-尘世不再值得眷恋，乞丐和凯撒同样靠污秽的大地养育，唯有与安东尼的爱才超脱这尘世的污秽。安东尼在戏剧开始时曾说，"这污秽的烂泥巴养育人类，也养育禽兽"（our dungy earth alike feeds beast as man，1.1.37-38），生命的荣光（nobleness of life）就在于与克莉奥佩特拉的爱情。在安东尼死后，生命对于克莉奥佩特拉不再有荣光，她将以自杀挫败凯撒的命运，让志得意满的凯撒意识到自己并非命运的主人，而是命运的奴仆。

普洛丘里厄斯作为凯撒的使者上场，询问克莉奥佩特拉有什么要求。克莉奥佩特拉请求凯撒把他征服的埃及送给她的儿子，也就是变相请求保存托勒密王朝的统治。虽然克莉奥佩特拉决意自杀,但她要为埃及考虑,希翼自己死后王朝还能够存续下去,她最初就曾向凯撒提出"准许她的后代承袭托勒密王朝的王冠"(the circle of the Ptolemies for her heirs,3.12.17-18)。

普洛丘里厄斯的使命在于确保克莉奥佩特拉活着。他百般宽慰克莉奥佩特拉,称她尽可以向凯撒提出任何请求,因为凯撒"的恩泽能浸润到一切有所需求的人"(so full of grace that it flows over on all that need),凯撒虽是征服者,"本该人家向他下跪恳求恩典,他却反过来请求人家好心接受他的帮助"(a conqueror that will pray in aid for kindness,where he for grace is kneeled to)。换言之,不是克莉奥佩特拉在祈求凯撒的恩典,而是凯撒祈求克莉奥佩特拉接受他的帮助。克莉奥佩特拉也假模假样地表示顺服,声称"我是他命运的奴仆,对他赢得的伟大成就心服口服。我每时每刻都在学习恭顺的良讯(a doctrine of obedience),希望能一见他的威容"。可转眼间,普洛丘里厄斯等人就利用克莉奥佩特拉的信任抓住了她,凯撒的仁慈和恩典瞬间成了莫大的讽刺。

克莉奥佩特拉意图用匕首自杀,但被普洛丘里厄斯制止,按他的说法,克莉奥佩特拉是得到了解救,而她一死就会让世人无法看到凯撒多么高尚豁达(let the world see his nobleness well acted, which your death will never let come forth）。普洛丘里厄斯没有透露凯撒之后会如何处置克莉奥佩特拉。克莉奥佩特拉却不相信凯撒的高尚，她决意千方百计毁灭血肉之躯（mortal house），她预料到的不是凯撒的恩泽，而是凯撒的羞辱，并试探性地问自己是否会被带回罗马游街示众。普洛丘里厄斯只好声称克莉奥佩特拉是自己吓唬自己，凯撒绝不会这样做。

道拉培拉上场支走了普洛丘里厄斯。克莉奥佩特拉并不信任道拉培拉，她对道拉培拉描绘了自己梦中安东尼的形象：安东尼好比是一个宇宙神，他的脸庞像那苍穹，眼睛有如日月，双腿横跨大洋，双臂直插云霄，嗓音像天体的和鸣，发怒时如雷鸣震颤大地。[1] 她问道拉培拉，过去或将来有没有这样一个她梦见的人，这样一个安东尼是现实存在抑或只是想象的产物？道拉培拉认为这样的安东尼仅是个梦，而克莉奥佩特拉认为她所知的安东尼比梦中的安东尼更伟大：

世上要果真有这样一个人，他的伟大一定超过

---

[1] Ethel Seaton指出，安东尼的这一形象与《启示录》中对大力天使"头上有虹，脸面像日头，两脚像火柱……右脚踏海，左脚踏地"的描绘非常相像（《启示录》10:1-6）。参见Ethel Seaton, *Antony and Cleopatra and the Book of Revelation*, pp.219-224.

任何梦想。自然虽然不能抗衡想象的瑰奇（nature wants stuff to vie strange forms with fancy）；但描摹出这样一个安东尼，自然可是在跟想象争高下（yett' imagine an Antony were nature's piece 'gainst fancy），叫幻影黯然失色。（5.2.95-99）

"自然"是更伟大的艺术家，胜过"想象"；安东尼是自然的杰作，胜过一切想象/梦境的"幻影"。在真实的安东尼面前，艺术家所创造的安东尼"幻影"都黯然失色，正如艾诺巴勃斯夸赞克莉奥佩特拉胜过了维纳斯的画像一般。"安东尼和克莉奥佩特拉这样的人，虽然不是神，却胜过了艺术可能企及的任何成就。"[1] 莎士比亚模仿"自然"，而不是以"想象"凭空创造，他笔下的安东尼和克莉奥佩特拉才如此真实和感人。

道拉培拉对克莉奥佩特拉内心的悲痛感同身受，克莉奥佩特拉从他那里确认，凯撒会拿她作为战利品，在凯旋仪式上尽显威严。她最担心的事情（4.15.24-27）眼看无法逃脱。此时凯撒登场，所有人宣告他的到来，他俨然是全世界的主人（5.2.110、327）。凯撒首先问："哪位是埃及女王？"难以想象凯撒在一群女众中会认

---

[1] 布鲁姆，《莎士比亚笔下的爱与友谊》，页44-45.

不出克莉奥佩特拉，所以有人认为凯撒是在有意侮辱克莉奥佩特拉，或者是想让下属正式引介克莉奥佩特拉（Cambridge, p.245；Arden, p.284），或者是因为悲伤的克莉奥佩特拉当时面容憔悴，失去了女王的光彩（比较普鲁塔克《安东尼传》83）。[①]

克莉奥佩特拉向凯撒屈膝跪拜，并称呼他为"我的主人和我的君王"（my master and my lord；她在凯撒离开前重复了这一称呼，见5.2.189）。凯撒半是威胁，半是宽谅，一方面称克莉奥佩特拉在他的肉身上留下了伤害，另一方面又说克莉奥佩特拉所做的都是无意的过失（by chance）。克莉奥佩特拉谦恭地声称自己所犯的错误都源于女人的弱点（frailties which before have often shamed our sex），由此她把自己塑造成一个软弱的女人，而软弱的女人是不会选择自杀，因为自杀需要勇气。凯撒一贯轻蔑女人，他原本就认为克莉奥佩特拉和其他女人一样软弱，屈服于诱惑和"困境"（3.12.29-31），他不会想到克莉奥佩特拉是在故意示弱，好让他放松警惕。凯撒称自己要"宽大"而不是"严惩"，他将极其温和地（most gentle）对待克莉奥佩特拉，但他同时威胁说：如果你想像安东尼一样自杀，让我背负残暴（cruelty）的污名，不仅你会失去

[①] J. H. Blits, *New Heaven, New Earth*, p.203。

我的一番好意，还会毁灭你的孩子们。凯撒以克莉奥佩特拉的子嗣相逼，因为克莉奥佩特拉曾两次向凯撒请求保留她的儿子们作为托勒密王朝的继承人（3.12.17-18，5.2.18-21）。凯撒自以为抓住了克莉奥佩特拉的弱点，绝没有想到她会抛下子嗣决绝赴死。克莉奥佩特拉在自杀前没有再念及孩子，因为她知道凯撒将彻底毁灭托勒密王朝，于是不再抱有任何希望。

凯撒以为自己可以放心离开了，但克莉奥佩特拉故意留住他，并"谄媚地"主动献上了一份财产清单，还主动叫司库塞琉克斯（Seleucus）出来证明她没有隐藏任何东西。她命令塞琉克斯说实话，结果塞琉克斯果真说了实话，拆穿了她的"谎言"。在普鲁塔克笔下，克莉奥佩特拉把财产清单交给凯撒，但没有叫塞琉克斯出来作证，塞琉克斯碰巧站在一边，于是他主动到凯撒跟前说克莉奥佩特拉藏匿财富；克莉奥佩特拉辩解之后，凯撒断定克莉奥佩特拉还想活下去，并相信自己已经将她说服（《安东尼传》83）。据此可以认为，克莉奥佩特拉献出财富，并让塞琉克斯出来揭穿自己，是她的一出计谋，为的是向凯撒表明自己无意自杀，她惧怕凯撒的惩罚，故献出财富求取凯撒的宽恕。只不过我们不知道，塞琉克斯是和克莉奥佩特拉一起演了这出戏，还是克莉奥佩特拉利用不知情的塞琉克斯演了这出戏——让塞琉克斯揭穿自己，更加说明她不愿死。克莉奥佩特拉假装对塞琉克斯发怒，并交代自己的确留了一些东西，"可那是要赠予莉维娅和屋大维娅，好求她们在您面前替我说情"，她由此暗示自己想要随凯撒到罗马去。

面对"气急败坏"的克莉奥佩特拉，凯撒表现的非常宽大，他声称对财富没有兴趣，"凯撒不是商人，不会为了商人贩卖的东西跟你讨价还价"，克莉奥佩特拉的财产归由她任意处置；凯撒将按克莉奥佩特拉自己的意思处置她，凯撒对她充满关心和同情（care and pity）。凯撒现在更加笃定克莉奥佩特拉不会自杀，故放心地离开了，没有留下任何人看守克莉奥佩特拉。克莉奥佩特拉成功欺骗了凯撒，为自己赢得了自杀的时机，并带给凯撒在剧中唯一主要的失败。[①]

克莉奥佩特拉预见到，凯撒将把她和侍女们带回罗马游街示众，遭受贱工奴役的侮辱，"卑劣可鄙的诗人"（scald rhymers）将吟讽她们，"滑稽可笑的喜剧伶人"（quick comedians）将把她和安东尼搬上舞台大肆嘲弄。莎士比亚对克莉奥佩特拉的塑造混合了喜剧与悲剧，克莉奥佩特拉一度显得是"娼妓"，愈到戏剧结尾，悲剧意味愈浓，克莉奥佩特拉也显露出女王的高

[①] J. H. Blits, *New Heaven, New Earth*, p.206.

贵。克莉奥佩特拉把自己的自杀视为一场伟大的表演，她要重现锡德纳斯（Cydnus）河上与安东尼相逢的一幕：带着王冠，穿着她最华美的衣饰（她死后查米恩还帮她扶正王冠），而且没有疼痛和流血，"看上去就像睡着了"，保留着她"坚不可破的迷魅之网"（strong toil of grace，5.2.340-342）。

一个乡下佬（Clown）带来毒蛇，克莉奥佩特拉跟他有一番对话，随后才用毒蛇自杀。这场对话啰里啰嗦，还充满性暗示，它出现在克莉奥佩特拉自杀前，看上去不仅突兀，而且冲淡了悲剧色彩。但是，这场对话通过语义上的模糊和双关带入了强烈的基督教意味。

乡下佬将毒蛇藏在装有无花果的篮子里，蛇和无花果令人想到《创世记》（3:1-7）中人的堕落。乡下佬一上来就犯了口误，他明明想说毒蛇能致人死命，却把mortal［致命］说成immortal［不朽］，又自相矛盾地说被蛇咬死的人很少活过来（recover），从而引入了永生和复活的主题。乡下佬接下来讲述了一个女人被毒蛇咬死的传闻，他语义含糊地将死亡与性关联在一起，既像是在描述死亡的惨景，又像在描述性的快乐，从而混杂了基督教的罪感与异教的快乐主义：伊甸园中的蛇喻示人因堕落而变得有死，带有性暗示的"小虫"（worm）则表征使人不朽的快乐。但乡巴佬又说："谁要是全听信她们的话，那她们所做的事有一半将不能使他获救（save）。但这一点没错（fallible）：它是条怪虫。"这是剧中唯一一次说到"拯救"，并误把infallible说成fallible，再次影射《创世记》中人的堕落（fall）：亚当相信了女人关于蛇的说法，却没有被女人所做的事情拯救。[1]末尾，克莉奥佩特拉问蛇是否会吃了自己，乡下佬却突然说到魔鬼（the devil）和天神（Gods）：魔鬼不吃女人，女人是天神的佳肴，"天神所造（make）的女人，十个中间就有五个给魔鬼糟蹋（mar）了"。乡下佬语言暧昧，却呼应了基督教关于上帝造人、蛇象征魔鬼的观念。[2] 通过一系列对《圣经》的影射，乡巴佬实际宣告了一种新宗教的到来，这一新宗教将依据伊甸园中蛇与女人的故事来理解死亡和拯救，取代罗马和埃及所代表的异教。随着安东尼和克莉奥佩特拉的自杀，一个新世界拉开了帷幕。

克莉奥佩特拉相信，她的死将实现"永生不朽的渴

---

[1] Harold Fisch, "*Antony and Cleopatra*: The Limits of Mythology," *Shakespeare Survey*, Vol. 23, 1970, p.64; Jan H. Blits, *New Heaven, New Earth*, pp.209-211.

[2] 这里可能还影射了《马太福音》25：1-13中十童女的比喻："天国好比十个童女拿着灯，出去迎接新郎。其中有五个是愚拙的，五个是聪明的。"参见Leeds Barroll, "The Allusive Tissue of *Antony and Cleopatra*," in *Antony and Cleopatra*: *New Critical Essays*, ed. Sara Munson Deats, New York and London: Routledge, 2005, pp. 277-280.

望"（immortal longs），超脱身体和机运的束缚，并与安东尼重逢。她呼告安东尼为"丈夫"，称要以自己的勇气来证明自己不愧是安东尼的"妻子"（my courage prove my title，5.2.282）。这是剧中唯一一次称两人为"夫妻"，尽管两者从未缔结实际的婚姻，屋大维娅才是安东尼的合法妻子。她形容毒蛇的噬咬"像香膏一样香甜，像微风一样轻柔"，她毫无痛苦地死去，保留着一代女王的尊严。

侍卫发现克莉奥佩特拉自杀后，大呼"凯撒受骗啦"。凯撒遭到克莉奥佩特拉戏弄，成了"一头没有谋略的蠢驴"（ass unpolicied，5.2.301-302）。凯撒的算盘落空了，但他没有为此气急败坏，而是非常大度地赞叹克莉奥佩特拉的死："在最后时刻显示出了最大的勇敢"（bravest at the last），"带着王室的尊严"（being royal），显示出"高贵的柔弱"（noble weakness）。搞清楚克莉奥佩特拉的死因后，他宣告要将克莉奥佩特拉安葬在安东尼身旁，"世上再不会有第二座坟墓环抱着如此赫赫有名的一对情侣"（no grave upon the earth shall clip in it a pair so famous）。凯撒代表习俗世界承认了两者的爱情，他同时宣告自己征服者赢得了荣光。戏剧结束于凯撒的命令，他将建立新的秩序，享有奥古斯都的庄严（great solemnity）。

参考文献

一、莎士比亚剧作

Antony and Cleopatra, ed. David Bevington, Cambridge: Cambridge University Press, 1990.

Antony and Cleopatra, ed. John Wilders, London: Bloomsbury Arden Shakespeare, 2014.

Coriolanus, ed. Lee Bliss, Cambridge: Cambridge University Press, 2000.

Coriolanus, ed. Peter Holland, London: Bloomsbury Arden Shakespeare, 2013.

Julius Caesar, ed. Marvin Spevack, Cambridge: Cambridge University Press, 2003.

Julius Caesar, ed. David Daniell, The Arden

Shakespeare（中国人民大学出版社影印2008年版）

《莎士比亚全集》，朱生豪等译，人民文学出版社，1994。

《莎士比亚全集》（中英对照），梁实秋译，中国广播电视出版社、远东图书公司，2002。

《安东尼与克莉奥佩特拉》，方平译，见《莎士比亚全集·卷六》（罗马悲剧卷），方平主编，上海译文出版社，2014。

《科利奥兰纳》，汪义群译，见《莎士比亚全集·卷六》（罗马悲剧卷），方平主编，上海译文出版社，2014。

《居里厄斯·恺撒》，汪义群译，见《莎士比亚全集·卷六》（罗马悲剧卷），方平主编，上海译文出版社，2014。

《安东尼与克莉奥佩特拉》（英汉双语本），罗选民译，外语教学与研究出版社，2015。

《科利奥兰纳斯》（英汉双语本），邵雪萍译，外语教学与研究出版社，2015。

《裘力斯·凯撒》（英汉双语本），傅浩译，外语教学与研究出版社，2015。

二、外文论著

Allen, J. W., *English Political Thought, 1603-1644*, Archon Books, 1967.

Armitage, David., Condren, Conal., Fitzmaurice, Andrew., eds., *Shakespeare and Early Modern Political Thought*, Cambridge: Cambridge University Press, 2009.

Averell, William., *A Mervailous Combat of Contrarieties*, London, 1588(Ann Arbor: Text Creation Partnership, 2011, http://name.umdl.umich.edu/A23383.0001.001)

Barroll, Leeds., "The Allusive Tissue of *Antony and Cleopatra*," in *Antony and Cleopatra*: *New Critical Essays*, ed. Sara Munson Deats, New York and London: Routledge, 2005, pp. 277-290.

Blits, Jan H., *The End of the Ancient Republic*: *Shakespeare's Julius Caesar*, Lanham: Rowan & Littlefield Publishers, 1993.

——.*Spirit, Soul, and City*: *Shakespeare's Coriolanus*, Lanham: Lexington Books, 2006.

——.*New Heaven, New Earth*: *Shakespeare's Antony*

and Cleopatra, Lexington Books, 2009.

———.*Rome and The Spirit of Caesar*: *Shakespeare's Julius Caesar*, Lanham: Lexington Books, 2015.

Bloom, Allan(with Harry V. Jaffa)., *Shakespeare's Politics*, New York and London: Basic Books, 1964.

Bloom, Harold., *Shakespeare*: *The Invention of the Human*, New York: Riverhead Books, 1998.

Bloom's Shakespeare through the Ages: *Antony and Cleopatra*, ed. Harold Bloom, New York: Infobase Publishing, 2008.

Bradley, A. C., *Oxford Lectures on Poetry*, New York: St. Martin Press, 1965.

Burns, Timothy W., *Shakespeare's Political Wisdom*, New York: Palgrave Macmillan, 2013.

Calderwood, James L., "*Coriolanus*: Wordless Meanings and Meaningless Words", in *Studies in English Literatue*, vol.6(2), 1966, pp.211-224.

Camden, William., *Remains Concerning Britain*, London: John Russell Smith, Soho Square, 1870.

Cantor, Paul A., *Shakespeare's Rome*: *Republic and Empire*, Ithaca and London: Cornell University Press, 1976.

———.*Shakespeare's Roman Trilogy*: *The Twilight of*

the Ancient World, Chicago and London: The University of Chicago Press, 2017.

Charney, Maurice., *Shakespeare's Roman Plays: The Function of Imagery in the Drama*, Cambridge: Harvard University Press, 1961.

Chernaik, Warren., *The Myth of Rome in Shakespeare and his Contemporaries*, Cambridge: Cambridge University Press, 2011.

Colclough, David., "Talking to the Animals: Persuasion, Counsel and Their Discontents in *Julius Caesar*", in David Armitage, Conal Condren, Andrew Fitzmaurice eds. *Shakespeare and Early Modern Political Thought*, pp. 217-233.

Donaldson, Ian., "'Misconstruing Everything': *Julius Caesar* and *Sejanus*", in Grace Ioppolo, ed., *Shakespeare Performed: Essays in Honor of R. A. Foasks*, Newark: University of Delaware Press, 2000, pp.88-107.

Dryden, John., *An Essay of Dramatick Poesie*, in *The Works of John Dryden*, Vol. XVII, Berkeley and Los Angeles: University of California Press, 1971.

Fisch, Harold., "*Antony and Cleopatra*: The Limits of Mythology", *Shakespeare Survey*, Vol. 23, 1970, pp.59-67.

Foakes, R. A., "An Approach to *Julius Caesar*", *Shakespeare Quarterly*, Vol.5(3), 1954, pp.259-270.

Forset, Edward., *A Comparative Discourse of the Bodies Natural and Politique*, London, 1606 (Ann Arbor: Text Creation Partnership, 2011, http://name.umdl.umich.edu/A01075.0001.001)

Fitter, Chris. ed. *Shakespeare and the Politics of Commoners*, Oxford: Oxford University Press, 2017.

Garganigo, Alex., "*Coriolanus*, the Union Controversy, and Access to the Royal Person", *Studies in English Literature*, Vol. 42(2), 2002, pp. 335-359.

Goddard, Harold C., *The Meaning of Shakespeare*, Chicago and London: The University of Chicago Press, 1951.

Goldman, Michael., "Characterizing Coriolanus", *Shakespeare Survey*, Vol.34, 1981, pp.73-84.

Gurr, Andrew., "*Coriolanus* and the Body Politic", *Shakespeare Survey*, Vol.28, 1975, pp.63-69.

Hadfield, Andrew., *Shakespeare and Renaissance Politics*, London: Arden Shakespeare, 2004.

Hale, D. G., "*Coriolanus*: The Death of a Political Metaphor", *Shakespeare Quarterly*, Vol.22(3), 1971, pp.197-202.

——. *The Body Politic: A Political Metaphor in Renaissance England*, The Hague: Mouton, 1971.

Hamlin, Hannibal., *The Bible in Shakespeare*, Oxford: Oxford University Press, 2013.

Heller, Agnes., *The Time is Out of Joint. Shakespeare as Philosopher of History*, Lanham: Rowman & Littlefield Publishers, 2002.

Hölbl, Günther., *A History of Ptolemaic Empire*, tran. by Tina Saavedra, London and New York: Routledge, 2001.

Holland, Norman N., "The 'Cinna' and 'Cynicke' Episodes in *Julius Caesar*", *Shakespeare Quarterly*, Vol.11(4), 1960, pp. 439-444.

Holloway, Carson., "Shakespeare's *Coriolanus* and Aristotle's Great-Souled Man", *The Review of Politics*, Vol. 69(3), 2007, pp. 353-374.

Hunt, Maurice., "A New Taxonomy of Shakespeare's Pagan Plays", *Religion & Literature*, Vol. 43 (1), 2011, pp. 29-53.

John of Salisbury, *Policraticus*, ed. and trans.by Cary J. Nederman, Cambridge: Cambridge University Press, 1990.

Jones, Gordon P., "The 'Strumpet's Fool' in *Antony*

and Cleopatra", *Shakespeare Quarterly*, Vol. 34(1), 1983, pp. 62-68.

Jones, Robert E., "Brutus in Cicero and Shakespeare", *The Classical Journal*, Vol. 38(8), 1943, pp. 449-457.

Kahn, Coppélia., *Roman Shakespeare: Warriors, Wounds and Women*, London and New York: Routeledge, 1997.

Kermode, Frank., *Shakespeare's Language*, New York: Farrar · Straus · Giroux, 2000.

Leggatt, Alexander., *Shakespeare's Political Drama: the Historical Plays and the Roman Plays*, London and New York: Routledge, 1988.

Miola, Robert S., *Shakespeare's Rome*, Cambridge: Cambridge University Press, 1983.

——. "*Julius Caesar* and the Tyrannicide Debate", *Renaissance Quarterly*, Vol. 38(2), 1985, pp. 271-289.

——. "An Alien People Clutching Their Gods? Shakespeare's Ancient Religions", *Shakespeare Survey*, Vol. 54, 2001, pp.31-45.

Muir, Kenneth., *Shakespeare's Tragic Sequence*, New York: Barnes & Noble Books, 1979.

Parker, Barbara L., *Plato's Republic and Shakespeare's*

Roman Plays, Newark: University of Delaware Press, 2004.

Paster, Gail Kern., "'To starve with feeding': the City in *Coriolanus*", *Shakespeare Studies*, Vol.11, 1978, pp.123-144.

Peltonen, Markku., "Popularity and the Art of Rhetoric: *Julius Caesar* in Context", in Chris Fitter ed., *Shakespeare and the Politics of Commoners*, pp.163-179.

Pettet, E. C., "*Coriolanus* and the Midlands Insurrection", *Shakespeare Survey*, Vol.3, 1950, pp.34-42.

Platt, Michael., *Rome and Romans according to Shakespeare*, Lanham, New York and London: University Press of America, 1983.

Plutarch. *Plutarch's Lives*, trans. by Bernadotte Perrin, Loeb Classical Library, Cambridge: Havard University Press, 1914-1926.

Rackin, Phyllis. "*Coriolanus*: Shakespeare's Anatomy of *Virtus*", in *Modern Language Studies*, Vol.13(2), 1983, pp.68-79.

Rozett, Martha T. "The Comic Structures of Tragic Endings", *Shakespeare Quarterly*, Vol. 36 (2), 1985, pp. 152-164.

Schanzer, Ernest. *The Problem Plays of Shakespeare*,

New York: Schocken Books, 1963.

Seaton, Ethel. "*Antony and Cleopatra* and the *Book of Revelation*", *The Review of English Studies*, Vol. 22 (87), 1946, pp.219-224.

Sedley, David. "The Ethics of Cassius and Brutus", *The Journal of Roman Studies*, Vol. 87, 1997, pp. 41-53.

Sidney, Sir Philip. *An Apologie for Poetrie by Sir Philip Sidney*, E.S. Shuckburgh ed., Cambridge University Press, 1891.

Simmons, J. L. "The Comic Pattern and Vision in *Antony and Cleopatra*", *English Literary History*, Vol. 36 (3), 1969, pp. 493-510.

Skinner, Quentin. *Forensic Shakespeare*, Oxford: Oxford University Press, 2014.

Smith, Gordon. R. "Brutus, Virtue, and Will", in *Shakespeare Quarterly*, Vol.10 (3), 1959, pp.367-379.

Spencer, Benjamin T. "*Antony and Cleopatra* and the Paradoxical Metaphor", *Shakespeare Quarterly*, Vol. 9(3), 1958, pp. 373-378.

Velz, John W. "Orator and Imperator in *Julius Caesar*", *Shakespeare Studies*, Vol.15, 1985, pp. 55-75.

Williamson, Marilyn L. *Infinite Variety*: *Antony and*

Cleopatra in Renaissance Drama and Earlier Tradition, Mystic: Lawrence Verry Inc., 1974.

Wills, Garry. *Rome and Rhetoric*: *Shakespeare's Julius Caesar*, New Haven & London: Yale University Press, 2011.

Zander, Horst. ed. *Julius Caesar*: *New Critical Essays*, New York and London: Routledge, 2005.

Zeeveld, W. G. "*Coriolanus* and Jacobean Politics", *Modern Language Review*, Vol.57 (3),1962, pp. 321-334.

三、中文论著

阿庇安，《罗马史》，谢德风译，北京：商务印书馆，1997。

阿尔维斯，《科利奥兰纳斯与大度之人》，见《古典诗文绎读·现代编（上）》，刘小枫编，北京：华夏出版社，2009，页244-260。

阿鲁里斯、苏利文编，《莎士比亚的政治盛典》，赵蓉译，北京：华夏出版社，2011。

奥古斯丁，《上帝之城》（上），吴飞译，上海：上海三联书店，2007。

巴索瑞，《与自己交战，莎士比亚的罗马英雄与共和传统》，见阿鲁里斯、苏利文编，《莎士比亚的政治盛典》，页269-297。

伯恩斯，《莎士比亚的政治智慧》，袁鹏译，北京：华夏出版社，2021。

——，《冈比瑟斯与居鲁士论正义》，见《古典学研究：色诺芬笔下的哲人与君王》，彭磊主编，上海：华东师范大学出版社，2020，页28-52。

柏拉图，《柏拉图四书》，刘小枫译，北京：生活·读书·新知三联书店，2015。

波考克，《马基雅维利时刻》，冯克利、傅乾译，南京：译林出版社，2013。

布里茨，《〈裘力斯·凯撒〉中的男子气与友谊》，见彭磊选编，《莎士比亚戏剧与政治哲学》，北京：华夏出版社，2011，页274-292。

布鲁姆，《莎士比亚笔下的爱与友谊》，马涛红译，北京：华夏出版社，2012。

布鲁姆、雅法，《莎士比亚的政治》，潘望译，南京：江苏人民出版社，2009。

蒂利亚德，《莎士比亚的历史剧》，牟芳芳译，北京：华夏出版社，2016。

——，《伊丽莎白时代的世界图景》，裴云译，北京：华夏出版社，2020。

冯伟，《夏洛克的困惑：莎士比亚与早期现代英国法律思想研究》，北京：北京大学出版社，2017。

福蒂斯丘，《论英格兰的法律与政制》，袁瑜琤译，北京：北京大学出版社，2008。

格兰特，《罗马史》，王乃新、郝际陶译，上海：上海人民出版社，2011。

哈兹里特，《莎士比亚戏剧中的人物》，顾钧译，上海：华东师范大学出版社，2009。

赫勒，《脱节的时代：作为历史哲人的莎士比亚》，吴亚蓉译，北京：华夏出版社，2020。

霍布斯，《利维坦》，黎思复、黎廷弼译，北京：商务印书馆，1997。

康托洛维茨，《国王的两个身体》，徐震宇译，上海：华东师范大学出版社，2018。

李维，《自建城以来》，王焕生译，北京：中国政法大学出版社，2009。

梁庆标，《诗人秦纳之死：莎士比亚如何为诗辩护》，见《外国文学评论》，2020年第2期，页162-186。

莱辛，《汉堡剧评》，张黎译，北京：华夏出版社，2017。

洛文塔尔，《莎士比亚的恺撒计划》，见《经典与解释第21辑：莎士比亚笔下的王者》，刘小枫主编，北京：华夏出版社，2007。

马基雅维利，《君主论·李维史论》，潘汉典、薛军译，长春：吉林出版集团，2011。

孟德斯鸠，《论法的精神》，许明龙译，北京：商务印书馆，2019。

尼采，《快乐的科学》，黄明嘉译，上海：华东师范大学出版社，2007。

——，《人性的，太人性的》（上卷），魏育青译，上海：华东师范大学出版社，2008。

彭磊选编，《莎士比亚戏剧与政治哲学》，马涛红等译，北京：华夏出版社，2011。

普鲁塔克，《希腊罗马名人传》（三卷），席代岳译，长春：吉林出版集团，2009。

色诺芬，《回忆苏格拉底》，彭磊译，未刊稿。

史密斯，《莎士比亚与光荣政治》，见《古典诗文绎读·现代编（上）》，刘小枫编，北京：华夏出版社，2009，页199-226。

苏利文，《表演家：马基雅维利的"表象君主"亨利五世》，见阿鲁里斯、苏利文编，《莎士比亚的政治盛典》，页145-176。

施特劳斯，"修昔底德：政治史的意义"，见《古典政治理性主义的重生》，郭振华等译，北京：华夏出版社，2011，页128-162。

塔尔列，《拿破仑传》，任田升、陈国雄译，北京：商务印书馆，2019。

沃格林，《政治观念史稿卷三：中世纪晚期》，段保良译，上海：华东师范大学出版社，2019。

乌特琴柯，《恺撒评传》，王以铸译，北京：商务印书馆，2010。

锡德尼，《为诗辩护》，钱学熙译，北京：人民文学出版社，1998。

西塞罗，《论共和国》，王焕生译，上海：世纪出版集团，2006。

亚里士多德，《尼各马可伦理学》，廖申白译，北京：商务印书馆，2008。

虞又铭，《埃及的鳄鱼：论〈安东尼与克莉奥佩特拉〉中的异域想象及自我反思》，见《中国比较文学》，2017年第2期，页48-58。

詹姆斯，《国王詹姆斯政治著作选》，北京：中国政法大学出版社，2003。

张沛，《诗人与城邦：莎士比亚〈恺撒〉第4幕第3场厄解》，见《外国文学评论》，2016年第1期，页159-171。

张沛，《凯撒的事业：〈安东尼与克里奥佩特拉〉

中的爱欲和政治》，载《国外文学》2017年第2期，页59-68。

张沛，《莎士比亚、乌托邦与革命》，上海：华东师范大学出版社，2021。

附录

何谓莎士比亚的政治[①]
——论当代莎士比亚政治批评的四种范式

"政治"绝对是当今莎士比亚批评领域的热门关键词,以"政治"为题或以"政治"视角切入莎剧的著作和文章触目皆是。早在二十世纪九十年代,就有学者感叹说,从没有一个时代像当今这样对研究莎剧的政治内容和政治语境如此着迷,政治在莎士比亚批评中无所不在。[②] 而在半个世纪前,这种在莎评中明确贯彻的"政治意识"是很难想象的。虽然莎士比亚戏剧明显带有政治性,但之前很多研究者却对之视而不见,或认为这些政治元素仅仅是某种背景性的框架,本身不值得关注,或认为莎士比亚只是迫于伊丽莎白时代的戏剧习惯而刻

[①] 本文原载《戏剧》2021年第6期。
[②] Blair Worden, "Shakespeare and Politics", in *Shakespeare and Politics*, ed. Catherine M. S. Alexander, Cambridge: Cambridge University Press, 2004, p.22.(此文最先发表于1992年)

画政治,他本人关心的不是政治,而是个体的心灵。①

大体而言,传统莎评关注抽象的人性,当代莎评则热衷于谈论"政治",或从"政治"角度探讨人性。但何谓"政治",各家理解截然不同。本文将梳理当代莎士比亚政治批评的主要脉络,区分出四种研究范式,并将之归纳为历史主义与政治哲学两种进路,进而解释这两种进路的差异。

一、蒂利亚德的"世界图景"

对莎士比亚戏剧政治性的重视,通常会追溯到蒂利亚德(E. M. W. Tillyard)的研究。1943年,五十四岁的蒂利亚德在二战尾声中出版了著名的《伊丽莎白时代的世界图景》(*The Elizabethan World Picture*),次年又出版了《莎士比亚的历史剧》(*Shakespeare's History Plays*)。② 这两部著作合力表明,莎士比亚传达了伊丽莎白时代流行的观念或"人们的集体意识",即一种关

---

① John Palmer, *Political and Comic Characters of Shakespeare*, New York: St Martin's Press, 1962(1945/1946), pp.vi-vii.
② 蒂利亚德,《伊丽莎白时代的世界图景》,裴云译,北京:华夏出版社,2020;蒂利亚德,《莎士比亚的历史剧》,牟芳芳译,北京:华夏出版社,2016。

于秩序的观念。蒂利亚德认为，伊丽莎白时代延续了中世纪关于世界秩序的观念，这一观念浸透着基督教神学的精髓："宇宙是个整体，每个事物在其中都有自己的位置，这是上帝的完美作品。任何不完美的地方都不是上帝的作为，而是人造成的；因为随着人的堕落，宇宙也经历了相应的堕落。"（《莎士比亚的历史剧》，页11）

蒂利亚德通过引用各类文献表明，这一观念是如此流行，以致于莎士比亚"除非不作任何思考"，才可能避开这一观念。因此，莎士比亚历史剧虽然刻画了战争和内乱之类的无序，但"在世俗的无序背后有某种秩序或'等级'，而这一秩序有其天堂的对应物"（《莎士比亚的历史剧》，页8）。进一步说，地上的秩序对应天上的秩序，国王相当于太阳；天上的无序会导致地上的无序；人的等级与受造物的阶梯之间有一种对应。莎士比亚在《特洛伊洛斯与克瑞西达》（*Troilus and Cressida*）中歌颂了这一观念，可以作为理解他所有戏剧的理论背景。

蒂利亚德用以佐证这样一种流行观念的关键文本是英国国教的官方文献《布道集》（*Homilies*），因为《布道集》不遗余力地歌颂上帝所创造的美好秩序，倡导服从，谴责反叛（《莎士比亚的历史剧》，页18-21、

70-75）。蒂利亚德设专节讨论"关于反叛和君主制的正统学说"，其间完全倚重《布道集》，申明君权神授，君主的权威神圣不可侵犯，哪怕是针对坏国王的反叛也必须受到禁止。这同样归因于伊丽莎白时代延续了中世纪以来的宗教情感，对上帝的敬奉之情一部分被英国国教吸纳，一部分转化成为对国王的崇拜，强化了英国人民对国王的热爱，即便伊丽莎白女王专断而无理，服从仍是一种荣幸。

假如莎士比亚遵循了时代流行的秩序观念，莎士比亚的政治立场和莎士比亚戏剧的政治意味就不言而喻了。蒂利亚德的同时代人一般认为，历史剧是莎士比亚早期的作品，莎士比亚仅仅早年间对政治感兴趣，之后他转向悲剧，关注个人而非公共领域，思考宇宙而非国家（《莎士比亚的历史剧》，页354）。蒂利亚德反对这种观点，他强调莎士比亚从始至终对政治有强烈的兴趣，但这并不是因为莎士比亚个人的禀赋，而是因为伊丽莎白时代是政治的黄金时代："（其他兴趣）都没有人们对于政治成就的不断增长的骄傲那样强烈，人们意识到整个国家的良好发展，并能在欧洲其他地区陷入混乱的时候独善其身"（《莎士比亚的历史剧》，页163）；与此相应，莎士比亚在写作历史剧时"接受了那种相信是上帝将英格兰引导至都铎王朝的繁盛期的流行观念",而且"他的接受是全心全意的"(《莎士比亚的历史剧》,页229)。历史剧隐含着对上帝创造的秩序的赞美:亨利四世谋害合法的理查二世,篡位为君,上帝降下惩罚,开启了兰开斯特家族与约克家族之间的内战,并最终让亨利七世建立的都铎王朝终结内战,重建和平与秩序(《莎士比亚的历史剧》,页63-69)。

蒂利亚德试图以伊丽莎白时代的正统观念来确立莎士比亚的政治立场,但他所描画的伊丽莎白时代太过单一和片面,以想象的秩序和和谐掩盖了当时的冲突和危机。按他的理解,莎士比亚是一个完全正统和保守的诗人,拥戴君主统治,附和时代流行的都铎神话,只是一个伊丽莎白时代传声筒式的民族诗人。如此一来,蒂利亚德不仅抹除了莎士比亚戏剧的复杂和含混,还让莎士比亚附从于他所处的时代,但莎士比亚的同时代人有言,莎士比亚"不属于一个时代,而属于所有的世纪"(He was not of an age, but for all time)。毋宁说,蒂利亚德所勾勒的"世界图景"更多表达了亲历过两次世界大战的他对秩序和和平的渴望,并且表达了他本人的爱国精神。[1]

蒂利亚德的解释一直不乏批评者,[2] 但在1950—70年代,主导莎士比亚批评领域的是形式主义的新批评,蒂利亚德所代表的历史-政治批评反而独树一帜,作为一种强有力的解释范式无可撼动。至1980年代,蒂利亚德式的正统立场遭遇全面批驳,对莎士比亚"政治"的理解转趋激进。

二、文化唯物主义的意识形态批判

1980年以来,发端于美国的新历史主义(new historicism)和发端于英国的文化唯物主义(cultural materialism)强势崛起,成为当今莎士比亚政治批评的新范式。两种"主义"在理论和实践上非常相似,均深受阿尔都塞、福柯、德里达等人的影响,均从研究莎士比亚起步,研究焦点都集中于英国文艺复兴时期的文学与政治,既反对新批评形式主义、非政治的特征,也反

---

[1] Graham Holderness, "Prologue:'The Histories' and History", in Graham Holderness, Nick Potter and John Turner eds., *Shakespeare: The Play of History*, London: Macmillan Press, 1987, p.15.
[2] 相关批评的概述可见Neema Parvini, *Shakespeare and Contemporary Theory*, London and New York: Bloomsbury Academic, 2012, pp.17-19.

对蒂利亚德式的"旧历史主义"。但相较而言,文化唯物主义立场更加鲜明,政治取向更加激进,为了行文方便,这里仅限于探讨文化唯物主义的政治批评。

1985年,多利摩尔(Jonathan Dollimore)、辛菲尔德(Alan Sinfield)合编了文集《政治的莎士比亚:文化唯物主义新论》,成为文化唯物主义的标志性著作。[1] 文集前言旗帜鲜明地说明了文化唯物主义的理论方法。他们预设,文化脱离不了种种物质力量和生产性关系,莎士比亚戏剧是一种文化的、意识形态的生产,并受它的生产所处的语境决定。因此,理解莎剧须着眼于伊丽莎白和詹姆斯一世时英格兰的经济体系和政治体系,着眼于当时文化生产的特殊机制(宫廷、庇护人、剧场、教育、教会),"戏剧有何意味,如何表达这些意味,取决于它们所处的文化领域"(*Political Shakespeare*, p.viii)。

但文化唯物主义绝非纯粹历史性的研究,他们自称其方法结合了历史语境、理论方法、政治介入、文本分析,所谓政治介入就是"社会主义和女性主义的介入",并以此反对此前大多数批评谨遵的保守范畴

---

[1] Jonathan Dollimore, Alan Sinfield eds., *Political Shakespeare*: *New Essays in Cultural Materialism*, Manchester: Manchester University Press, 1985/1994.

(*Political Shakespeare,* p.vii)。他们明言自己并非政治中立,而有某种政治立场。这种未明言的政治立场日后被澄清为英国左翼政治的基本立场:反对八十年代撒切尔夫人所代表的保守党的统治,主张社会包容、多元文化、福利国家,支持民主运动、亚文化群体和提高女性地位。[1]

左翼的文化唯物主义从莎士比亚那里挖掘出了何种政治?作为意识形态的生产,文化领域充满了斗争和冲突,既有主流的文化,也有新兴的、从属的、受压制的、边缘的文化,"非主流的因素与主流的形式互动,有时与之共存,或被后者吸收甚至毁灭,但也挑战、修正甚至取代后者"(*Political Shakespeare*,p.6)。主流文化固化自身并抑制边缘文化,而边缘文化则试图颠覆主流文化。新历史主义侧重揭示主流文化如何抑制边缘文化,文化唯物主义则关注边缘对中心的颠覆,积极为"阶级、种族、性别、性的亚文化"代言,因此他们在莎剧中发现的是"异见的政治"(dissident politics)。[2]以多利摩尔和辛菲尔德对《亨利五世》的解读为例,

---

[1] Graham Holderness, "'Thirty Year Ago': The Complex Legacy of *Political Shakespeare*", in *Critical Survey*, Vol. 26(3), 2014, pp. p.55-56.

[2] Alan Sinfield, *Faultlines*: *Cultural Materialism and the Politics of Dissident Reading*, Oxford: Clarendon Press, 1992, p.294.

他们认为戏剧并非在单纯展现国家的统一性，而是展示了国王/权力抑制各种抵抗的策略、统一性之下潜藏的分裂与冲突（贵族和平民的反抗、爱尔兰对英格兰的反抗），这都说明，"国家中单一权力来源的观念即便不是一个幻想，也是一个稀见的和可疑的成就"；[1]之后他们以近一半的篇幅讨论了剧中的性别和性关系，认为男性不断参照女性来界定自己的身份，甚至要依靠女性，男人之间的情感并非缺陷。[2]

实际上，文化唯物主义是把自己边缘的、异见的政治立场带入到对文本的解读，通过文本解读——确切来说，是让文本为他们自己说话——来表达他们当下的政治关切，从而实现他们所说的"政治介入"，促成当下社会的改变。[3] 对文化唯物主义而言，莎士比亚只是他们进行意识形态批判的工具，因此，他们所发现的"政治"只不过是他们自身政治立场的投射："如果批评者是同性恋者，就关心同性恋问题；如果是女性，就关心

---

[1] Jonathan Dollimore and Alan Sinfield, "History and Ideology, Masculinity and Miscegenation: The Instance of *Henry V*", in Alan Sinfield, *Faultlines: Cultural Materialism and the Politics of Dissident Reading*, p.121.

[2] ibid, pp.109-142.

[3] Neema Parvini, *Shakespeare and Contemporary Theory*, pp.127-131.

女人的地位、女性身份的建构等。"[1] 莎士比亚戏剧对同性恋、妓女、异装行为的描写成为研究焦点，文化唯物主义者试图借此表明，性别身份乃至一切对人性的理解只是一种社会建构，因而能够予以颠覆（*Political Shakespeare*, pp. 129-153）。

文化唯物主义的意识形态批判剑锋直指蒂利亚德。作为"旧历史主义"的代表人物，蒂利亚德错误地认为历史具有一种可以凝聚为"人们的集体意识"的统一性。文化或意识形态领域从来不是铁板一块，而总是充满了多样性的斗争，充满了抑制与颠覆，历史是一个动态的、各种力量相互缠斗的过程。从文化唯物主义的视角看，《布道书》之类的正统文献，实际反应出一种对新兴的、从属的社会力量的焦虑，"伊丽莎白时代的世界图景"只是在面对其他意识形态的威胁时对一个既存的社会秩序的正当化（legitimation）。

> 意识形态的首要策略是把不平等和剥削正当

---

[1] ibid, p.130. 哈罗德·布鲁姆将之形容为"法国莎士比亚"，即批评者从自己的政治立场出发，之后将英国文艺复兴时期社会史的边角料放进来支撑自己的立场，他们的解释与莎士比亚戏剧毫无干系，而是专门表达抱怨（professional resenters）。见Harold Bloom, *Shakespeare: The Invention of the Human*, New York, Riverhead Books, 1998, p.9.

化，把保持不平等和剥削的社会秩序呈现为永存的和不变的——是由上帝所规定，或单纯是自然的。自伊丽莎白时期以来，在意识形态上诉诸上帝倾向于让位于同样强有力的诉诸自然。但在更早的时期，两者同样重要：从自然推导出的关于层级和秩序的法令曾进一步被解释成由上帝所立。[1]

因此，蒂利亚德所谓的"都铎神话""秩序的观念"都只是假托上帝和自然进行的正当化，意味着对当前秩序的卫护和对可能颠覆当前秩序的边缘文化的压制。文化唯物主义彻底颠转了这一立场，从边缘的、从属的文化来颠覆当前的秩序，他们认为上帝和自然只是某种正当化的手段，否认两者有任何绝对的、普遍的价值。文化唯物主义在政治上的激进实际源于他们抛弃了西方观念论的哲学传统，以意识形态的斗争取代了对普遍价值的追问。

---

[1] Jonathan Dollimore and Alan Sinfield, "History and Ideology, Masculinity and Miscegenation: The Instance of *Henry V*", in Alan Sinfield, *Faultlines: Cultural Materialism and the Politics of Dissident Reading*, p.114.

三、共和主义迷思

自1960年代以来,以波考克(J. G. A. Pocock)、斯金纳(Q. Skinner)为首的剑桥学派致力于开掘西方思想史中的"共和主义传统",建构起了一套以意大利文艺复兴为中枢,上溯古希腊罗马,下启英国革命和美国革命的宏大叙事框架。"共和主义"作为一套话语范式,几乎波及西方思想史的每个阶段和人物。受剑桥学派的影响,一些学者开始探讨莎士比亚共和主义者的身份。

20世纪初,英国苏塞克斯大学(University of Sussex)的英国文艺复兴研究者哈德菲尔德(Andrew Hadfield)接连出版了《莎士比亚与文艺复兴政治》《莎士比亚与共和主义》两书,[1] 意图论证莎士比亚的时代流行着共和主义的话语,莎士比亚深受共和主义影响,其戏剧影射和回应了当时的诸多政治问题,并表达了其共和主义信念,而随着1603年詹姆斯一世继位,莎士比亚缓和了自己的政治立场。

---

[1] Andrew Hadfield, *Shakespeare and Renaissance Politics*, London: Thomson Learning, 2004; *Shakespeare and Republicanism*, Cambridge: Cambridge University Press, 2005.

哈德菲尔德虽然承认早期现代的政治文化"丰富多样",但他还是排除了共和主义之外的其他话语;虽然他承认"共和主义"是一个非常含混、缺乏共识的概念,但他还是直接挪用了剑桥学派学者的定义:

> (共和主义)是关于公民身份、公共美德和真正的高贵性的繁杂主题……美德与古典共和主义突出的共和品质紧密相关:确保最富美德的人统治国家,控制腐败,官员由选举而非继承产生。在这一意义上,共和主义(狭义上是一个没有国王的政制)可以是一个反君主的目标:公民的价值要求相伴随的共和制度,但君主制的安排被认为压制这些价值。古典共和主义者通常赞成的安排是混合政体的安排,"共和"一词也更广、更宽泛地指一个良好和正义的政制。(*Shakespeare and Renaissance Politics*, pp.8-9; *Shakespeare and Republicanism*, p.52)[1]

---

[1] 这段引文引自Markku Peltonen, *Classical Humanism and Republicanism in English Political Thought, 1570-1640*, Cambridge: Cambridge University Press,1995, p.2.

在这一前提下，论证莎士比亚是共和主义者，实际等同于论证莎士比亚反对当时英国的世袭君主制，推崇有公共美德者的统治。因此，哈德菲尔德把君主权威的正当性作为莎士比亚共和主义的核心议题，认为莎士比亚的悲剧和历史剧重在揭示统治的资格在于美德和能力，而非继承的权力（*Shakespeare and Renaissance Politics*, p.11）。哈德菲尔德强调，亨利七世是篡位而立，都铎王朝欠缺正当性，伊丽莎白的王位亦不受罗马教廷承认，且没有法定继承人；莎士比亚本人对伊丽莎白的权威也多所质疑，《亨利五世》中对王权的反思暗示，英格兰更应该由一个强大的领袖而非一个世袭的君主来统治，这个领袖的统治资格只来自他内在的品质，而他可能就是后来反叛伊丽莎白的埃塞克斯伯爵（Earl of Essex）（*Shakespeare and Renaissance Politics*,pp.67-68）；詹姆士一世强化君主统治后，莎士比亚的关注点便从君主统治的正当性转向君主如何统治的问题，并探讨了其他政府形式。

哈德菲尔德遵从剑桥学派"语境主义"（contextualism）的研究方法，试图"从16和17世纪早期欧洲和英国的政治理论、古典政治理论、宫廷政治和阴谋、议会政府的理论和实践、对英国史和欧洲史的政治解读来阅读莎士比亚的作品，以便阐明与莎士比亚研究相关的早期现代政治观念、形式和实践的丰富和多样"（*Shakespeare and Renaissance Politics*, p.viii）。他批评文化唯物主义和新历史主义并没有真正处理莎士比亚与其所处时代的文学、历史和文化语境的关系，而是把莎士比亚研究变成了殖民主义、女性主义、种族主义的领地（*Shakespeare and Renaissance Politics*, p.vii; *Shakespeare and Republicanism*, pp.8-12）。但他与文化唯物主义在这一立场上完全一致，即莎士比亚绝不是蒂利亚德所说的正统和保守的诗人，而是一个激进的诗人，他以更历史的方式探讨莎士比亚，因为"更多历史分析和更少理论能更好地服务于激进思想"（*Shakespeare and Republicanism*, p.12）。

哈德菲尔德的著作观点鲜明，但论证相当薄弱，"共和主义"更像是一个给莎士比亚匆忙贴上的标签。但哈德菲尔德的观点引起了剑桥学派学者的关注，他们开始逐步迈入莎士比亚研究领域。2009年，剑桥学派主编了文集《莎士比亚与早期现代政治思想》，[①] 编者导言认为早期现代政治思想更接近古希腊罗马，注重通过

[①] David Armitage, Conal Condren, Andrew Fitzmaurice eds., *Shakespeare and Early Modern Political Thought*, Cambridge: Cambridge University Press, 2009.

"人文主义研习"（studia humanitatis）来培养政治美德，强调荣誉、职责和公民的政治参与，因而迥异于后来的自由主义传统。对早期现代政治思想的这一理解带有浓厚的剑桥学派色彩，但编者们谨慎地认为，莎士比亚戏剧参与了早期现代政治思想的论辩，但这并不意味着莎士比亚赞同共和制，莎士比亚本人的政治倾向难以捉摸。这是因为，君主制或共和制孰优孰劣取决于哪种政制更能够培育美德，任何政制都只是实现美德的统治的手段；但16世纪越来越关注私利和自我保存，政治走向败坏，莎士比亚对政治可能极度悲观，因而拒绝明确对君主制或共和制表示赞同，因为任何政制都可能败坏（*Shakespeare and Early Modern Political Thought,* pp.15-16）。

文集中内尔松（Eric Nelson）的文章认为，近代思想家常援引罗马历史来支撑某种政治主张，而莎士比亚通过他的一系列罗马剧表明，他"既不是对共和充满怀念的拥护者，也不是帝制时代罗马和平的捍卫者"（*Shakespeare and Early Modern Political Thought,* p.256）；内尔松更是直接批评哈德菲尔德的共和主义解读，认为莎士比亚并不关心任何政治制度，任何政制都同样通过操控暴民来服务于统治者的野心："权力带来邪恶，这与政体类型无关。"（*Shakespeare and Early*

Modern Political Thought, p.264）由此看来，莎士比亚对政治的描绘相当黑暗，甚至乎是反政治的，这实际鉴照出剑桥学派的自由主义底色。

斯金纳为文集撰写的跋文《莎士比亚与人文主义文化》（Shakespeare and Humanist Culture）侧重从修辞学的角度解析莎士比亚的政治。他总结说，莎士比亚戏剧介入了当时修辞学的核心论题，比如：沉思的生活还是行动的生活更好；君主制还是共和制更好；何谓真正的高贵。而且莎士比亚遵照当时的修辞学传统，"从正反两方论辩"（in utramque partem），避免明确支持任何一方立场，因此"把他作品中分散四处的观察拼凑起来，赋予他一套确定的政治信念，这近乎荒谬"（*Shakespeare and Early Modern Political Thought*, p.278）。但斯金纳强调，这首先意味着莎士比亚对君权神授抱以"无情的反讽"，并"在使用暴力反对现存权力的不正当性的问题上拒绝采取正统立场"（*Shakespeare and Early Modern Political Thought*, p.278）。

斯金纳之所以重视莎士比亚与修辞学的关系，是因为修辞学是公民参与政治的必要手段，修辞学与共和主义相辅相成。① 其后他在新著《莎士比亚的庭辩修辞》(Forensic Shakespeare)中更系统地探讨了这一主题。② 他认为莎士比亚深受古典时期和文艺复兴时期庭辩修辞（judicial rhetoric）学说的影响，在写作《鲁克丽丝受辱记》《罗密欧与朱丽叶》《威尼斯商人》《裘力斯·凯撒》《哈姆雷特》《奥赛罗》《一报还一报》《皆大欢喜》等剧时遵循了庭辩修辞的技巧和程式，包含"开场"（prehoemium）、"叙述"（narratio）、"指证"（confirmatio）、"对驳"（confutatio）、"结语"（peroratio）五大修辞要素。以《哈姆雷特》为例，斯金纳认为此剧充满了庭辩修辞的术语，哈姆雷特对父亲死亡原因的调查和波洛纽斯（Polonius）对哈姆雷特发疯原因的调查是两条平行的线索，都包含上述五大修辞要素，而且莎士比亚有意把前一条线索树立为庭辩修辞的典范，把后一条线索当作失败案例（Forensic Shakespeare, pp.55-60, 73-89, 148-154, 169-174, 189-190, 227-246）。斯金纳的讨论显得非常技术化，但他未明言的是，揭示莎士比亚戏剧与庭辩修辞术传统的关系，就

---

① 斯金纳，《近代政治思想的基础》（上卷），奚瑞森、亚方译，北京：商务印书馆，2002，页49-87。
② Quentin Skinner, *Forensic Shakespeare*, Oxford: Oxford University Press, 2014.

意味着引出一个深受共和主义滋养的莎士比亚,从而将莎士比亚内化进共和主义的宏大叙事中。

共和主义解读强调回到早期现代的政治现实和政治思想,从历史语境理解莎士比亚,显得非常有说服力。但"共和主义"并非切近历史的真相,而是一个浸淫于当代激进民主思潮的"迷思",实际在为所有公民平等参政铺路。[①] 这一范式方兴未艾,它将如何进一步挖掘莎士比亚的政治值得关注和省思。

四、莎士比亚的政治智慧

1964年,布鲁姆(Allan Bloom)和雅法(Harry V. Jaffa)合著的《莎士比亚的政治》(*Shakespeare's Politics*)出版。[②] 两人师从美国政治哲学家施特劳斯(Leo Strauss,1899-1973),是第一代"施特劳斯学派"的代表人物,并开启了"施特劳斯学派"从政治哲学角度解读莎士比亚的传统。

布鲁姆和雅法不满于当时流行的新批评,认为新批

---

① 刘小枫,《以美为鉴》,北京:华夏出版社,2017,页99-139、305-396。
② Allan Bloom and Harry V. Jaffa, *Shakespeare's Politics*, New York: Basic Books, Inc., 1964.

评代表着自浪漫主义运动以来对诗歌纯审美、纯形式主义的理解，而莎士比亚戏剧是前现代的或古典的，具有道德和政治教化的意图。他们从柏拉图和亚里士多德式的古典政治哲学出发，专注于细读文本，"力图使莎士比亚重新成为哲学沉思的主题，以及严肃探讨道德、政治问题的基础"（*Shakespeare's Politics*, p.3）。政治哲学之于莎士比亚批评的作用在于，"对戏剧刻画的诸种激情的目标给出推理性的阐释"（*Shakespeare's Politics*, p.11），也就是理解那类渴望统治的人以及这种渴望对他们的影响，从而更深刻地理解政治事物。莎士比亚的政治教诲不只针对16至17世纪的英格兰，而包含对人的灵魂和政治生活的深邃洞察，具有永恒的意义：

> 莎士比亚的人性并不局限于英格兰，也不局限于使英国人成为英格兰的好公民。有一系列人的根本问题，我认为莎士比亚意图描写所有这些问题，假如有人能逐个理解所有戏剧，他将会看到关于生活方式的所有可能的重要选择的后果，并充分理解每一种优良灵魂的品质。（*Shakespeare's Politics*, p.10）

对理解莎士比亚来说，唯一重要的是文本及其意义，莎士比亚思想的来源或其思想与时代的关系则无关紧要（*Shakespeare's Politics*, p.3）。因此应当探求的是莎士比亚戏剧传达的永恒智慧，而非莎士比亚所处的历史语境。布鲁姆在解读《威尼斯商人》和《奥赛罗》时，只以很少笔墨分析了16和17世纪的人对威尼斯的理解，然后马上切入对剧中人物性格和人物关系的分析。布鲁姆认为，两部以威尼斯为背景的戏剧表明了一种对政治的古典理解，即政治共同体是封闭的、排他的、无法消除差异的，无论是夏洛克还是奥赛罗，他们都因为宗教、种族的差异而被排斥，因此两部剧包含了对现代流行的普遍主义或世界主义的否定，"莎士比亚似乎在告诫我们，这种普遍主义是一个谎言"（*Shakespeare's Politics*, p.57, 46-47）。

"施特劳斯学派"的许多后学遵循这一进路研读莎士比亚，至今底色不改，晚近的一部著作开篇同样声称，"莎士比亚的剧作能够为人类政治生活提供永恒的指导"。[①] 但莎士比亚究竟有怎样的政治哲学？施特劳斯的后学们大多着重"实践"，通过细读莎剧来剖析其中的政治哲学意蕴，很少对自身进行系统的"理论"归

[①] Timothy Burns, *Shakespeare's Political Wisdom*, New York: Palgrave Macmillan, 2013, p.1.

纳，但他们在以下几个方面有着鲜明的共识。①

其一、莎士比亚是一位"哲学诗人"或"政治思想家"，以诗的形式传达了对于政治问题的哲学思考。概言之，"政治"是莎士比亚戏剧的中心主题，它们刻画了不同的政治制度、不同的政治处境，其主角或是贤良的统治者或暴君，或是置身于具体政治情境中的人，通过展现这些政治人物的言行和命运，莎士比亚提出了某些永恒的政治哲学问题，比如，何为最好的政治秩序、何人应当统治、何为正义、何为美德、政治有何限度、如何认识人性，等等。② 对莎士比亚的这一理解实则复兴了古典诗学的观念，即认为诗并非一个独立自主的、专属于审美和私人情感的领域，诗本身是政治性的，而且是传达哲学教诲的有效形式（*Shakespeare's Politics*, pp.6-10）。

其二、莎士比亚不只为他自己的时代写作，他摆脱了时代施加的制约，展示了纷纭的政治现象、历史变

---

① 施特劳斯学派莎士比亚研究的文献目录，可见https://thegreatthinkers.org/shakespeare-and-politics/bibliography/politics/

② Howard B. White, "Politics in Shakespeare", in Howard White, *Antiquity Forgot: Essays on Shakespeare, Bacon, and Rembrandt*, The Hague: Martinus Nijhoff, 1978, pp. 5-30; John Alvis, "Shakespearean Poetry and Politics", in John Alvis and Thomas West, eds., *Shakespeare as Political Thinker*, Wilmington, DE: ISI Books, 2000, pp.1-23.

迁背后普遍而永恒的问题，因而莎士比亚在今天依然能够教导我们理解政治和人性，莎士比亚始终是一个伟大的教师。与此相对照，文化唯物主义和新历史主义以种族、阶级和性别等典型的现代问题读解莎士比亚，"更像是在寻找一个同盟或一个代罪羊，而不是寻找一个老师"，他们认为"莎士比亚或许是政治的，但他没有什么能够教给我们……因为他生活在不同的、政治幼稚的时代"。[1]

其三、莎士比亚虽然提出了一系列永恒的政治哲学问题，但他对这些问题的回答并不显而易见。因为他写作的并不是体系严密的理论著作，而是数量众多、主题各异的戏剧，他通过笔下的人物来传达自己的观点，但这些人物之间的观点可能彼此矛盾。莎士比亚的作品是一个结合了统一性与多样性的"宇宙"，不能简单地把某个或某些人物看成莎士比亚观点的传声筒，也不能笼统地抽绎出某套学说并归诸莎士比亚。稳妥的做法是具体问题具体分析，回到对每部戏剧的解释上。[2]

其四、阅读莎士比亚的最好方式是"素朴地阅读"

---

[1] Tim Spiekerman, *Shakespeare's Political Realism*, New York: State University of New York Press, 2001, p.3, 10.

[2] David Lowenthal, *Shakespeare and the Good Life: Ethics and Politics in Dramatic Form*, Lanham, MD: Rowman&Littlefield Publishers, 1997, pp.4-5.

（read naively），即注重戏剧的形式特征，紧盯住文本的种种细节，反复推敲，不需参考任何批评理论，但可以对勘柏拉图、亚里士多德或马基雅维利等人的著作，使莎士比亚戏剧的政治哲学意蕴自然地显现出来。这种阅读是如作者理解自己一样来理解作者，而不是把某些现代概念和术语强加给莎士比亚。政治哲学的阐释者们更加欣赏传统的莎评，对时髦的批评理论不以为然。[①]

应当指出的是，这类政治哲学解读几乎只局限在施特劳斯学派内部，对主流莎士比亚研究影响甚微。这一方面是因为学科壁垒，此范式的解读者们大多是政治学学者，而非莎学专家，他们也无意在莎评领域争是非；另一方面是因为政治哲学与当今莎士比亚研究的前提预设迥异其趣，难以展开对话。

结语：历史主义与政治哲学

上文区分了研究莎士比亚的政治的四种范式，而前三种范式可以概括为"历史主义"，其共同特征在于强调从历史语境理解莎士比亚的政治，认为莎士比亚的思想是由"伊丽莎白时代的世界图景"或"伊丽莎白时代

---

① Timothy Burns, *Shakespeare's Political Wisdom*, pp.2-3.

的意识形态斗争"或"早期现代的共和主义"所决定，因此莎士比亚并没有永恒有效的智慧，对莎士比亚的研究只是一种历史性的研究，并且服务于特定的政治倾向。政治哲学的范式与此针锋相对，恰恰致力于探问莎士比亚永恒有效的智慧，或说从莎士比亚那里学会追问那些永恒的问题，从而走向爱智慧之路——用布鲁姆的话说，"重获生命的完满，重新发现通往生命失去的和谐的道路"（*Shakespeare's Politics*, p.12）。

政治哲学是"非历史的"，旨在探究政治事物的自然本性，探究最好的或正当的政治秩序。但在"历史主义"看来，政治哲学无法成立，因为不存在超历史的智慧：

> 历史主义最常见的形式体现在如下要求中：用现代国家、现代政府、当前的政治处境、现代人、我们的社会、我们的文化、我们的文明等等问题，取代政治事物的自然本性、国家、人的自然本性这类问题。……较深刻类型的历史主义承认，传统哲学的普遍问题无法抛弃。不过，他们声称，对这些问题的任何回答、任何澄清或讨论的尝试，乃至任何精确的表述，必定受到"历史性地制约"，亦即，必定仍依赖于它在其中得到表达的具体情境。

关于这些普遍问题，没有一种答案、没有一种论述或精确的表述，可称为普遍有效，对一切时代都有效。①

依照这一前提，立场最为极端的文化唯物主义者明确声称"社会存在决定意识"，"我们曾认为人的自然本性不变的面相实际是历史的结果。而历史和人的自然本性不同，当然是视情况而变的和多变的"（*Political Shakespeare*, p.143）。因此，"人的自然本性"的概念是意识形态的建构，且自身矛盾重重；唯有历史是实际存在之物，限制着我们的一切行为和思考。

假如莎士比亚也受到"历史性地制约"，他对于我们就不是一个足够伟大的教师，我们从他那里就无法学到对我们自己有益的教诲。莎士比亚研究领域的"历史主义"倾向只是当代人文学科领域普遍历史化的一个案例，政治哲学提供了让我们反思乃至颠转这一倾向的机会，或许可以帮助我们超越时代的诸种限制，如莎士比亚一样思考。

---

① 施特劳斯，《政治哲学与历史》，见《什么是政治哲学》，李世祥等译，北京：华夏出版社，2011，页49-50。

后记

一本书的写成是众多因缘之果。

2009年夏,我博士毕业,从广州来到北京,入职中国人民大学文学院。假期里别无他事,为了缓解博士论文写作的疲惫,我开始了《莎士比亚戏剧与政治哲学》文集的编校。入职第一年教学任务不多,我得以有较多时间投入这项工作,到2010年暑假,文集校订完毕,2011年由华夏出版社出版。

文集中收录的大都是施特劳斯学派的文章,施特劳斯学派向来重视莎士比亚,视之为古典政治哲学的传人,他们解读莎剧非常关注文本细节,着力阐发莎士比亚"永恒的政治智慧"。通过编译绎读文献,我第一次领略到莎士比亚戏剧的妙不可言。虽然此前在各个时期读过许多莎剧,但都囫囵吞枣,览其大概而已,徒有敬仰之情,无从窥其堂奥。这让我笃定,要领会莎士比亚的精妙，必须得围绕剧作进行细致的研读。当时我模糊地觉得，莎士比亚描写的是具体的人和事，可以教我人世的智慧，克制知识人抽象化的思考习惯。

夫人是英语文学专业，尤喜罗马剧，在康乐园读书时便常一起切磋文意。由是之故，我干脆选择罗马剧作为自己阅读和研究的起点。最初的设想是把莎士比亚所有涉及罗马的作品一网打尽，并给出一个融贯的、统一的解释，阐明莎士比亚如何理解罗马以及借罗马表达的政治哲学思考。这一想法后续逐渐得到修正，一是研究对象缩小为三部罗马剧，撇开了《鲁克丽丝受辱记》《泰特斯·安德洛尼克斯》《辛白林》等作品，二是放弃了寻求整体解释的努力。这是因为，随着阅读深入到每部剧作的细处，我逐渐改变最初大而无当的印象，获得越来越具体而微的感受，意识到剧与剧之间虽然有关联，但每部剧仍然构成一个独立的整体，不能用某种观念或范式强行拆解，只能顺着文脉，在文本绎读中寻得一个意义完整的世界。当然，莎剧本身的丰富性经得起各种视角的审视，我所采取的不过是于我最适宜、最有益的一个视角。

本书的写成主要得益于课堂教学。2011年秋季、2013年春季、2016年春季、2019年秋季以及2020年秋季，我先后在人大古典学本科实验班和古典学研究生的课堂上讲授罗马剧，其间尝试过多种讲授方式，逐渐积累了三部罗马剧的讲稿。感谢曾在课堂上切磋琢磨的诸位同学，他们激发了我对莎士比亚的思考，课后的讨论也带给我许多新的发现，让我体会到教学相长。

刘小枫老师在中国人民大学文学院创设古典学实验班，课程设置中始终有一门"莎士比亚绎读"，这也成为我转入莎士比亚教学与研究的一个契机。十余年前，我有幸投至刘小枫老师门下，而后又有幸成为刘小枫老师率领的古典学教学团队的一员，这是何等的运气！若无老师多年来的谆谆教诲和耳提面命，若无老师在学问和生命上的引领，恐怕我将彷徨而无所依。老师是我永远的榜样！

另外要感谢中国人民大学文学院长期以来的包容和支持，感谢北京大学张辉教授、刘锋教授，北京语言大学陈戎女教授，深圳大学刘洪一教授给予的关心和帮助，感谢四川人民出版社封龙老师为本书出版所付出的心血，感谢家人恒久的爱和陪伴。

溯洄从之，道阻且长。是为记。

2022年6月

图书在版编目（CIP）数据

凯撒的精神：莎士比亚罗马剧绎读/彭磊著.——成都：四川人民出版社，2023.6
（"经典与解释"论丛）
ISBN 978-7-220-12741-0

Ⅰ.①凯… Ⅱ.①彭… Ⅲ.①莎士比亚（Shakespeare, William 1564-1616）—戏剧文学—文学研究 Ⅳ.①I561.073

中国版本图书馆CIP数据核字（2022）第115622号

"经典与解释"论丛　刘小枫　主编
KAISA DE JINGSHEN：SHASHIBIYA LUOMAJU YIDU

凯撒的精神：莎士比亚罗马剧绎读

彭磊　著

出 版 人	黄立新
策划统筹	封　龙
责任编辑	李沁阳
封面设计	张　科
版式设计	戴雨虹
责任印制	周　奇
出版发行	四川人民出版社（成都市三色路238号）
网　　址	http://www.scpph.com
E-mail	scrmcbs@sina.com
新浪微博	@四川人民出版社
微信公众号	四川人民出版社
发行部业务电话	（028）86361653　86361656
防盗版举报电话	（028）86361661
照　　排	四川胜翔数码印务设计有限公司
印　　刷	成都东江印务有限公司
成品尺寸	130mm×210mm
印　　张	13.375
字　　数	125千
版　　次	2023年6月第1版
印　　次	2023年6月第1次印刷
书　　号	ISBN 978-7-220-12741-0
定　　价	78.00元

■版权所有·侵权必究
本书若出现印装质量问题，请与我社发行部联系调换
电话：（028）86361656

壹卷
YE BOOK

让 思 想 流 动 起 来

官方微博：@壹卷YeBook
官方豆瓣：壹卷YeBook
微信公众号：壹卷YeBook
媒体联系：yebook2019@163.com

壹卷工作室
微信公众号